JN134592

漱石と熊楠

同時代を生きた二人の巨人

三田村信行

鳥影社

漱石と熊楠

——同時代を生きた二人の巨人

目次

序章　二人の巨人……7

第一章　少年期……18
土地と名 18／余計者と神童 23／少年の風景 31

第二章　父の肖像……39
名主の家 39／変わる境遇 43／軽蔑と尊敬 47／母への思い 53

第三章　遁走のドラマ……60
遁走への序曲 60／隠された動機 66／迷走する青春 72／不安な神経 80

第四章　イギリス体験……89
幸運な出会い 89／不運な暗転 98／「西洋」の重圧 107／孤独の賭け 113

第五章　二つのロンドン……125
船上の二人 125／大英博物館・ハイドパーク・下宿 131／漱石のお洒落、
熊楠の無頓着 139／〝素人学者〟と専門学者 145／交友の明暗 151

第六章　帰国後の二人……159
帰国の情景　159／失意の日々　166／再生への模索　173／曼荼羅と猫　182
第七章　森と都会……198
森の危機　198／たたかう熊楠　204／職業作家漱石　213／都会の人　224
第八章　家庭生活……237
〈悪妻〉対〈良妻〉　237／子どもたち　248／人々のなかで　257
第九章　手紙と日記……270
漱石の手紙好き　270／書簡の思想家　281／日記から　295／夢の記述と表現　305
第一〇章　終焉まで……318
別れの季節　318／心の問題　329／晩年の風景　344／その後の熊楠　356
終　章　漱石と熊楠の間……374

あとがき　385
参考文献　387
漱石と熊楠関係年表　393

＊本文中に引用した夏目漱石と南方熊楠の作品・論考・随筆・書簡等は、特記を除いて、『漱石全集』（岩波書店　一九九三～九九）、『南方熊楠全集』（平凡社　一九七一～七五）に拠った。また、南方熊楠の柳田国男・土宜法龍宛書簡は、両者の返信も含めて、『柳田国男　南方熊楠　往復書簡集』（飯倉照平編　平凡社　一九七六）、『南方熊楠　土宜法竜　往復書簡』（飯倉照平・長谷川興蔵編　八坂書房　一九九〇）に拠った。

漱石と熊楠

——同時代を生きた二人の巨人

序章　二人の巨人

夏目漱石と南方熊楠。この二人を「近代における二人の巨人」と称してもそれほど的はずれではあるまい。もちろん、体軀のことをいっているわけではない。なしたことの大きさ、影響の強さ、広さ、思想の深さ、それらすべてをひっくるめた存在そのものの巨大さを意味する〈巨人性〉である。

夏目漱石は、近代日本に活躍した人物のなかでも最もポピュラーな一人といっていいだろう。漱石と聞けば、たいていの人は『吾輩は猫である』や『坊っちやん』、あるいは『三四郎』『それから』『門』『心』といった作品をたちどころにあげることができるにちがいない。また、実際に読んだことがなくとも、容易にそれらの作品の内容を思いうかべることができるだろう。そのあたりが、同じ文豪と呼ばれてはいても、どこかとっつきにくい森鷗外などと違うところで、いってみれば漱石は、近・現代を通じての超人気作家ということになろうか。「国民的作家」という呼称もあながち誇張ではない。

もちろんそれだけではない。過去何回かいわゆる〝漱石ブーム〟が起こっていることからもわかるように、漱石の作品とその思想はことあるごとに新しい光をあてられ、そのたびに漱石は不死鳥のようによみがえって、新しい意味をおびてわたしたちの前に立ちあらわれてくる。そのあたりに

〈漱石〉という存在の巨大さ、ふところの深さがうかがえるのである。

一方の南方熊楠は、粘菌(ねんきん)や菌類などの研究で知られ、東西の文献に精通した博物学者、民俗学者としても名高い。日本民俗学の創始者である柳田国男に強い影響をあたえ、草創期の日本の民俗学に大きな足跡を残してもいる。従来、ややもすればその波瀾にとんだ生涯と自由奔放な言動にあふれた型破りの人物像に比重をおいた紹介がなされてきた感があるが、近年、その仕事と思想にも新しい光があてられるようになり、真の熊楠像が明らかにされつつある。

熊楠を特徴づけているのはその巨大な〈知〉である。「宇宙万有は無尽なり。ただし人すでに心あり。心ある以上は心の能うだけの楽しみを宇宙より取る。宇宙の幾分を化しておのれの楽しみとす。これを智と称することかと思う」と自ら語っているように、極小の生物たる粘菌にはじまって、この宇宙に生起する森羅万象に心を遊ばせ、〈知〉をはぐくんできた。決して体系化されないその巨大な〈知〉には、細分化され、専門化した現代の〈知〉を撃つ圧倒的な迫力がある。熊楠の真骨頂はまさにその点にあり、その巨人性は漱石に負けてはいない。

漱石に〝漱石ブーム〟があったように、熊楠にも〝熊楠ブーム〟があった。一九八〇年代後半から一九九〇年前半にかけて、「熊楠展」やシンポジウムが開かれ、テレビ・新聞・雑誌をはじめ小説やコミックにまでとりあげられた。その後ブームは沈静化したが、日記や書簡の翻刻、蔵書目録、雑誌「熊楠研究」の刊行、英文論考の翻訳、南方熊楠顕彰館の建設など、関係者や研究者による地道な活動がつづき、熊楠に対する関心は再び高まりつつある。

とはいえ世間一般における熊楠の知名度は、漱石にくらべればまだまだ低い。漱石のように、熊楠の名を聞いて「ああ、あの人か」と打てば響くように応ずる人はそれほど多くはないであろう。ちなみに、手元にある『国史大辞典』（吉川弘文館　一九七九〜九七）で夏目漱石と南方熊楠の情報量を調べてみたら、漱石約三三〇〇字、熊楠約一一〇〇字という結果がでた。さらに、『世界大百科事典』（平凡社　二〇〇七）では漱石約二〇〇〇字、熊楠約九〇〇字、『広辞苑』第七版（岩波書店二〇一七）では、漱石約一六〇字、熊楠約九〇字であった。分野が違うから単純な比較はできないが、それにしても差は歴然としている。事典における各項目の情報量の決定には、さまざまな要素がからむのだろうが、一般社会における知名度というのも要素の一つとして考えられているのではないだろうか。

漱石にくらべて世間一般の熊楠の知名度が低いというのは、当然のことながらその専門とする分野が関係している。粘菌や菌類などの研究は、専門家や愛好家以外には興味の対象にはならないだろうし、民俗学というのもどちらかといえば地味な学問で、漱石の小説のように、人々が争うようにして熊楠の論考を読むということは、まず起こりえない。

もう一つの要因として考えられるのは、熊楠の主要論考が英文で外国の雑誌に発表されていることであろう。熊楠が初めて外国の雑誌に論考を発表したのは、イギリスに渡った翌年の明治二六（一八九三）年のことだが、在英中には世界的に有名なイギリスの科学雑誌『ネイチャー』などに精力的に論考を発表し、明治三二（一八九九）年には特別寄稿家として『ネイチャー』三十周年記念号にその名を記されている。

帰国後も熊楠は『ネイチャー』や『ノーツ・アンド・クエリーズ』などの外国雑誌に寄稿をつづ

けたが、明治三八（一九〇五）年、当時一七歳の荒畑寒村（日本の社会主義運動の先駆者）が牟婁新報の記者として田辺（和歌山県田辺市）におもむいた際、「日本ではあまり有名ではないが、西洋ではたいへん有名な人だ」という当時田辺に隠棲していた熊楠の噂を聞いている。つまり熊楠は、生前から日本でよりも外国でその名を知られていたのである。そのことを裏付けるかのように、明治四二（一九〇九）年にはアメリカの農商務省のスウィングル博士が、農商務省顧問としてアメリカに招きたい旨の手紙を熊楠に寄せている。スウィングルは六年後来日し、熊楠に再度渡米を要請している。

また、熊楠は帰国後「十二支考」をはじめとする邦文の論考を精力的に執筆しているが、その多くが雑誌に発表されただけでおわり、生前にまとめられ刊行された著書はわずか三冊だったこと、熊楠自身、自らの学問の体系化をはからなかった（あるいは念頭になかった）こともあるだろう。粘菌や菌類の研究の分野では、後半生をかけた『日本粘菌図譜』はついに日の目を見ずにおわり、菌類の図譜も稿本のまま残された。民俗学の分野でも、柳田民俗学の確立以後、方法の違う熊楠の仕事はしだいにかえりみられなくなっていった。

さらにいえば、熊楠の経歴も背景の一つとしてあげられよう。

夏目漱石は、「新聞屋が商売ならば、大学屋も商買である」と喝破して、大学教師から新聞社お抱えの職業作家の道に敢然ととびこんだが、世間から見れば漱石は帝国大学出の「学士様」にほかならない。漱石は大学卒業後、松山中学を経て、第五高等学校、帝国大学、第一高等学校と、当時のエリートコースにあたる学校で教鞭をとってきた。これは当時の知識人として第一級の経歴といっていい。友人知人にも大学関係者が多い。

漱石には数多くの門下生がおり、その多くがそれぞれの分野で活躍し、すぐれた業績をあげて「漱石山脈」と称されていたことはよく知られている。松根東洋城、寺田寅彦、小宮豊隆、森田草平、鈴木三重吉、野上豊一郎、中勘助、安倍能成、和辻哲郎、芥川龍之介といった人たちだが、これら門下生の大部分は松山中学、第五高等学校、帝国大学などにおける漱石の教え子で、彼ら自身の多くも大学教授となっている。彼らが「師・漱石」を語れば、その言葉は重みをもって世間に伝わる。つまり、漱石の経歴や人脈はこの国のアカデミズムの伝統にどっぷりとつかっているのである。

これに対して南方熊楠は、日本での学歴は大学予備門（第一高等学校の前身）中退で終わっている。アメリカで一、二の学校にはいるが、これも中途で退学している。以後は独学で研鑽をつみ、学界とも密接なつながりを持たずに生涯を在野の研究者として貫き通した。熊楠にも門弟は多かったが、そのほとんどは学界とは縁のうすい民間の人々であった。こうしたことから、少数の専門家や熱烈な支持者は別として、学界も一般世間も近年まで「紀州の片田舎に住む奇人学者」といった程度の認識でしか熊楠をとらえなかった。アカデミズム崇拝の強いこの国では、それとは無縁の熊楠の仕事や思想は正当な評価を十分に受けることはなかったといっていい。

ところで、世間的な知名度では大きな隔たりがある漱石と熊楠だが、二人は同年の生まれである。くわしくいえば、漱石は慶応三（一八六七）年一月五日（旧暦）生まれで、熊楠はその三カ月後の四月一五日（旧暦）に生まれている。すなわち、二人はまったくの同時代人なのである。

そのうえ、さらにくわしく二人の経歴を調べていくと、興味深い事実が浮かびあがってくる。たとえ同時代に生きたとはいえ、活躍した分野も仕事の内容も異なっているために、漱石と熊楠はまったくかけはなれた存在であり、そのあいだにはなんのつながりもないと一般的には考えられがちだが、二人のあいだにはじつはいくつかの接点があるのだ。漱石と熊楠は大学予備門での同級生で、直接知り合っていた形跡はないものの（顔と名前ぐらいは知っていたかもしれない）、共通の友人や知人が何人かいるのである。漱石の親友で、文学的にも大きな影響を与えた正岡子規もその一人だ。

漱石が子規と親しく交際するようになったのは、大学予備門にはいってから数年後のことであるが、熊楠はそれよりかなり以前に子規と出会っている。二人は、大学予備門の受験準備のために、当時神田淡路町にあった共立学校で共に学んだ仲なのである。予備門では熊楠も子規も授業そっちのけで寄席や演芸場に足しげく通ったらしく、熊楠は、「明治十八年、予東京大学予備門にあった時、柳屋つばめという人、諸処の寄席で奥州仙台節を唄い、予と同級生だった秋山真之氏や、故正岡子規など、夢中になって稽古しおった」（『続南方随筆』）という回想を残している。また、後年、子規門下の俳人河東碧梧桐（かわひがしへきごとう）が田辺に熊楠を訪れた際、自分（熊楠）はビール党だったが子規はせんべい党で、せんべいをかじりながらやれ詩を作るの、句をひねるのといっていたとか、子規は勉強家でおとなしい美少年だったとかという思い出話を聞いている。ちなみに碧梧桐は漱石の知人でもある。

国文学者の芳賀矢一（はがやいち）も漱石と熊楠の同級生である。漱石は大学在学中から芳賀とは親しく、イギリス留学の際もドイツに留学する芳賀と同行し、途中パリで折から開かれていた万国博覧会も共に見物している。芳賀は帰国する際にもロンドンに立ち寄り、漱石と旧交をあたためてもいる。一方熊楠は、三十数年ぶりに上京した際、國學院で講演を頼まれ、当時國學院学長だった芳賀の出迎えを受けている。もっとも熊楠は、著書に自分（熊楠）の説を入れながら、そのことを明記しない芳賀に不快の念を抱いていたが――。

漱石の門下生の中村古峡（こきょう）も、熊楠と縁のある一人である。はじめ作家として出発した古峡は、後に精神医学に転じて日本精神医学会を設立し、その機関誌として「変態心理」を刊行した。熊楠はこの雑誌に何編かの論考を寄稿し、古峡と文通もしている。

杉村楚人冠（すぎむらそじんかん）（広太郎）は、明治・大正・昭和にわたって活躍し、小説や随筆にも健筆をふるった著名なジャーナリストだが、漱石は朝日新聞入社後、当時朝日の幹部社員だった楚人冠と知り合い、親しい友人づきあいをしている。楚人冠は和歌山の出身で、和歌山中学では熊楠の後輩にあたる。熊楠との交友は明治一九年ごろからで、美形のこの年下の友人は美少年好みの熊楠のお気に入りの一人だった。楚人冠の三男武は、熊楠の生涯の友であった喜多幅武三郎（きたはばたけさぶろう）の養子になっており（後に復籍）、その意味からも熊楠との縁は深いといえるだろう。

漱石と熊楠の接点は、しかしこれだけではない。二人には、それぞれの人生に大きな影響をおよぼした同じような体験、共通の体験がある。その一つは落第である。

明治一八（一八八五）年一二月、熊楠は大学予備門の期末試験の結果落第した。これがきっかけとなって、翌年二月には予備門を退学して郷里に帰り、その年の一二月には横浜からアメリカに向けて旅立った。以後、明治三三（一九〇〇）年に帰国するまで一度も故国の土をふんでいない。この一四年にわたる海外放浪は熊楠の生涯にとって非常に重要な意味を持つものであった。もしこれがなかったら、熊楠の仕事と思想は今日残されているようなものではなかったかもしれない。それなりの学者にはなっていただろうが、〈巨人性〉は失われていたにちがいない。落第は熊楠にとって人生の一大転換点、ターニングポイントだったのである。

熊楠から半年あまりおくれて、漱石は大学予備門の進級試験に落第した。もっともこのとき漱石は腹膜炎をわずらっていて、試験を受けられなかった。追試験を願い出たものの受け入れられずに、そのまま留年したのである。しかし、追試験が受けられなかったのは、日頃の成績も悪く、自分に信用がなかったからだと反省した漱石は、学業をほったらかしにして遊んでばかりいたこれまでの生活態度を改め、勉強に身を入れて、以後卒業するまで首席を通した。「僕の一身にとつて此落第は非常に薬になつた様に思はれる。若し其時落第せず、唯誤魔化して許り通つて来たら今頃は何んな者になつて居たか知れないと思ふ」（「落第」）と、漱石は後に回想しているが、熊楠と同じように、漱石にとっても落第はそれなりに大きな転換点だったことが見てとれる。

しかし、二人にとって最大かつ最重要の共通体験は、なんといっても〈イギリス体験〉であろう。

熊楠は、明治二五（一八九二）年から三三（一九〇〇）年まで八年間をロンドンですごした。この間、大英博物館に通っておびただしい数にのぼる東西の文献を読破するとともに、その書写にはげんだ。『ネイチャー』などの雑誌にも頻繁に寄稿し、著名な学者たちの知遇を得ている。八年間のロンドン在住で熊楠の得たものは、東西の文献を書写したノート五二冊、一万数千頁に及ぶ「ロンドン抜書」や、世界水準の学問の場で外国人学者に一歩もひけをとらなかったという自負、広まり深まった視野といった有形無形の知的財産であったが、それらは熊楠の巨大な〈知〉の源泉、あるいはその中核になったものであったといっていいだろう。

熊楠と入れかわるようにしてイギリスに留学した漱石は、およそ二年間をロンドンですごした。年数は熊楠におよばないが、その中身は熊楠に負けないくらいの濃さがあった。よく知られているように、漱石を見舞ったのは「西洋」の重圧だった。近代文明を達成した西洋とそれに追いつこうと焦る日本。そのはざまでうろうろする自分。留学の目的は英文学の研究であったが、日本人である自分が英国人と同じように英文学を理解できるのかどうかという疑問と不安。やればやるほどそうした疑問と不安がふくらんでいくジレンマ。そんな情況から抜け出すために猛勉強して心身をすりへらした結果、神経衰弱にかかり、帰国する。いわば惨憺たる〈イギリス体験〉であったが、しかしこの体験は漱石の内に深く沈潜し、やがてその作品や思想ににじみでてくる。漱石のイギリス体験もまた、熊楠と同じような意味を持っていたといえるだろう。

さらに、二人の人生には猫が大きくかかわっているのも、見逃せない事実である。

周知のように漱石は、我が家に迷いこんできた一匹の猫をモデルにして『吾輩は猫である』を書き上げ、いちやく文名を上げた。この作品を書かなければ、漱石はただの学者作家で終わったかもしれないことを思えば、まさに猫は漱石の大恩人といっていいだろう。この〝初代〟猫が死んだとき、漱石は「辱知猫義久く病気の処療養不相叶昨夜いつの間にか裏の物置のヘッツイの上にて逝去致候云々」という死亡通知を門下生たちに出し、「此下に稲妻起る宵(よひ)あらん」の句をその墓にたむけた。その後も夏目家では何匹かの猫が飼われているが、漱石が猫を好きだったかどうかはわからない。むしろ漱石は犬党ではなかったか。熊本時代にも犬を飼っていたし、「猫の墓」(『永日小品』)

よりも、愛犬ヘクトーについて記した文章（『硝子戸の中』）のほうが情味があってあたたかい。

一方の熊楠はといえば、これはもう大の猫党で、ロンドン在住中にも猫を飼い、とぼしい生活費をさいて牛乳を買っては猫に分けあたえている。帰国後熊楠は、田辺の闘雞（とうけい）神社宮司田村宗造の娘松枝と結婚したが、娘文枝の語るところによれば、松枝との婚約中熊楠は、よごれた猫をたびたびつれてきては、きれいに洗ってくれと松枝に頼んだという。なんのことはない、熊楠は猫の行水をダシにして松枝に会いに来ていたのである。熊楠流の、今日でいえばデートであった。猫は虎猫であったり三毛猫であったりしたという。松枝は熊楠の後半生を支え、さすがの熊楠をして「わしより偉い」といわしめた賢夫人だったから、このときダシに使われた猫たちも、もって瞑（めい）すべきかもしれない。

また熊楠は、明治四五（一九一二）年、当時の総合雑誌『太陽』に「猫一疋の力に憑って大富となりし人の話」を掲載し、以後同誌に十余年にわたって主要論考を発表している。いわば「猫一疋――」は熊楠の中央への登場と一般読者にその名を知られるきっかけとなった論考といってよく、その意味では漱石と同じように「猫」が機縁となっている（笠井清『南方熊楠』）。

ちなみに『南方熊楠邸蔵書目録』には大倉書店刊の『吾輩ハ猫デアル』が記載されているが、『南方熊楠大事典』によれば、その九の「夫だから俗人はわからぬ事をわかつた様に吹聴するにも係らず、學者はわかつた事をわからぬ様に講釋する。大學の講義でもわからん事を喋舌（しゃべ）る人は評判がよくつてわかる事を説明する者は人望がないのでもよく知れる」という個所の上部欄外には丸印がつけられているという。また、右の「蔵書目録」には熊楠が論考にしばしば利用した中国明代の随筆集『五雑組（俎）』（寛文元年刊・一六巻八冊）が記されているが、「漱石山房蔵書目録」にも同じものが記載されている。ただ、漱石が同書を利用した形跡は今のところ見当たらない。

漱石と熊楠の接点をもう一つあげるとすれば、二人がともに鴨長明の『方丈記』を英訳していることである。

漱石が『方丈記』を英訳したのは明治二四（一八九一）年、二四歳のときのことで、帝国大学のイギリス人講師であったディクソンの依頼によるものである。ディクソンは漱石の英訳をもとに日本亜細亜協会で講演している。一方熊楠は、その一四年後の明治三八（一九〇五）年に当時ヨーロッパ第一級の日本研究者であったディキンズとの共訳で、イギリスの『王立アジア協会雑誌』に『方丈記』の英訳を発表している。共訳といっても、熊楠が主訳者といったかたちであった。ところが、後にこの二つの英訳『方丈記』の訳者が混同され、熊楠の訳したものが知名度の高い漱石の訳として誤って伝えられたために、熊楠は憤慨している。

さて、これから、このように同時代に生き、おたがいにかけはなれた存在でありながら時に微妙に接近する二人の足跡を追ってみたいと思う。そこからなにが引き出されてくるのか、なぜ漱石と熊楠なのかといったようなことは、まだはっきりしていない。ともあれ、さかしらな解釈や先入観をできるだけ避けて、二人の生涯をいくつかの局面で比較・検討し、これはと思うようなことにぶつかったら、そこで立ち止まって考えるということにしたい。

第一章　少年期

土地と名

夏目漱石は慶応三（一八六七）年一月五日、江戸牛込馬場下（現・東京都新宿区喜久井町）で産声をあげた。

漱石は慶応(けいおう)三年（一八六七）正月五日に生れた。太陽暦(たいようれき)にすると、二月九日のことである。この日は庚申(かのえさる)の日に当り、庚申の日に生れた子供は大泥棒になる、しかしそれをよけるためには名前に「金」の字をつけるといいという迷信があったので、金之助(きんのすけ)と名づけられた。（小宮豊隆『夏目漱石』）

父の夏目小兵衛直克(なおかつ)は町方名主をつとめており、このとき五〇歳[1]、母千枝は四一歳であった。金之助は五男三女の末っ子で、佐和（二一歳）、房（一六歳）、大一（のち大助・一一歳）、栄之助（のち直則(なおのり)・九歳）、和三郎（のち直矩(なおかた)・八歳）の五人の兄姉がいた。このうち佐和と房は小兵衛の先妻の子で、また、和三郎の下に久吉とちかという一男一女がいたが、二人とも金之助が生まれるまえに幼くして亡くなっている。

漱石の誕生から三カ月と一〇日遅れて、空間的には六〇〇キロあまり離れた和歌山で南方熊楠が生まれた。

小生は慶応三年四月十五日和歌山市に生まれ候。（「履歴書」[2]）

城下橋丁（はしちょう）で金物商を営む父の南方弥兵衛（やへえ）は三九歳、母すみは三〇歳であった。熊楠は弥兵衛の次男で、このとき、藤吉（八歳）、くま（三歳）、の二人の兄姉がいた。なおこの後、熊楠の下に常楠（つねぐす）・藤枝・楠次郎の三人の弟妹が生まれている。

漱石と熊楠が生まれたこの慶応三年という年は、緊張の度をくわえつつあった幕末の情勢が一気に煮詰まった時期であった。すなわち、この年の一〇月一四日、十五代将軍徳川慶喜が大政を奉還し、翌一五日朝廷がこれを勅許して、ここに二百数十年続いた徳川幕府は崩壊する。しかし、旧幕勢力の一掃をねらう薩摩・長州両藩を中心とした討幕派は、一二月九日にクーデターを敢行、王政復古の大号令を発して朝廷のもとに新政府を樹立した。翌年一月三日、これに反発する旧幕府軍とのあいだに武力衝突が起こり、これがきっかけとなって日本は内乱状態に突入する。

いわば漱石と熊楠は、古い秩序が崩壊し新しい秩序が生まれ出ようとするその瞬間に生を享（う）けたといっていい。当然のことながら、二人とも新しい秩序のもとで生きることになるが、この秩序の交代劇は二人の生涯のコースに影響を及ぼさずにはおかなかった。というのも、くわしいことは次章にゆずるが、それぞれの父親が時代の激変の波をかぶってその境涯を大きく変えることになったからである。

ところで、「金之助」という命名にいわれがあったように、「熊楠」という名にもいわれがある。和歌山の南四里あまりのところにある藤白神社は、かつては藤白王子といい、熊野三山（本宮・新宮・那智）参詣の道筋にもうけられた熊野九十九王子の、それも別格の五体王子の一つとして尊崇されてきた。王子とは、末社、すなわち本社に付属した神社をいうが、この藤白王子の境内に楠の古木があり、楠神として昔から尊ばれている。安産や病気平癒、子守の神で、和歌山や海草郡の人々は子どもが生まれるとここにお参りし、神官から楠、藤、熊のどれか一字をもらいうけて子どもの名につけたという。

南方家でもそうした風習にのっとって、子どもたちに右の三字のどれかをもらいうけている。藤・くま（熊）・常楠……みなそうだが、なかでも熊楠は「熊」と「楠」の二字をさずかっている。これは熊楠が幼時体が弱かったため。丈夫な子に育つようにとの願いからだったようだが、熊楠自身はもっと深くこの楠神との因縁を感じていた。

予の兄弟九人、兄藤吉、姉熊、妹藤枝いずれも右の縁で命名され、残る六人ことごとく楠を名の下につく。なかんずく予は熊と楠の二字を楠神より授かったので、四歳で重病の時、家人に負われて父に伴われ、未明から楠神へ詣ったのをありありと今も眼前に見る。また楠の樹を見るごとに口にいうべからざる特殊の感じを発する。（「南紀特有の人名」）

熊楠がこのときわずらったのは、脾疳（ひかん）という病気である。これは小児特有の胃腸病で、食欲が一定せず、体がやせおとろえ、腹が異様にふくれてくる。医者がさじを投げて熊楠は死にかけた。このため父親は手代に熊楠を負わせ、四里あまりの道を歩いて守り神である楠神に詣で、病気平癒を祈ったのである。一命をとりとめた熊楠が、楠の木を見るごとに「口にいうべからざる特殊の感じ」を抱いたのも当然であろう。熊楠は、「小生は藤白王子の老樟木の神の申し子である」とまでいいきっている。

熊楠という名、命名の由来、そして熊楠自身が楠神に対して感じていた深い因縁は、のちの熊楠の仕事と思想を考えると重要な意味をもってくる。熊楠は海外を放浪し、一八カ国語に通じていたけれども、その仕事と思想は、その名とともに、生まれ育った土地やその周辺の信仰と自然に深く根ざしているのである。

こうした熊楠の命名の由来とその名の持つ意味にくらべると、「金之助」のほうはいかにも安直だという感じは否めない。その安直さは、大助・栄之助・和三郎という三人の兄たちの命名にもあらわれている。すなわち、それぞれ「大」「栄」「和」といった縁起のよい字を名前に組み込んだものにすぎないのである。

「金之助」も含めて、こうした類型的な命名は、名前に対するそれほど深い思い入れのないことをあらわしていよう。俗信に拠るにせよ、縁起のよい字を選ぶにせよ、そこにあるのは、子どもの将来に対する一般的な配慮、あるいは漠然とした期待をこめるといった表層的な意識でしかない。そしてそれは、近世以降の都市住民に共通する意識でもある。彼らにとっては、生まれ育った土地（都市）はただ単に住み・暮らす場所という意味しか持たず、そこに存在の根拠を求めるということはない。というより、根がないのだ。したがって、その土地に対する帰属意識もうすく、風土に根ざした信仰をよりどころとすることもない（あるいは、そもそもそういうものがない）。名前に対する思い入れのなさも、そういうところからきている。俗信や縁起ぐらいしか拠るものがないのである。

漱石自身は、「金之助」という自身の名前をどう思っていたのだろうか。

此頃牛込の原町に芸名玉川鮎之助と云ふ、日本流の手品師が居つた。牛込の馬場下や又は焼餅坂下の下等の寄席に、時折り田舎廻りの芸人が臨時に寄席を打つ時に交りて、手品を演じたものだ。されば此地方の不潔な理髪店などにビラとして、屢〻玉川鮎之助の名の掲げらるゝを見た。余は或時夏目君にこんなことを言つた。君の名の夏目金之助と云ふのは、何んだか芸人らしい様で、少しも強かりさうでない。玉川鮎之助と余り異ならない。もつとえらさうな名に変じたらどうだと。夏目君は、僕も密かに気にして居るが、親の付けた名前だから、今更変へることが出来まいとあきらめて居ると。（篠本二郎「腕白時代の夏目君」『漱石全集』別巻所収）

これでみると、気にしていたのは「鮎之助」との類似だからであろう。名前自体はそれほど気にしていなかったと思われる。というのも、後年、妻の鏡子が字が下手だからせめて子どもは字がうまくなるようにと、長女に「筆子」と名づけたり、次男には、「子供の名を伸六とつけました。申の年に人間が生れたから伸で六番目だから六に候」（高浜虚子宛書簡）などと、自らの「金之助」と同じように、はなはだ無頓着で安直な命名をしているからである。自分の名を気にしているなら、子どもの名前にも気をつかうはずであろう。

熊楠には一男一女があったが、息子には熊弥と「熊」の字を用いている。娘は藤枝、熊枝と名づけたかったが、すでに同名が一族のうちにあったため、せめて枝だけ保留することにして、「文枝」と名づけたという。いうまでもなく、この命名には風土に根ざした信仰、風習に対する意識がはたらいている。

こうしてみると、本人たちはあずかり知らないことであるが、「金之助」という通俗的な名を持った漱石が、いわば〝都市型知識人〟の道をあゆみ、「熊楠」という信仰と自然に根ざした名を与えられた熊楠が、〝森羅万象型〟の知の巨人として成長していくことがその命名に象徴されているようで、興味深い。

余計者と神童

漱石は両親が年をとってから生まれたいわゆる〝恥かきっ子〟であった。母親の千枝は、こんな年になって子どもを産むのは恥ずかしいとよくいっていたという。

そうした事情と母乳不足もかさなって、漱石は生後まもなく四谷の古道具屋（一説には八百屋）

に里子に出されている。この古道具屋は店をかまえているような者ではなく、大道商人であった。漱石は小さなざるに入れられ、毎晩四谷の大通りの夜店にがらくたといっしょに置いておかれた。ある晩、偶然この夜店を通りかかった姉の房が、ざるに入れられていた漱石を見つけてかわいそうに思い、ふところに抱いて家へつれ帰った。しかし、漱石が乳をもとめて一晩中泣きやまなかったため、父親の直克はさんざん房を叱って古道具屋にもどさせたという。漱石の生涯のスタートは波瀾含みであったといえよう。

漱石の誕生は両親に歓迎されなかった。直克と千枝のあいだには、すでに先妻の子二人をふくめて五人の子がおり、死亡はしているものの、漱石の誕生の少し前までは二人の幼児もいた。両親がこれ以上子どもは欲しくないと思っても不思議はなく、その意味では漱石は夏目家にとって余計者であった。里子に出されたというのも、そういうことがからんでのことだったかもしれない。

そうした事情をうかがわせるかのように、漱石は一歳のときに養子に出されている。養子先は、四谷太宗寺裏（現・新宿区新宿一丁目）の門前名主塩原昌之助（まさのすけ）（二九歳）である。昌之助は一一歳で父親を亡くしたため、世話役をつとめていた夏目家に引き取られ、一五歳のときに直克の後見のもとに父親の跡をついで名主となった。妻のやす（二九歳）は塩原家の近所の家の娘で、夏目家に奉公していたというから、直克にとっては二人は身内のようなものであった。一説では塩原昌之助は、漱石の誕生前に、自分たちには子どもがいないので、今度生まれる子を養子にほしいと直克に申し出ていたという。

塩原夫婦のもとにおける漱石の様子については、後年書かれた漱石の自伝的小説『道草』にくわしく描かれているが、それによれば、塩原夫婦は漱石を甘やかすだけ甘やかしたようだ。吝嗇家の夫婦が、漱石のためには惜しみなく金を使った。当時は珍しかった洋服を着せたり、着物をあつらえるためにわざわざ越後屋まで引っ張っていったりした。寄席につれていったり、たびたび船にのせて網打ちを見物させたりもしている。漱石が望むものは自由に買い与えた。漱石が人が困るようないたずらをしても、決して叱らなかった。

こうした甘やかしが小さな子どもをどんなふうにするかは、容易に想像がつく。

彼の我儘は日増に募つた。自分の好きなものが手に入らないと、往来でも道端でも構はずに、すぐ其所へ坐り込んで動かなかつた。ある時は小僧の脊中から彼の髪の毛を力に任せて挘り取つた。ある時は神社に放し飼の鳩を何うしても宅へ持つて帰るのだと主張して已まなかつた。養父母の寵を欲しいまゝに専有し得る狭い世界の中に起きたり寐たりする事より外に何にも知らない彼には、凡ての他人が、たゞ自分の命令を聞くために生きてゐるやうに見へた。彼は云へば通るとばかり考へるやうになつた。（『道草』四十二）

『道草』からうかがえるかぎり、塩原夫婦はあまり思慮のある人たちではなかったようだ。彼らは確かに漱石を可愛がり、それなりの愛情も抱いていたと思われる。しかしそれは、見返りを期待している愛情であった。二人は毎日のように、自分たちが本当の父親と母親であることを幼い漱石にむかって強調し、認識させた。着物を買ってやるにも菓子をあたえるにも、自分たちがそれをしてやっているのだと印象づけることを忘れなかった。そうすることによって、自分たちへの帰属と感謝を期待したのである。しかし、こうした二人の努力は逆の結果をもたらした。ことあるごとに「御父ッさんが」「御母さんが」と言い聞かせる二人の恩着せがましい態度は、幼い漱石をうるさがらせ、かえって二人をうとましく思う気持ちを生じさせてしまったのである。

漱石が塩原夫婦の束縛から逃れることができたのは、昌之助に愛人ができ、やすと不和になったからであった。やすは漱石をつれて一時夏目家に身をよせたが、やがて昌之助との離婚を決意してその手続きをとった。明治八（一八七五）年四月のことである。一方漱石は、やすの手元から昌之助のところにもどされていたが、翌年の春、籍は塩原のままでふたたび実家に引き取られた。『漱石の思い出』（夏目鏡子）によれば、長兄の大助が漱石に同情してそうするように取りはからったのだというが、そのころ昌之助は浅草の戸長を罷免されており、経済的な事情も示唆されている[3]。漱石は九歳になっていた。

直克は、いったん手放した漱石がブーメランのようにもどってきたことを喜ばなかった。すでに大きな子が何人もいた直克が、漱石に期待するものは何もなかった。たとえ一人前になるまで育て上げても、籍は塩原にあったから、その時期がくればそっくりそっちへ持っていかれてしまうことを思えば、なおさらであった。直克にとっては、漱石はただの厄介者にすぎなかった。

漱石が生家にもどってきたとき、二人の異母姉はすでに結婚していた。長兄の大助は二〇歳、次兄の直則は一八歳、三兄の直矩は一七歳になっていた。漱石から見れば彼らはほとんどおとなで、兄弟としての親しみはわきにくかった。また、母の千枝は、末っ子だからといってべたべたと可愛がるような人柄ではなかった。生まれた家に帰ってきたとはいうものの、そこには漱石をあたたかく迎え入れてくれるような雰囲気はなく、漱石はいわば異物のように家の中で孤立していた。それでも漱石は、「何故か非常に嬉しかつた。さうして其嬉しさが誰の目にも付く位に著るしく外へ現はれた」(『硝子戸の中』)。

漱石は、これまでずっと両親のことを祖父母だと教えられていた。生家にもどってきた当座もそれを信じこんでいて、あいかわらず両親を「おじいさん」「おばあさん」と呼んでいた。両親も、急に今までの習慣を変えるのもおかしいと、そのままにしておいた。漱石が事実を知ったのは、家の者からではなく、他人からであった。

私がひとり座敷に寐てゐると、枕元の所で小さな声を出して、しきりに私の名を呼ぶものがある。(中略)すると聞いてゐるうちに、それが私の家の下女の声である事に気が付いた。下女は暗い中で私に耳語をするやうに斯ういふのである。——

「貴方が御爺さん御婆さんだと思つてゐらつしやる方は、本当はあなたの御父さん御母さんなのですよ。先刻ね、大方その所為であんなに此方の宅が好なんだらう、妙なものだな、と云つて二人で話してゐらしつたのを私が聞いたから、そつと貴方に教へて上げるんですよ。誰にも話しちや不可せんよ。よござんすか」

私は其時たゞ「誰にも云はないよ」と云つたぎりだつたが、心の中では大変嬉しかつた。さうして其嬉しさは事実を教へて呉れたからの嬉しさではなくつて、単に下女が私に親切だつたからの嬉しさであつた。不思議にも私はそれ程嬉しく思つた下女の名も顔も丸で忘れてしまつた。覚えてゐるのはたゞ其人の親切丈である。(『硝子戸の中』)

と、のちに漱石は回想している。

下女は、何も知らない漱石を可哀想に思って教えたのだろう。あるいは、多少の義憤もまじっていたかもしれない。それにしても、「事実を教えてくれた嬉しさ」ではなく、「単に親切だったから」嬉しかったというのは、どういうことだろう。家の者たちに、下女ほどの親切心もなかったということなのだろうか――。

漱石の生涯の最初のエピソードが、古道具屋のざるの中に入れられてがらくたといっしょに夜店の店先に置かれていたことだとすれば、熊楠のそれは先に述べたように四歳の折の楠神詣でであろう。熊楠はこの時のことをよく覚えていて、「その時、嶺頂の辻堂に地獄極楽の大なる額面あり、また堂外に大なる地蔵菩薩の石像あるところに息い帰りし」と、はるか後年、知人への書簡で述べている。熊楠がそう記したのは七〇歳のときであったから、いかに強烈な印象を受けたかがわかる。熊楠にとってこの楠神詣では、いわば死から生への帰還であった。

熊楠の少年時代は伝説にいろどられている。〝てんぎゃん〟もその一つであろう。てんぎゃんとは天狗の意であるが、あるとき熊楠が、昆虫や植物を採集するのだといって山にわけいって二日も三日も帰らなかったことがあり、天狗にさらわれたのだと大騒ぎになった。それ以来てんぎゃんが熊楠のあだ名になったという。熊楠自身は、「小生幼きとき日本人に例少なきほど鼻高かりしゆえ、他の小児みな小生を天狗と綽名せり」と語っている。異常な健脚で、一日に一〇里や二〇里歩くのは朝飯前だったとか、走るのが速く、冗談をいっていた相手の頭をいきなりぽかりとなぐりつけてさっと遠くへ逃げてしまい、相手がきょろきょろしているといつの間にか戻ってきているとかいったことも語り伝えられているが、そうしたことがひとつになって、〈てんぎゃん伝説〉が生まれたのであろう。

あだ名といえば、熊楠にはもうひとつ〝反芻(はんすう)〟というあだ名もあったようだ。これは文字どおりの反芻で、熊楠は牛のようにいったん食べたものをいつでも胃の中から口へもどすことができたという。喧嘩をすると、相手の顔へ反吐(へど)を吐きかけるのが熊楠のとっておきの武器であった。

神童もかくやと人々を驚かせた、人並みはずれた驚異的な記憶力は、しかし伝説ではない。熊楠の勉強は写すことからはじまった。

> 小生は九人ばかりありし子の第四男にて、幼時は（貧乏にあらざるも）父の節倹はなはだしかりしため、店にて売るブリキ板を紙に代え、鍋釜等に符号を付くるベニガラ粉を墨とし、紙屑屋より鍋釜包むために買い入れたる反古の中より中村惕斎の『訓蒙図彙』(4)を拾い出し、それを手本にまず画を学び、次に字を学び候。六、七歳のとき、右の『訓蒙図彙』の字をことごとく知り候。それより諸家に往き書を借り、『本草綱目』、『和漢三才図会』、『諸国名所図会』、『日本紀』等を十四歳ごろまでにことごとく写す。（中略）また古道具屋の店頭に積みある『列仙伝』の像と伝を、その道具屋主人夏日昼寝する間にのぞきに行き、逃げ帰りては筆し筆したるも

の、今も和歌山の宅にあり。（柳田国男宛書簡）

読んで、書き写して、記憶する。この方法は熊楠の生涯を通じて変わらなかった。「（自分は）記臆非凡にてちょっと看たものも暗誦致し……」と熊楠自身語っているが、後年、日本の雑誌に論考を発表するようになってからも、必要なデータがどの本のどのページにあるかを記憶していて、いきなりそのページをぱっとあけたり、原稿を書くときも、覚えていることを頭の中で組み立ててすらすらと書いていったという。

こうした神童めいた異能ぶりを発揮する熊楠が、不思議なことに学校、とくに中学校での成績はかんばしくなかった。

熊楠は六歳で雄小学校にはいり、速成高等小学校の鐘秀学校をへて、明治一二（一八七九）年、一二歳のときに創設されたばかりの和歌山中学に入学した。中学校での成績がよくなかったのは、教場での勉強よりも、「事物を実地に観察すること」のほうを好んだからである。

予十三、四のころ中学校にあって、僚友が血を吐くまで勉むるを見て、そんなにして一番になったところで天下が取れるでなし、われはただ落第せず無事に卒業して見すべしと公言したが、果たして左様だった。しかして試験ごとに何の課目も一番早く答紙を出して退場し、虫を採って自適するを見て、勉強せずに落ちぬは不可解と一同呆れた。（中略）課目が十あるうち作文と講義は得手物で満点ときまっており、総点数の五分の一得れば落第せぬ定めゆえ、他の八課の答えはじきに白紙を差し出し、件の二課は速く遣って退け、十分安心して遊び廻った。
（『十二支考』）

勉強が嫌いだったわけではない。『和漢三才図会』や『本草綱目』などの書写に見られるように、自分の好むものには全力をあげて集中している。ようするに型にはまった勉強が性にあわなかっただけで、「学校嫌いの勉強好き」（鶴見和子）といわれるゆえんである。

少年の風景

熊楠とちがって、少年時代の漱石には伝説といったほどのものはない。ただ、学校の成績は相当よかったようだ。実家に戻るまえ、漱石は塩原やすのもとから浅草で愛人と暮らす昌之助のところへ移っていたが、そこで創設されたばかりの戸田学校に入学した。実家にもどってからは近くの市谷学校に転校し、そこを卒業すると、神田猿楽町の錦華学校に入学した。当時の小学校は上等と下等に分かれ、それぞれに八級から一級まであって、成績優秀の者が試験をうけて上の級へいく飛び級が一般に行われていたが、漱石はたびたびこの飛び級をしている。学業優秀の褒賞も何度か受けている。

学校ではそうとうわんぱくだったようだ。そのころの同級生（篠本二郎）の思い出話によると、ことごとに漱石たちを見下す高慢ちきな女生徒をとっちめてやろうと、二人してその女生徒がすわっている腰掛けの両端からじりじりとはさみうちにしていき、肩と肩でぎゅっと押しつぶすようにして女生徒を泣かせてしまったことがあるという。また、いつもいじめられている四、五歳年上のガキ大将を同級生と二人で短刀でおどしてふるえあがらせたり、街をながす按摩（マッサージ師）を塀の上で待ちうけ、相手が盲目なのをいいことに、小便にひたした紙切れを釣り竿にひっかけて頭の上からたらすといったあくどいいたずらもやってのけている。

同級生の目に映った当時の漱石は、強情で、しばしば癇癪をおこし、嘘が嫌いで、友人の不信や不義をきびしく責めたという。漱石自身は、「小供の時分には腕白者で喧嘩がすきでよくアバレ者と叱かられた」（「僕の昔」）と語っている。

此時分（注・夏目家に引き取られたころ）の先生は随分腕白振を發揮されたものらしい。依怙地で、強情で、云ふことを諾かないと云ふのが、今なほ一族の間に殘つた定評である。阿父さんと云ふ人は元來子供が嫌ひな所へ、先生の方で左様だから、時々耐り兼ねては先生を土藏の中へ押入れたものださうな。先生は開けて呉れと言つて謝罪る代りに、手水がしたいと言ふ。開けて呉れなければ、此處でして仕舞ふと威嚇するのである。それがたび〳〵に成つて、毎もの嘘だからと抛つて置くと、本當にして仕舞ふのである。こんな風で勉強が嫌ひで遊んでばかり居るから、阿母さんも耐り兼ねて、或時先生を土藏の二階へ喚んで、短刀を突き附けて、これから改心して勉強すれば好し、さもなければ此處でお前を殺して自分も死んで仕舞ふと言つて練められたさうな。（森田草平「幼年と青年時代」大正六年一月『新小説臨時号文豪夏目漱石』所収）

　このように、「乱暴で乱暴で行く先が案じられる」（『坊っちゃん』）漱石であったが、幸いなことに、夏目の家には少年漱石の感性に大きな影響を及ぼした環境があった。

　小供のとき家に五六十幅の画があつた。ある時は床の間の前で、ある時は蔵の中で、又ある時は虫干の折に、余は交る〴〵それを見た。さうして懸物の前に独り蹲踞まつて、黙然と時を過すのを楽とした。（『思ひ出す事など』）

落語か、落語はすきでよく牛込の肴町の和良店へ聞きにでかけたもんだ。僕はどちらかといへば小供の時分には講釈がすきで東京中の講釈の寄席は大抵聞きに廻つた、何分兄等が揃つて遊び好きだから自然と僕も落語や講釈なんぞが好きになつて仕舞つたのだ。（「僕の昔」）

（前略）私の文章を好むやうになつた原因は何であるかと言へば、それは幼少の頃から私は漢文を盛んに読ませられたそのことが、文章を好むやうになり、後来自分でも文章を書くやうになつた、一つの遠い原因であると思ふ。私の父も、兄も、一体に私の一家は漢文を愛した家で、従つて、その感化で私も漢文を読ませられるやうになつたのである。（「文話」）

漱石の感性には、こうした少年期につちかわれたものが深く根をおろしているといえよう。

一方熊楠は、幼時のころから動植物に対する興味が強かった。ヒキガエルを飼ったり、野山に分け入ってキノコや木の皮を集めたりしていた。また、小学生のころ、学校へ行く途中で昆虫やカニ、藻などを見つけると、その場で弁当を食べてしまい、空になった弁当箱にそれらのものをつめたという。こうした動植物への興味は、中学にはいると自分が将来すすむべき道として自覚されるようになる。その自覚をうながしたのが、当時和歌山中学の教師をしていた鳥山啓（ひらく）であった。(5)

この鳥山がクラス一同をひきつれて、植物採集に行ったときのことである。山中で熊楠は自分の足もとに太いミミズが体をくねらせているのを見つけた。熊楠は小さいころからミミズが大嫌いで、見ただけで嘔吐をもよおすほどだったから、たまらず悲鳴をあげた。これを聞きつけた鳥山が近づいてきて、自然科学方面にすすもうと思っているお前が、ミミズをこわがっていてどうする、今日からミミズに親しむようにせよ、とたしなめた。熊楠はその言葉をもっともと思い、さっそくその日からミミズに慣れる訓練を自らに課した。すなわちミミズを掌にのせ、目をつぶり歯をくいしばってじっと我慢するのである。毎日これをくりかえし、一分、二分と時間をのばしていって、ついにはミミズを手づかみすることができるようになったという。(6)

少年時代における動植物への興味は、後年の菌類や粘菌などの研究につながってゆくが、そうした方面へすすんだ動機を熊楠は柳田国男への手紙でこう述べている。

小生は元来はなはだしき疳積持ちにて、狂人になることを人々患（うれ）えたり。自分このことに気がつき、他人が病質を治せんとて種々遊戯に身を入るるもつまらず、宜しく遊戯同様の面白き学問より始むべしと思い、博物標本をみずから集むることにかかれり。これはなかなか面白く、また疳積など少しも起こさば、解剖等微細の研究は一つも成らず、この方法にて疳積をおさうるになれて今日まで狂人にならざりし。

『和漢三才図会』や『本草綱目』『諸国名所図会』などを書写する情熱は、のちの民俗学へとつながるものだが、そうした情熱と動植物に対する興味は熊楠にあっては別のものではなかった。右にあげたような書物には、自分の知らない自然や事物、人事や習俗——いってみれば未知の「知の空間」があった。ほうっておけば暴発しかねない病質を自らの内に感じていた熊楠は、その病質を転化する道をもとめ、一方では顕微鏡下の極小の世界に自己を封じこめることによって、一方では広大な知の空間に心を遊ばせることによって、自己を解放し、自らを救済したのである。

もうひとつ、少年期の熊楠をとりまいていた風景がある。

今は知らず四十年ばかり前まで、和歌山市町家の児童、夕食後の遊びに、しばしばレンコと謂うを行なうた。家の入口等の壁に沿うて数児並び立ち、その現状を見能わざる別の処に一児立って、レーンコレンコと呼ぶと、数児一斉に「誰さん隣に誰がいる」と唱う。その時かの一児思い寄った二児の名を指して、「某様となりに某様がいる」と答う。それが中(あた)った節は、某児の隣におった某児が立ち代わって、またレーンコレンコと呼び、一同の問に答えにゃならぬ。また当たらなんだ時は、一同、「大きな間違い、でんぐりがえれ、でんぐりがえれ」と、笑罵半分大呼して順序を立て替え、再び問答を始め、言い中てるまで同じことを繰り返すのだ。（「レンコという遊戯」）

「ないもの買い」という遊びもあった。夜分、店の戸をたたいて、「こちらに鬼の角はありますか」とか、「釣り鐘の虫糞はありませんか」などとまじめな顔でたずね、店の者が怒るのを面白がって逃げるといういたずら遊びである。熊楠はあるとき、この遊びをやっていて、キツネの舌はあるかとたずねたところ、たまたまその店が漢方薬を商う店でキツネの舌が置いてあったため、やむなく買って帰って親に叱られたという。

体の弱い子のぼんのくぼの毛を剃らずに残しておくと丈夫になるという言い伝えがあり、紀州ではこれを「モズ」といった。熊楠は九歳になるまでこのモズを残していたが、たびたびうしろからひっぱられるので困ったという。

熊楠が五、六歳のころ、遊びに出てちょっと怪我をして帰ると、父親なり母親なりが、「親の唾、親の唾」と唱えて唾をそこに塗った。また、打ち傷があれば、「チンコの呪い、チンコの呪い」と唱えてそこを揉んだという。

これらが、少年熊楠をとりまいていたもうひとつの風景である。

漱石は、小さいころから養父の塩原昌之助や兄たちにつれられて寄席に通い、よく講釈や落語を聞いていた。芝居も見ている。また、道楽者であった二番めの兄や三番めの兄が、家でごろごろしながら、芝居の声色をやったり、藤八拳などをやったりして遊んでいるのを見聞きしている。少年漱石は江戸の町方文化の中に身を置いていた。これに対して熊楠の少年時代は、紀州という地方の民間習俗の中にあった。

〈注〉

（1）引用文を除き、本文中の年齢表記は満年齢。
（2）大正一四（一九二五）年一月に送られた日本郵船の矢吹義夫宛の書簡。生い立ちからはじめて半生の履歴がつまびらかにされており、一般に「履歴書」と呼ばれている。第九章参照。
（3）石川悌二『夏目漱石――その実像と虚像――』
（4）『訓蒙図彙』は江戸時代の図説百科事典。『本草綱目』は明の李時珍が著した本草書。「本草」は、薬用になる動植鉱物の総称。『和漢三才図会』は江戸時代の図入り百科事典。寺島良安編。一七一三（正徳三）年刊。明の王圻（おうき）の『三才図会』にならったもので、三才とは天・地・人の意。全一〇五巻。熊楠の筆写したものが和歌山県白浜町の南方熊楠記念館に所蔵されている。『列仙伝』は中国の仙人の伝記集。
（5）一八三七〜一九一四。和歌山県田辺に生まれ、田辺小学校、和歌山中学などの教師をへて、華族女学校、学習院の教授となった。博学多識で、「軍艦マーチ」の作詞者としても知られている。少年時代の熊楠は、この鳥山から大きな感化をうけた。
（6）南方文枝「父熊楠のプロフィール」（『南方熊楠百話』所収）。熊楠はこの時のことがよほど忘れがたかったらしく、「あの瞬間の嬉しさは、いくつになっても忘れる事が出来ない。と、同時に鳥山先生の温顔が目に浮かぶのだと、話してくれた」とある。

第二章　父の肖像

名主の家

先に述べたように、漱石の父夏目小兵衛直克（なおかつ）は町方名主をつとめていた。その支配地は、牛込馬場下横町、同榎町、同天神町、同中里町、同西方寺門前、同来迎寺門前など十一カ町におよび、高田馬場も支配下においていた。江戸に一番から二十一番まであった名主組合のうち、二十番組の世話役もつとめていた。

名主は、町奉行の支配のもとに、御触（おふれ）（幕府の法令や規制）の伝達、税の徴収、戸口調査、訴訟の裏書きなど町内の一切の行政をとりしきっていた。治安維持も名主の役目で、ある程度の警察権も持っていた。夏目家には、突棒（つくぼう）や袖搦（そでがら）み、刺股（さすまた）などの捕り物道具がそろえてあったという。

夏目家は代々町方名主をつとめる旧家であったが、漱石の祖父にあたる人が大変な道楽者で、一代で夏目家の身上を傾けてしまい、最後は雑司ヶ谷の茶屋で酒の上から頓死した。しかし、跡を継いだ直克は蓄財に努め、傾いた身上を自分一代で立て直したという。なかなかのやり手であったのだろう。その威勢もたいしたもので、直克が一歩牛込にはいると、「それ、馬場下の名主さまがおいでになった」といって、親が泣く子を黙らせるほどであった。自宅前の坂道を「夏目坂」と名づけたりもしている。また、家紋が井桁に菊であるのにちなんで、町名を「喜久井町」としたという話は、漱石も「父自身の口から聴いたのか、又は他のものから教はつたのか、何しろ今でもまだ私の耳に残つてゐる」と語っている。

名主には役料（給料）があったが、その持っている権力による役得も多く、暮らし向きは豊かだったようだ。

私の知つてゐる父は、禿頭の爺さんであつたが、若い時分には、一中節を習つたり、馴染の女に縮緬の積夜具をして遣つたりしたのださうである。青山に田地があつて、其所から上つて来る米丈でも、家のものが食ふには不足がなかつたとか聞いた。現に今生き残つてゐる三番目の兄などは、其米を舂く音を始終聞いたと云つてゐる。私の記憶によると、町内のものがみんなして私の家を呼んで、玄関々〱と称へてゐた。其時分の私には、何ういふ意味か解らなかつたが、今考へると、式台のついた厳めしい玄関付の家は、町内にたつた一軒しかなかつたからだらふと思ふ。（『硝子戸の中』）

財力にものをいわせて、庶民には望むべくもない派手で贅沢な暮らしをいとなむこともできた。『硝子戸の中』には、漱石の姉たちの豪勢な芝居見物の話が紹介されている。

其頃の芝居小屋はみんな猿若町にあつた。電車も俥もない時分に、高田の馬場の下から浅草の観音様の先迄朝早く行き着かうといふのだから、大抵の事ではなかつたらしい。姉達はみんな夜半に起きて支度をした。途中が物騒だといふので、用心のため、下男が屹度供をして行つたさうである。

一行は筑土八幡町から現在の飯田橋付近にあった神田川の船着き場に至り、そこの船宿であつらえてあった屋形船に乗り込む。船はお茶の水を通り越し、柳橋を経て隅田川に出ると、流れをさかのぼって吾妻橋をくぐり、浅草の今戸に着く。そこで船をおりた漱石の姉たちは、芝居茶屋まで歩き、それからようやく小屋まで送られていって、もうけられた席につくのである。その席というのは、一般の平土間より一段高くしつらえられている高土間で、自分たちの豪華な着物や髪飾りをみせびらかすための席であった。

幕の間には役者に随いてゐる男が、何うぞ楽屋へ御遊びに入らつしやいましと云つて案内に来る。すると姉達は此縮緬の模様のある着物の上に袴を穿いた男の後に跟いて、田之助とか訥升とかいふ贔屓の役者の部屋へ行つて、扇子に画などを描いて貰つて帰つてくる。是が彼等の見栄だつたのだらう。さうして其見栄は金の力でなければ買へなかつたのである。

帰りはもと来た道を同じ船で漕ぎもどり、下男の迎えをうけて家に帰る。家に帰り着くのは夜の十二時ごろで、つまり漱石の姉たちは、夜中から夜中までかかってようやくひとつの芝居を見ることができたということになる。「そんな派出な暮しをした昔もあったのかと思ふと、私は愈夢のやうな心持になるより外はない」と、漱石は記している。

また、漱石の誕生前後のこととして、八人組の強盗にはいられた話も『硝子戸の中』で語られている。

この強盗たちは幕末に流行したいわゆる御用盗の類で、抜き身をひっさげて押し入り、軍用金を出せと脅したという。直克は金はないといって断ったが、強盗たちは承知せず、「ここへ来るまえに角の酒屋にはいったら、うちにはないが、裏の夏目さんにはたくさんあると教えられてきたのだ」といって、動こうとしない。しかたなく直克は、小判を数枚さしだした。しかし額が少なすぎたのか、強盗たちは帰ろうとしない。妻の千枝が、あなたの財布にはいっているのもやっておしまいなさいというので、しぶしぶ出すと、強盗たちはようやく帰っていった。財布には五〇両ばかりはいっていたという。直克は、強盗たちが出ていったあと、「よけいなことをいう女だ」と妻を叱りつけたということだが、それ以来、夏目家では、夜盗よけに柱に穴をほってその中に有り金を隠すようにしたという。

芝居見物の話も、強盗にはいられた話も、夏目家の内証の豊かであったことを物語っているが、それもこれも、名主という地位がもたらしたものだといえよう。

変わる境遇

名主といえば、熊楠の父南方弥兵衛も名主の家の生まれである。すなわち弥兵衛は、和歌山県日高郡入野村（現・日高川町入野）の庄屋向畑庄兵衛の次男に生まれた。庄屋は、名主の関西方面での呼び方である。とはいえ、江戸の町方名主と当時わずか三〇戸ばかりの寒村の庄屋では、その境遇の違いは歴然としていた。おまけに弥兵衛は次男であったから、家を継ぐことなく、一三歳のときに村を離れて御坊の商家に丁稚奉公をし、さらに和歌山に出て福島屋という商家に奉公した。

この福島屋というのは両替商で、藩の銀座をつとめるほどの大店であったが、弥兵衛はここで番頭までつとめあげ、主人の信頼を得てその死に際して遺児を託された。実直な弥兵衛はこの信頼に応えて、遺児が成人するまでその面倒をみた。この労に報いようと主家から暖簾分けをすすめられたが、弥兵衛はこれを断り、おりから話のあった雑賀屋という屋号を持つ南方家の婿養子になることにした。南方家はそれなりの身代だったようだが、そのころは家付き娘とその母親、娘と前夫の間に生まれた女の子の三人が残るだけで、すっかり衰退していた。そこで、「かかる大廈の頽れ掛かったところを持ち直すには、非凡の養子を後入りさせにゃならぬと、知る人々が相談して、そのころ一本立ちの商売は開店叶わず、拙父が然るべき家に入婿となって商売したしと尋ねおるを幸いと、雑賀屋へ迎え取った」（「南方先生百話」）のだという。

かくて弥兵衛は南方家の婿となり、それまで名乗っていた佐助を改め、代々の名乗りをうけついで「南方弥兵衛」となった。弥兵衛はなんとか身代を立て直そうとしたが、一度傾いた屋台はそう簡単に再建というわけにはいかず、さまざまに苦労するうち、老母は死に、妻も弥兵衛とのあいだに二人の男の子をもうけて死んでしまった。三人の子をかかえて途方にくれた弥兵衛は、後妻をもらうことにした。これが熊楠の母となるすみである。

このすみをむかえてから家運も少しずつうわむくようになり、城下の橋丁(はしちょう)に金物屋の店をひらくまでになった。熊楠の生まれるころには、先の男の子二人はすでに死亡し、女の子はすみとの折り合いが悪く、一六、七歳のころ人にそそのかされて出奔してしまっていた。余談だが、熊楠は六歳のころ、博徒の妾となったこの義理の姉が博徒とともに父の店に押しかけてきたときのことを見聞きしている。博徒はこの姉をだしにして金を脅しとろうとしたようだが、失敗して巡査に捕らえられた。このおり、博徒に打ちたたかれて涙を浮かべている姉の様子を、はるか後年熊楠は脳裏に思い浮かべている。

漱石と熊楠の誕生前後のそれぞれの父親の状況は右のようなものであった。一方は幕府権力の末端をになう江戸の町方名主であり、一方はそういうものとは無縁の一介の商人である。一方は「名主さま」とたてまつられ、財布に五〇両をしのばせるほど富裕であり、一方は「鍋屋ふぜい」とさげすまれながら日銭をかせぐ身であった。だが、時代の激変が両者の立場を逆転させる。一方は旧秩序の末端につらなっていたことが枷(かせ)となって時代に取り残され、一方は新しい時代の波にのって発展していくのである。

明治維新で江戸市中の名主制度は廃止され、かわって五十番組制度がもうけられた。これは、市中を五十組（区）に分け、それぞれに中年寄と添年寄を置くというものであるが、実質的には旧名主が横すべりした。夏目直克も二十六番組の中年寄となっている。この制度は、廃藩置県にともなう行政区画の再編によって大小区制度に改められ、各区に戸長・副戸長が置かれた。直克は戸長となり、月給を支給された。すなわち、世襲の名主からいわばサラリーマンになったわけである。直克はやがて戸長（区長）を辞任し、警視庁に勤めるようになるが、そこまでいけば完全なサラリーマン化であり、旧名主時代の威勢も役得もあったものではない。

　もちろん、本人にその気さえあれば、新しい時代の波にのってもう一花咲かせることは可能である。直克にも多少そういう意識はあったものか、陸軍に糧秣をおさめる会社を設立するという話を持ち込まれ、一口のることにした。成功すれば大きな儲けがころがりこみ、昔日の勢いを取り戻すことができるとふんだのであろう。だが、しょせんは士族の商法ならぬ名主の商法で、責任者に逃げられて出資金はフイになり、おまけに判をついたために債務も背負わされ、青山に持っていた田地も手放すという羽目におちいってしまった。かくして夏目家は没落する。「私の家に関する私の記憶は、惣じて斯ういふ風に鄙びてゐる。さうして何処かに薄ら寒い憐れな影を宿してゐる」と、漱石は語っているが、「薄ら寒い憐れな影」は、当時の夏目家にまとわりついていた雰囲気に相違ない。

　一方、時代の変動によって失うものはなにもなかった南方弥兵衛は、自らの才覚を生かして商売に励み、明治五年には寄合町に新宅を普請した。寄合町は市内の目抜き通りであり、そこに新宅を構えたということは、かなりの財力があったということであろう。それでも当時はまだ鍋釜を扱う商売は賤業とされており、そのころ学校へあがった熊楠は、まわりの者たちから「鍋釜売っても嬶売らぬ婿に大事の○○がある」と馬鹿にされてはやしたてられ、学校から帰るたびに「鍋釜の商売をやめて、侍が尊ぶ刀剣の商いをしてくれ」と、弥兵衛に頼みこんだという。

弥兵衛にしても、生涯鍋釜を売って終わるつもりはなかったであろう。「明治十年、西南の役ごろ非常にもうけ、和歌山のみならず、関西にての富家となれり。もとは金物屋なりしが、明治十一年ごろより米屋をも兼ね、後には無営業にて、金貸しのみを事と」するようになった（「履歴書」）。番頭をつとめあげるまで両替商の福島屋に奉公していた弥兵衛にしてみれば、金貸し、すなわち金融業は自らの本業に戻ったともいえる。かくして弥兵衛は、和歌山でも一、二をあらそう富商への道を歩み、のちには酒造業に転じている。

この酒造業への転進については、次のようなエピソードがある。

　その前に亡父が心やすく往来する島村という富家翁あり。代々鬢（びん）付け油商を業とせしが、洋風おいおい行なわるるを見て、鬢付け油に見切りをつけ、何が一番うまい商売だろうかと亡父に問われし。その時亡父只今（明治十七、八年）の様子を見るに、酒造ほど儲かるものあるべからずと告げし。（中略）件（くだん）の島村翁は亡父の言を聞いて躊躇せずに酒造に手を出せしゆえ、今もその後が和歌山で強勢の商家たり。これに後るること四、五年にして拙父は酒造を創めしなれど、いわゆる立ち後れにて、ややもすれば島村家の勢いに及ばざること多かりし。（「履歴書」）

弥兵衛は、明治一七年には酒造業に手を染めているので、熊楠の右の一文は実際とはずれているが、いずれにしても、金物商——米穀商——金融業——酒造業と、弥兵衛には時代の流れを読む的確な目がそなわっていたといっていいだろう。

とまれ、時代の激変によって一方は没落、一方は興隆と、それぞれの父親の境遇は大きく変わったが、このことが漱石と熊楠の境涯に多大な影響をあたえたことはいうまでもない。と同時に、それぞれの父親に対する二人の態度にも、その影響はおよんでいる。

軽蔑と尊敬

蓄財に努めて傾きかけた身代を立て直したというだけあって、夏目直克は吝嗇(りんしょくか)家であった。名主時代は派手な付き合いも多かったが、そうした付き合いはほどほどにして、遊びに使った金だと思って書画などを買い込んでいたという。これは年をとってからの話だろうが、女中がその日の食事の献立を聞きに行くと、「茄子(なす)でも煮ておけ」というのが決まり文句であった。女中たちは、「また今晩もお茄子でしょうよ」と皮肉りながら聞きに行ったという。

また、直克が警視庁に勤めていたころ、その下役に樋口一葉の父がいて、よく借金を申し込まれた。こまめに立ち働くいわば片腕ともいうべき存在だったので、直克はそのたびになにがしかの金を用立てていた。しかし、樋口家は貧乏だったので、なかなか返してくれない。そうしたところへ、直克の長男大助と一葉との結婚話が持ち上がった。直克は、ただの下役でいる時でさえこれだけ金を借りられるのだから、このうえ娘をもらったらいったいどうなることかと算盤(そろばん)をはじいて、この話を断ったという。

『漱石の思い出』（夏目鏡子）によると、漱石はこうした父を「親父はけちんぼのくせに、妙に金のたまらぬ男だった」と笑っていたというが、この笑いには冷笑のニュアンスが感じ取れる。

先にも述べたように、塩原昌之助のもとから実家に戻ってきた漱石を直克は喜ばなかった。

> 実家の父に取っての健三は、小さな一個の邪魔物であつた。何しに斯んな出来損ひが舞ひ込んで来たかといふ顔付をした父は、殆んど子としての待遇を彼に与へなかつた。今迄と打つて変つた父の此態度が、生の父に対する健三の愛情を、根こぎにして枯らしつくした。彼は養父母の手前始終自分に対してにこ〳〵してゐた父と、厄介物を背負ひ込んでからすぐ慳貪に調子を改めた父とを比較して一度は驚ろいた。次には愛想をつかした。（『道草』九十一）

> 子供を沢山有つてゐた彼の父は、毫も健三に依怙る気がなかつた。今に世話にならうといふ下心のないのに、金を掛けるのは一銭でも惜しかつた。繋がる親子の縁で仕方なしに引き取つたやうなものゝ、飯を食はせる以外に、面倒を見て遣るのは、たゞ損になる丈であつた。（同）

漱石が戻ってきた時、直克は五九歳になっていた。すでに老境にさしかかっていたが、長男をはじめとする三人の男子はまだ自立しておらず、働きつづけなければならなかった。しかも、漱石が戻ってきたこの年には区長をやめ、しばらくして警視庁に出仕するようになったものの、月給は区長時代の半分以下になってしまった。いわば経済的にも思うにまかせぬ状態だったわけで、直克としてはよけいな金は一銭でもかけたくなかったにちがいない。

親子の情愛よりも損得を優先する父親に対して、少年漱石が、悲しみ、憤り、そして反発を抱いたであろうことは容易に推測できる。直克が漱石に情愛を持たなかったように、漱石も生涯父親に情愛を持たなかった。


(母とは)反対に父にはどうもいい感じはもっていなかったようです。噂に聞けば父もなかなかえらい人だったということですけれど、夏目の目にうつった父はどうもそうではなかったようでした。

「おまえ学問をするっていったい何をやるんだ」

「文学をやります」

「なに、軍学をやる」

夏目は父の五十三、四の時の年寄り子だと申しますから、父のいわゆるグンガクをやろうというころには、お父さんもやがて八十に手の届こうという、文学か軍学かわけのわからなかったお歳だったのでしょうが、それでも容赦なく、

「このとおりわからず屋だからいやになっちまう」

などと申しておりました。(『漱石の思い出』)

鏡子は、「いったい夏目は生家のものに対しては、まず情愛がないと申してもよかったでしょう。あるものは軽蔑と反感ぐらいなもので……」とも述べているが、とくに父親に対してはその感が深かったであろう。

ところで、漱石を「一個の邪魔物」として扱った直克であったが、皮肉にもやがてこの「邪魔物」に頼らざるを得なくなった。夏目家の将来を担っていた長男の大助が、三一歳の若さで死亡し、養子にいった次男の直則もあとを追うようにして死亡、家督を継いだ三男の和三郎（直矩）は学問を嫌い、時流にのる気概もなく、頼りにならなかったからである。そこへいくと四男は頭がよく、学問にも興味を持っているようなので将来の出世も望めそうであった。長男と次男が死亡した翌年の明治二一年に、直克は塩原昌之助に養育料を払って漱石を夏目家に復籍させているが、そこには、情愛よりも自分の面倒をみてもらおうという打算が働いていたと思われる。漱石は大学卒業後、教師の月給を割いて直克に仕送りしているが、父親の打算に対して、子としての義務を果したにすぎなかった。

後年、小宮豊隆が漱石を敬愛するあまり、自分の「おとつさん」になってくれといってきたのに対して、漱石は、「世の中に何がつまらないつて、おとつさんになる程つまらないものはない。又おとつさんを持つより厄介な事はない。僕はおやぢで散々手コズッタ。不思議な事はおやぢが死んでも悲しくも何ともない。旧幕時代なら親不幸の罪を以て火あぶりにでもなる倅だね」（小宮豊隆宛書簡）と答えている。父親を持つことが「厄介な事」だというのは、漱石の直克に対する感情をよく表している。

漱石とは反対に、熊楠は終生自分の父親を敬愛した。父について語ることも多かったが、常に父の人となりを称揚している。

私の父は（父のこと申すもおかしいが）寒邑の里正の子にて、十三のときに志を発し、村を出で、いろいろ難苦して、今の南方の家に入りしとき、家財悉皆売りしに今の一円八十銭ばかりしかなく、それで商売致し、とにかく只今は名前ばかりでも近郷の人々に知れしものとなりおり、平生例の女ぐるいなどいうこと一切なく、六十四のときまで、倉の米などはきあつめて売り候由。（土宜法龍宛書簡）

父は一風ありし人にて、只今の十三円ほどの資金をもって身を起こし、和歌山県で第五番と言わるる金持となり候。木下友三郎氏と小生遊交せしころは、和歌山市で第一番の金持なりし。しかし不文至極の人なりし。したがって学問の必要を知り、小生にはずいぶん学問させられたり。父ははなはだ勘弁のよき人にて、故三浦安氏の問に応じ、藩の経済のことなどにつき意見述べしこともあり。故吉川泰次郎男など、また今の専売特許局長中松盛雄氏など、毎に紀州商人の鏡なりとほめられ候。（柳田国男宛書簡）

熊楠のいうように、南方弥兵衛は、一代で財をきずいた人物らしくひとかどの見識を持っていた。主家からの暖簾分けを断ったのも、熊楠によれば、「主家より暖簾を分かたれては、子孫の末まで家来遇(あしら)いにさるるを遺憾とし」、あえて衰退した南方家の婿に入って一身の独立をはかったのだという。卑賤より身を起こしたために学問を身につける暇がなかったことを悔い、子どもたちには十分な教育をほどこしている。節倹を旨とし、寡言篤行、義理人情にも厚かった。熊楠によれば、貧しい人には利息を取らずに金を貸していたという。死期が迫った際、延命のために新興宗教による祈禱をすすめられたが、「誰も免れぬは死の一事」とこれをしりぞける合理性も持ち合わせていた。

熊楠はこうした父を尊敬し、「常に小生に申し聞け候は、人は耐忍をならうべし、耐忍しがたきを先として耐ゆべしと申され候。私は今に左様に致しおり申し候」と、父の訓戒を自らの行動規範としていることを土宜法龍(どぎほうりゅう)[1]に打ち明けている。

「履歴書」によれば、弥兵衛は死に先立つ三、四年前、財産分けを行っている。身代の半分を長男の藤吉に譲り、残りの半分を五等分して自分、次男の熊楠、三男常楠、四男楠次郎、長女くまに分けた。その上で、藤吉は、訴訟好きで人と争うことが多く、また好色でその行動も放縦(ほうじゅう)をきわめているから、自分が死ねば五年以内に破産するであろう。熊楠は学問好きなので、学問で世を過ごすがよい。ただし金銭に無頓着なので一生富むことはないだろう。常楠は実直で温厚な人柄だから、自分の後を継いで我が家を存続させてくれるにちがいないとして、三男の常楠に事業を受け継がせた[2]。熊楠は、「自分、別に名を求めたくはないが、父の志をつぐなり。そのうえ日本に望みあらば還るべし。日本へ帰らば酒屋をするつもりなり」と、土宜法龍に宛てた手紙の中で語っている。

漱石は「おやぢが死んでも悲しくも何ともない」といったが、ロンドンで父の死を知った熊楠は、私の父はまことに微者なり、（中略）然れども州里に仰がれ、三宝を敬し、自分は卑人にて文字を知らぬが悔しい、文学あらばさぞ面白からん、富貴にして文学なきも、徳行ありて学問なきも君子にあらずとて、三人の子に教育多く与えられ、（中略）死する後、葬時に会葬する者五百人に近く、死するときの遺言に、われはわが葬式の美にしてわが家の笑われんより、葬の至って簡にしてわが家の後たるもの人に笑われざらんことを望む、といいしにもかかわらず、立花を贈るもの四十四対の多きに及び、実に維新以後和歌山県内始めて見るの一盛儀なりし由承りぬ。

死後かくのごとくなれば、生時のことも思いやられ候。（土宜法龍宛書簡）

と、亡き父を称揚し、追慕している。

母への思い

漱石は、母親については父親とちがって美しい回想を残している。

母の名は千枝といつた。私は今でも此千枝といふ言葉を懐かしいものゝ一つに数へてゐる。だから私にはそれがたゞ私の母丈の名前で、決して外の女の名前であつてはならない様な気がする。幸ひに私はまだ母以外の千枝といふ女に出会つた事がない。（『硝子戸の中』）

千枝は明治一四年、漱石が一四歳のときに五四歳で亡くなっているから、漱石が母とともに暮らしたのはわずか五年であった。が、どこかなじめない家族の中にあって、漱石は母にだけは強い愛着と親しみを感じていたようだ。それは、

悪戯で強情な私は、決して世間の末ツ子のやうに母から甘く取扱かはれなかつた事を知つてゐる。それでも宅中で一番私を可愛がつて呉れたものは母だといふ強い親しみの心が、母に対する私の記憶の中には、何時でも籠つてゐる。愛憎を別にして考へて見ても、母はたしかに品位のある床しい婦人に違なかつた。さうして父よりは賢こさうに誰の目にも見えた。（同）

と書いていることからもうかがえる。

だが、はたしてほんとうにそうだろうか。千枝は、ほんとうに漱石を一番かわいがったのだろうか。千枝は、四谷大番町（現・新宿区大京町）の質商鍵屋の三女で、二八、九歳のときに直克のもとに嫁いできた。直克には、病死した先妻の娘佐和（八歳）と房（三歳）がいた。千枝は、長男大助、次男直則を生んだあと、三人目の子をみごもった。このとき千枝は、生まれてくる子が女の子だったら、その子かわいさに先妻の娘たちを継子扱いするかもしれないと恐れ、堕胎薬などを飲んだりして流産をはかったという。

幸いにというか、それにもかかわらずというか、三人目の子は生まれてしまった。これが直矩で、

生まれたときから見るからに虚弱だった。千枝は、自分が無理に流産をはかったせいだと思い、自責の念にかられて直矩を溺愛した。直克もおとなしい直矩をかわいがった。

　こうしたいきさつを考えると、漱石が千枝から直矩以上にかわいがられていたとは思われない。しかし、厄介者として父から見捨てられた少年が、自分を包みこんでくれるあたたかいものを母に求めるのは自然であろう。少年は、母がわずかに見せる親しみやかわいがりようでも、何十倍にも感じて受け取る。そうした意味からいえば、「宅中で一番私を可愛がつて呉れたものは母だ」という感覚は、当時の漱石にとっては十分に真実だったにちがいない。

　長兄の大助は、「御母さんは何にも云はないけれども、何処かに怖いところがある」（『硝子戸の中』）といっていた。「私は母を評した兄の此言葉を、暗い遠くの方から明らかに引張出してくる事が今でも出来る」。そうつづける漱石の脳裏には、先述したように悪戯が過ぎる自分を土蔵の二階に呼びつけ、短刀をつきつけて迫る千枝の姿がよみがえっていたかもしれない。けれど、「然しそれは水に融けて流れかゝつた字体を、屹となつて漸と元の形に返したやうな際どい私の記憶の断片に過ぎない」として、そのイメージを遠ざけようとしている。母・千枝は、漱石にとってあくまでも「宅中で一番可愛がつて呉れた」存在でなければならなかった。

　漱石には母を詠んだ句がいくつかある。

○亡き母の思はるゝ哉衣がへ（明治二八年）
○便なしや母なき人の衣がへ（　同　）

○なき母の忌日と知るや網代守（明治二八年）
○なき母の湯婆やさめて十二年（　同　）
○梅の花不肖なれども梅の花（明治二九年）

最後の句は、松山から帰省して千枝の墓を詣でた時のものである。
一方、「私は幼時より女と談話せず、母も姉も憚りて親しく談（はな）さず、今においてははなはだ悔いおり候」（土宜法龍宛書簡）と書いた熊楠は、父親とはちがって母親についてはあまり多くを語っていない。
熊楠の母親のすみは、西村という旧家の出で、遠縁にあたる和歌山藩の江戸詰め医師が罪を得て紀州に流された折、付き従って身辺の世話をしたという。医師が許されると、すみは直清（のせい）という茶商の妻であった伯母のもとに寄食し、店を手伝うようになった。このころ、弥兵衛は家付きの妻に死なれ、二人の子を抱えて苦労していた。

予の父、二人の子をば人に托し、活計のために橋向かい辺を通るたびに件の女の行儀崩さず茶を磨きおるを見、不覚（そぞろ）その店に入って茶を買った。（「南方先生百話」）

そのころ亡父が毎度通る町に茶碗屋ありて、美わしき女時々その店に見える。この家の主人の妻の姪なり。その行いきわめて正しかりしゆえ、亡父請うて後妻とせり。これ小生の亡母なり。

（「履歴書」）

「この亡母きわめて家政のうまき人にて、亡父に嫁し来りてより身代追い追いよくなり」と熊楠は語っているが、夫と同じく無学ながら、よく夫を補佐してその事業を助けた賢婦だったようだ。すみの生家である西村家は、朝日屋という屋号を持つ商家であった。（武内善信「南方熊楠と和歌山」『和歌山市立博物館研究紀要第二一号』）

熊楠が母親のことをあまり語っていないのは、熊楠の中では父親があまりにも大きな位置を占めていたからであろう。それでも、

予幼かりし時亡母つねに語りしは、厠を軽んずるは礼にあらず、むかし泉州の飯と呼ぶ富家は、その祖先が元旦雪隠の踏板に飯三粒落ちたるを見、戴いて食いしより打ち続き幸運を得て、大いに繁昌に及べり、と。（「厠神」）

さて予幼少の時亡母に聞いたは、摂津の尼崎の某寺堂の天井におびただしく幽霊の血つきの足跡が付いたのを見た。戦争とか災難とかで死んで浮かばれぬ輩が天井の上を歩く足跡と聞いた、と言われた。（「幽霊の手足印」）

予の幼時、飯のサイにまずい物を出さるると母を睨んだ。その都度、母が言ったは、カレイが

人間だった時、毎々不服で親を睨んだ、その罰で魚に転生してのちまでも、眼が面の一側にかたよりおる、と。（「邪視という語が早く用いられた一例」）

と、折りにふれて、その論考に幼い時に母から聞かされた話を記している。

すみは、明治二九（一八九六）年二月、熊楠のロンドン滞在中に五八歳で亡くなっている。

小生ロンドンで面白おかしくやっておるうちにも、苦の種がすでに十分伏在しおったので、ロンドンに着いて三年めに和歌山にあった母また死せり。「その時にきてまし物を藤ごろも、やがて別れとなりにけるかな」。（中略）小生最初渡米のおり、亡父は五十六歳で、母は四十七歳ばかりと記臆す。父が涙出るをこらえる体、母が覚えず声を放ちしさま、今はみな死に失せし。兄姉妹と弟が瘖然黙りうつむいた様子が、今この状を書く机の周囲に手で触り得るように視え申し候。（「履歴書」）

この年の四月一三日の熊楠の日記には、「朝父の尸を夢む。母も側にあり。已にして七時頃、国元より母の訃音申し来る状二通、及葬式写真六枚うけとる」とある。この写真は、左の一文にある「母の死骸の前に兄弟が並んだ」写真であろう。

予も竜敦に在て母の訃に接し、例の方の咄しも五日程全廃した程力を落したが、幸ひに弟が気付て、母の死骸の前に兄弟が並んだ所を、故柴田杏堂翁に写させ送り呉れたので、聊か自ら慰むる便にもなったばかりか、今日迄も時々其写真を眺むると、不覚潸然（そぞろさんぜん）涙下るを禁ぜず。

（中瀬喜陽編著『南方熊楠、独白』）

熊楠の母への思いもまた深かった。

〈注〉

（1）一八五四〜一九二一。真言宗の学僧。御室派管長、真言宗各派連合総裁等を経て高野山真言宗管長となる。一八九三年シカゴで開かれた万国宗教大会に日本仏教代表委員の一人として参加、その帰途ロンドンで熊楠と相知り意気投合、宗教・哲学等について多くの書簡をかわした。第四章及び第六章を参照。

（2）弥兵衛がおこした南方酒造株式会社は、常楠とその血統によってうけつがれ、社名を「世界一統」と変更して現在も存続している。

第三章　遁走のドラマ

遁走への序曲

漱石も熊楠も、〈遁走〉ともいうべきドラマをその青春期に演じている。熊楠の遁走はある時期に一気に実行されているが、漱石の遁走は迷走の果てに行われた感がある。しかし、子細に検討してみると、二人の遁走には共通の要因が見え隠れしているのが分かってくる。

まず熊楠から、その遁走に至る過程をたどってみよう。

明治一六（一八八三）年三月、和歌山中学を卒業した一六歳の熊楠は、上京して神田淡路町の共立学校に入学した。明治四年創立のこの学校は、当時、東京大学予備門に入るための予備校的存在となっていた。熊楠の目的も、もちろん予備門入学にあった。熊楠はここで高橋是清(これきよ)に英語を学んでいる。

高橋是清（一八五四～一九三六）は、いうまでもなく、首相・蔵相などを歴任し、二・二六事件で暗殺された大正・昭和期の政治家だが、この時二九歳、共立学校を主宰し自らも教壇に立っていた。自伝によると、大学予備門で教鞭をとっていた是清は、学生の学力の低いことを感じ、入学前にもう少し学力をつける方法はないかと考えて、友人と協力して廃校になっていた共立学校を再興、予備教育に力を入れた。その甲斐あって、共立学校出身者の大学予備門合格率が大いにあがり、学校の評判もよくなったという。

熊楠はこのころのことを後年回想して、「明治十六年出京して共立学校に入った時、高橋是清先生が毎日、ナンポウナンポウと呼ばるるので生徒を笑わせ、ランポウ君と言わるるに閉口した」と語っているが、それから三九年後の大正一一（一九二二）年三月、植物研究所設立資金募集のために上京したおり、当時首相だった高橋是清をその官邸に訪ねている。この時は、「往時を談じ、一笑ののち寄附金あり」（「上京日記」）ということで首尾よく目的を果たしたが、おそらく是清にとっても、熊楠は印象に残る生徒だったにちがいない。

四国松山から上京してきた正岡子規が共立学校に入学するのは、熊楠より半年あまりのちの一〇月のことである。子規との交流については、「小生は別に親友というほどのことはなく、ほんの同級生の他人なりし」（河東碧梧桐宛書簡）と熊楠自身語っているように、共立学校・大学予備門を通じてそれほど親しかったわけではないようだ。したがって、忘れがたい印象を抱いていたふしはうかがえるものの、熊楠が子規について語ることは少なかった。

もっとも、熊楠の中には、無名時代に知り合った人がのちに有名になったからといって、昔その人と交わりがあったことを吹聴するのは追従めいて嫌だという気持ちが多分にあったようなので、あるいはそのことが子規について語ることを抑制させていたのかもしれない。先の「ほんの同級生の他人……」というのも、どこかムキになっていいはっているような感じがしないでもない。

それはともかく、共立学校で勉強を続けた熊楠は、翌年の七月入学試験に合格して、当初の目的であった大学予備門入学を果たした。しかし、「明治十七年に大学予備門（第一高中）に入りしも授業などを心にとめず、ひたすら上野図書館に通い、思うままに和漢洋の書を読みたり。したがって欠席多くて学校の成績よろしからず」（「履歴書」）とあるように、熊楠の「学校嫌いの勉強好き」は、ここでもいかんなく発揮された。

図書館に通って読むだけではなかった。当時の日記をみると、毎月大量の雑誌や書籍を購入してはかたっぱしから読みふけっている。本や雑誌がたまると、まとめて郷里へ送っていたようだ。「憲法」と称して、自らに課した日々の規律を箇条書きしたなかに、「昼は写し夜はよむ」というのがあるが、これはおそらく、昼は図書館で書写にはげみ、夜は購入した雑誌や本を読むということであろう。ちなみにこの「憲法」には、

一　朝六時に起き夜十一時に臥す。
一　今日出来ることは明日迄のばさず、万事敏捷なるべし。閑暇をして生ぜしむ勿れ。
一　日曜、大祭日の外は他人と交遊せず。
一　間食を厳禁す。但し日曜はゆるす。三銭以下なれ。
一　淫褻の事一切之を禁ず。
一　飯は三盃より以上なるべからず。
一　毎夕体操一回すべし。

一　万事節倹なるべし。
一　毎朝及毎夜ソヂック・ビカーボネイトにて口を漱ぐべし。
一　毎日一度室内を掃ふべし。

などという項目もある。
一方で熊楠は、このころすでに一つの大望を抱いていた。

菌類は小生壮時、北米のカーチスと申す人六千点まで採り、有名なるバークレー（英人）におくり調査させ候。小生これを聞きし時、十六、七なりしが、何とぞ七千点日本のものを集めたしと思い立ち候。（上松蓊宛書簡）

幼時から続いていた熊楠の「集める」という情熱が、ここにきて一つの目標と方向性を持ったとみることができよう。とはいえ、このころはまだ、西ケ原や大森、鈴ケ森などで土器や石器、人骨片などを採集したり、鎌倉・江ノ島・日光などに遠出をして、魚介類や動植鉱物などの標品を採集するにとどまっている。
そうする間には、ビールを飲み、牛肉を食らい、寄席などに通って青春を謳歌もしている。また、
○田代栄助、加藤織平、死刑の宣告を受く。
○条約改正会議、本日より弥(いよい)よ下調に着手せる由。

○天子、風ひきにより福岡県下行幸を見合しとせらる。
○頃日東京近海魚漁甚多し。八百屋ハシカ後筍売れず、大こまり。
○長崎コレラ、新患者百十八人、死亡九十五名。
○本日より加波山事件の公判、東京重罪裁判所にて始まる。

などと、日々のニュースを日記に書きとめ、政治や社会の動向にも関心を寄せている。

しかし、熊楠の予備門時代はながくはなかった。二年めの一二月に行われた学期試験に落第し、留年と決まると、翌年の二月、にわかに退学して郷里の和歌山へ帰ってしまったのである。熊楠自身の記すところでは、「明治十九年春二月、予、疾を脳漿に感ずるをもって東京大学予備門を退き、帰省もっぱら修養を事とす」（「日高郡記行」）とある。「小生東京にありしがふらふら病いとなり、和歌山へ帰り……」（岩田準一宛書簡）とも語っている。

この頃、熊楠は頻繁に頭痛を起こしていた。明治一八（一八八五）年に始まる日記に最初に頭痛の記述が現れるのは、四月二九日のことで、「余一昨日より頭痛始まり今日なお已まず」とある。その後八カ月あまり頭痛の記述はなく、翌年の一月一七日に突然「夕より頭痛、殆ど困瞶す」という記述が現れ、つづいて「本日頭痛なお止まず」（一月一八日）、「病なほ愈ず」（一月二一日）、「予、病にて昨夜不眠」（二月七日）、「午後四時迄臥す」（二月九日）と、烈しい頭痛に悩まされている記述が頻出する。二月八日には郷里に電報が打たれ、一一日に父親が上京、二四日に郷里に向けて出発のところ、またしても激しい頭痛のために翌日に延期、二日後の二七日に和歌山に帰省している。

この激しい頭痛は癲癇症の発作かともみられているが、詳しいことは分からない。自ら郷里に電報を打っているところをみると、相当深刻な状態であることを自覚していたとみえる。

二月八日
　熊楠よりでんしんくる。
二月九日
　父弥右衛門と藤助と東京へたつ。なべ店くる。神谷くる。垣内くる。しん屋くる。
二月十日
　義兵衛くる、みまいに。
二月十一日
　坂上伝吉みまいにくる。

熊楠の母すみの明治一九年の日記（中瀬喜陽『覚書 南方熊楠』所収）には、このときのことが右のように記されている。熊楠からの「でんしん」の内容がどのようなものであったかは分からないが、電信であるからにはそう詳しいことは記されていなかったであろう。にもかかわらず、弥右衛門（弥兵衛はこの頃は長男の藤吉に家督と名を譲り、自分は弥右衛門を名乗っていた）は使用人をつれてすぐさま東京に発ち、親戚や知人があわただしく見舞いに訪れている。これは、両親や周囲の人々に、熊楠の「発病」がいつかは起こるにちがいないと、かねてから懸念されていたことをうかがわせる[1]。弥右衛門は二週間東京に滞在しているが、その間、熊楠の様子をみていたのであろう。

退学を決断したのは熊楠自身だと思われるが、弥右衛門がこれを受け入れたのは、「小生は元来はなはだしき疳積持ちにて、狂人になることを人々患え(うれ)たり」という熊楠の病質を考えたからであろう。このままほうっておけば、熊楠は「狂」の方へふれていくかもしれない。そうさせないためには、郷里に戻すしかないという判断があったものと思われる。

ともあれ、熊楠は東京を後にして父親とともに和歌山に向かった。落第から予備門退学、帰省へとつづくこの一連の出来事は、遁走への序曲といっていいが、熊楠にとっては、また、第二の危機でもあった。第一の危機はいうまでもなく四歳で脾疳をわずらったときである。このときは生命の危機だったが、今回は精神の危機であった。危機は帰郷後も続き、四月初めにはまたもや激しい頭痛を引き起こしている。一〇月二三日の日記には、病気のために（渡米）送別会を延期する旨の記事が見られるが、この日のことは、三年後の明治二二（一八八九）年四月二七日の日記で、「夜癲癇発症。十九年十月以後初てなり（傍点引用者）」と言及されている。

隠された動機

そうした心身ともに危機に陥っていた熊楠を癒してくれたのは、喜多幅武三郎(きたはばたけさぶろう)をはじめとする郷里の友人たちだった。なかでも羽山繁太郎(しげたろう)と弟の蕃次郎(はんじろう)は熊楠にとっては特別の存在であった。羽山兄弟は、日高郡塩屋村（現・御坊市）の医師羽山直記の長男と次男で、繁太郎は熊楠より一歳下、蕃次郎は四歳下、ともに和歌山中学における熊楠の後輩である。繁太郎は熊楠のすすめで上京し、医学をこころざして勉学していたが、肺結核にかかり、このころは帰郷して静養していた。

繁太郎と蕃次郎の羽山兄弟が熊楠にとって特別の存在だったというのは、この二人が熊楠の〈少年愛〉の対象だったからである。当時にあっては男女間の交際や恋愛は自由ではなく、異性を求める若者は遊里で遊んだり、ひそかに春画などを見たりして性的欲望を発散していた。一方そうした連中を柔弱な軟派としてあざける者たちは、自ら硬派をもって任じ、年下の美少年を愛好した。「私は幼時より女と談話せず」という熊楠もこの硬派に属していた。余談だが、漱石の兄の大助は色白で鼻筋の通った美男で、東大の前身である開成校に在学中上級生からラブレターをもらったことがあるという。

美貌で知られた羽山兄弟に対する熊楠の思い入れは深く、和歌山帰省後しばしば羽山家を訪れては何日も滞在し、ときには繁太郎と温泉に遊んだりしている。そうしたなかで、熊楠の心身はしだいに癒えていった。だが、心身が癒えるにしたがって、新たな悩みが生じてきた。すなわち前途への煩悶である。

これまで熊楠は、級友がそれこそ「血を吐くまで」勉学に努めるさまをあざわらい、自分は「落第せず無事に卒業して」みせると豪語して、試験の際には得意の課目だけに答案を書き、他は白紙を提出して得々としていた。総点数の五分の一をとれば落第しない決まりを最大限に利用して、あとは自分の好きなことをして遊びまわっていた。しかし、そういったやり方は予備門では通用しなかった。天下の秀才がつどう予備門の規則は予想外に厳しく、熊楠は全体の成績は良好だったにもかかわらず、代数一課目だけが合格点に達しなかったために落第のうきめをみたのである。ちなみに、娘の文枝によると、熊楠は数学と体操が苦手だったという。

人並みはずれた記憶力によって神童とさわがれ、人一倍自負心も強かった熊楠にとって、この落第は屈辱以外のなにものでもなかったにちがいない。意地っ張りで鼻っ柱が強く、型破りな言動で豪放な気性と思われている熊楠であったが、「明治十九年まで小生は毎々亡父に小気な男と笑われた」と自身語るように、その実、小心、といってわるければ、神経質で繊細な心の持ち主だった。型破りな言動も鼻っ柱の強さも、自らの傷つきやすい内面をまもるための鎧のようなものだったといっていい。

自分はこれから先どうしたらいいのか。中途で挫折したが、学問は続けたい。それも、学校の型にはまった学問ではなく、自分なりの自由な学問を。カーチスの向こうをはって七千点の日本産菌類を集めるという大望もある。内に抱える宿痾（しゅくあ）とどう付き合っていったらいいかという問題もある。そうした問題を解決するための方策はまだたってはいない。このままでは、自分はただの商家の息子で終わってしまうのではないか。そんなことはとうてい堪えられない。なんとか一敗地にまみれた屈辱をはねかえして、もう一度自分の存在を周囲に知らしめなければならない。それにはどうしたらよいのか。すべてを解決できるうまい方策はあるのか——。

このころの熊楠の日記を見ると、連日のように友人たちと往来し、羽山家や父の在所の入野にでかけたり、高野山にのぼったりと、前途に対する不安や煩悶とは一見無縁のような毎日を送っている。だが、表面的にはそう見えても、内心はどうであったか。友人たちとの頻繁な往来や諸方へでかけることで、不安や煩悶をまぎらせていたとみることもできる。ともあれ、いつまでも自分の前に立ちはだかる問題をそらせていることはできない。熊楠はやがて自らの針路を決めた。不安と煩悶のなかから生まれた針路、それが〝アメリカ行き〟であった。

熊楠がいつアメリカ行きを決意したかは明らかではないが、日記によれば、帰省八カ月後の一〇月一三日に父と兄から渡米の許しを得ている。兄からも許しをもらったのは、南方家の戸主だったからであろう。

このアメリカ行きの動機について、熊楠は後年つぎのように語っている。

> かくて小生和歌山にありしが、家内に面白からぬことありて（小生の家は当時和歌山で一、二といわれし商家なりしが、前年兄の妻を迎うるに父の鑑定で泉州より素性よき旧家の娘、まことに温良の美人を兄の妻として入れたるに、兄は淫靡の生れにて、浮気商売の女などを好み、父がせっかく定め選びし女を好まず、出奔したることあり、それを引き戻して改心せしめしも、なにさま本心より好まぬことはどこまでも好まず。それがため父と兄の間柄、常に面白からず、しかる上は小生は次男ゆえ、父は次男の小生と共に家を別立するような気色あり。小生の妻を定むなどいう噂もきく。しかる上は勝手に学問はできず、田舎で守銭虜となって朽ちんことを遺憾に思い）、渡米することに決し候。（岩田準一宛書簡）

また、「小生明治二十年ごろ養子に望まれたること有之候」ともいっている。

しかし、この渡米にはもう一つ隠された動機のあることが示唆されている。すなわち徴兵忌避である。[2]

当時施行されていた徴兵制によれば、満二〇歳になる男子は徴兵検査を受け、合格すれば兵役につかなければならなかった。熊楠が満二〇歳に達するのは翌年の四月一五日で、その意味では徴兵検査の期日が迫っていた。何事にまれ縛られることを嫌う熊楠の性格が、厳格な規律によって律せられている軍隊生活になじむとは、本人も周囲の者たちも思わなかったであろう。とくに両親にはその思いが深かったと思われる。とすれば、熊楠の徴兵がなんとか免除されるような手段を講ずることは十分に考えられよう。

当時、兵役を免除される者としては、おおよそ次のような者があった。①身体的不適格者、②戸主及び嗣子、③養子（他家のあとつぎ）、④官公立の上級学校在籍者、⑤洋行修業者、⑥犯罪者などである。南方家ではこれより八年前、二〇歳の長男藤吉が家督相続して戸主となっている。父の弥右衛門がその後も実権を持っていたふしがあることからみて、この家督相続は形式的なもので、合法的な徴兵忌避の意味合いが強いと推測されている。[3]

熊楠の場合は、すでに大学予備門を退学しているため、④の条件は当てはまらない。とすれば、分家して独立するか、養子縁組をして他家のあとをつぐかである。両親がこの方法をすすめたことは、先の熊楠の言葉からしても想像に難くない。穏当で常識的な方法でもある。しかし熊楠は、これに従うわけにはいかなかった。南方家から独立して、父とともに何か始めるにしても、結婚して一家を構えるにしても、他家へ養子に行くにしても、熊楠にとっては同じことであった。家と商売と土地に縛りつけられることに変わりはなかった。

ところで、熊楠が徴兵検査を受けても、その病質（癲癇）を言い立てれば不合格となる可能性が大きかったのではないかという見方もある。すなわち、①の身体的不適格には、当然のことながら肉体の欠陥とともに精神的な病質も含まれているからである。[4] しかしこれは、いささか皮相な見方であろう。というのも、その結果兵役を免除されたとしても、本人や周囲が暗黙のうちに認めていた病質が公になってしまうからである。そして、そういった病質で徴兵検査に不合格になるということは、社会的な落伍者の烙印を押されることにほかならず、当時の通念では後ろ指をさされかねない不名誉であったろう。人一倍プライドの高い熊楠がそのことに堪えられるとは思われない。また、南方家としても、旧家としての面目からそういった事態はできるだけ避けたいにちがいなかった。

ともあれ、熊楠が欲していたのは自由だった。傷ついたプライドを回復し、宿痾とも上手に付き合い、心機一転して出直すための新天地であった。とすれば選択肢は一つしかない。⑤の洋行(留学)である。すなわちアメリカ行きは、熊楠の前に立ちはだかる難問を心身の問題を含めて一挙に解決する〝妙手〟にほかならなかったのである。当時外国に留学するには莫大な費用がかかったが、そのころの南方家の財力は頂点に達しており、その点でも問題はなかった。

かくして、父と兄からアメリカ行きの許しを得た熊楠は、その二日後に羽山家を訪れて繁太郎に別れを告げ、翌日、入野の父の縁者に暇乞いをすませると、二九日に上京、在京の友人知人と留別会を開いたり、洋服（モーニング）をあつらえたり、友人たちに贈る形見の写真を撮影したりと、忙しい日を送ったのち、一二月二二日、友人や弟の常楠に見送られて横浜よりシティ・オブ・ペキン号に乗船、勇躍アメリカへと向かった。
渡米の形見に羽山繁太郎に贈った写真が今に残っている。フロックコートに身をかため、生真面目な顔つきをしたその写真の裏に、次のような言葉がしたためられている。

僕も是から勉強をつんで
洋行すました其後は
ふるあめりかを跡に見て
晴る日の本立帰り
一大事業をなした後
天下の男といはれたい

最後の一句に、自尊心の強い熊楠の本音がうかがえる。

迷走する青春

さて、心機一転、再出発の道を探って、和歌山で熊楠がアメリカ行きを企てていたころ、漱石は東京の本所松坂町（現・墨田区両国）にあった江東義塾という私塾の住み込み教師をしていた。古ぼけた長屋の二階の北向きの三畳の部屋に、友人の柴野（中村）是公とともに寝起きし、東京大学予備門（この年四月に第一高等中学校と改称）に通うかたわら、日に二時間ばかり地理や幾何を英語で教えた。食事は吹きさらしの食堂で、下駄をはいたまま寄宿生たちとともにとった。月給は五円で、漱石と是公はそれを机の上にごちゃまぜにして置いておき、その中から食費と学校の月謝、風呂代をさしひいて、残った金でそばや汁粉を食べまわったという。

このような私塾の住み込み教師になったことは、熊楠にとってアメリカ行きがそうであったように、漱石にとっても心機一転、再出発の決意の表れであった。きっかけは、これまた熊楠と同じように、〈落第〉である。すなわち、この年の七月、漱石は予科二級から一級への進級試験を落第してしまった。落第の事情は序章に述べたとおりだが、これまでの自分のいいかげんな勉学態度を深く反省した漱石は、再出発を期して自活を決意したのである。

漱石は、こうした出直し、あるいは方向転換をくり返して遁走に至るのだが、その最初の兆しは、明治一四（一八八二）年、すなわち母千枝の死んだ年に起こっている。

その年の春（千枝は一月に死んでいる）、漱石はそれまで通っていた東京府第一中学校（現・日比谷高校）を中退して、麴町にあった二松学舎にはいった。二松学舎は、机もない畳敷きの講堂に学生たちがてんでに座りこんで講義を聞くといったような、時代から取り残された感のある漢学塾だったが、「元来僕は漢学が好で随分興味を有つて漢籍は沢山読んだ」という漱石には格別違和感はなかったであろう。しかし、漱石が東京府第一中学校を中退した理由を考えると、この二松学舎入りは奇妙な後戻りの感じを抱かせる。

回想（「一貫したる不勉強」）によれば、当時漱石は大学予備門をめざしていた。予備門にはいるには英語の習得が不可欠だったが、漱石が在籍していた第一中学校の正則科では英語を教えていなかった。そこで、英語の習得のために第一中学校をやめたという。そうであるならば、古くさい漢学塾の二松学舎にはいりなおしたのは、矛盾した行動であろう。

漱石自身は二松学舎にはいった動機について何も語っていないが、小宮豊隆は、「(二松学舎にはいったのには) 漱石の母の死が、あずかって力があったのかも知れない。漱石はあるいはそのため世の無常を感じ、『立派な人間になって世間に出』ようとあくせくするよりも、自分の好きなことをして一生を暮す方が、遥に良いことであるというような心持に、一時的にでも、なったものかも知れない」(小宮豊隆『夏目漱石』)と、母千枝の死のショックを示唆している。

たとえ古くさくても、時代に背を向けていようとも、二松学舎で学ぶ漢学の世界は、漱石にとってはなじみ深いものだった。そこでならば安心していられる。二松学舎は、母の死によって深い喪失感にとらえられた漱石の心の避難所だったのかもしれない。そう考えると、この迷走気味の方向転換も理解できる気がする。あるいは、これが漱石にとつては最初の遁走だったのかもしれない。

漱石が二松学舎に在籍していたのは、一年ばかりの期間であった。そしてそのあと、明治一六年の秋、予備門への受験準備のために神田にあった成立学舎にはいった。この時には漱石はすでに自分をとりもどしていた。

……考へて見ると漢籍許り読んで此の文明開化の世の中に漢学者になつた処が仕方なし、別に之と云ふ目的があつた訳でもなかつたけれど、此儘で過(すご)すのは充(つま)らないと思ふ処から、兎に角大学へ入つて何か勉強しやうと決心した。（「落第」）

成立学舎へはいった動機を漱石はこう述懐しているが、その言葉どおり、好きな漢籍を一冊残らず売り払って、「手に取るのも厭な」英語を克服しようと必死で勉強した。長兄の大助が英語をやっていたので、それまで漱石も家で少し教えられてはいた。しかし、「教える兄は癇癪持、教はる僕は（英語が）大嫌いと来て居るから到底長く続く筈もなく、ナショナルの二位でお終になつて了つた」。「ナショナルの二」というのは、当時英語の教科書として広く用いられていた『ナショナル・リーダー』の第二巻のことである。とまれ、そのお陰で基礎だけは出来ていたので、なんとか英語が分かるようになり、翌年の入学試験に合格して大学予備門（予科）入学を果たしたのだった。

当時予備門は神田一ツ橋にあったが、漱石は神田猿楽町の下宿屋に下宿して、そこから予備門に通った。だが、受験勉強の反動からか、あるいは、豪傑を気取って「勉強を軽蔑するのが自己の天職であるかの如くに心得てゐた」下宿仲間に影響されたのか、少しも勉強せず、成績は悪くなる一方だった。そして、先に述べたように落第という事態に立ち至るのである。

江東義塾における漱石のアルバイト教師生活は、翌年の九月ごろ、不潔な環境のためにトラホームにかかって家に呼び戻されるまで、一年ばかり続いた。「親はそのトラホームを非常に心配して、『兎に角、そんな所なら無理に勤めてゐる必要もなからう』といふので」家に戻ったと漱石は語っているが、漱石が実家に呼び戻されたのは、ただそれだけの理由ではなかったと思われる。というのも、この間に長兄の大助と次兄の直則があいついで死亡しているからである。ともに肺結核であった。
鏡子によれば、生家のものに対してはまず情愛がないといってもいい漱石であったが、長兄の大助と母親の二人だけは、後々までも褒めもし、また懐かしがってもいたという。漱石は、大助が病床についてから徹夜で看病した。大助は、自分はこの先長くは生きられない。自分が死んだ後は身体に気をつけて自分の代わりに長生きするようにと漱石にいい、「勉強するんだよ」と言い残して死んだ。漱石はこのひとことを形見のように大事にしていた。[5]
夏目家では、すでに大助が家督相続をして戸主になっていたが、大助と直則（他家の養子になっていた）の死により、三男の直矩があとをついだ。『漱石の思い出』によれば、以前に長兄の大助が自分の病身を慮って、漱石を養子にしてあとをつがせるようにしようという話があり、この話を思い出した直矩が、あとをつぐかと尋ねたところ、漱石は「こんな家の跡をとるのはいやだ」と、一言のもとにはねつけたという。
それはともかく、長男と次男にあいついで死なれ、あとをとった三男は学問嫌いののらくら者で、あまり頼りにならないときては、すでに老齢になっていた直克にしてみれば不安だったであろう。トラホームにかこつけて漱石を家に呼び戻したのも、そんな不安のなせるわざだったにちがいない。兄とちがって学問好きで、気性もしっかりしており、将来の出世ものぞめる漱石を手元において、自分の面倒を見させる——直克にそんな計算が働いたとしてもおかしくない。その具体的な現れが、先にも述べたように漱石の夏目家への復籍で、これにより、二一歳にして漱石は、「塩原金之助」から「夏目金之助」となった。

この復籍は、漱石を夏目家につなぎとめようという直克の思惑はともかくとして、漱石にとっては、これまでの宙ぶらりんの状態から解放され、一個の〈夏目金之助〉としての己れを獲得できたことのほうが重要であったと思われる。

この年、明治二一年の夏、漱石は落第に続く大きな方向転換をしている。すなわち、第一高等中学校の予科を卒業して本科にすすむことになり（当時の制度では、予科三年、本科二年を経て大学にすすむ）、自分の専攻する科を選ぶことになったのである。これは、自らの将来を決める大事な選択であった。

漱石は、一五、六歳のころに、漢書や小説などを読んで面白く感じ、自分もやってみようと思って、長兄の大助に話したことがあった。だが大助は、「文学は職業にはならない。アッコンプリッシメント（嗜み・趣味）にすぎないものだ」といって、漱石を叱った。要するに文学では食えないということで、そういわれてしまえばそれ以上固執はできなかった。没落しかかった夏目家の一員として、なによりも良い職業につき、出世することが望まれていたからで、漱石自身もそのことはわきまえていた。

そのころ直克は、警視庁を止めており、収入をふやそうとしてインチキ会社と知らずに投資し、家産を傾けてもいる。長男の大助は、開成学校に学んで将来を期待されたが、胸を病んで中途退学し、警視庁の翻訳係を経て陸軍省に出仕していた。父親と同じく、しがない小役人である。次男の直則は電信技術を習得して電信局に勤めていたが、家にある書画骨董を持ち出して金に換えて遊びまわる道楽者であった。三男の直矩は学問嫌いで、これも新時代に打って出ようというような気概を持たないのらくら者にすぎなかった。つまり、どこをどうついてみても、夏目家に明るい展望が開ける要素はなかったのである。

うかうかすれば自分も同じようになりかねない。そうなったら、自分の未来は閉ざされたも同然であることは目に見えていた。漱石は、時代に取り残されかかった、よどんだ空気の支配する家からの脱却を願った。そのためには、家の者たちとはちがう人間にならなければならない。「何でも長い間の修業をして立派な人間になつて世間に出なければならないという慾」（『道草』）が漱石の胸の内にめばえたのは、このころであったと思われる。

その「慾」に動かされて、成立学舎を経て予備門にはいり、落第を契機に自分を立て直してここまでやってきた。そして、今、自らの進路を決める時がきたのである。

漱石が選んだのは建築科で、その理由は、つぎのようなものであった。

> 自分は元来変人だから此儘では世の中へ容れられない、世の中へ立つてやつて行くには何うしても根底から之を改めなければならないが、職業を択んで日常欠く可からざる必要な仕事をすれば、強いて変人を改めずにやつて行くことが出来る。此方が変人でも是非やつて貰はなければならない仕事さへして居れば、自然と人が頭を下げて頼みに来るに違ひない。然（さ）うすれば飯の喰外（くひはづ）れはないから安心だと云ふのが建築科を択んだ一つの理由。それと元来僕は美術的なことが好（すき）であるから、実用と共に建築を美術的にして見やうと思つたのがもう一つの理由であつた。（「落第」）

趣味と実益を兼ね、しかも自分を変えずにすめばというかなり虫のいい願望だが、漱石は本気で考えていたようだ。

ところが、この願望は友人の米山保三郎[6]の忠告で一夜にしてくつがえってしまうのである。漱石の将来の志望を聞いた米山は、これを一も二もなく退け、今の日本ではどんなに腕をふるっても、セント・ポール大寺院のような大建築を後世に残すことはできない。それよりは文学をやったほうがいい。文学のほうが生命がある。文学ならば、努力次第で後世に伝えられるような大作も不可能ではない、と強調したのだ。漱石は、この米山の言に感服して、すぐさま文科に志望を変え、「国文や漢文なら別に研究する必要もない様な気がした」ので、英文学を専攻することにした。

米山保三郎は、漱石が落第したために同級生となった人物で、哲学をこころざし、空間論を研究、惜しくも若くして病死したが、「文科大学にあつてより文科大学閉づるまでまたとあるまじき大怪物」と漱石が評したほどの異才であったから、その忠告に一も二もなく服すというのもうなずけなくはないが、それにしても、あまりにあっけない志望変更、方向転換という感がする。

漱石は、「元来自分の考は此男の説よりも、ずつと実際的である。食べるといふことを基点として出立した考である。所が米山の説を聞いて見ると何だか空々漠々とはしてゐるが、大きい事は大きいに違ない。衣食問題などは丸で眼中に置いてゐない。自分はこれに敬服した」といっているが、あるいは、かつて文学をやりたいといって長兄の大助に叱責されたことが心の底にくすぶっていたのかもしれない。そしてまた、大助の死も、この志望変更、方向転換の決断に大きく影響しているだろう。大助は末弟に対して指導者・監督者の立場でのぞんでいたし、漱石も大助を敬愛していたから、大助が生きていれば漱石は進路について相談しただろうし、相談されれば当然大助はより実際的な建築科を勧めただろうからである。そうなれば漱石も、米山の言よりも大助の意見に従わざるを得なかったであろう。

幸か不幸か大助は死に、漱石は一〇〇パーセント自らの意志で方向転換の決断をすることができた。この時漱石は、自分でも気づかずに、大助的な功利主義、「長い間の修業をして立派な人間になつて世間に出なければならない」といった俗世間的な出世主義に別れを告げていた。そして、そのことがやがて起こる遁走の遠因となるのである。

不安な神経

漱石の方向転換にあずかって力があったのが米山保三郎だとすれば、その方向をより深化させたのは、正岡子規といっていいだろう。「漱石に文章を書かせ、俳句をつくらせ、『倫敦(ロンドン)消息』を書かせ、その因縁(いんねん)から『ホトトギス』に『猫』を書かせ、『幻影(まぼろし)の盾(たて)』を書かせ、『坊っちゃん』を書かせ、結局漱石をして小説家たらしめるに至った原動力が子規であった」(小宮豊隆『夏目漱石』)からである。

漱石が子規と親しく交わるようになったのは、明治二二(一八八九)年一月ごろからのことで、それまではお互いに顔を見知ってはいたが、親しい付き合いはなかった。親しくなったきっかけは、寄席の話からだったという。二人とも寄席が好きでよく通っていた。親交が深まったのはこの年の五月、子規が級友に回覧した詩文集『七草集』の評を漱石が書き、九月、前月の房州旅行の印象を綴った漱石の『木屑録』に子規が総評を加えてからである。「英書を読む者は漢籍が出来ず、漢籍の出来るものは英書を読めん、(両方出来る)我兄の如きは千万人中の一人なり」と子規は漱石を高く評価し、一方漱石も、「小生元来大兄を以て吾が朋友中一見識を有し自己の定見に由つて人生の航路に舵をとるものと信じ居候」と、子規の人となりに一目おいている。[7] 以後、二人の交友は明治三五(一九〇二)年の子規の死まで続くことになる。

それはともかく、翌明治二三年、第一高等中学校を卒業した漱石は、帝国大学文科大学(東京大学文学部の前身)英文科に進学した(子規は哲学科にはいり、翌年国文学科に転じている)。進学と同時に文部省の貸費生となり、翌年には特待生になっている。また、主任教授のディクソンから頼まれて『方丈記』の英訳もしている。漱石が成績優秀で、大学でも秀才ぶりを発揮していたことがうかがえる。

しかし、一方で漱石の内面は波立ち始めていた。明治二三年八月九日の子規宛ての手紙には、「爾後眼病兎角よろしからず其がため書籍も筆硯も悉皆放抛の有様にて長き夏の日を暮しかね……」と、眼病をきっかけにして陥った厭世観がつづられている。

　此頃は何となく浮世がいやになりどう考へても考へ直してもいやで〳〵立ち切れず去りとて自殺する程の勇気もなきは矢張り人間らしき所が幾分かあるせいならんか「ファウスト」が自

ら毒薬を調合しながら口の辺まで持ち行きて遂に飲み得なんだといふ「ゲーテ」の作を思ひ出して自ら苦笑ひ被致候

あゝ正岡君、生て居ればこそ根もなき毀誉に心を労し無実の褒貶に気を揉んで鼠糞梁上より落つるも胆を消すと禅坊に笑はれるではござらぬか御文様(8)の文句ではなけれど二ッの目永く閉ぢ一つの息永く絶ゆるときは君臣もなく父子もなく道徳も権利も義務もやかましい者は滅茶〳〵にて真の空々真の寂々に相成べく夫を楽しみにながらへ居候

翌二四年も「僕前年も厭世主義今年もまだ厭世主義なり」と、厭世的な気分が続いている。この年の七月には嫂の登世(とせ)（三兄直矩の二度目の妻）が悪阻(つわり)で亡くなっている。漱石は同い年のこの嫂には親しみと同情（夫の女遊びに対して）を抱いていたようで、「天寿は天命死生は定業とは申しながら洵(まこと)に〳〵口惜しき事致候」と子規への手紙につづり、「朝貌や咲た許りの命哉」「人生を廿五年に縮めけり」「君逝きて浮世に花はなかりけり」といった追悼の句を詠んでいる。どこかなじめない家族のなかにあって、唯一親しみを感じていたこの嫂の死も、厭世観を深めたのかもしれない。

そうした厭世観に悩まされながらも、というか、それを克服しようとしてか漱石は勤勉な学生として勉学を続け、二年後に大学を卒業すると大学院にはいり、引き続き英文学を専攻した。この間、「ホイットマン論」「英国詩人の天地山川に対する観念」などを発表して注目をあび、また、東京専門学校、高等師範学校に出講して教師への道も歩みはじめている。傍目(はため)には、学界なり教育界なり

に向けて前途は洋々と拓(ひら)けているように見えた。しかし、漱石自身はそうは感じていなかった。漱石は、人知れず新たな煩悶を抱えこんでいたのである。

建築科をやめて英文科を選んだ時、漱石は、「英語英文に通達して、外国語でえらい文学上の述作をやつて西洋人を驚かせやうといふ希望」を抱いていた。それだけの自信もあった。が、大学で学ぶうちに、そうした希望や自信は怪しくなってきた。かわりに胸の内に広がってきたのが、英文学に対する懐疑であった。

> 私は大学で英文学といふ専門をやりました。其英文学といふものは何(ど)んなものかと御尋ねになるかも知れませんが、それを三年専攻した私にも何が何だかまあ夢中だつたのです。其頃はヂクソンといふ人が教師でした。私は其先生の前で詩を読ませられたり文章を読ませられたり、作文を作つて、冠詞が落ちてゐると云つて叱られたり、発音が間違つてゐると怒られたりしました。試験にはウォーヅウォースは何年に生れて何年に死んだとか、シエクスピヤのフォリオは幾通りあるかとか、或(あるい)はスコットの書いた作物を年代順に並べて見ろとかいふ問題ばかり出たのです。年の若いあなた方にも略(ほぼ)想像が出来るでせう、果してこれが英文学か何うだかといふ事が。英文学はしばらく措(お)いて第一文学とは何ういふものだか、是では到底解る筈がありません。(中略)兎に角三年勉強して、遂に文学は解(わか)らずじまひだつたのです。私の煩悶は第一此所(こゝ)に根ざしてゐたと申し上げても差支(さしつかえ)ないでせう。(「私の個人主義」)

英文学がどういうものか分かっていようといまいと、世間は大学出の文学士として漱石を信用した。漱石も生活のためにこの信用を利用した。しかし、「腹の中は常に空虚」であった。漱石は、文学士という看板に内実がともなっていないことを痛切に自覚していた。それは、自らの存在にかかわる重大な問題であった。

　私は此世に生れた以上何かしなければならん、と云つて何をして好いか少しも見当が付かない。私は丁度霧の中に閉ぢ込められた孤独の人間のやうに立ち竦(すく)んでしまつたのです。（同）

漱石の煩悶は、かつて熊楠が抱えた煩悶と同質のものである。ただ、熊楠の場合はまだ年が若かったことと、自分のやりたいこと（学問）に希望を持っていたから、煩悶からの解放の道筋がつけやすかった。これに反して漱石は、すでに二十代の半ばを過ぎ、しかも自らの意志で選んで研鑽をつんだ学問に懐疑を抱いてしまったのだから、その煩悶は深刻で、「恰(あたか)も嚢(ふくろ)の中(なか)に詰(つ)められて出る事(こと)の出来ない人」のように、抜け出るのはなかなか困難であったといえよう。

　こうした煩悶を抱え、「此先自分はどうなるだらうと思つて、人知れず陰鬱な日を送つ」ていた漱石に新たな不安が生じたのは、明治二七年の春のことであった。風邪をひいて喉を痛め、血痰が出たので医者に診てもらったところ、肺結核と診断されたのである。幸い症状は軽く、滋養物をとり、あまり無理をせずに過ごしているうちに、五月の末ごろには症状は消えた。だが、二人の兄を結核で亡くしている漱石にしてみれば、自分もかという思いで不安は消えなかったであろう。

その二カ月後、明治初年から朝鮮半島の支配権をめぐって睨みあっていた日清両国は、東学党の乱をきっかけに一気に緊張が高まり、八月一日戦争状態にはいった。日清戦争である。当時清国は「眠れる獅子」と恐れられた大国であり、これを打ち破れば日本の実力が世界に認められるとあって、国民は「清国撃つべし！」と熱狂し、政府は述べ二四万人余りの兵力を動員した。本来ならば漱石もその数にはいっていた。

これまでの徴兵令では、先に述べたように官公立の上級学校在籍者は徴集を猶予（実質的な兵役免除）されていたが、明治二二年一月の徴兵令改正によって、猶予期限が二六歳までに限定された。このため漱石は、二六歳（数え年）の明治二五年四月、直克の配慮で分家したうえ、北海道後志国岩内郡吹上町十七番地浅岡仁三郎方に移籍した（『漱石研究年表』）。当時北海道は人口が少なかったことと開拓事業を優先したため、明治二九年まで徴兵令は施行されていなかったのである。いわば漱石は徴集期限目前に徴兵逃れをしたといってもいい。日清戦争はその二年後である。

この〈送籍〉と〈日清戦争〉を当時の漱石の精神的変調の重要なファクターとする見方がある。本来なら自分も行くはずであった戦争に多くの同年代の若者が駆り出され、自分の身代わりのように命を落としていくことに対して、すまないという気持ち、自責の念を感じた漱石は、「潔癖に自分を責め、それがきつかけで神経衰弱になつた、あるいはすくなくともこのせいで神経衰弱をいよいよこじらせた」（丸谷才一「徴兵忌避者としての夏目漱石」『コロンブスの卵』所収）というのである。

こうした見方の当否は別として、日清戦争勃発直後から漱石の様子が少しずつおかしくなりはじめるのは確かである。九月一日には湘南に行き、おりから二百十日で荒れ狂う海に飛び込み、「快哉！」と叫んで宿の主人を驚かせた。このことを記した九月四日付の子規宛ての手紙では、「元来小生の漂泊は此三四年来沸騰せる脳漿を冷却して尺寸の勉強心を振興せん為のみに御座候」「理性と感情の戦争益劇しく恰も虚空につるし上げられたる人間の如くにて」「学問の府たる大学院に在つて勉強すべき時間はありながら勉強の出来ぬは実心苦しき限に御座候此三四年来勉強といふほど勉強をした事なく常に良心に譴責せらるゝ小生の心事は傍で見る程気楽な者には無之候」と、心の悩みを訴えている。それからしばらくして、それまでいた帝国大学の寄宿舎を出て友人の菅虎雄の家に下宿したが、まもなく漢詩の書き置きを残して突然行く先も告げずに飛び出してしまった。

一〇月半ばには小石川伝通院の脇の寺に下宿したが、『漱石の思い出』によれば、このころトラホームの治療で通っていた眼科医院で美しい娘を見初め、あの女ならもらってもいいと一人決めしていたところが、その母親というのが性悪(しょうわる)の見栄坊で、隣室に寝起きする尼さんたちを使って始終自分の動静をうかがっていると妄想したという。その尼さんたちの中に例の娘によく似た者がおり、たまたまその尼さんが風邪をひいたので薬を与えて親切にしたやったところが、ほかの尼さんたちが「あの人に似ているからだ」と陰口しているのを小耳にはさんだりもしている。

また、突然実家にやってきて、自分に縁談の申込みがあっただろうと尋ね、兄の直矩がそんなものはなかったと答えると、自分に黙って勝手に断るのは親でも兄でもないと大変な剣幕で怒り、ぷいと出て行ってしまった。あとで直矩が寺に行って子細を尋ねても怒っているばかりで相手の名も明かさず、不得要領で帰ってきたという。

誰かに監視され、動静を探られているという妄想や、自分の陰口をたたかれているという幻聴は、このころに漱石が神経衰弱（精神の変調）になるたびに現れる症状である。

この年の一二月二〇日すぎ、漱石は菅虎雄の紹介で鎌倉円覚寺の塔頭（たっちゅう）帰源院にはいり、座禅を組んだ。しかし、翌年の一月初めに参禅をおえて下山しても、心の平静は得られなかったようだ。そして、三月初旬（このころにはすでに大学院をやめていたと思われる）高等師範学校と東京専門学校を辞職すると、菅虎雄の斡旋による愛媛県尋常中学校（松山中学、現在の松山東高校）の教員を受諾し、四月七日に東京を離れて松山に向かった。

この松山行きの動機としては、失恋説もあるが、実際のところはわからない。漱石は、金を貯めて洋行の旅費を作るつもりで松山へ来たと友人への手紙で語り、小宮豊隆は「自分は何もかも捨てる気で松山に行ったのだ」と、漱石自身の口から聞いたという。いずれにしても漱石は、熊楠と同じように遁走をはかったのである。

夏目漱石と南方熊楠は、ともに外へ向かうことによって精神の内閉的危機を脱したといっていいだろう。違うのは、熊楠が文字どおり日本の外へ出てしまったのに対して、漱石は国内にとどまったということだけである。熊楠はアメリカを放浪してやがてイギリスに渡った。漱石は松山からさらに熊本に行き、その後イギリスに留学した。したがって、遁走の帰結としてのイギリス体験が、つぎの主題となる。

〈注〉

(1)『南方熊楠大事典』「病の自覚と病歴」の項参照。この一文(牧田健史)には、熊楠の病がその生涯と思想に及ぼした影響について詳細に述べられている。

(2)笠井清『南方熊楠』、仁科悟朗『南方熊楠の生涯』ほか。

(3)仁科悟朗『南方熊楠の生涯』

(4)和歌山県の徴兵を免除される届け書の書式に「自覚症ノ者ハ(狂病)癲癇等ヲ記入ス」という規定のあることが『南方熊楠の生涯』に紹介されている。

(5)英文「兄の死」(『漱石全集』第二十六巻所収)参照。

(6)一八六九〜一八九七。帝国大学哲学科に進学したが、留学直前に病死した。「筆まかせ」(正岡子規)によると、ある日下宿を訪ねてきた米山と話をした子規は、その哲学的知識の広さと深さに驚き、下宿に泊めて一晩中語り合い、翌朝米山の帰ったあと呆然としてしまい、予定していた野球の試合に出るのもいやになってしまったという。子規はこの米山を「高友」に分類している。ちなみに漱石は「畏友」である。

(7)「漱石」の雅号を用いたのもこのころからで、『七草集』の評文の署名が最初という。「漱石」は子規も少年のころ使っていた。なお、「漱石」は「漱石枕流」(『晋書』孫楚伝)からとったもので、負け惜しみの強いこと、頑固などの意。『木屑録』手稿の扉には「漱石頑夫」と記されているという。

(8)浄土真宗中興の祖、蓮如(一四一五〜九九)が門徒に与えた文章。浄土真宗の教義を平易に説いたもの。「御文」「御文章」。

第四章　イギリス体験

幸運な出会い

南方熊楠がアメリカからイギリスに渡り、ロンドンに到着したのは、明治二五（一八九二）年九月二六日のことである。日本を飛び出してから六年の歳月が流れ、熊楠は二五歳になっていた。

アメリカ行きについて、熊楠がどのように父や兄を説得したのかは分からない。ただ、彼の地で商業を学ぶという条件は出されたものと思われる。というのも、明治一九年一二月五日に湯島で開かれた熊楠の留送別会の席上、友人の薗田確堂から贈られた送別の漢詩の余白に、「明治拾九年拾弐月、余将に米国に赴き商賈の事に従んとす」（傍点引用者）という熊楠の追記があるからである（『南方熊楠百話』による）。このことは、熊楠がアメリカで最初に入った学校が、サンフランシスコにあった「パシフィック・ビジネス・カレッジ」であることでも裏付けられる。

しかし、熊楠のアメリカにおける行動をみてみると、当初の目的であった「商賈の事」からしだいに離れていってしまっているようだ。すなわち、ビジネス・カレッジを半年あまりでやめると、ミシガン州のランシングに赴いて州立農学校に入学したが、そこも飲酒事件を起こして退学、さらにミシガン州立大学のあるアナーバーに行き、そこに腰を落ち着けて、日本人留学生たちと交流しながら、気儘な勉学生活を送っている。おそらく、熊楠としても、父や兄との約束を守る気持はあったと思われる。だが、時を経るにつれて勉学への意欲がいやまさり、「思い立ったことはなんでもやる風ゆえ、一向行く先のこと分からず」という自らの性向の赴くままに行動した結果、「商賈の事」から無限に遠ざかっていったというのが真相であろう。

ミシガン州立大学は、熊楠自身も「有名なるミチガン州大学」と認識していた当時の一流大学であったが、熊楠は大学には入らず、例によって「自分で書籍を買い標本を集め、もっぱら図書館にゆき、広く曠野林中に遊びて自然を観察す」（「履歴書」）という生活を送っている。上から押しつけられる知識を嫌う熊楠の性向もあったのだろうが、「米の学問のわが邦の学問に劣れるはなはだしきを知る。いかほどこの国で学び一、二の学位を得たりとて、日本人がこの後そのほらに服してくれぬを知る」（杉村広太郎宛書簡）といっているところをみると、せっかくやってきた新天地ではあったが、アメリカの学問の現状に半ば失望していたようだ。

となれば独学でいくしかなく、熊楠は邦文のものは当時東京にいた弟の常楠から送ってもらい、英文のものは自ら購入して多くの書物や雑誌を読破していった。その範囲は、動物学や植物学、地誌、社会学、進化論、哲学、神学、博物学、ギリシア・ラテン語……と驚くほど広く、若い熊楠が貪欲に自らの「知」を形成していこうとする意欲がうかがえる。一方、カーチスの向こうをはって七千点の菌類を集めるという大望も忘れたわけではなかった。アナーバーに腰を落ち着けてからは、ほとんど毎日のように近郊の川辺や森林に植物採集にでかけていき、整理記載、標本作りに励んだ。

この採集→整理記載→標本作りという生活スタイルは、子どもの頃昆虫や藻などを空の弁当箱につめたことにはじまって、学生時代、アメリカ放浪期を経て帰国後の那智隠棲期、田辺定住、そして晩年まで変わることはなかった。これは、自分の病を自覚した熊楠が自らにほどこした対症療法であろうと指摘されている（「病の自覚と病歴」『南方熊楠大事典』所収）。

その後熊楠は、「履歴書」に「かくて二、三年おるうち、フロリダで地衣類（こけ）を集むるカルキンス大佐と文通上の知人となり、フロリダには当時米国学者の知らざる植物多きをたしかめたる上、明治二十三年（二四年の誤り）フロリダにゆき……」とあるように、アナーバーを去ってフロリダ半島の付け根のジャクソンヴィルに赴いた。このフロリダ行きは、カルキンスが費用を負担して熊楠に採集を依頼したのではないかともいわれている（『南方熊楠を知る事典』所収）。

ジャクソンヴィルで植物採集をしながら三カ月あまりを過ごしたのち、熊楠はキーウェストを経てキューバのハバナに渡り、さらに当時キューバ巡業中のサーカス団に加わって西インド諸島を巡って採集行に従事した。サーカス団の象使いの助手をしたり、サーカス芸人のラブレターの代筆をしてやったりしたというよく知られたエピソードは、この時のものである。もっとも、熊楠はほとんどハバナを動かず、サーカス団と西インド諸島を巡業したのは誤伝だとされている（『南方熊楠大事典』）。

それはさておき、四カ月後、キューバからジャクソンヴィルに戻った熊楠は、採集した菌類の整理・調査を終えたのち、明治二五年八月末にジャクソンヴィルを発ち、ニューヨークを経てロンドンに向かった。ロンドンに行くことは、中学時代の友人である喜多幅武三郎に宛てた手紙（明治二四年八月一三日付）に「いよいよ西インドに渡航仕り候。（中略）右旅行見事に相すみ候後は、北カロリナ州のブラック・マウンチンと申す高山に登り、地衣類採集、それより尻に帆かけてニューヨークより英京ロンドンに渡航仕り候」とあるように、キューバに渡る前から計画していたことであった。また同じ手紙には、つづけて「英京にては投書、著述等いたし、またことによれば社会党の書記などに相成り糊口いたすべき心組みに御座候」と、イギリス渡航の目的も記されている。

かくて熊楠はロンドンに到着したわけだが、このころのイギリスは、ヴィクトリア時代の末期にあたる。周知のように、ヴィクトリア時代は、エリザベス時代（エリザベス一世の治世＝一五五八〜一六〇三）などとともにイギリスの最も発展した時代の一つであった。産業革命を果たし、工業の近代化によって「世界の工場」となり、自由貿易によって世界市場を独占的に支配、さらにインド・カナダ・オーストラリアをはじめアフリカや中国を植民地や半植民地として富を吸い上げ、空前の繁栄を謳歌した。ロンドンは、この大英帝国の首都として六〇〇万以上の人口をかかえる「世界第一の都市」であった。同時にそこは、政治・経済・文化の中心地として、近代文明を象徴する地でもあった。

しかし、この「世界都市」に第一歩をしるした熊楠を待っていたのは、父・弥右衛門の訃報であった。常楠の書信によれば、弥右衛門が亡くなったのは八月八日で、熊楠がまだジャクソンヴィルに滞在中のことである。敬愛する父の死は、熊楠にとって大きなショックだったにちがいない。ましてや父の希望した道から大きくはずれてしまった自身を顧みれば、なおさらであったろう。熊楠は、ロンドンにおける最初の冬を失意のうちに過ごした。

渡英後一年たった翌年の九月、熊楠は美津田滝次郎（みつたたきじろう）という足芸師と知り合い、その縁で片岡政行（かたおかまさゆき）という男とも知り合った。美津田の知人のこの片岡という人物は、皇族とは縁もゆかりもないのに「プリンス片岡」と自称していた稀代（きたい）の詐欺師で、日本美術に詳しく、のちに日本と英国を股にかけた美術品の詐欺で逮捕されることになるのだが、当時はロンドンで古美術商を営んでおり、金持ちの英国紳士を大勢顧客に持っていた。この片岡が、「変な男だが学問はおびただしくしている」と熊楠の学識を見抜いて、顧客の一人である大英博物館英国・中世遺物及び民族誌学部長のウォラストン・フランクスに紹介の労を取ってくれた。

九月二二日、熊楠は片岡と連れ立って大英博物館を訪れ、フランクスと助手のチャールズ・リードに面会した。当日の模様を熊楠は日記に次のように記している。

> 片岡氏とブリチッシュ・ミュージュムに行、古物学部長フランクス氏及助手リード氏に面会。午餐談話の後、館内の別室を開かれ、仏像、神具等に付尋問あり。リード氏一々ラベルに筆記す。畢て邸にかへり、談話の後、夕に至り帰る。

初対面にもかかわらず、昼食を饗応され、夕方まで談話に及んだというのだから、熊楠にとっては思いもかけなかった厚遇であった。それもこれも、フランクスとリードが熊楠の内に深い学識を感じ取っていたからにほかならないだろう。この時フランクスは六七歳で、考古学・古美術学を専門とし、コレクターとしても名高く、大英博物館では副館長的な立場にあった。一方のリードは、古美術研究家・文化人類学者で、のちにフランクスのあとをついで部長になるが、当時は三六歳の気鋭の館員であった。

この二人の知遇を得たことがきっかけとなって、これ以後、大英博物館での勉学の道が開かれることになるのだが、これより先、熊楠はもう一つのチャンスをつかみかけていた。『ネイチャー』といえば、一八六九年にイギリスで創刊され、現在に至るまで高い水準の内容と権威を保ち続けている超一流の科学誌だが、同誌の読者投稿欄に載った記事が当時この『ネイチャー』を購読していた熊楠の目にとまった。「星座の構成について」と題された一読者からの質問状であった。その中に、中国とインドの星座構成についての質問があるのを知った熊楠は、すぐさま答文を作成することにした。その質問に答えられるだけの知識があったからである。

熊楠が質問状を目にしたのは八月一七日だったが、三〇日には答文が完成した。「履歴書」には、この時、AからQまであってRからZまでは全く欠けた辞書を下宿の老婆から借りて答文を作成したとあるが、これは熊楠一流の誇張と思われる。ともあれ、「東洋の星座」と題された熊楠のこの答文は、一〇月五日発行の『ネイチャー』に掲載された。当日の日記には、「今日の『ネーチュール』に、予の『ジ・コンステレーションズ・オヴ・ジ・ファールイースト』出る」としか記されていないが、内心は大いに得意であったにちがいない。

かくて熊楠は、「英京にては投書、著述いたし」という念願の実現に向けて第一歩をふみだしたが、これと踵を接するようにしてもう一つの大きな出会いが熊楠を待っていた。すなわち、自らの生涯にかけがえのない存在となる人物、土宜法龍との巡り合いである。土宜法龍は真言宗の僧侶で、のちには高野山の管長にまでのぼったが、当時は開明的な学問僧として、シカゴで開かれた万国宗教大会に真言宗の代表として出席し、大会終了後、パリのギメー博物館に仏教資料の調査・研究に赴く途中、ロンドンに立ち寄ったものである。ちなみに、夏目漱石が参禅した鎌倉円覚寺の釈宗演も、日本の仏教徒代表団の一人である。

法龍と熊楠を引き合わせたのは、横浜正金銀行ロンドン支店長の中井芳楠である。中井は和歌山県出身の銀行家で、熊楠の父と兄とは和歌山において親交があり、ロンドンにおける熊楠のいわば親代わりといった存在であった。一〇月三〇日の夜、中井宅で顔を合わせた二人は、たちまち意気投合した。熊楠は、法龍の中に自分が全知を傾けてぶつかっていっても受け止めてくれる底深い知性と包容力を感じ、熊楠より一三歳年長の法龍は、この若者の博識に驚くとともに、その博識の陰に見え隠れする赤児のように純真な心を見抜いたのである。

法龍は一一月四日にパリに向けてロンドンを発ったから、二人が直接的に交流したのはわずか五日にすぎなかった。だが、この五日間、二人はほとんどの時間を共に過ごした。ある日は二人とも僧衣で大英博物館を訪れ、またある日は、熊楠が法龍の止宿先に泊まり込んで、終日議論に明け暮れた。法龍がパリに去ってからは、ロンドンとパリのあいだを多くの書簡が行き交った。二人の議論の主題は、仏教を中心とした宗教論、哲学論であったが、根底には近代合理主義に仏教はいかに対処すべきかという命題があった。

……各国人類の学、社会の学、言語の学より、心理心想上の学問、また心界物界、宇宙諸法則の大学問たる東西諸派の哲学、および人心物に感じて精妙の思想を発する次第を見るに足るべき文学に至るまで、よくよく講究して後、始めてわが仏教の整理をもなし得べきか。（『南方熊楠 土宜法竜 往復書簡』）

と、熊楠が自らの存念を述べれば、

貴君は宗教をもはや哲学と見做し、槁木死灰のごとくわが身心をみるか。すなわちかのショッペンハワーの厭世的にはあらざるか。もし貴君にして宗教上いかなる思考を持ちたまうか、これまた聞かんと欲す。（同）

と法龍が応じ、白熱した議論が展開していった。「小生は件の土宜師への状を認むるためには、一状に昼夜兼ねて眠りを省き二週間もかかりしことあり。何を書いたか今は覚えねど、これがために自分の学問、灼然と上進せしを記臆しおり候」（柳田国男宛書簡）と、後年熊楠は述懐している。思いがけない父親の訃報ではじまった熊楠のイギリス体験は、こうして、二度目の冬を迎える頃には大きく好転しはじめていた。この年最後の日記（日付は十二月二十一日）に、熊楠は「今日より毎朝、昼時、夕に父を念ず」と記している。熊楠にしてみれば、度重なった幸運な出会いは、亡父のみちびきとしか思えなかったにちがいない。

初対面で厚遇してくれたフランクスとリードは、その後も熊楠に目をかけてくれた。この二人の下で熊楠は、仏像や仏具の整理などを手伝いながら、『ネイチャー』への寄稿を精力的に続けていった。明治二七(一八九四)年には、「蜂に関する東洋の俗信」「北方に関する中国人の俗信について」「『指紋法』の古さについて」など六編を発表している。第一作の「東洋の星座」もそうだったが、これらの論文はいずれも熊楠の中に蓄積された和漢の知識を駆使して書かれたものである。熊楠は、いわば〈東洋の知〉をもって英国の学界に切り込んだのである。

こうした一連の仕事によって、KUMAGUSU MINAKATA の名は英国の識者たちに知られるようになった。古生物学者のF・A・バサーは熊楠に自著を贈り、親交を深めている。「蜂に関する東洋の俗信」がきっかけで熊楠と文通を始めた昆虫学者のオステン＝サッケンは、わざわざ熊楠をその下宿に訪れている。さらには、小説家のアーサー・モリソン、隠花植物学者のG・マリーなども熊楠と交遊している。また、ロンドン大学事務総長で日本学者のF・V・ディキンズ[1]は、熊楠の学識と人物に惚れ込み、その交遊は熊楠が帰国してからも続いた。

しかし、熊楠の勉学が本格的になるのは、なんといっても大英博物館の有名な円形閲覧室に通うようになってからである。

大英博物館は、博物館と図書館を合わせ持つ施設[2]だが、その図書館部門を象徴するのが円形閲覧室である。一八五七年に建てられたこの円形ドーム型の大閲覧室は、カール・マルクスをはじめレーニンや孫文、そのほか多くの政治家・思想家がここで研究し、思索の糸をつむいだ「ロンドンで最も高名な部屋の一つ」であった。熊楠が閲覧室の利用許可を得たのは明治二八（一八九五）年四月初めの頃と思われ、日記には四月一〇日の項に「博物館に之(ゆき)、リード氏と読書室に之く」という記述がみえる。この時から三年半にわたる熊楠の大英博物館の閲覧室通いが始まるのだが、ちなみにこの日、日本では夏目漱石が松山中学での最初の授業にのぞんでいる。

この大英博物館図書館には、当時世界中から集められた一五〇万冊ちかい蔵書があったというから、まさに〈知の宝庫〉といっていい。熊楠は、四月の終わり頃からほとんど毎日のように閲覧室(熊楠は読書室、書籍室と書いている)に通いはじめ、旅行記・地誌・人類学・民俗学・宗教・セクソロジーなどの文献を渉猟(しょうりょう)、書写していった。これが今日に残るいわゆる「ロンドン抜書」で、他の博物館などで書写したものを合わせて大判のノート五二冊、一万数千ページにものぼる。写して覚え、その知識を十二分に血肉化する。これが少年時の『和漢三才図会』筆写以来の熊楠の勉強法だが、「ロンドン抜書」はその集大成であり、汗の結晶であった。

熊楠は、ロンドン時代の初期にはハイドパークなどを散歩して菌類などを採集しているが、大英図書館の閲覧室に通い出してからは、行っていない。しかし、採集・整理というその基本的な生活スタイルは変わっていない。熊楠は菌類のかわりに〈世界の知〉を採集していたのである。

不運な暗転

閲覧室に通うようになってから半年余りたった頃、熊楠は大英博物館東洋書籍部長のロバート・ダグラスの知遇を得て、その仕事である『大英博物館日本書籍目録』の作成を手伝うことになった。「履歴書」によれば、館員になるよう勧められたが、「人となれば自在ならず、自在なれば人とならずで、自分は至って勝手千万な男ゆえ辞退して就職せず」、館員外参考人、すなわち嘱託のような身分に止まったという。

このように順調に経過していった熊楠のイギリス体験に陰りが見えはじめたのは、滞英六年目にはいった明治三〇（一八九七）年の半ば頃からであろうか。

この年の四月、欧米漫遊中の徳川頼倫（よりみち）がロンドンにやってきたが、熊楠は中井芳楠を介して頼倫の宿所探しを頼まれた。頼倫は最後の紀州藩主茂承（もちつぐ）の養嗣子で、いわば主筋にあたるところから、熊楠はこれを引き受け、ダグラスに相談した。するとダグラスが、自分の家を提供しようと申し出てくれ、部屋の模様替えまでして準備を整えてくれた。

だが、この話は、ダグラス邸は場所が悪いという日本公使館関係者の横槍で不調に終わった。しかも頼倫側は、ダグラスの好意に対してろくな礼もせずにうっちゃっておいたのである。ダグラスは当然不快な気持を抱き、それはこの件を斡旋した熊楠にも及んだ。熊楠はダグラスに対して面目を失した形となり、二人の間はしばらく冷え込んだという。

ダグラスはこれまで、熊楠の才能を認め、その後ろ盾となって、『ネイチャー』に投稿する熊楠の論文の校閲をしてくれるなど、有形無形の助力を惜しまなかった。リードやフランクス（この年の五月に死亡）とともに、熊楠のいわば後見人といった立場にあった。このダグラスの信用を失い、疎まれれば、大英博物館における勉学に支障をきたすかもしれなかった。熊楠は前途に対する不安を抱き、快々（おうおう）として楽しまなかった。

さいわい、ダグラスとの関係はやがて元に復したようで、一〇月九日、熊楠はダグラスから完成した『日本書籍目録』の序文を読み聞かせられた。その序文には協力者として熊楠の名も挙げられ、感謝の意が表してあったという。

しかるに、それから一カ月後の一一月八日、熊楠はこともあろうに図書館の閲覧室で、利用者の一人をなぐりつけてしまった。当日の日記には「午後博物館書籍室に入りざま毛唐人一人ぶちのめす。これは積年予に軽侮を加しやつ也」とあり、「履歴書」にも、「小生大英博物館に在るうち、独人膠州湾をとりしことあり。東洋人の気焔すこぶる昂(あが)らず。その時館内にて小生を軽侮せるものありしを、小生五百人ばかり読書する中において烈しくその鼻を打ちしことあり」と記されている。

この「積年予に軽侮を加しやつ」というのは、閲覧者のダニエルズという男で、熊楠に対してしかめつらをしたり、唾を吐き散らしたり、指や鉄の文鎮で机をたたいて熊楠の読書の邪魔をしたりといったいやがらせをくり返していたという。熊楠は他の数人の者たちからも、「君は豚を食べるのか」「猫は？　鼠は？」といった質問をあびせかけられ、いやがらせを受けていた。とりわけ熊楠を激昂させたのは、事件の四日前、大事にしていたシルクハットに黒インクで染みをつけられたことだった。殴打事件の辞書を机の上に置かれるといったいやがらせを受けていた。席を離れている時に棚から持ち出し禁止は、東洋人たる熊楠を侮り、侮辱を加える輩に対しての熊楠なりの制裁であった。

この騒ぎで熊楠は閲覧室の利用を停止されたが、ダグラスの指示で「今後館内で騒ぎは起こさない」という誓約書を理事会に送り、一カ月あまりのちに博物館に復帰している。

これで一件落着といいけばよかったのだが、残念ながらそうはならなかった。すなわち、翌年の一二月七日の夕方、館内の女性読者の高声を咎め、制止したところ、騒ぎとなり、閲覧室の監督官によって館外に放り出されてしまったのである。日記によれば、この日熊楠は博物館に入る前に知人と酒を飲んでいた。また、制するというより大声でどなりちらしたらしい。

熊楠は、さっそく自分の行為を弁明した「陳状書」をしたためて博物館の理事会に送った。しかし、一四日に届いたのは博物館から追放する旨の通知書であった。

大英博物館図書館は、熊楠にとってはなにものにもかえがたい勉学の場であったはずである。それを失ってしまいかねない自滅的な行為をどうしてしてしまったのだろうか。

日記を通してみると、この年（明治三一年）の初めごろから熊楠は館内や館外で荒れた行動をくり返している。

・博物館にて前年打ちやりし奴に唾はきかけ、同人予の席へ詰りに来る。されど事なく、予は夜迄勉学して帰る。（二月七日）
・一読者（此者予を嘲哢せしこと二回あり）戸を出るとて予にマッチを打付去る。予大に怒り、館内にて打ちやらんと思ひしが、考る所ありて止む。（四月二一日）
・昨夜、加章の家入口えへどはいてやる。（五月二四日）
・朝家の婆ネーチュール到着せるを昨夜持来らざりしを怒り、大声にて叱り飛しやる。（八月二六日）
・博物館にて土耳其人（トルコ）（？）の胸つきとばし、館長代理と問答。（八月三〇日）
・中井氏を訪、帰途大酔ひつくりかえり鼻傷く。（九月六日）

・夜干魚四疋かひ、加章の家入口えなげ、幷にへどつきやる。(九月二八日)
・博物館にてダグラス室山出しの小使と喧嘩せんと迄ありしが止む。(一〇月八日)
・家の老婆を打、巡査と争ひ入牢。(一一月一七日)

そして一二月に至って、前述の図書館閲覧室での騒ぎとなるのだが、こうした問題行動を起こした原因・動機として、熊楠の「ロンドン私記(在英公使館宛珍状)[3]」に、当時博物館で東洋人類調査局なるものを設ける話があり、その責任者として熊楠、インド人、トルコ人の三人が候補にのぼった。しかし結局「其地位は印度人に落ち、小生は怏々として、喧嘩して退館するに及」んだということが記されている。すなわち、この職を取り損なったために自暴自棄となり、問題行動をくり返したというのである。

かつて館員となるよう勧められた時、館外に止まることを潔しとした熊楠が、博物館に職を求めようとするのは矛盾しているようだが、この先イギリスで勉学を続けていくためには、その職はぜひとも手に入れたいものだったにちがいない。そう考えると、それを逃して自暴自棄に陥ったというのもうなずけるような気がする。ただし、右の話の真偽は定かではない[4]。

一方、精神病理学的見地から、この時期の熊楠の自滅的行動を解明しようとする試みもある。すなわち、明治三〇(一八九七)年頃から日記に不眠・頭痛・病的飲酒・嘔吐・口論・暴力行為などの記事が頻発しはじめることから、熊楠の状態を「周期的不機嫌症」と呼ばれる精神病理学状態に近いものとみる。この症候にとらわれた人は、周期的に不機嫌となり、怒りや恐怖といった激しい情動に揺れ、他人や家族に対して些細なことで腹を立て、攻撃的になるという。「不機嫌、頭痛、不眠のために、酒に溺れ、暴力をふるい、騒動をおこして自滅する。このとき熊楠は、まぬがれがたい実存的な周期に入っていたのではなかったか」（近藤俊文『天才の誕生』）。

いずれにしても、なにものかに駆り立てられるようにして破滅に向かっていく熊楠の姿が印象に残る。

さて、自ら招いたこととはいえ、勉学の場を失う危機に直面した熊楠は、リード、ダグラス、モリソン、ディキンズらに博物館復帰へ向けての助力を乞うた。彼らは助力を惜しまず、なかでもダグラスは、東洋書籍部内で熊楠に勉学の場を与えたいという請願を博物館理事会に出してくれた。理事会では、この請願を受けて検討した結果、ダグラスの監督下で、東洋書籍部に限り利用を認めるという裁定をくだした。

しかしながら熊楠は、これを謝絶した。東洋書籍部内に限定されては自由な勉学ができなくなるのはもちろんだったが、「ダグラスの監督下で」という一項が我慢できなかったのである。熊楠は、この措置を自分を発狂する恐れのある者とみなすものと受け取った。そんなことは熊楠の誇りが許さなかった。この誇り、矜持こそ、崩れ去ろうとする自己を支える熊楠の最後の拠り所であった。

かくて熊楠は、五年間慣れ親しんだ大英博物館を永久に去った。

悪いことは重なるもので、博物館追放から二カ月ほどすぎた明治三二（一八九九）年一月の終わりに、弟の常楠から送金を打ち切る旨の手紙が熊楠のもとに届いた。これまで熊楠は、学資と生活費を国元からの送金に頼ってきた。先に述べたように、父親の弥右衛門は、死の三年前の明治二二年一月、長男の弥兵衛と熊楠、常楠、楠次郎の四人に財産の分与をしている。南方家では、弥右衛門の死後弥兵衛が相場に手を出して破産してしまったが、常楠が弥右衛門と始めた酒造業は大成功をおさめており、熊楠の遺産分は実質的に南方家の家長となった常楠が管理し、その中から学資・生活費を熊楠に送っていたのである。

この時の手紙（長谷川興蔵・武内善信校訂『南方熊楠 珍事評論』所収）で常楠は、これまでの送金ですでに熊楠に分与された額を超過してしまっており、送金を断ろうと思っていたが、人づてに熊楠の学業を聞いて、家計の許す限りは送金しようと決めていたところ、醸造の失敗や酒価の暴落でそれも不可能になったため、送金を打ち切ると通告してきたのであった。この日の日記には、「朝弟より状一受。夜南ケンシントン博物館見る。帰て弟よりの状よむ。此夜不眠」と記されている。

大英博物館からの追放と国元からの送金打ち切りは痛いダブルパンチであったが、といって、熊楠はイギリスでの勉学を諦める気は毛頭なかった。しかしそのためには、生活の手段と勉学の場を確保しなければならない。さいわい勉学の方は、バサーの保証によってナチュラル・ヒストリー館（自然史博物館）に出入りすることができ、また、南ケンジントン博物館（ヴィクトリア・アンド・アルバート博物館）でも書写を行っている。生活の面では、一年ぐらい前から高橋謹一[5]という男と組んで始めていた「商売」に精を出すことにした。商売とは、浮世絵の販売である。すなわち、ディキンズに資金をあおいで浮世絵を大量に仕入れ、これに熊楠が英文で面白おかしく解説をつけ、これを高橋が紳士淑女に売りつけるのである。

後年熊楠は、この「商売」が大当たりしたようにいっているが、実際はそれほどでもなかったようだ。というのも、この頃の日記に「金一文もなくなる」「一文もなく、僅かに婆にたのみ茶一碗のむ」「一文なしにて、夜キュバの銀貨一抵当とし近処の八百屋より十五片の物かり食ふ」といった記述が頻出するからだ。中井やディキンズからもたびたび借金している。借りては返し、また借りては返すということをくり返している。浮世絵商売でたまに大金が入っても、あらかた飲んでしまったようだ。

この頃の熊楠は、酒とは縁が切れなくなっていた。イギリス滞在の最後の一年は、ほとんど毎晩のように飲んでいる。飲めば大酔して嘔吐する。怒りっぽくもなっていた。

・今朝二時斗り、となりのもの又遅く返り来り、はなし歌ふ。因て予シャツ裸でのりこみ大に罵る。
・二若年者に唾し、頭たゝかれ帰る。
・予は麦酒のむ。細井に喧花（けんか）ふきかけ闘んとす。
・予に富田帰れといふ故、椅子を机上え抛付けやり、出、加章を訪、三時過別れ帰り高橋を訪、一盃のみ別れ帰る。灯火とぼしたまゝ眠り、高橋三度来るも戸開けず。
・美術館に之（ゆく）途上、女児支那人とよび止ず、傘にて打ちやる。
・加八十と夕迄話し、帰り高橋を訪、共にモリソン方にて大飲、帰り予嘔吐す、カーペットの上の敷ものえ。
・予傘にて高帽きたる人打つ。別に事なくてすむ。（「日記」より）

大英博物館で勉学していた頃のような伸びやかさはもうなかった。

しかし、『ネイチャー』への寄稿は続けており、また、『ノーツ・アンド・クエリーズ』（一八四九年に創刊されたフォークロア中心の投稿専門誌）にも寄稿を始め、「さまよえるオランダ人」「神跡考」「燕石考」（未発表）といった力のこもった論考を発表している。これらの論考は、ある伝承や俗信がどこに起源を持ち、形を変えながらも世界各地にどのように伝播していったかを東西の文献を駆使して詳細に論証したものである。英文論考の代表作であるこれらの論考が、飲んだくれて荒れた生活を送っていたこの時期に書かれているのは、やはり一つの驚異といっていいだろう。また、こうした論考を書くことによって、精神のバランスを保っていたと見ることもできる。

熊楠は、「乞食にならぬばかりの貧乏しながら」大英博物館退去後二年近くロンドンに止まった。「履歴書」によれば、ディキンズが熊楠のためにケンブリッジ大学に日本学の講座を設け、助教授に据えようという計画があったためという。しかし、折から起こったボーア戦争[6]のためにこの計画は立ち消えになってしまった。おまけに、戦争の余波で浮世絵に金を出す人間もいなくなり、「商売」もあがったりになった。事ここに至って、ついに熊楠も帰国を決意した。このままロンドンに止まっても、八方ふさがりの状況を打開する手立ては見つからなかったのであろう。

中井芳楠に船賃を借りた熊楠は、南ケンジントン美術館やナチュラル・ヒストリー館に手持ちの日本書籍を寄付し、明治三三（一九〇〇）年九月一日、高橋謹一に見送られてリヴァプールに向かう列車に乗った。この日ロンドンには雨が降っていた。

「西洋」の重圧

南方熊楠が、ロンドンで毎晩のように飲んだくれて荒れた生活を送っていた頃、夏目漱石は、熊本で第五高等学校の教授として平穏な日々を過ごしていた。その熊本での暮らしもすでに五年目に入っていた。

松山には結局一年いただけで熊本に転任となり、熊本赴任早々に結婚した妻・鏡子とのあいだに一女をもうけ、職場では、英語科主任の少壮教授として校長の信頼も厚く、友人の山川信次郎や狩野亨吉（かのうこうきち）を招聘するなど人事面でも尽力している。松山にいた頃から子規のもとに句稿を送っていたが、その中から子規がすぐれた句を選んで自分が関係している新聞の俳壇に載せてくれたので、俳句界でも名を知られるようになり、寺田寅彦や白仁（しらに）三郎（のちの坂本雪鳥）などの門弟も集まり始めていた。英文学の論考もいくつか雑誌に発表して、学者としての一歩も踏み出しつつあった。傍（はた）からみれば、漱石は、教育界・俳句界・英文学界のそれぞれに着実に地歩を固めつつあったといっていい。また、松山行きの原因となった精神的な危機からはすでに脱していた。

しかし、漱石自身は自分の現在に不満であった。第一に、松山を経て熊本へ〈都落ち〉してきたという意識がいつまでたってもぬぐえなかった。できれば東京へ帰りたかった。漱石にとっては、東京こそが自分の居場所であった。そしてまた、「……教師をやめて単に文学的の生活を送りたきなり換言すれば文学三昧にて消光したきなり」（正岡子規宛書簡）と、文学で身をたてることを密かに願い、当時評判の『金色夜叉』をつまらないと感じ、樋口一葉の作物に感心し、文壇の寵児であった高山樗牛（林次郎）を「何の高山の林公抔」と軽侮する見識と自負を抱いていながら、思いきって飛び立てない自分に焦りを感じてもいた。

そんな漱石が、英語研究のため、文部省第一回給費留学生として満二年のイギリス留学を命じられたのは、明治三三（一九〇〇）年五月一二日のことである。『文学論』序によれば、漱石は留学にあまり積極的ではなかった。自分より適当な人がいるだろうと、校長と教頭に申し出たところ、こちらはただ足下（漱石）を文部省に推薦し、文部省がその推薦を受け入れたまでで、異議があるなら別だが、そうでなければ受けた方がよいだろうという返事をもらい、特に固辞すべき理由もないので承諾したという。まるで不承不承留学を受け入れたかのような印象だが、果たして内心もそうだったのだろうか。「小生碌々矢張因例如例に御座候」（正岡子規宛書簡）と、なすこともなくこのまま熊本に埋もれてしまいそうな己をかこっていた漱石にしてみれば、英国留学は転機のための大きなチャンスだったはずである。表面はともかく、あるいは内心では喜んでいたかもしれない。

不満があるとすれば、留学の目的であった。文部省からは「英語研究」、七月に受けた第五高等学校からの辞令では「英語授業法ノ取調」とあって、明らかに語学中心である。だが、漱石の目的とするところは語学ではなく、英文学の研究であった。そこで、熊本の家をたたみ、家族とともに上京すると、早速文部省に専門学務局長上田万年を訪ね、その点をただした。そして、英語研究という名目でもその内容は自分の自由な裁量に任せてもらえるとの感触を得てひと安心した。

かくて九月八日、家族を妻・鏡子の実家に預けた漱石は、横浜からドイツ汽船に乗り込んでイギリスに向かった。同行は大学の同窓で旧知の仲の芳賀矢一(はがやいち)、藤代禎輔(ふじしろていすけ)ほか二名である。漱石以外は皆ドイツへ留学の予定であった。一行は一カ月半の長旅を経て一〇月二一日にパリに到着、一週間滞在して、折から開催されていた万国博覧会を見物した。「巴理ノ繁華ト堕落ハ驚クベキモノナリ」と、パリの印象を漱石は日記に書き記している。二八日朝、ドイツに赴く芳賀や藤代らと別れた漱石は、一人でロンドンに向かった。ロンドン到着は同日の午後七時ごろである。

ロンドンは、パリと同じく漱石を驚かせるに十分であった。

倫孰〔敦〕の繁昌は目撃せねば分り兼候位馬車、鉄道、電鉄地下鉄、地下電鉄等蛛の糸をはりたる如くにてなれぬものは屢〔しばしば〕迷ひ途方もなき処へつれて行れ候事有之険呑に候小生下宿より繁華な処へ行くには馬車地下電気高架鉄、鉄道馬車、の便有之候へども処々方々へ参り候故時々見当違の処へ参る事有之候

倫孰の中央にては日本人抔を珍らしそうに顧りみるもの一人も無之皆非常に自身の事のみに急がしき有様に候さすが世界の大都会丈有之候（夏目鏡子宛書簡）

漱石が目の当たりにしたのは、近代文明の成果とそれを享受する人々の姿であった。

漱石はケンブリッジやオックスフォードなど何カ所かのうち一つを勉学先として選び、その地の大学で聴講生として講義を受けるつもりでいたが、結局ロンドンで個人教授につくことにした。普通の学生と同じような学生生活を送っていたら、何もしないうちに留学期限の二年が過ぎてし

まいかねないことに思い至ったからである。この個人教授が、シェークスピア学者のウィリアム・ジェームズ・クレイグである。勤勉な漱石は、週一回クレイグの許に通って教えを受け、美術館や博物館をめぐっては見聞を広め、古本屋を回っては多くの書物を買い込んで勉学に励んだ。この頃の日記には、「下宿ノ神さんがそんなに勉強して日本へ帰つたら嘸(さぞ)金持になるだらうと云つた 好笑」とある。

翌明治三四（一九〇一）年は二〇世紀最初の年で、日本では「一九・二〇世紀送迎会」というものが慶応義塾で開かれ、文明の進歩を期待する二〇世紀熱があおられたが、イギリス人にとっては、二〇世紀はヴィクトリア女王の死とともに始まった。すなわち、この年の一月二二日、ヴィクトリア女王が八一歳の生涯を閉じたのである。女王の葬儀は二月二日に行われ、漱石も見物したが、この頃から漱石のホームシックが強まってきた。「国を出てから半年許りになる少々厭気になつて帰り度なつた」と、鏡子への手紙に書き、「もう英国も厭になり候」と高浜虚子にも書き送っている。

漱石がイギリスに嫌気がさしてきたのは、しかし、単なるホームシックだけによるものではなかった。根はもっと深いところにあった。漱石は、ロンドンにおいて日々〈西洋〉の重圧を感じていたのである。その重圧はまずなによりも身体的な劣等感として表れた。

先づ往来へ出て見ると、会(あ)ふものも〳〵みんな脊(せい)が高くて立派な顔ばかりしてゐる。それで第一に気が引ける。何となく肩身が狭くなる。稀(たま)に向ふから人並外(ひとなみはづ)れて低(ひく)い男が来たと思つて擦(す)れ違ふ時(とき)に、念のため脊(せい)を比較してみると、先方(さき)の方(はう)が矢つ張り自分より二寸がた高い。それから今度は変に不愉快な血色をした一寸法師が来たなと思ふと、それは自分の影が店先の姿見に映つたのである。僕は醜い自分の姿を自分の正面に見て何返苦笑したか分らない。或時は僕と共に苦笑する自分の影迄見守つてゐた。さうして其たんびに黄色人とは如何にも好く命けた名だと感心しない事はなかつた。（「倫敦消息」『色鳥』所収）

この身体的な劣等感は、さらに近代文明を達成した西洋の精神と文化に対する引け目へとつながってゆく。

……此国の文学美術がいかに盛大で其盛大な文学美術が如何に国民の品性に感化を及ぼしつゝあるか此国の物質的開化がどの位進歩して其進歩の裏面には如何なる潮流が横はりつゝあるか、英国には武士といふ語はないが紳士と言があつて其紳士は如何なる意味を持つて居るか、如何に一般の人間が鷹揚で勤勉であるか色々目につくと同時に色々癪に障る事が持ち上つてくる。時には英吉利がいやになつて早く日本へ帰り度なる。すると又日本の社会の有様が目に浮んでたのもしくない情けない様な心持になる。（「倫敦消息」『ホトトギス』所収）

漱石がイギリスで体験しつつあったのは、まぎれもない西洋近代であった。そこには長い歴史があり、積み重ねられた精神と文化の分厚い広がりがあった。

そうした認識が深まるにつれて、留学のテーマである「英文学研究」がとどこおりはじめた。クレイグの授業を受けていても、買い込んだ書物を片っ端から読破しても、「西洋の詩などのあるものをよむと全く感じない。それを無理に嬉しがるのは何だかありもしない翅を生やして飛んでる人のやうな、金がないのにあるやうな顔して歩いて居る人のやうな気がしてならなかつた」(「時機が来てゐたんだ―処女作追懐談」)といった違和感がつのってきたからである。

池田菊苗がロンドンにやってきたのは、ちょうどそんな時であった。のちに味の素の発明者として有名になる池田は、帝国大学理科大学化学科の出身で、漱石の四年先輩にあたる。当時ドイツのライプチヒに留学しており、そこでの研究を一応終え、さらにイギリスで研究するためにロンドンでの下宿を探していた。そして、共通の知人を介して漱石に下宿探しを依頼してきたのである。(7)

池田は、五月五日に漱石の下宿を訪ねてきた。池田は専門に閉じこもる偏狭な学者タイプではなく、文学・社会・哲学・宗教などに造詣の深い博学の人であった。二人はたちまち意気投合し、ほとんど毎日のようにさまざまな話題について議論をかわした。

・夜十二時過迄　池田氏ト話ス（五月六日）
・夜池田氏ト英文学ノ話ヲナス同氏ハ頗ル多読ノ人ナリ（五月九日）
・池田氏と話す（五月一四日）
・池田氏と世界観ノ話、禅学ノ話抔ス氏ヨリ哲学上ノ話ヲ聞ク（五月一五日）
・夜池田氏ト教育上ノ談話ヲナス　又支那文学ニ就テ話ス（五月一六日）
・夜池田ト話ス理想美人ノ description アリ両人共頗ル精シキ説明ヲナシテ両人現在ノ妻ト此理

想美人ヲ比較スルニ殆ンド比較スベカラザル程遠カレリ大笑ナリ（五月二〇日）
・昨夜シキリニ髭を撚ツテ談論セシ為右ノヒゲノ根本イタク出来物デモ出来タ様ナリ（五月二一日）

小宮豊隆は、「漱石の書いた簡単な日記の中に、これほどのべつに一人の人の名前が出て来て、しかもそれがいかにも楽しそうに見えるのは、稀有（けう）である。漱石が、池田菊苗とともに生活していることを、いかに喜んでいたかは、これだけでも想像することができる」（小宮豊隆『夏目漱石』）といっているが、まさにその通りであったろう。

池田が帰国したのは八月三〇日のことで、わずか三カ月余りの交流に過ぎなかったが、漱石は池田から受けた影響と刺激の中から、それまで思い惑っていた「英文学研究」に一つの方向性を見出すことができたのである。

孤独の賭け

漱石が抱え込んでいた問題は、つまるところ「漢学に所謂（いわゆる）文学と英語に所謂文学とは到底同定義の下に一括し得べからざる異種類のものたらざる可からず」（『文学論』序）ということであった。文学は国によって違い、また東洋と西洋でもその概念は異なる。仮に東洋の文学（漢文学）をもって〈文学〉とすれば、西洋の文学（英文学）は文学でないことになり、英文学をもって〈文学〉とすれば漢文学は非文学ということになってしまう。そうした矛盾に目をつぶり、ある作品を、たとえ自分は面白く感じなくても、西洋人が評価しているから立派なものであるというのは、ただの受け売りであり、西洋人の奴婢になることにほかならない。独立した一個の日本人としてはこれは耐え難いことであった。

池田との交流は、こうした袋小路から抜け出す道を漱石に教えてくれた。池田の専門とする化学(科学)は、数式や方程式、すなわち法則に立脚した世界である。その法則は世界共通であり、国によって、あるいは東洋とか西洋とかで変わるものではない。もし文学も同じように一つの法則性によって捉えうるならば、評価は一つであり、西洋も東洋もないことになる。「倫敦(ろんどん)で池田君に逢つたのは自分には大変な利益であつた。御蔭で幽霊の様な文学をやめて、もつと組織だつたどつしりした研究をやらうと思ひ始めた」(「時機が来てゐたんだ—処女作追懐談」)と、漱石はのちに語っている。

「組織だつたどつしりした研究」というのは、〈文学とは何か〉を根底にすえた自前の文学理論を創り出すことであった。これは、「心理的に文学は如何なる必要あつて、此世に生れ、発達し、頽廃するか、……社会的に文学は如何なる必要あつて、存在し、隆興し、衰滅するか」を究めることになるはずであった。いいかえれば漱石は、「幽霊の様な」文学の論理化を意図したのである。この論理は東西を貫通するはずだから、うまくいけば今は優位に見える西洋を相対化することも可能であった。

漱石は、この自分の立脚点を〈自己本位〉と名づけた。それはまた、「私は多年(ねん)の間懊悩した結果漸く自分の鶴嘴(つるはし)をがちりと鉱脈に掘り当てたやうな気がしたのです。猶(なお)繰り返していふと、今迄霧の中に閉ぢ込まれたものが、ある角度の方向で、明らかに自分の進んでいくべき道を教へられた事になるのです」（「私の個人主義」）とあるように、「根のない萍（うきぐさ）のやうに、其所（そこ）いらをでたらめに漂よつてゐた」自らの〈生〉に確固とした論理を与えることでもあった。

漱石がのちに『文学論』として結実するこの「組織だつたどつしりした研究」に着手したのは、八月の終わり頃から九月の初めにかけてのことであろう。義父の中根重一宛ての書簡に、

> 著述の御目的にて材料御蒐集のよし結構に存候私も当地着後（去年八九月頃より）より一著述を思ひ立ち目下日夜読書とノートをとると自己の考を少し宛かくのとを商買に致候同じ書を著はすなら西洋人の糟粕では詰らない人に見せても一通はづかしからぬ者をと存じ励精致居候然し問題が如何にも大問題故わるくすると流れるかと存候よし首尾よく出来上り候とも二年や三年ではとても成就仕る間敷かと存候（明治三五年三月一五日付）

とある。また、寺田寅彦への手紙（九月一二日付）には、「学問をやるならコスモポリタンのものに限り候英文学なんかは椽の下の力持日本へ帰つても英吉利（イギリス）に居つてもあたまの上がる瀬は無之候」とあり、さらに九月一二日の鏡子への手紙には、「近頃は文学書は嫌になり候科学上の書物を読み居候当地にて材料を集め帰朝後一巻の著書を致す積りなれどおれの事だからあてにはならない只今本を読んで居ると切角自分の考へた事がみんな書いてあつた忌々しい」とあって、研究のための読書に余念のない様子をうかがわせている。

この頃から、翌明治三五（一九〇二）年一二月に帰国するまでの一年余りの間、漱石は、自らを追いつめるように孤独の賭けに挑んでいった。

余は下宿に立て籠りたり。一切の文学書を行李の底に収めたり。文学書を読んで文学の如何なるものかを知らんとするは血を以て血を洗ふが如き手段たるを信じたればなり。（『文学論』序）

余は余の提起せる問題が頗る大にして且つ新しきが故に、何人も一二年の間に解釈し得べき性質のものにあらざるを信じたるを以て、余が使用する一切の時を挙げて、あらゆる方面の材料を蒐集するに力（つと）め、余が消費し得る凡ての費用を割いて参考書を購へり。（同）

余は余の有する限りの精力を挙げて、購へる書を片端より読み、読みたる箇所に傍註を施こし、必要に逢ふ毎にノートを取れり。（同）

まったく下宿に閉じ籠もりきりというわけではなかったが、古本屋へ行ったり、息抜きの散歩をしたりするほかはなるべく外出をひかえ、日夜読書とノート作りに専念した。菅虎雄宛ての葉書（明治三五年二月一六日付）に、「近頃は文学書杯は読まない心理学の本やら進化論の本やらやたらに読む」とあるように、漱石の読書は心理学、哲学、自然科学など広範囲に及んだようである。

しかし、こうした過度の集中は、漱石の心身のバランスを崩さずにはおかなかった。九月一二日付の鏡子宛ての手紙に、「近頃は神経衰弱にて気分勝れず甚だ困り居候」という文面が表れる。「然し大したる事は無之候へば御安神可被下候」と続けているが、その二行あとでは「近来何となく気分鬱陶敷（うっとうしく）書見も碌々出来ず心外に候生を天地の間に享けて此一生をなす事もなく送り候様の脳になりはせぬかと自ら疑懼致居候」と、一転して悲観的に述べている。この先廃人同様に過ごすことになるかも知れないというのだから、「大したる事は無之」ではないだろう。

　これより先、八月のある日、ドイツ留学から帰国途中の大幸勇吉（おおさかゆうきち）（注7参照）がロンドンに立ち寄り、漱石の下宿を訪れたところ、漱石は大幸に一言も口をきかなかったという。

　また、当時ロンドンに滞在していた土井林吉（晩翠）が漱石の下宿を訪れ、漱石の様子のただごとではないことを見てとった。下宿の主婦に聞けば、毎日部屋に閉じ籠もって、悲観して泣いているという。このままでは自殺しかねないと思った土井は、「心配だから一寸でも傍について見てくれ」と下宿の主婦に頼まれて、九月九日から十日ばかり漱石と同宿している。

　漱石は強度の神経衰弱に陥っていた。漱石を悩ましていたのは、被害妄想的な強迫観念であった。

> その後当人からきいたのですが、あたまの調子が少しずつ変になってくると、これではいけない、こんなになっちゃいけないと、妙にあせりぎみになって、自分が怖くなるというのか、警戒しぎみになって、だんだん自信を失って行く。それでなるべく小さくなって、人に接しないようにと心がけて、部屋に閉じこもったきり自分を守って行くのだそうです。それが病気の第一歩で、さてそれから自分が小さくなっておとなしくしているのに、いっこう人がそれ

を察せず、いじめようとかかって来る。そうなるとこっちも意地ずくになって、これほどおとなしくしているのにそんなにするんならという気になって、むしょうにむかついて癇癪を爆発させる。こういう段取りになるのだそうです。で後で考えてみると、その時にはつまらないことが気になって、その間絶えずだれかが監視しているような追跡しているような、悪口をいってるような気がするのだそうです。この時にも英国人全体が自分を莫迦にしている。そうして何かと自分一人をいじめる。これほど自分はおとなしくしているのに、これでもまだ足りないでいじめるのか。そんならこっちにも考えがある。もうこのうえはおとなしくなんかしてないぞといった気持ちだったらしいのです。（夏目鏡子『漱石の思い出』）

こうした漱石の被害妄想には、西洋人（英国人）をギャフンといわせるつもりで力わざに取り組んだものの、なかなかうまくいかず、「それみたことか」と西洋人（英国人）に嘲笑されるといった図式が見てとれる。

一〇月の初め、神経衰弱が快方に向かっていたのか、漱石はスコットランドへの小旅行にでかけた。その留守中、ロンドンの岡倉由三郎の許に文部省から訓令が届いた。「夏目、精神に異状あり、藤代同道帰国せしむべし」という内容である。じつはこれより先、文部省宛てに「夏目狂セリ」という電報を発した者がいた。発信者は、漱石の様子が普通ではないことを見てとった岡倉ではないかと推測されているが、定かではない。岡倉は帝国大学博言学科出身の英語学者で、この四月、英語研究のために文部省の留学生としてロンドンに来ており、漱石とは留学生仲間として行き来していた。ともあれ岡倉は、この訓令に従ってドイツにいる藤代禎輔に連絡をとった。

漱石がロンドンに戻ったのは一〇月の中旬から下旬にかけてのことで、一一月の初めには藤代禎輔がドイツからやってきて、一緒に帰国するよう勧めた。漱石はしかし、これを断った。買い集めた書物の荷造りが間に合わないというのがその理由だったが、藤代と一緒に帰れば、藤代に保護されて帰国したというかっこうになり、それはまた「夏目狂セリ」を裏書きすることになりかねないことを恐れたからだとも推測されている（出口保夫『ロンドンの夏目漱石』）。結局、漱石は藤代より二船遅れて一二月初めに出る船で帰国することにし、ノートの整理や書物の荷造りなどを始めた。蝿の頭ほどの細かな文字で埋めつくされた研究ノートは、積み重ねれば一五、六センチもの高さになり、決して十分とはいえない留学費を割いて買い集めた書籍は四〇〇冊余りにのぼった。

こうした帰国準備も一段落した一一月の末、漱石は正岡子規の訃報を受け取った。子規は、九月一九日に根岸の自宅で死去していた。それはちょうど、漱石の神経衰弱が最も悪化していた時期であった。明治三五、六年頃のものと推定されている「断片」に次のような一文がある。

秋風遠きより吹いて一片の訃音端なくわが卓上に落つ。
十月　日と覚ゆ
昼なれど暗き日なりき。鎖せる窓に濃霧せまりて厚き玻琉〔璃〕をも透さんとす

子規の訃報を受け取ってから数日後の一二月五日、漱石は故国に向かうため船上の人となった。

以上、南方熊楠と夏目漱石のイギリス体験を粗々述べてきたが、二人のイギリス体験を端的に言い表せば、熊楠はイギリスで幸福な出会いをし、漱石は熊楠と逆に不幸な出会いをしたといえるだろう。そうなった要因としては、フィールド（民俗学と英文学）の違い、立場（私費遊学者と官費留学生）の違い、気質（外向性と内向性）の違い、在英年数（熊楠八年、漱石二年）、語学力の差など、さまざまなものが考えられる。が、幸福な出会いも不幸な出会いも、ある意味では必然的なものであった。

よく知られているように、在米中熊楠は、コンラート・ゲスナーの伝記を読んで大きな刺激と影響を受けた。明治二二（一八八九）年一〇月二一日の日記に、「夜感有り、コンラード・ゲスネルの伝を読む。吾れ欲くは日本のゲスネルとならん」と記し、数年後、友人の中松盛雄に宛てた手紙にも、「しかして洋行後大いにわが行路を過たしめたるものは、一日、コンラード・フォン・ゲスネルの伝を読みしにあり」と書いていることからも、その影響の大きさがうかがえる。

コンラート・ゲスナー（一五一六〜六五）は、チューリヒの貧しい毛皮加工職人の子として生まれた。少年時に父親を失ったが、ゲスナーの才能を見抜いた人々の助力によって勉学を続け、成人後は薄給の教師、また医師としての心労の多い多忙な生活を送るかたわら、神学・書誌学・言語学・医学・薬物学・動物学・植物学など当時のあらゆる分野で巨大な足跡を残した。ゲスナーは博物学者とされているが、自身が生きていた時代までのあらゆる学問分野における著作と著者を網羅した、いわば「知」の目録ともいうべき『書誌総覧』、動物界の目録である『動物誌』、さらにその死によって遺稿として残された『植物誌』と、その主な仕事から考えると、人間をその一部とするこの世界の探求者といったおもむきがある。

熊楠が感動したのは、この〈世界探求者〉としてのゲスナーではなかったか。ましてや、少年の時『和漢三才図会』や『本草綱目』に親しんできた熊楠にとって、その感動はひとしおであったと思われる。また一方では、「知識の宝庫」と呼ばれ、「ルネサンス時代のアリストテレス」と称されたゲスナーの巨人性に圧倒されもしただろう。そして、ゲスナーにならって〈世界探求者〉の道を歩み、「日本のゲスネル」になるためには、当然のことながらまだまだ学問が足りないことを痛感したにちがいない。「それからむちゃくちゃに衣食を薄くして、病気を生ずるもかまわず、多く書を買うて、神学もかじれば生物学も覗い、希拉もやりかくれば、梵文にも志し……」と、先の中松盛雄宛ての手紙にある。また、この頃の日記にも「夜を徹して読書す」「徹夜読書」「此夜読書、三時に至り臥す」といった記述が頻出する。

イギリスに渡ったのも、「知の宝庫」である大英博物館において、〈世界探求者〉としての自らの「知」の充実をはからんがためであった。たしかに、片岡政行を介してフランクスやリードの知遇を得たのは偶然の賜物であったが、そこから先は熊楠の意志と努力がものをいった。『ネイチャー』への投稿にしても、熊楠はすでにアナーバー時代から購読していた（日記の一八八八年八月三日の項に「当月分より続々『ネイチュール』を取る」という記述がある）から、投稿欄の内容については熟知しており、自分の出番がいずれあるだろうと、周到な準備を怠らなかったと思われる。ようするに、イギリスにおける熊楠の幸運な出会いは、〈世界探求者〉たらんとする熊楠自らが招き寄せたといってもいいであろう。その意味で必然的であった。

一方、漱石の場合、「卒業せる余の脳裏には何となく英文学に欺かれたるが如き不安の念あり。余は此の不安の念を抱いて西の方松山に赴むき、一年にして、又西の方熊本にゆけり。熊本に住する事数年未だ此不安の念の消えぬうち倫敦(ロンドン)に来れり」(『文学論』序)ということであったから、幸福な出会いははじめから望むべくもなかった。

しかし漱石は、不幸な出会いからでも、学ぶものは十二分に学びとっている。明治三四年の日記には、

夜下宿ノ三階ニテツク〴〵日本ノ前途ヲ考フ
日本ハ真面目ナラザルベカラズ日本人ノ眼ハヨリ大ナラザルベカラズ(一月二七日)

日本ハ三十年前ニ覚メタリト云フ然レドモ半鐘ノ声デ急ニ飛ビ起キタルナリ其覚メタルハ本当ノ覚メタルニアラズ狼狽シツヽアルナリ只西洋カラ吸収スルニ急ニシテ消化スルニ暇ナキナリ、文学モ政治モ商業モ皆然ラン日本ハ真ニ目ガ醒メネバダメダ(三月一六日)

と記し、西洋近代文明の重圧を受けながらも、あるいはそれゆえに、日本における性急な近代化に疑義を呈し、真の目覚め、真の近代化に思いを致している。義父の中根重一宛ての書簡では、「欧洲今日文明の失敗は明かに貧富の懸隔甚しきに基因致候此不平均は幾多有為の人材を年々餓死

せしめ凍死せしめ若（もし）くは無教育に終らしめ却つて平凡なる金持をして愚なる主張を実行せしめる傾なくやと存候」と述べて、文明社会のゆがみに目を止め、近代文明への懐疑を胸に刻みこんでいる。こうした認識は、〝幸福な出会い〟からは決して生まれなかったであろう。

漱石は、神経衰弱になるほど根をつめて作成した、のちに『文学論』として結実する「蝿頭の細字にて五六寸の高さに達した」ノートを唯一の財産として帰国した。もちろんこれは目に見える限りにおいてはということで、漱石がイギリス体験で得たものはそれだけではない。近代文明を内面の問題として追求するというモチーフを手に入れていた。これに対して熊楠が持ち帰ったものは、一万ページにあまる「ロンドン抜書」と、一流学者に伍して一歩もひけをとらなかったという自負であった。

〈注〉

（1）一八三八〜一九一五。若い頃に日本に滞在、一時英国公使のハリー・パークスの下で働いたこともあり、書記官のアーネスト・サトウとも親交があった。日本学者として知られ、『百人一首』『竹取物語』などの英訳がある。熊楠と知り合った時は五七歳で、熊楠によれば「梟雄の資あってきわめて剛強の人」（「履歴書」）であった。物心両面で熊楠を応援し、親交は熊楠の帰国後も続いた。『方丈記』の共訳など、仕事の上での協力とともに、熊楠の結婚の際にはダイヤの指輪を贈るなどもしている。

（2）一九七三年に、新たな組織として大英図書館が創設され、博物館の図書部門と蔵書類が分離・移管されることとなった。大英図書館はセント・パンクラスに建設され、一九九八年に開館している。
（3）長谷川興蔵・武内善信校訂『南方熊楠　珍事評論』（平凡社）所収。内容は大英博物館を追放されたことに関わることとして、当時の加藤高明公使と横浜正金銀行ロンドン支店長の中井芳楠らを非難し、また、自分がかかわった美少年の思い出や酒場で目にとまった美女に対する思いを述べたもの。全体が戯文調で書かれている。日記によれば、書かれたのは帰国の前年にあたる明治三二（一八九九）年の八月初めのことで、熊楠は、これを回覧するよう要望して正金銀行ロンドン支店に送っている。
（4）『南方熊楠大事典』によれば、当時大英博物館には「東洋人類調査局」という部局は存在せず、雇用の話は熊楠の精神的な動揺による虚妄とされる。また、飯倉照平『南方熊楠』では、「大英博物館でも制度上は外国人が職員となることは不可能ではなかったらしいが、大学助教授の話もふくめて、これらはやはり熊楠の願望あるいは空想の投影であったと見るべきであろう」としている。
（5）経歴不詳。熊楠によれば、自由党左派の政治家大井憲太郎の子分で、大井にシンガポールに置き去りにされたあと、イギリスに渡り、熊楠の知人から熊楠の噂を聞いてある日ひょっこり大英博物館に熊楠を訪ねて来たという。「何ともならぬ喧嘩好きの男」だったが、熊楠とはウマが合い、しょっちゅうつるんで飲み歩いていた。
（6）トランスヴァール共和国とオレンジ自由国に対するイギリスの侵略戦争。一八九九年から一九〇二年にかけて起こった。トランスヴァール共和国もオレンジ自由国も、現在は南アフリカ共和国の州になっている。
（7）廣田鋼蔵『化学者池田菊苗』によれば、この仲介をしたのは池田の三年後輩で、池田とともにドイツに留学中であった大幸勇吉であるという。のちに京大教授となった化学者の大幸は、漱石とは予備門での同窓で、第五高等学校でも一時期同僚であった。

第五章　二つのロンドン

船上の二人

明治三三（一九〇〇）年九月一日、南方熊楠はロンドンを発って日本に向かった。一週間後の九月八日、夏目漱石が横浜から出港してロンドンに向かった。熊楠の場合はイギリス滞在をあきらめての失意の帰国であり、漱石の場合は転機、あるいは新たな飛躍のための旅立ちであったが、二人の船中での様子を見ると、まるで逆の立場であるかのような印象を受ける。

九月十七日　朝飯前甲板上にて岡崎、宮永、大高等相手に土佐日記ほやのつまのいずしの条を講ず。

九月十八日　夜岡崎氏と飲、宮下氏酒おごらる。此夕予甲板にて金田氏と話し居る内、橋爪予のことなにかいひ、宮永と議論。

九月二十日　午後金田氏室より甲板上えかんづめ貝もち来り飲、商船学校生三人あり、甲板上に臥居る処へオランダ人予の頭をいろひ、予怒り起き他の洋人を罵る。室内にて二本飲む。

九月二十一日　朝酒二本かひ岡崎氏と飲。
九月二十六日　夜大高、岡崎氏と飲、甲板上に睡る。
十月四日　予飲酒のあまり夜中金田、杉山二氏の椅子を海に打込、甲板上に臥す。
十月五日　午後植物標品をボーイ等に示し又陰陽学の説法、一等(ママ)大悦の事。
十月七日　夜佐藤、斎藤始め船員にプレパラート示す。十一時過に到る。精液のプレパラートに一同感心す。
十月九日　朝荷物あぐる由にてあげくれず、チーフメートと喧嘩、事務員和解、予衣服破らる。
十月十二日　夜中等室にて橋爪、岡崎氏等より酒おごらる。精虫をボーイ等に見せる。

（以上、熊楠の日記から）

（九月）十二日続キ　漸ク動揺ニナレテ気分少シハヨシ、長崎ヨリ西洋婦人夥多乗込ム皆我ヨリ船ガ強キ様ナリ羨シキコトナリ、彼等ハ平気デ甲板ニ居ル婆サンモ若イノモ、特ニ仏人ノ家族ニ六七歳ノ小供ガ居ルガ御玩弄ノ蒸気船ヲ引張ツテ甲板ヲ馳ケ廻ツテ居ル
　カバンノ中に几董集ト召波集ガアツタカラ少シ読マウト思フタガヨメヌ周囲ガ西洋人クサクテ到底俳句抔味フ余地ハナイ芳賀ハ詩韻含英抔ヲヒネクツテ居ルガ是モ何モ出来ヌラシイ俳句モ一二句ハ作ツテ見度ガ一向出テ来ナイ恐入ツテ仕舞ツタ
十三日　夢ニ入ル者ハ故郷ノ人故郷ノ家醒ムレバ西洋人ヲ見蒼海ヲ見ル境遇夢ト調和セザルコト多シ

十六日　昨日出帆スベキ筈ノ船ハ遂ニ出帆セズシテ今日始メテ出ヅ船ノ動揺烈シクシテ終日船室ニアリ午後勇ヲ鼓シテ食卓ニ就キシモ遂ニスープヲ半分飲ミタルノミニテ退却ス
十七日　船福洲(州)辺ニ碇泊ス昨日ノ動揺ニテ元気ナキコト甚シ且下痢ス甚ダ不愉快ナリ
二十四日　胃悪ク腹下リテ心地悪シ今夜十時頃シンガポールニ着ク筈ナリ
十月五日　午後三時半 Mrs. Nott ヲ一等室に訪フ女子ハ非常ナ御世辞上手ナリ諸人ニ紹介セラル然レドモ一モ其名ヲ記臆セズ且誰ニモ我英語ニ巧ミナリトテ称賛セラル赤面ノ至ナリ女子ハ音調低ク且一種ノ早口ニテ日本人ト云フ容赦ナク聴取ニク、シテ閉口ナリ無暗ナ挨(挨)拶ヲスレバ危険ナリ恐縮セリ

（以上、漱石の日記から）

右のごとく、乗船するやたちまち他の船客と親しくなり、一緒に酒を飲んでは酔いつぶれて甲板で眠り、精液を顕微鏡で見せて得意然とするなど、失意などどこ吹く風といった自由奔放さで意気軒昂な熊楠に対して、漱石は、緊張と不安で硬くなり、下痢と船酔いにも悩まされて意気上がらず、加えて、偶然出会った熊本で旧知のミセス・ノットにお茶に招かれ、同席していた人たちに「英語がお上手ですね」とほめられて赤面し、かつ、ミセス・ノットが低声で早口のために言うことがよく聞き取れず、「無暗ナ挨拶ヲスレバ危険ナリ」と神経過敏になっている。

もちろん、熊楠には十数年におよぶ海外経験があり、漱石は生まれて初めての洋行であったという差はあるだろう。性格の違いということもある。しかし、それらを差し引いても、この二人の対

照的な態度は何かを感じさせる。熊楠は、失意を内にこもらせず、あるいはそれを避けるために、外に向けて発散し、解消させてしまう。一方漱石は、不安と緊張で内にこもり、神経過敏になっている。そういってよければ、熊楠の態度は世間知に長(た)けた生活者のそれであり、漱石のそれは異文化（外国人）に接した時の知識人特有の反応である。

こうした対照的な態度は、二人のロンドン生活を通して見られるものだが、例えば語学に関してもそうしたものが認められる。

熊楠の語学力は、記憶力とならぶ熊楠伝説のひとつで、英語・フランス語・ドイツ語・イタリア語・スペイン語・ラテン語など一八カ国語から二二カ国語ぐらい読解できたといわれている。熊楠自身は「小生かの地にありし間は、かの地には字書とポリグロット本 polyglot（対訳本）自在なるゆえ、十八、九の語を自在に読み、書き抜きたり」と語っており、代表作の「燕石考」には一三カ国語を使用したと自負している。会話はともかく、そのくらいの数の言語は解していたと思われる。

熊楠が正規の語学教育を受けたのは、和歌山中学から共立学校を経て大学予備門を中退するまでだから、以後は自修である。この自修の方法が、いかにも熊楠流というか、生活者的なのである。

> 語学なども、小生は半ヵ月で大抵自分行き宿りし国の語で日用だけは弁じたり。これも日本のやり方とかわり、みずから話すよりは人の話を聞き分ける稽古に酒場(バー)などへ通い、のろけ話、借金のことわり、法螺話、貸金の催促、それから喧嘩口論など一切耳を傾け聞きおれば、猴(さる)が手を打つとか蟻がすねをかじるとか、一年に一度も入用なき語を学ぶよりは手とり早く「もちっ

と、まけろ」「いやそれは難題だ」「あのしめてれつはすごいほどよい」「手にもおえない代物だ」などを初歩として、一語一言はさしおき、一句一般の成語が分かり易く候。さて物の名や事の名は「汝はこれを何と呼ぶか」という一問さえ話し得れば誰でも教えくれ申し候。前置詞すなわち日本で申さばテニヲハ、これだけは六、七十おぼえるが必要なれど、他のことは別段書籍に拠らずともじきに分かり申し候。それから読書の一段になると、欧米には対訳本というもの多く有之、一頁が英語一頁が伊語という風に向かい合わせに同一の文を異語で書きあり、それを一冊も通読すれば読書は出来申し候。その上むつかしき字は字書で引くに候。（上松蓊宛書簡）

一方漱石の語学は、主に教場（きょうじょう）や読書によって習得されたものである。もちろん、第一高等学校卒業まで首席を通し、帝国大学在学中に講師ディクソンの依頼で『方丈記』を英訳したくらいだから、その語学力は相当のものだったにちがいない。しかし、生きた会話はどうであったか。大学在学中、あるいは第五高等学校在職中に外国人講師などとの接触はあっただろうが、それほど多くの外国人と接していたとは思われない。したがって、生きた会話を身につける機会もそう多くはなかったはずだ。イギリスに向かう船中で、「英語がうまい」といわれて赤面したのは、自分の会話の拙さを自覚していたからであろう。

ロンドンに着いてからも、「会話は一口話より出来ない『ロンドン』児の言語はワカラナイ閉口」（藤代禎輔宛書簡）と嘆いているが、狩野亨吉・大塚保治・菅虎雄・山川信次郎らへの連名の手紙（明治三四年二月九日付）でもそのへんのところを正直に告白している。

僕は英語研究の為に留学を命ぜられた様なものゝ二年間居つたつて到底話す事抔は満足には出来ないよ第一先方の言ふ事が確〔しか〕と分らないからな情ない有様さ殊に当地の中流以下の言語はHノ音を皆抜かして鼻にかゝる様な実に曖昧ないやな語だ此は御承知の cockney で教育ある人は使はない事になつて居るが実に聴きにくい仕方ないからいゝ加減な挨拶をして御茶を濁して居るがね其実少々心細い然し上等な教育のある人になると概して分り易い芝居の役者の言語抔も頗る明晰先づ一通りは分るので少しは安心だ然し教育ある人でも無遠慮にベラ〳〵喋舌〔しゃべ〕り出すと大に狼狽するよ日本の西洋人のいふ言が一通り位分つても覚束ないものだよ

その一方で、「一般の英国人よりも我々が学者であつて多くの書物を読んで居つて且つ英国の事情（ある事情昔し存在して今なき様な事情）には明かであると申して差違〔支〕なし前には語学の困難を申して我々は二足〔束〕三文の価値なき様に申上たが斯様な点になる〔と〕彼等よりも威張れるよ安心し給へ」（同）と、知識人風を吹かせている。

ともあれ、漱石の語学力では日常の会話には支障はなかっただろうが、庶民の生活の襞〔ひだ〕にまでふみこんでいくような会話は、無理ではなかったろうか。

大英博物館・ハイドパーク・下宿

熊楠は八年、漱石は二年二カ月イギリスに滞在した。その間、二人ともほとんどロンドンを離れることはなかった。当然のことながら、二人が共に訪れた場所がある。そのうちの主なものをあげてみよう。

大英博物館は、いうまでもなく熊楠が自らの学問の基礎を固めた研究の場であり、フランクス、リード、ダグラスといった一流の学者たちと交わりを深めた場所であった。熊楠にとってはロンドン生活のすべてであり、精神的な拠り所でもあった。漱石も一人で、あるいは友人を案内して何度か訪れている。しかし漱石は、ここを研究の場として利用することはなかった。「自転車日記」に次のような記述がある。

忘月忘日「……御調べになる時はブリチッシユ、ミユジーアムへ御出掛になりますか」「あすこへは余り参りません、本へ矢鱈にノートを書き付けたり棒を引いたりする癖があるものですから」「左様、自分の本の方が自由に使へて善(いい)ですね、然し私抔は著作を仕様と思ふとあすこへ出掛ます……」

当時、大英博物館の円形閲覧室を利用するには、入館資格（入館許可証保持者）がなければならないが、漱石にはその資格を取ろうとした形跡もなく、また、リーディングルーム（閲覧室）の登録簿にも漱石の名はなかったという（出口保夫『ロンドンの夏目漱石』）。勉強の方法が違っていたといってしまえばそれまでだが、漱石にとっては、大英博物館はただ見物するだけの所だったようだ。

南ケンジントン博物館（ヴィクトリア・アンド・アルバート博物館）は、大英博物館追放後熊楠が雇われてしばらく仕事をし[1]、大英博物館にかわる勉学の場とした所である。漱石もここを訪れているが、漱石の関心は主として美術にあり、熊楠が通っていたのは博物館の図書館の方であった。ちなみに漱石は、国立美術館、テート美術館、国立肖像画館、サウス・ロンドン美術館などの美術館巡りをして、ラファエル前派、アールヌーボーなど英国世紀末芸術に強い刺激と影響を受けているが、国立美術館を別にすれば、熊楠が右にあげたような美術館を訪れた形跡はない。熊楠はあまり美術には関心がなかったようだ。

熊楠は、日本から知人がやってくると、よくキュー植物園へ連れて行った。ロンドンの南西郊外にあるこの植物園は、正式には「キュー王立植物園」といい、世界各国から集められたおよそ四〇〇〇〇種におよぶ植物が野外や温室内で栽培されていた。園内にはロックガーデン、標本園、樹木園などがあり、また、博物館や絵画館も併設されている。漱石がここを訪れたのは明治三四（一九〇一）年三月一七日のことで、「美事ナル暖室夥多アリ且頗ル広クシテ立派ナル garden ナリ」と、その日の日記に記している。

ハイドパークといえば、ウェストミンスターにあるロンドン市内で最も有名な公園だが、この公園の北東隅に、スピーカーズ・コーナーと名づけられた誰でも勝手に演説ができる一角がある。熊楠はある時期、大英博物館からの帰途ここに立ち寄り、無神論などの演説に聞き入っている。その頃の日記にはほとんど毎日のように、「夕ハイドパークにて無神論の演舌きく。演者ロニー中々達舌なり。終に喧嘩おこり、予高帽を巡査に打る」「夕、博物館帰途ハイドパークに之、無神論演舌きく。弁者の名はペック、甚き嘲弄家也」「夕ハイドパークに之、ペック氏演舌きく」「夕パークにて演舌きく。ペック不相変滑稽、去る時鼻ごえの男に鼻声にて返事し、一同大笑ひ」といった記述が見られ、はては「夜ハイドパークにて演舌家メイにあひ、酒のませ、又他の一人（鼻ごゑの男）と談し別れ帰る」「パークに之、メイと飲、共に安泊りにとまる」と、演説家とも顔なじみとなり、一緒に酒を飲んだり、酔いつぶれて共に安宿に泊まりこんだりもしている。

日記を通してみると、熊楠がハイドパークのスピーカーズ・コーナーに通いつめた時期は、明治三〇（一八九七）年の七、八月と、翌年の四月から七月に集中している。前者は、旧紀州藩主の世子徳川頼倫の宿舎としてダグラス邸を斡旋したものの不調に終わり、ダグラスの不興をかっていた時期にあたり、また後者は、前年の博物館内での殴打事件が一応の決着をみたものの、熊楠の内ではまだその余憤が残り（この年の二月、同じ男に館内で唾を吐きかけて口論になっている）、しだいに荒れていく時期にあたっている。熊楠は、勝手な熱をふく演者たちの演説に耳を傾けて、内心の鬱屈を一時でも忘れ、鎮めようとしていたのではないだろうか。

漱石は、明治三四年一二月一八日付の正岡子規宛ての手紙で、このスピーカーズ・コーナーの様子を面白おかしく伝えている。

（前略）日曜日に「ハイド、パーク」抔へ行くと盛に大道演説をやつて居る。こちらでは「イエス、キリスト」の神よ「アーメン」先生が皺枯声で口説いて居ると、五六間離れて無神論者が怒鳴つて居る。「地獄？　地獄とは何だ。若し神を信ぜん者が地獄に落ちるなら、ヴオルテールも地獄に居るだらう、インガーソルも地獄に居るだらう、吾輩はくだらぬ人間の充満して居る極楽よりもかゝる豪傑の集つて居る地獄の方が遥にましだと思ふ」僕の理想的アマダレ演説よりも余程気焔が高い。之を称して鼻息あらき演説といふので、之も雄弁法抔に見当らない形容詞のつく使ひやうだ。此無神論者の向側にHuman[i]tarian の旗を押立てゝ「コムト」の仮色（こわいろ）を使つて居る奴がある。其隣では頻りに「ハックスレー」の説を駁して居る。其筋向にシナビた先生がからだに似合ない太い声を出して「諸君予は前年日本に到りかの地にて有名なるマーキス、アイトー（伊藤侯爵のこと）に面会して同氏が宗教に関する意見を親しく聴き得たのであります……」どれもこれも善い加減な事ばかり述立てゝ居る。

これよりひと月前、漱石は子規から「生きて再会はできないだろう」という悲痛な手紙をもらっていた。しかし、慰めや励ましのことばより、ロンドンの暮らしのあれこれを面白おかしく伝えた方が病床の友が喜ぶことを漱石は知っていたのである。と同時に、この頃は、池田菊苗の影響によって、文学を根本から問い直すために下宿に籠もって勉強しはじめていた時期にあたり、まだ神経衰弱にはなっていなかったが、海のものとも山のものともつかない研究に前途多難の思いを抱いていた。漱石もまた、熊楠と同じように屈託を抱えながら演者たちの演説を聞いていたにちがいない。

ロンドン滞在中、熊楠は短期間の転宿をはさんで六回下宿をかえている（『南方熊楠大事典』）。最初の下宿はユーストン駅前で、大英博物館にも近かった。下宿代を節約するためにしばらくすると三階の安い部屋に変わり、さらに四階に移っている。四階の下宿代は三階のほぼ三分の一であった。熊楠は、大英博物館、大英自然史博物館、南ケンジントン博物館、キュー植物園などを見てまわりながらこの下宿で一年ちかく過ごしたあと、ケンジントンの新興住宅地にある下宿に移った。熊楠はここに五年ちかく住んだ。この時期は、フランクスやリードの知遇を得て大英博物館に出入りし、大いに勉学に努め、また『ネイチャー』に投稿して学界にその名を知られたいわば熊楠が最も輝いていた時期である。

この二度めの下宿について熊楠は、「実は馬部屋の二階のようなもの」（「履歴書」）といい、あまりの陋巷（ろうこう）で町が分からず、自分宛ての電報が届かなかったともいっているが、これは熊楠一流の誇張で、実際はそれほどひどい所ではなかったようだ。同じく「履歴書」に、昆虫学者のオステン＝サッケンがこの下宿を訪れ、室内のあまりの汚さにお茶も飲まずに帰ったとあるが、その日の日記には、「午後四時過、バロン・オステン・サッケン氏来訪され、茶少しのみ、二十分斗りはなして帰る」（傍点引用者）とある。

短い転宿のあと、熊楠は明治三一年二月九日ウォラム・グリーンの下宿に転居した。ここは例の高橋謹一の下宿先で、その家の一室を借りたのである。その前年の一一月に館内で殴打事件を引き起こしていた熊楠は、復館はしたものの、この年の一二月には再び騒ぎを起こして大英博物館から追放の処置を受ける。この頃から熊楠の運命は暗転しはじめた。明治三二年春この下宿を訪れた福本日南[2]は、その様子を次のように描写している。

彼は最後に自分を引きずって、彼が下宿の一室に導いた。がこれがまたなかなかの見物（みもの）であったというのは、その穢（きた）ないことといったら、無類飛切である。凹んだ寝台に、破れた椅子、便器の傍には、食器が陣取り、掃除なんぞはいずれの世紀に試みられたか分らぬという光景であるが、感心であったのは、書籍と植物の標本とはほとんど一室を塡めて居た。（「出て来た歟」『南方熊楠百話』所収）

最後の下宿（サウス・ケンジントン）に移ってから帰国するまでの一年近く、わざわざ「今日不飲酒」と日記に記すほど、熊楠はほとんど毎晩のように酒を飲んでいた。

漱石は、二年余りのロンドン滞在中に五度下宿をかわっている。熊楠は八年間に六回だから、それにくらべるとかなり多い。ガワー街の最初の下宿は、大塚保治に紹介されたもので、偶然だが熊楠の最初の下宿に近い。ここは勉学先が決まるまでの仮の宿のつもりだったようで、ロンドンに落ち着くことを決めると、さっそく次の下宿を探しはじめている。ロンドン到着を知らせる鏡子宛ての手紙に、「是は旅屋より遥かに安直なれども一日に部屋食料等にて六円許を要し候到底留学費を丸で費ても足らぬ故早くきり上る積に候」とあり、下宿代が高かったことも移転の一因であったようだ。

ウェスト・ハムステッド地区の二度めの下宿に移ったのは、明治三三（一九〇〇）年の一一月一二日のことだが、翌月の二四日頃には早くもここを引き払っている。下宿の一家の家族構成が複雑で、なんとなく暗く、お互い同士ぎすぎすした感じで親しみが持てなかったことや、部屋が二階の裏側で北向きだった割には下宿代が割高で、かつ、契約違反があったからであった。[3] この下宿の様子は『永日小品』(「下宿」「過去の臭い」)に詳しい。

下宿代を負けるからぜひ止まってくれという下宿の主婦の切なる頼みを振り切って移っていった三度めの下宿は、テームズ川南岸カンバーウェルのフロッドン街にある元女学校であった。女学校といっても個人経営の小さな塾だったようで、伝染病がはやったために生徒が来なくなり、やむなく閉校して下宿屋に衣替えしたものである。家族は主人夫婦と細君の妹の三人であった。

漱石ははじめこの下宿が気に入っていた。主人のブレットは大の日本人好きであったし、ミセス・ブレットは女学校の先生をしていただけあって、上品で、教養もあるように思えたからである。しかし、日がたつうちに我慢ができなくなってきた。ブレットは好人物だったが、すこぶる無学で、ロビンソン・クルーソーの芝居を一緒に見に行った時など、これは本当にあったことかそれとも小説かと、漱石に聞く程だった。ミセス・ブレットも期待はずれで、たいした教養もなく、そのくせうぬぼれが強くて知ったかぶりをする。かと思うと、英文学の留学生をつかまえて、英語の初歩のような言葉を知っているかと聞く。漱石はほとほとこの下宿がいやになった。

しかし、家賃の滞納が原因で家財を差し押さえられそうになったこの一家が、夜逃げ同然に引っ越した時、一緒に引き移ってくれと頼まれて承諾したのは、この時下宿人は漱石一人で、自分がいなくなったら彼らが困るだろうと思わないではなかったのと、ほかの下宿を探したもののここより安い所は見つからなかったからである。

ブレット一家とともに引き移った家は、ロンドン南部トゥーティング地区のステラ街にあった。ここは都心を遠く離れた場末といった感じの所で、中程度の下層階級の人々が住む生活者の匂いのする町であった。漱石は「聞シニ劣ルイヤヤナ処デイヤナ家ナリ永ク居ル気ニナラズ」「ツマラヌ処ナリ」「又移リ度ナッタ」と日記に記している。それでもしばらくこの四番めの下宿に居続けたのは、ちょうどこの頃、池田菊苗がドイツからやって来る予定になっていたからである。

その池田がやって来て、しばらく共に過ごし、やがて去って行くと、漱石もブレット一家と別れる決心をした。漱石は広告代理店に依頼して下宿を探すことにしたが、ミセス・ブレットに懲りていたので、「文学趣味を有する家庭」という条件をつけた。(4)「同じ英国へ来た位なら今少し学問のある話せる人の家に居つて汚ない狭いは苦にならないからどうか朝夕交際がして見たい」(「倫敦消息」『ホトトギス』所収)というのが、漱石のかねてからの望みであった。やがて見つかった五番めの下宿は、クラパム・コモンの近くの中流住宅地にあり、下宿を切り盛りしている中年のミス・リール姉妹は親切な人柄で、かつ教養に富んでいた。その意味では漱石の望み通りの下宿であったが、今度は漱石が神経衰弱にかかり、ミス・リール姉妹を自分を監視する者として敵視するようになってしまった。

この頃漱石と同宿していた友人の許によく遊びに来ていた渡辺春渓(5)は、漱石の部屋の様子を次のように伝えている。

先生も退屈した時には、お話に来ませんかと誘ってくれたので、太良と自分は、先生の後について三階に上って行った。先生の室には、椅子は主人の分以外に一脚しかなかった。二人の客では外に何か見付けなければならない。自分は年少者でもあるので、立ったまま話を聞いていた。すると先生は、雑誌や本の積み重ねたままを持って来て、その上に坐り給へといった。室の中は机は勿論、トランクの上、歩くところ以外は、床の絨椴の上でも、マントルピースでも、図書の積み重ねの幾組がおいてあった。その時分先生の購入した書籍は相当の数に上っていた。（「漱石先生のロンドン生活」『漱石全集』別巻所収）

漱石は、この部屋のことを〈三階に独り寐に行く寒かな〉と知人で俳人の村上霽月（せいげつ）宛ての句に詠んでいる。かつてこの五番めの下宿のあった向かいには「ロンドン漱石記念館」があったが、今はない。[6] 熊楠の記念館は、帰国後永住した和歌山県田辺市に「南方熊楠顕彰館」、西牟婁郡白浜町に「南方熊楠記念館」があるが、ロンドンにはない。

漱石のお洒落、熊楠の無頓着

漱石は、「英國留學中一ケ年千八百圓ノ割ヲ以テ學資ヲ給ス」という辞令を文部省から受けていた。月額に直すと一五〇円である。一方熊楠は、送金打ち切りを通告してきた明治三一年一二月二一日付けの常楠の手紙に記された送金表によれば、二二年からこの年まで、多い時で一五〇〇円、少ない時で七〇〇円ほどを実家（常楠）から送金してもらっていた。平均すると年に約一〇〇〇円で、月額は約八〇円である。漱石の半分強だが、この頃の公務員（高等文官試験に合格した高等官）の初任給が五〇円、銀行員が三五円、小学校教員が八円だったというから[(7)]、日本では結構それなりの生活が送れる額である。漱石に至ってはそれ以上であろう。

しかし、当時のロンドンは物価高であった。熊楠は、「一志（シリング）（日本の五十銭、当地の十二銭斗り）」（常楠宛書簡『南方熊楠 珍事評論』所収）といい、漱石も「日本の五十銭は当地にて殆んど十銭か二十銭位の資格に候十円位の金は二三回まばたきすると烟になり申候」「此地にて物価の高きは一寸靴一足買ひ候ても十円位はかゝり候にて御推了被下度候」「外に出た時一寸昼飯を一皿位食へばすぐ六七十銭はかゝり候」（鏡子宛書簡）といっている。漱石の一五〇円も熊楠の八〇円も、ロンドンではかなり目減りしていたにちがいない。

出費の大きな部分を占めていたのは、住と食であった。漱石の場合ブレットの家の下宿代が月五三円、ミス・リール姉妹のところが月七五円であった（出口保夫『ロンドンの夏目漱石』）。もっとも両方とも三食付きであったから、食費がこれに含まれる。当時の漱石の暮らしぶりについて、岡倉由三郎は次のように述べている。

その頃の留学生の月手当は、金壱百五拾円也で、一日が五円すなはち十シルであつたから、今日に比し、物価は大分やすかつたにしろ、誠に遣ひでの無いもので、ちよつとした書物一冊買へば、その日は無一文といふ懐具合。それで、好きな芝居も、ろくろく見物できないみじめさであつた。さういふ事情もあつて、当時の宿の一週間の支払ひは、三十シルを普通としてゐた。これでは、ブレックファスト・ランチ・サッパの巡環小数で、ディナと云ふに足る正餐は一週一回の日曜ぐらゐであつた。処が、夏目君は、江戸子そだちで、口がこえてゐたせゐもあつて、留学生仲間では破天荒の一週三十五シルの豪華（？）な生活をして〔おいで〕であつた。

（「朋に異邦に遇ふ」『漱石全集』別巻所収）

これでみると、目減りはしていたにしろ、それほど切り詰めた暮らしでもなかったようだ。

一方熊楠の場合は、日記によれば二番めの下宿の室料が一週六シリング、一シリング五〇銭として月一二円であった。食費が月三〇円前後である（日記を見るとほとんど外食していた模様だが、「前週の食料主人へ払ふ」などの記述があり、朝食などは下宿でとっていたものと思われる）。そのほかの出費としては、洗濯代、下着代、散髪料、交通費、通信費などが主なものであった。日記から、熊楠のある日の〈家計簿〉をのぞいてみよう。

食三片、食一志二分一、車二片、コッフキー一二人前六片、郵便料四片二分一、矢立一本買ふ五志、ソース四片二分一、〔計〕七志九片二分一。

一志十片。　（注　志＝シリング　片＝ペンス）

最後の金額は手元の残高である。熊楠にはこれらのほかに、茶代、煙草代、酒代が加わった。日記でたびたび「禁茶」「禁煙」「禁酒」を誓っているところをみると、なかなかやめられなかったようだ。茶代や煙草代はともかく、酒代は、とくにロンドン滞在末期には居酒屋に入りびたりだったこともあって、かなりかさんだであろう。それを差し引いても、熊楠のロンドン生活は漱石にくらべて余裕のないものであったと思われる。

熊楠とちがって、漱石は酒は嗜まなかった。『漱石の思い出』によると、お猪口一杯の酒で赤くなっていたという。そのかわりに、漱石は留学生活前半にはよく芝居を見に行っていたから、観劇料がかかった。また、クレイグに払う授業料もあった。授業料は週一回一時間で月に一〇円ほどだった。これは一年近く払い続けているが、ある時、文章を添削してもらったはいいがその分の謝礼を要求されて腹を立てている。漱石にしてみれば、先生が生徒の文章を添削するのは当然の務めで、その分の金をよこせなどというのは怪しからんということだろうが、あるいは、余分な出費を強いられたことを腹立たしく思ったのかもしれない。

衣服代もばかにならなかった。漱石はおしゃれだった。漱石の滞英中の日記には服装に関する記事が一八回も出てくるということだが（平川祐弘『夏目漱石』）、たしかに「此日シヤツ襟ヲ替ユ」「白シヤツ下シヤツ股引替ユ」「白シヤツ襟ヲ易フ」といった記述が多く見られる。パリから鏡子に宛てた手紙には、「小生洋服ハ東京ニテ作リ来リ好都合ニ候是ナラバ『ガラ』モ仕立モ別ニ恥カシキコトナク用ラレ候」とあって、初めての洋行にあたって服装に気を遣っていた様子がうかがわれる。そして、「男子の洋服は『パリス』よりも倫敦がよろしき由」などといって、早速フロックと燕尾服をあつらえている。ただしこれは、旅費の余りで作ったせいか仕立てそこないの失敗作であった。

東京で仕立てた上等の服も、しかし、ロンドンに来てから半年もたつと少しくたびれてきた。漱石は、「往来ノモノイヅレモ外出行ノ着物ヲ着テ得々タリ吾輩ノセビロハ少々色ガ変ツテ居ル外套ハ今時ノ仕立デナイ顔ハ黄色イ脊ハ低ヒ数ヘ来ルト余リ得意ニナレナイ」（「日記」）と、劣等感に陥っている。その一方で、ある家に招待されたのでシルクハットにフロックコートで出掛けたら、すれちがった職工に a handsome Jap. といわれ、「難有(ありがた)いんだか失敬なんだか分らない」と、くすぐったい思いで苦笑している。

漱石はあまりイギリス人と付き合わなかった。その一因として、「衣服其他もチヤンとしなければならず」「きたない『シヤツ』杯は着て行かれず『ヅボン』の膝が前へせり出して居てはまづい」ので気骨が折れるからだと、自分ではいっているが、そこには西洋人に対してある種構えた姿勢がうかがえる。まずしい身なりをしていれば西洋人に馬鹿にされるといった、劣等感のまじった心理が働いているのであろう。もともと「いったい自分でもきちんとしたなりをしていることの好きな人」（『漱石の思い出』）であった漱石が、イギリスに来てことさらに身なりに気を遣ったのは、そうした心理と同時に、「西洋人に馬鹿にされてたまるか」といった気負いも作用していたと思われる。

漱石は大枚一〇〇円をはたいて洋服を新調した。その金は知人からの借金であった。

漱石とは反対に、熊楠は身なりには無頓着だった。「履歴書」によれば、乞食もあきれるような垢(あか)じみたフロックコートで大英博物館にフランクスとリードを訪れたというが、さすがの熊楠も着たきり雀とはいかなかったものか、ロンドンに来てから三年めにフロックコートとモーニングをあつらえている。

◇十一月五日［火］
衣服二領成る。フロックコート、モーニング、何れもチョキ、股引共。

一〇日後に「呉服屋へ予の衣なほしに往く」とあるのは、どこか着具合がしっくりこなかったものか。それから二年後の日記には、「夜館よりかえりフロクコートの裏のほころびを縫ふ。物縫ふは当地に来てより先（まず）は初ての事なり」とある。大事に着ていた様がうかがえてほほえましい。熊楠にとっては、まさに一張羅だったのであろう。

熊楠は靴も何度も修理に出している。「中井氏より状来り、招かる。雨らしく且靴直しにやりしを以て断り状を出す」と、修理に出してはく靴がないため、知人の招待を断ったこともあった。また、日記には、何度か公使館の知人からネクタイやハンカチ、シャツ、靴下などを贈られた記事があるが、これは純粋の好意というよりも、あまりに無頓着な熊楠の身なりを同胞として見かねたからだったかもしれない。

熊楠も漱石も、勉学に必要な書籍や雑誌には出費を惜しまなかった。熊楠は、『エンサイクロペディア・ブリタニカ』や『淵鑑類函（えんかんるいかん）[8]』などを購入し、『ネイチャー』を定期購読していた。『淵鑑類函』は二〇円で、一カ月の生活費の四分の一にあたる。漱石も『シェークスピア全集』やワーズワース、シェリー、キーツなどの詩集を購入し、美術雑誌を購読している。いちどきに五、六〇円もの書籍を買い込むこともあった。これは一カ月の下宿代に相当する額である。漱石は、一度だけロンドンでアルバイトをしたことがある。グラスゴー大学から領事館を通じて日本人留学生のための試験問題作成を依頼されたのである。謝礼は五五円で、これも書籍代にあてられたようだ（出口保夫『ロンドンの夏目漱石』）。

〝素人学者〟と専門学者

漱石と熊楠は共にイギリスで学問に励んだが、熊楠は私費留学生であり、漱石は官費留学生であった。この違いは大きい。たとえば学問について熊楠は、「何にせよ学問は一生暇あればすなわちと出かけるべきなり。いやな学問を無我無尽にやりとおして何の益かある」（杉村広太郎宛書簡）といっている。熊楠が理想としたのは、スペンサー、ダーウィン、滝沢馬琴などの〝素人学者〟で、彼らは生業、あるいは親譲りの財産などで生活の資を得ながら、一生を好きな学問に打ち込んで多大な業績をあげた。素人学者とは、要するに学問を以て職業としない学者の謂（いい）である。熊楠は『ネイチャー』や『ノーツ・アンド・クエリーズ』に精力的に論考を投稿して、素人学者の道を実践していた。これに対して漱石は、まぎれもなく学問を以て職業とする専門学者であった。

漱石にとって学問は、自らの存在を確かなものにするためのものであったが、同時に生活の手段でもあった。いや、自分の学問によって第五高等学校の教授の地位を維持し、妻子を養っていたのだから、むしろその方が第一義的であったといっていい。英文学に裏切られたような気持ちを抱いていても、それを捨て去ることはできない。とても熊楠のように「暇あればすなわち……」というわけにはいかなかった。加えて漱石には、小なりといえども国家の官吏という枷（かせ）があった。二年の留学期限内に何らかの成果をあげる必要があり、研究の進展を報告しなければならない義務があった。そのことに苛立ちながらも、漱石は、「何か人の為や国の為に出来そうなものだとボンヤリ考へテ居る」（藤代禎輔宛書簡）、「小生不相変碌々別段国家の為にこれと申す御奉公を出来かねる様で実に申訳がない」（寺田寅彦宛書簡）と、几帳面に自分の立場を意識している。

自分の好きな学問を好きなようにやっているかに見える熊楠にも、内に秘めた大きな目的があった。それは、「私は日本という国土や今の政府、人気、風俗等にはあまり意なきも、なにとぞ父母の国土人種をどこまでも興隆したく、さてこそ今にかく苦学しおるに候て、現になすところの学問は、みな他日日本国土人種のためにせんとしてのことに御座候」（土宜法龍宛書簡）ということである。とはいえ、これは誰に約束したわけでもなく、ましてや義務でもなかったから、たとえば熊楠が嫌気がさして学問を捨てても、誰からも文句をいわれる筋合いはなかった。熊楠は自らの学問について自分自身だけに責任を負えばよかったのである。これは漱石より気楽な立場だったといえようが、しかし逆に、そうした立場で学問を続けていくには、強い情熱と強固な意志が必要だったことも確かである。

近代国家が成立し、その勢いを伸ばしつつあった明治に生まれた者として、漱石も熊楠も大なり小なりナショナリストであった。ましてや異国にいればナショナルな感情は増幅される。しかしこの場合も、その現れ方は対照的である。熊楠はストレートで裏表がなく、漱石は屈折していて内省的であった。

明治二七（一八九四）年八月一日、日本は清国に宣戦布告して日清戦争が始まった。日本軍は緒戦から有利に戦いをすすめ、九月一六日には平壌を占領、一七日には黄海海戦で連合艦隊が勝利を収めた。二四日、ロンドンの日本人会ではこのたびの陸海戦勝利を祝って献金することになったが、熊楠は率先してこれに応じ、いの一番に金一ポンド（一〇円）を寄付した。このことがよほど自慢だったらしく、日記にも「中井氏より一磅表誠金の受証来る。予一番なりし」「日本人表誠醵金の明細表送らる。予第一にして、望月小太郎氏終なり」と、二度にわたって記している。日本人会主催の祝勝会にも出席して、「命やる迄沈めた船に苔のむす迄君が代は」といった都々逸を披露し、故国の国威発揚を素直に喜んでいる。

一方、漱石滞英中の明治三五（一九〇二）年一月、日本とイギリスのあいだで日英同盟が締結された。日本の国際的地位が向上した証として世論はこれを歓迎、ロンドンでも、交渉にあたった林公使の労を謝するために記念品を贈る話が在留邦人のあいだで持ち上がった。漱石もこれに応じて五円を寄付したが、渋々だったらしく、「きりつめたる留学費中まゝ如斯臨時費の支出を命ぜられ甚だ困却致候」（中根重一宛書簡）と、不平を洩らしている。漱石は日英同盟締結を素直に喜ぶ気持ちにはなれなかった。「斯の如き事に騒ぎ候は恰（あたか）も貧人が富家と縁組を取結びたる喜しさの余り鐘太鼓を叩きて村中かけ廻る様なものにも候はん」（同）と、醒めた見方をしている。もちろん、ただ醒めていたのではなく、「此位の事に満足致し候様にては甚だ心元なく被存候」（同）と、日本の将来を憂えての上でのことである。

日英同盟を「貧乏人が金持と縁組みしたようなもの」というのは言い得て妙だが、一般大衆が喜び興奮しているなかで独り醒めているのは、やはり知的エリートたる所以であろう。後年、『吾輩は猫である』の中でも、日露戦争凱旋祝賀会の義捐要請に対して、「差し出し人は華族様である。主人は黙読一過の後直ちに封の中へ巻き納めて知らん顔をして居る。義捐抔は恐らくしさうにない」と、猫の口を借りて冷笑的に述べている。

これに対して先の熊楠の態度は、一般大衆のそれとさほど違わない。庶民的、生活者的といっていい。帰国の数日前、熊楠は、ハイドパーク北側入口近くにあるマーブルアーチで演説していた者が、日本人について何かいったのを聞き咎めて口論となったものか、警官によって排除されている。こんな場合、漱石だったらどうしただろうか。通りすがりの職工にめかしこんだ格好を冷やかされた時と同じように、苦笑して聞き流したような気がする。

こうした違いは、また、次のような点にも認められる。漱石は、「日本人ヲ観テ支那人ト云ハレルト厭ガルハ如何、支那人ハ日本人ヨリモ遥カニ名誉アル国民ナリ、只不幸ニシテ目下不振ノ有様ニ沈淪セルナリ、心アル人ハ日本人ト呼バル、ヨリモ支那人ト云ハル、ヲ名誉トスベキナリ」（「日記」）と、支那（中国）及び支那人に対して深い敬意を抱き、「西洋人の日本を賞讃するは半ば己れに摸傚し己れに師事するが為なり其支那人を軽蔑するは己れを尊敬せざるが為なり」（「断片」明治三四年）と、西洋に媚びない支那を高く評価している。もっとも漱石は、後年、「満洲から朝鮮へ渡つて、わが同胞が文明事業の各方面に活躍して大いに優越者となつてゐる状態を目撃して、日本人も甚だ頼母しい人種だとの印象を深く頭の中に刻みつけられた／同時に、余は支那人や朝鮮人に生れなくつて、まあ善かつたと思つた。彼等を眼前に置いて勝者の意気込を以て事に當るわが同胞は、真に運命の寵児と云はねばならぬ」（「韓満所感」[9]）と述べて、日本人を持ち上げ支那人や朝鮮人を見下げている。

それはともかく、自分が支那人と呼ばれた時の熊楠の対応は、思弁的、観念的な漱石と違って、直接的、感情的であった。

・此日博物館へ之途上、小児、予を支那人と呼、予大に怒る。其ものはにげ去る。

・戸出るとき、近隣小児（十二才斗り）、チン〳〵チャイナマンといひ、予大に怒り夜に入て不止。

・六時過高橋を訪、下条へ状出す。夜共に飲、帰り又出飲、予をチン〳〵といふ妓あり、予大に怒る。

・美術館に之途上、女児支那人とよび止ず、傘にて打ちやる。（日記より）

チン〳〵チャイナマン[10]とは、中国人に対する侮蔑的な呼びかけである。もっともこの頃は大英博物館を追放され、送金も打ち切られて生活が荒れていた時期であった。これより五、六年前、『ネイチャー』に頻繁に寄稿して意気あがっていた時期には、「青年及兵卒に支那人〳〵と連呼さる。予髪甚長きを以てなるべし」と、あまり気にしていない。

熊楠のフィールドは博物学、人類学、民俗学等であった。これに対して漱石のそれは、英文学である。このフィールドの違いは、当然のことながら大きかった。例えば熊楠は、『ノーツ・アンド・クエリーズ』に発表した「漂泊ユダヤ人考」において、キリストの怒りに触れて永遠にこの地上をさまよう罰を科されたという「さまよえるユダヤ人」の伝説は、釈迦の高弟で、その怒りをかったために永久に地上をさまようことになった賓頭盧（びんずる）尊者の伝説を原型とするものにほかならないことを、『雑阿含経（ぞうあごんきょう）』や『法苑珠林（ほうおんじゅりん）』などの仏典・仏書を駆使して論証してみせた。ヨーロッパ起源であると誰もが信じて疑わなかった有名な伝説を、実は東洋起源であると喝破したわけで、熊楠はいわば相手（西洋）を自分の土俵（東洋）に引きずり込んで勝負したといっていい。こうした方法は、熊楠の学問領域では大いに有効であった。

かたや漱石は、熊楠にくらべてはるかに苦戦を強いられた。英文学に裏切られたような気持ちを抱き、「漢学に所謂文学と英語に所謂文学とは到底同定義の下に一括し得べからざる異種類のものたらざる可からず」と認識して、自ら「文学とは何か」を明らかにせざるを得なかった漱石だが、その材料は裏切られたはずの英文学にあおがねばならなかった。同じ比喩を使えば、漱石は相手の土俵で相撲をとらなければならなかったことになる。西洋の材料を用いながら西洋に同化せず、しかも西洋を相対化し得るような独自のものを作り上げねばならない。そこに知的エリートとしての漱石の宿命があり、苦悩があった。

熊楠は西洋何するものぞと、〈東洋の知〉を駆使して立ち向かい、漱石は西洋文明に圧倒されながらも一歩立ち止まって考え、自らの内心に問いかけながら自分の進むべき道を探った。要約すれば、熊楠は外に向かい、漱石は内にこもったといえよう。しかしながら、方法こそ違え、二人は共に西洋を絶対視せず、いわば相対化する道を歩んだのである。

交友の明暗

熊楠は、「御承知の通り小生は一切日本人に交わらぬことに候」（土宜法龍宛書簡）といい、漱石も「日本人には毫も交際仕らず西洋人にも往来はせず」（芳賀矢一宛書簡）といっているが、実際は二人ともけっこういろいろな人と交際している。熊楠は、横浜正金銀行支店長の中井芳楠をはじめ行員の巽孝之丞や、日本公使館の館員たちとも親しく交際した。当時ロンドンで建造された日本海軍の主力艦「富士」を回航するために渡英していた海軍士官らとも親しく交遊し、別れに際しては、裏に全員の氏名と熊楠への謝辞が記された士官・下士官一同の記念写真を贈られている。そのなかにはのちの海相・首相の斎藤実や大将・軍令部長の加藤寛治らが含まれている。また、日本からやって来た友人や知人、あるいは大英博物館に熊楠ありと知って訪ねてくる者を方々案内し、意気投合して酒を酌み交わしたりもしている。

しかし、熊楠が最も好んだのは、加藤章造、加藤八十太郎、細井田之助、飯田三郎、栗原金太郎、高橋謹一といった人たちとの交流であった。彼らは、骨董店や道具屋を営み、あるいは怪しげな絵画販売などをしながらロンドンの片隅でたくましく生きていた者たちであったが、熊楠は彼らと酒を飲み、喧嘩口論し、反吐を吐きかけ、討死（酔いつぶれること）をくり返した。『水滸伝』を愛読していた熊楠は、彼らとの無頼の交友を「龍動（ロンドン）水滸伝」と称して、後年、初恋の人と目された多屋[11]たか宛てに絵入りで書き送っている。

ほとんど入れ違いだったのだから、ロンドンの日本人社会で知れ渡っていた熊楠の名や噂を漱石が耳にした可能性はあったと思われるのだが、漱石の滞英中の日記や書簡、あるいは後年の回想などにもその形跡はまったく見られない。漱石も横浜正金銀行や公使館には行っているが、送金受取りや事務手続きなどで、そこの人たちと親しくなることはなかった。熊楠とは交友圏が違っていたのである。[12]在留邦人のあいだでも、漱石の評判は芳しくなかったようだ。杉村楚人冠（広太郎）は、漱石と同時期にロンドンに留学していた友人から聞いた話として、「あれは変な男でとんと日本人とつき合はないから、あんまり日本人の間に評判がよくないよといふ話であった。何でも高慢ちきな、いやにつんつんした男だと、その時に聞かされた」（「朝日の頃」『漱石全集』別巻所収）と、当時の漱石の様子を伝えている。

漱石が主に交際したのは、同宿していた日本人や、日本からやって来た友人・知人たちであった。土木技師の長尾半平もその一人で、二番めの下宿で同宿した。当時の台湾総督後藤新平の命で時間や費用の制限なく出張していたために金回りがよく、表側の広くて明るい部屋を占領して漱石を羨ましがらせた。漱石はよくこの長尾に昼食をおごってもらい、金も借りている。三番めの下宿では、ロンドンのサミュエル商会に勤めていた田中孝太郎と同宿した。田中とはしばしば一緒に散歩をしたり、観劇を楽しんだりしている。五番めの下宿には田中の友人でロンドンで勉学中の渡辺和太郎（太良）がいた。漱石は、この太良の友人の渡辺伝右衛門（春渓）や桑原金之助（飄逸）らとともに、何回か句会を開いている。そのほか、先述したように池田菊苗、土井晩翠、さらには精神医学者の呉秀三、画家の浅井忠らと交遊し、旧友の中村是公とも旧交をあたためている。

熊楠には、フランクス、リード、ダグラスといった大英博物館関係者をはじめ、ディキンズ、アーサー・モリソン、バサーなどのイギリス人の友人がいて、それらの人々の物心両面の援助が大きな支えとなった。漱石にはそうした人たちはいなかった。「漱石のイギリス留学の最大の不幸は彼にイギリス人の友人がついにできなかったということに尽きる」（平川祐弘『夏目漱石』）といわれるほど、漱石にはイギリス人の友人がいなかった。「西洋人との交際別段機会も無之且時間と金なき故可成致さぬ様に致居候」（鏡子宛書簡）、「西洋人と交際もしない広く交るには紹介も必要だし衣服其他もチヤンとしなければならず馬車も奢らねばならず第一時間を浪費して而して『シンミリ』した話は出来ないからねあまり難有い事はないよ」（藤代禎輔宛書簡）などと漱石自身いっているところをみると、むしろ友人を作れなかったというべきか。

漱石が接したイギリス人は、主に下宿の主人やその家族たちであったが、ロンドン滞在中二度、ミセス・エッジヒルという女性の家にお茶に招かれている。ミセス・ノットの友人と見られるミセス・エッジヒルは、熱心なクリスチャンで、漱石を招いたのは異教徒である漱石を教化するためであった。それだけならまだいいが、「世の中の事は乱雑で法則がない様ですがよく御覧になると皆進化の道理に支配されて居ります……進化……分りますか」などとやるものだから、「丸で赤ん坊に説教する様だ」と、漱石も辟易（へきえき）してしまった。知り合ったイギリス人が、ミセス・ノットやミセス・エッジヒルのような信仰にこりかたまったお節介な婦人連だったのも、漱石の不幸の一つであったといえよう。

先に述べたような、西洋人に対する漱石自身の構えた姿勢も、イギリス人の友人ができなかった要因であろう。加えて会話（とくにヒヤリング）にも不安があったようだが、体面を気にせずに、例えば足繁く通ったチャリング・クロスやエレファント・アンド・カースルの古本屋の主人や店員などと気軽に話すことはできなかったものだろうか。「古本屋をひやかす」といった記事は日記に散見されるが、それ以上に漱石が古本屋の主人や店員と懇意になった形跡は見られない。もしそうなっていたら、イギリス人との交際にも別の面が開けていたのではないだろうか。

ところで、『父 南方熊楠を語る』（南方文枝）によれば、熊楠は「女性に関してはまったく潔癖で、本人も自慢の一つ」だったということだが、ロンドンにおいてもそうだったようで、滞英中の熊楠の身辺に女性の影は見当たらない。ただ一つの例外は「ロンドン私記」に登場する「クレンミー嬢」で、熊楠はこの女性を見初め、相手も憎からず思う風情なので、この女性のいる酒店に通いつめるというのだが、実はこの話、戯文調で書かれたフィクションである。とはいえ、この女性にはモデルがある。すなわち、明治三二（一八九九）年七月七日の日記に、「クインス・ロードの酒店（ステーションの北隣）に、去年チェルセア・ステーション辺の酒店にありし女、羽山繁太郎によく似たるもの、予の声をきゝ知り声かくる」と記された女性であるという（武内善信「若き熊楠再考」『南方熊楠 珍事評論』所収）。

この女性は、その後何度か日記に登場し、熊楠は団扇(うちわ)をやったり、チップをはずんだり、手を握ったりしている。しかし事はそれ以上進展せず、この年の一二月六日を最後にこの女性の記事は日記から消える。熊楠がこの女性に好意めいたものを抱いたのは確かのようだが、それは、この女性の容貌が羽山繁太郎によく似ていたからだと思われる（日記には女性の名前は記されず、常に「羽山繁太郎」、あるいは「羽繁に似た別嬪」と記されている）。羽山繁太郎は、熊楠が思いをかけた美少年であり、熊楠がアナーバーに滞在中に一九歳で世を去っていた。熊楠は、ロンドン滞在中に何度か繁太郎と弟の蕃次郎（明治二九年に死亡）の夢をみている。この当時の熊楠の性的関心は、なお少年愛の範疇にあったようだ。

漱石の方はどうであったかというと、「僕はまだ一回も地獄抔は買はない考ると勿体なくて買た義理ではない芳賀が聞たらケチな奴だと笑ふだらう」と、藤代禎輔に宛てて書いている。地獄というのは、ロンドンに多い売春婦のことである。せっかくの留学費をそのようなものに割くのは、漱石にとっては「勿体ない」ことだったのである。「日本の人は地獄に金を使ふ人が中々ある惜い事だおれは謹直方正だ安心するが善い」と鏡子にも書き送っている。ロンドン滞在中、理由こそ違え、漱石も熊楠と同じように女性に対して潔癖だったことは確かであろう。

熊楠は、「小生海外より帰国に及び候にはよくよくわけのあることにて、小生は一生海外に留まり得ざりしを今に大遺憾に存じ候」（土宜法龍宛書簡）といい、大英博物館を再び訪れたいと、娘の文枝に終生語り続けたという。大英博物館を中心とするロンドンは、熊楠にとっては第二の故郷のようなものであった。

これに対して漱石は、「倫敦に住み暮したる二年は尤も不愉快の二年なり」（『文学論』序）といい、「自己の意志を以てすれば、余は生涯英国の地に一歩も吾足を踏み入るゝ事なかるべし」（同）と、激しい口調で英国を呪っている。そう書いたのは帰国してから四年後のことであったが、それからさらに五年後には、次のように語っている。

曾て英国に居た頃、精一杯英国を悪んだ事がある。それはハイネが英国を悪んだ如く因業に英国を悪んだのである。けれども立つ間際になつて、知らぬ人間の渦を巻いて流れてゐる倫敦の海を見渡したら、彼等を包む鳶色の空気の奥に、余の呼吸に適する一種の瓦斯が含まれてゐる様な気がし出した。余は空を仰いで町の真中に佇ずんだ。(『思ひ出す事など』)

イギリスより帰国してから一〇年近い月日が経ち、また、修善寺の大患直後ということもあって、漱石の心情は素直になっていた。漱石はあるいは、英国及び英国人に対して心を開かなかったことをひそかに後悔しつづけていたのかもしれない。

〈注〉

(1) 明治三二(一八九九)年の三月一七日から一二日間の契約で、日本書の題号を翻訳するなどの仕事をした。

(2) 一八五七〜一九二一。ジャーナリスト、史論家。熊楠とは若い頃に面識があった。明治三一年から三三年までロンドンに滞在し、熊楠と旧交をあたためている。

(3)「当時留学生の下宿の条件は、ほとんど三食付きであって、漱石の場合もそうだったのである。しかしこのミス・マイルドの家だけは、そういう条件でなかったのかもしれない。/漱石の指摘している、ミス・マイルドの『契約違背』というのが、断定的にはいえないが、そのことを意味しているように思われる」(出口保夫『ロンドンの夏目漱石』)。

（4）《Board Residence, wanted, by a Japanese gentleman, in a strictly private English family, with literary taste.》（当方日本人、下宿ヲ求ム、タダシ文学趣味ヲ有スルイングランド人家庭ニカギル）――出口保夫・前掲書。
（5）一八七九～一九五八。実業家。本名は伝右衛門。春渓は俳号。横浜商業（Y校）を卒業後、明治三四年にイギリスに留学、ロンドンで漱石と交流し、アメリカを経て帰国した。
（6）二〇一六年九月に閉館した。二〇一九年五月、ロンドン郊外の館長（恒松郁生）の自宅に展示スペースを設けて再開されている。国内では、漱石が晩年の九年間を過ごした地（東京都新宿区早稲田南町）に、「漱石山房記念館」が二〇一七年にオープンしている。
（7）「若き熊楠再考」（『南方熊楠 珍事評論』所収）。週刊朝日編『値段の明治大正昭和風俗史』。
（8）一七一〇年に刊行された中国の百科事典（清・張英等編）。全四五〇巻目録四巻で、天・歳時・地など四五部に分かれている。熊楠が購入したものは一六〇冊にものぼる。
（9）明治四二年一一月五日と六日の二回にわけて『満洲日日新聞』に掲載された随筆。伊藤博文暗殺のニュースに驚いたことから書き起こし、九月からひと月余りの満韓旅行をふり返って、感慨を述べたもの。これまでの全集には未収録。黒川創『暗殺者たち』参照。なお、原文は旧かなづかいによる総ルビになっているが、すべて省略した。
（10）「自転車日記」によれば、漱石もチン〳〵チャイナマンと罵られたことがある。自転車練習中の漱石が、合図もせずに急にカーブを曲がったために、後ろを走っていたサイクリストが、かわす間もなく転倒してしまった。罵られた漱石は「お気の毒」と言い捨ててそのまま走り去ったが、ふり向く余裕がなかったためで、別に豪傑ぶったわけではないと言い訳している。
（11）田辺（和歌山県）きっての素封家で、熊楠の後見人のような立場にあった多屋寿平次の次女。イギリスより帰国後一時田辺に滞在した熊楠にひそかな慕情を抱き、甲斐甲斐しく身辺の世話をやいた。熊楠も好意を抱いたようだが、「予一言だにいいしことなし」と、その思いは胸中深く秘めていた。そして、たかからの二通の手紙を生涯大切に持ち続けた。たかも熊楠の返書や葉書を大事に保管し、熊楠の死後南方家に返還している。熊楠の結婚後、地元の素封家脇村家の次男民次郎に嫁ぎ、一九五六（昭和三一）年に死去した。

（12）漱石は当初勉学の地の候補としてケンブリッジを訪れたが、『南方熊楠大事典』によれば、この時漱石を案内したのは、浜口（田島）担であったという。和歌山生まれで後に実業家として活躍した浜口は、当時ロンドンで熊楠とも親しく交際していた。浜口を漱石に紹介したのは、同じく熊楠と親しくしていた横浜正金銀行ロンドン支店の巽孝之丞で、巽は漱石に宿の世話もしたという。

第六章　帰国後の二人

帰国の情景

南方熊楠が四〇日あまりの船旅を終えて、「蚊帳のごとき洋服一枚」をまとい、おびただしい書籍や植物標本（二七箱あったという）とともに神戸に上陸したのは、明治三三（一九〇〇）年一〇月一五日早朝のことであった。当座の宿をとった熊楠は、早速和歌山の常楠に電報を打った。常楠がやってきたのは夕方の五時頃である。横浜で別れて以来じつに一四年ぶりの再会であった。しかし、再会したときから、この兄弟の齟齬（そご）は始まっていたといっていい。

帰国して見れば、双親すでに下世して空しく卒塔婆（そとば）を留め、妹一人も死しおり、兄は破産して流浪する、別れしとき十歳なりし末弟は二十五歳になりおる。万事かわりはており、次弟常楠、不承不承に神戸へ迎えに来たり、小生の無銭に驚き（実は船中で只今海軍少将たる金田和三郎氏より五円ほど借りたるあるのみ）、また将来の書籍標本のおびただしきにあきれたり。（「履歴書」）

妹藤枝が死亡したのは、熊楠の渡米の翌年のことであり、母すみはロンドン滞在中の明治二九年に死去している。姉くまは嫁ぎ、兄弥兵衛は破産して陋巷（ろうこう）に逼塞（ひっそく）し、末弟の楠次郎は独身で常楠方に同居している。南方家の家長は、いまや常楠であった。

この時三〇歳になっていた常楠には、すでに妻と二人の子どもがあった。大勢の使用人もいる。そうしたなかへ、いきなり野放図で臆面もないこの兄を連れて行くことはためらわれた。熊楠のことを知らない妻との確執も予想された。世間体もあった。熊楠が、洋行帰りのパリッとした身なりで、学位の一つか二つでも取って帰国したなら、常楠も身内として鼻が高かったろうが、一四年のあいだ海外で学問してきたとはいえ、まったくの無位無冠で、しかも無一文同然で帰ってこられては、いかになんでも外聞が悪い。

常楠は、兄弥兵衛の破産の後始末で非常な苦労をし、下手をすると自分も破産しかねない状況にあるからという口実を設けて、熊楠にしばらく余所へ行ってもらうことにした。翌日、荷物を和歌山へ送り、二人そろって大阪府泉南の理智院という寺に向かったところをみると、熊楠は常楠の口実を信じたようだ。理智院は、亡父の弥右衛門がかつて世話をしたことのある寺である。常楠は、熊楠を送り届けると、和歌山へ帰っていった。

常楠も、そのままですまそうとは思っていなかったであろう。いずれ熊楠の身の振り方を考えねばならないことは、覚悟していたと思われる。ひと月か、あるいはそれ以上の時間をかけて周囲を説得し、熊楠を迎え入れる態勢を整えたうえで理智院に迎えを出す——といった心づもりをしていたに相違ない。しかし、常楠の目算はもろくもくずれた。熊楠が理智院にいたのは、わずか二日間にすぎなかったのである。

この寺にひとりの居候がいた。もと和歌山藩の下級藩士で、維新後零落し、多少の縁があったこの寺に居候して留守番などを引き受けていた。この男と話しているうちに、常楠が破産しかけているなどというのは大嘘であることが分かった。兄の破産が祟ってつぶれかけているどころか、店も蔵も以前よりも大きく建て増しし、よほど繁盛していると男はいった。話を聞いた熊楠は、その男を道案内にして寺を飛び出すや夜道をかけて最寄りの駅まで歩くと、汽車に乗り、和歌山の常楠の家に乗り込んだのである。日記には、「夜寺僕和佐（大八の後と）を従へ寺を下り汽車にて和歌山着、常楠宅に入、同人妻及すみに面す」とある。

常楠宅は、寺の男がいった通りであった。そこでどんな一幕があったのかは分からないが、熊楠はそのまま常楠の家に居すわってしまった。とはいえ、熊楠にとってそこはあまり居心地のいい所ではなかった。

かくて小生舎弟方に寄食して一週間ならぬうちに、香の物と梅干しで飯を食わす。これは十五年も欧州第一のロンドンで肉食をつづけたものには堪えがたき難事なりしも、黙しておるとおいおいいろいろと薄遇し、海外に十五年もおったのだから何とか自活せよという。こっちは海外で死ぬつもりで勉学しおったものが、送金にわかに絶えたから、いろいろ難儀してケンブリジ大学の講座を頼みにするうち、南阿戦争でそのことも中止され、帰朝を余儀なくされたもので、弟方の工面がよくば何とぞ今一度渡英して奉職したしと思うばかりなるに、右ごとき薄遇で、小使い銭にも事をかかす始末。(「履歴書」)

といった有様だったのである。

常楠やその妻のような常識人にとっては、十数年も海外に勉学して、学位も取らず著書の一冊も公にしない熊楠の態度は、不可解きわまるものだった。彼らにとって学問とは、身を立て名を上げるための強力な手段となるべきはずのものであった。そういう彼らに、「自分の論文報告や寄書、随筆が時々世に出て専門家より批評を聞くを無上の楽しみまた栄誉と思いおりたり」という学問を糊口の手段としない熊楠の生き方が理解されるはずはなかった。とくに常楠の妻にとっては、熊楠はただの厄介者でしかなかった。この妻とはよほど気性が合わなかったらしく、熊楠は後年までその悪口を書き散らしている。

熊楠と常楠とのあいだには、また、遺産問題①がこじれていた。常楠は、ロンドンへの送金を断ったのは熊楠の遺産がなくなったからだと主張していたが、熊楠はこれを疑い、自分の分の遺産はもっとあったはずで、兄の破産の余波を受けて危なくなった自分の店を立て直すために、常楠が使い込んでしまったのだと信じた。さらに熊楠は、末弟の楠次郎(この末弟を熊楠は可愛がっていた)分の遺産が自分同様常楠に使われてしまうことを恐れていた。

そんなこんなでいがみ合い、口論していては、使用人の手前もあり、かつまた世間体も悪いことて、常楠は熊楠に和歌浦の円珠院という寺に移ってもらうことにした。熊楠も、気性の合わない常楠の妻と毎日顔を合わせているよりはと思ったのであろう、これを承諾した。帰国してから一カ月余り後のことである。しかし、熊楠が円珠院にいたのは、翌年の二月初めまでの二カ月余にすぎなかった。円珠院に移った頃から熊楠は寺の周辺や御坊山、あるいは和歌浦などを歩き回って、菌類や地衣類（ちいるい）、藻、粘菌（ねんきん）などの採集・整理を始めた。これは、帰国の際に大英博物館の隠花植物学者G・マリーを訪れたところ、日本では隠花植物の目録がまだ作られていないからやってみてはどうかと勧められたのであったが、ロンドン時代は中絶していたとはいえ、菌類などの採集はもともと熊楠の本領であったから、やり始めると熱中し、たちまち部屋中に菌類や地衣類、粘菌などが散らばり、異臭がたちこめた。このため、寺の住職から立ち退きを迫られたのである。熊楠は仕方なくまた常楠の家に舞い戻った。

南方熊楠の帰国から二年余りたった明治三六（一九〇三）年一月二三日、夏目漱石は神戸に上陸した。翌二四日朝、神戸からの夜行列車で東京に向かった漱石を途中の国府津で出迎えた鏡子は、イギリスで神経衰弱になったと聞いていたが、漱石の様子に出発前と変わったところは見られなかったので、安心した。漱石はおそろしく高いダブルカラーをつけ、ぴったりと体に合った洋服を着ており、いかにも洋行帰りの紳士らしい雰囲気を漂わせていた。「後で聞いた話ですが、新橋へつくとほかに親類のものや何かが迎えに出てくれましたが、もしや噂のとおり気狂いになって帰って来たのでもあるまいか、どんな様子だろうと、半ばこわごわ出て見た人もあるとかいうことです」（『漱石の思い出』）。

新橋では、親類の者たちにまじって二人の娘が父親を出迎えた。長女の筆子は五歳で、肌理(きめ)の濃(こま)やかな美しい子だったのが、しばらく見ないうちに顔の丈(たけ)が詰まり、角張ってきているのに漱石は驚いた。「新橋駅（今の汐留）へ迎ひに行ったら、汽車から下りた先生がお嬢さんのあごに手をやつて仰向かせて、ぢつと見詰めて居たが、やがて手をはなして不思議な微笑をされたことを想出す」と、寺田寅彦は「夏目漱石先生の追憶」（『漱石全集』別巻所収）にこの時のことを記している。留学中に生まれた次女の恒子は三歳になっていたが、頭じゅう腫物(できもの)だらけであった。

漱石は、家族とともに留学中の留守宅であった新宿矢来町の義父宅に落ち着いたが、三年間畳替えもしていないというその家の荒れた様子に驚かされた。貴族院の書記官長であった義父の中根義一は、明治三一年に辞職し、その後行政裁判所評定官を経て内務省地方局長となったが、漱石が留学中の三四年、伊藤博文内閣の総辞職によってその地位を失い浪人の身となっていた。悪いことに、書記官長を辞めた頃に相場に手を出して失敗し、借財を抱え込むはめにもなっていた。

そんなことで中根家の経済状態は苦しく、父に頼るわけにはいかない鏡子は、留学費とは別に文部省から支給される漱石の休職給（年額三〇〇円、月額二五円）で暮らしていかなければならなかった。しかも建艦費として二円五〇銭が引かれるから、月額は二二円五〇銭である。父の家だから家賃は必要なかったが、その額では子ども二人を抱え女中との四人暮らしではかなり苦しかった。鏡子は着た切り雀で、自分の着物が破れると漱石の着物を仕立て直して着、夜具なども縫い直しや綿打ちをする余裕などなく、破れて綿のはみ出したままのものを使っていた。

首の回らない程高い襟を掛けて外国から帰つて来た健三は、此惨憺な境遇に置かれたわが妻子を黙つて眺めなければならなかつた。ハイカラな彼はアイロニーの為に手非道く打ち据ゑられた。彼の唇は苦笑する勇気さへ有たなかつた。（『道草』）

おそらく現実の漱石も、「苦笑する勇気」を持たなかったであろう。帰国後の熊楠を待っていたのは周囲の無理解だったが、漱石を待っていたのは「生活」であった。

前にも申しましたとおり、着物も夜具も着破ってしまったことですから、いよいよ帰朝ということになればその支度をしておかねばならなくなりまして、貧乏している父の厄介になるわけには行かず、とうとう妹婿の鈴木に頼んで百円ばかり用立ててもらって、どうやらこうやら迎える準備だけはできましたが、帰ってきた夏目もほとんどこれまた無一文でかえって来たので、いよいよ東京で家を持とうにもどうにもあがきがつきません。それだからといっていつまでもこの小っぽけな離れに厄介になってるわけにも参りませんので、夏目は毎日毎日借家をさがしに出かけます。本郷、小石川、牛込、四谷、赤坂と、山ノ手は所かまわずさがし歩いた様子で、かえってきては今日はどこそこを歩いたと、そんなことを申しておりました。

（『漱石の思い出』）

そうした奔走の結果、ようやく見つかったのが本郷区駒込千駄木町（現・文京区向丘二丁目）の家であった。[2]漱石一家がこの新しい家に引っ越したのは三月三日のことで、有り金のほとんどなかった漱石は、友人の大塚保治から一五〇円ほどを借りて家財道具の買い入れと移転料に充てた。熊本を引き払うときに一切合財を処分してきたので、何もなかったのである。

職の方は、熊本に帰らず、東京で得ることができた。これは留学中から友人たちに頼んでおいたもので、狩野亨吉と大塚保治の奔走により、第一高等学校と東京帝国大学文科大学の講師となることができたのである。同時に、五高を辞めたことで退職金が手に入った。年俸の三カ月分に当たる三〇〇円で、漱石はこれを留学中の借金や帰国してからの借金の返済に充てた。

失意の日々

熊楠が常楠宅に舞い戻ってから五日めの二月一三日夜一〇時過ぎのことである。今和歌山の旅宿にいるという孫文[3]からの連絡がはいった。突然のことに、熊楠は驚いた。

熊楠が孫文と初めて会ったのは、明治三〇（一八九七）年三月一六日のことであった。当時孫文は、広州での蜂起に失敗し、アメリカなどを経てロンドンに亡命してきていた。二人を引き合わせたのは、大英博物館東洋書籍部長のロバート・ダグラスである。よく知られているように、この時孫文に「一生の所期は？」と問われた熊楠は、「願わくはわれわれ東洋人は一度西洋人を挙げてことごとく国境外へ放逐したきことなり」と答えて、孫文を驚かせた。孫文三一歳、熊楠三〇歳。青年客気の二人は初対面で意気投合し、以来、孫文がイギリスを離れる六月三〇日まで毎日のように顔を合わせ、さまざまな事柄について意見をかわして友情を深めた。熊楠によれば、孫の革命が成就したあかつきには、広州の羅浮山を一大植物園にする約束をしたという。熊楠は孫のために日本の知人への紹介状を書き、孫は自著を熊楠に贈った。また、熊楠の日記帳に「海外逢知音」と記している。

驚いたといっても、熊楠は孫文の来訪を予期していなかったわけではない。実は、前年の一二月初め、福本日南から孫文が横浜に来ていることを知らされていたのである。熊楠は早速孫文に手紙を送った。折り返し孫から、熊楠の帰国を喜び、再会を熱望する返書が届いた。年が明けてから二度孫より音信があったが、熊楠がうまく連絡を取れないでいるうちに、孫がしびれを切らしたように和歌山へ来てしまったのであった。

翌一四日、孫文は人力車に乗って常楠宅に熊楠を訪ねてきた。ロンドンで別れて以来三年ぶりの再会である。熊楠は歓迎し、昼食をはさんで歓談した。夕刻、共に料理屋に赴き、さらに孫の宿舎に行って歓談を続け、一〇時過ぎにようやく熊楠は帰宅した。翌一五日は熊楠が孫を宿舎に訪ねた。二時過ぎに孫が出立するというので、熊楠は、常楠と楠次郎及び常楠の息子の常太郎を呼んで記念写真を撮らせ、出立する孫文を駅まで見送った。

かくして短い再会は終わりを告げ、横浜に戻った孫文からは、当時孫文を支援していた犬養木堂[4]宛ての紹介状が送られてきた。それは、「君（熊楠のこと）は名利に心なく、志を学に苦しめ、独立し特行（ひとり）くこと、十余年一日の如し。まことに人の及ぶべきにあらざるなり」と、熊楠の真価を見抜き、なんとか日本で活躍の場を得てほしいと願う孫文の真情のこもったものであった[5]。その後も二人は何度か音信を交わし、孫文はハワイで採集した地衣を熊楠に送ってきたりしている。しかし、やがて孫文は革命運動に忙殺され、熊楠は熊野の山中に隠棲したために音信は絶たれてしまった。熊楠は後年、孫文との交友について、「人の交りにも季節あり」と、意味深い感懐を洩らしている。

孫文が送ってくれたせっかくの犬養木堂宛ての紹介状であったが、熊楠にはそれを利用してうまく世渡りしていくような才覚も、また、その意思もなかった。熊楠の願いは、なんとかして常楠を説得して金を出させ、もう一度ロンドンに戻ることであった。熊楠にとっては、ロンドンこそが自分の生きる場にほかならなかった。しかし、常楠がそのようなことを承知するわけもなく、「小使い銭にも事かく」失意の日が続いた。

外国とはかわり、日本はまことに危殆なる社会にて、一切事物信を措くに足ること少しも無之（これなく）、まことに薄氷を踏むがごとく感ぜられ、その上都鄙、奢靡（しゃひ）淫奔の風ははなはだしく瀰漫（びまん）致し候。小生ごときは看板つきの馬鹿物と笑われ、かの二眼具えたるものが一眼国に遊びしほどのことと呆れおるのほか無之候。（土宜法龍宛書簡）

一方常楠も、世間の規矩（きく）にはまらない兄熊楠の処遇には、苦慮していたにちがいない。このまま一つ屋根の下に暮らすのは難しいと思っていたであろう。「飲酒乱妨し障子へ湯呑打附る」「夜垣内姉来る。それより酒のみ常楠と十二時半又は一時頃迄話す」「夜酒のみ、店にて常楠と口論す」といった記述が熊楠の日記に見える。熊楠の苛立ちもつのっていた。九月半ばから一〇月半ば過ぎにかけては、「夜弥兵衛氏を訪、藤助（先来）及貞造氏をつれ常楠方に来り、楠次郎を招き翌暁迄話す」

「夜貞造氏を訪、共に兄方に之、常楠を招き話す」「夕叔父古田氏来り夜迄（八時頃）話す」（熊楠の日記より）と、親族の往来が激しくなっている。「常楠平助を大坂よりつれ帰り、兄もあり、平助、熊、弥兵衛、常楠、貞造及び予、会議徹暁」といった記述も見える。「会議」の内容は分からないが、おそらく遺産問題をめぐってであろう。結果は、「末弟に父の遺産を分け与えしめ妻を迎えしめたり。しかるに、小生家に在ってはおそろしくて妻をくれる人なし。当分熊野の支店へゆくべし」（「履歴書」）ということになった。

前書申し上げしごとく、小生方はまことに大俗の塵裡に有之（これあり）、学問などでき申さず。ことに兄弟多く紛争絶えず、制裁の功一に小生を俟（ま）つことに有之候が、到底際涯なきことにて坂地より拙家の旧老を招び寄せ委托の上、小生は明朝出帆の汽船にてひとまず熊野の支店へ趣き、また一、二ヵ月植物採集致すつもりに候。（土宜法龍宛書簡）

かくて熊楠は、一〇月三〇日の夜、和歌山から乗船して南方酒造の支店がある紀伊勝浦に向かった。勝浦に着いたのは翌日の午後三時頃のことである。

熊楠が熊野行きを承諾したのは、「熊野の生物を調ぶるのが面白くて」ということもあったが、先の見えない和歌山での暮らしからなんとか抜け出したい気持ちもあったと思われる。暮らしの面倒は常楠がみることになったようだ。ちなみに常楠は、この時から大正一二年に途絶するまで二二年間にわたって兄熊楠に生活費を送り続けている。その意味では、常楠も熊楠の学問を支えた一人であった。

さて四月の新学期から学校へ出ましたが、大学が六時間、一高が二十時間、講義のノートを作ったりして、ずいぶん勉強していたようです。けれども学校は、ねっからおもしろくないらしく、自分では外国で計画していた著述でもしたい様子でしたが、これまでの行きがかりもあり、ほかに生活費を得る道もないので、目をつぶって学校へ出ていたようです。しかしいやだいやだと口ではいっても、根が義務観念の強い人ですから、めったに休んだり遅刻したりするようなことはありませんでした。(『漱石の思い出』)

漱石が東京帝国大学文科大学の講師として初めて教壇に立ったのは、帰国してから三カ月後の四月二〇日のことである。午前中は一般講義としてジョージ・エリオット[6]の『サイラス・マーナー』を取り上げた。漱石はエリオットを「泰西の小説家中一流に位すべきものにして特に其知的方面に於ては殆ど無比と云ふて可なるが如し」(『文学論』)と高く評価し、「ジヨージ・エリオツトと云ふ婦人は、四十歳から学問し始めて、初めは哲学をやって居ったがその著作は随分六ケ敷(しき)哲学的な文学が出来て、男子にも重きを置かれて愛読せられて居る」(「女子と文学者」)と称揚している。しかし、学生たちには不評だった。

夏目講師は英語の譯讀として『サイラス・マーナー』を一般講義のクラスにテキストとして使

用する旨申渡された。これに對して皆不愉快の思ひをした。小泉先生は毎年一般講義に、必ず、テニスンの詩を講じて居られたので、私達は悦んでこれを聴いてゐたのであるが、今度は夏目金之助とかいふ『ホトトギス』寄稿の田舎高等學校教授あがりの先生が、高等學校あたりで用ひられてゐる女の小説家の作をテキストに使用するといふのだから、われわれを馬鹿にしてゐると憤つたのも當然だ。（金子健二『人間漱石』）

『サイラス・マーナー』は、漱石が第五高等学校でもテキストに用いていたから、プライドの高い帝大生の反発をかったのである。午後は英文科生に「英文学概説（英文学形式論）」を講義したが、こちらは『サイラス・マーナー』とは反対に、そのあまりにも理論的で高度な内容に学生たちはついていけず、頬杖をついて聞き流したり、居眠りをしたりして、ノートを取る者はほとんどいなかった。

それでなくとも学生たちは、最初からこの新任講師に反感を抱いていた。というのも、漱石が前任講師のラフカディオ・ハーン（小泉八雲）を追い出したようなかっこうでやってきたからである。ハーンは、大学当局の意向で一月に解雇を通告されていたが、学生たちはハーンを敬愛し、その留任運動まで起こしていた。運動は実らずにハーンは大学を去り、その後釜のようなかたちで漱石が着任した。学生たちにしてみれば、漱石はハーンを追い出した大学当局の回し者のように思えたであろう。加えて、ハーンの授業が詩的でロマンチックだったのに対して、漱石の授業が語学を重視した理詰めのものだったことも、彼らの反発を強めた。「自分たちは英文学を学ぶために大学に来たのであって、いまさら発音がどうの、語釈がどうのとやられるくらいなら、わざわざ大学などに来はしない」というのが大方の学生たちの気持ちだった。

反発は一高でも同様であった。ある日学校へ行くと、高いダブルカラーをつけ、頭を高く反らした似顔絵が、教室の黒板に嘲笑うように描かれていた。漱石は黙ってそれを拭(ふ)き消した。漱石は、教授室にはめったにはいらず、いつも教室に直行した。そして、卓上にコートとステッキを置き、二時間ぶっとおしで授業を行い、終わるとそのまますぐ帰った。たまに教授室にはいっても、同僚と話すこともなく、椅子を横向けにし、ひとり超然と本を読んでいた。

> 大学モ高等学校モ試験ハスンダ昨日ハ点数会議デ朝カラ晩迄引張〔ラ〕レル只黙ツテ名説ヲ謹聴スル許リダガ中々草臥(くたびれ)ルモンダナー明日カラハ入学試験トクルカラ又厄介ダドーモ人間ハ生キタイ為ニ生キテ居ツテソーシテ生キタイ為メニ苦労スルイクラ骨ガ折レテモ生キテ居ル方ガ善イ〔モ〕ノト見エル夫ガ高ジルトイクラ骨ガ折レテモ名誉ガトリタクナル学問ガ出来タガル金ガ欲シクナル実ニ変ナ奴サネ（菅虎雄宛書簡）

そんな風にして教師生活をスタートさせてから二カ月あまり過ぎた頃、漱石は、文科大学の学長に辞意を洩らし、慰留されて辞意を撤回した。「マコトニ器量ノワルイ話シヂヤナイカ」（菅虎雄宛書簡）と自嘲しているが、同じ頃、次のような句を詠んでいる。

能もなき教師とならんあら涼し

漱石もまた、失意の日々を送っていた。

再生への模索

熊楠は後年、「履歴書」のなかで、

そのころは、熊野の天地は日本の本州にありながら和歌山などとは別天地で、蒙昧（もうまい）といえば蒙昧、しかしその蒙昧なるがその地の科学上きわめて尊かりし所以（ゆえん）で、小生はそれより今に熊野に止まり、おびただしく生物学上の発見をなし申し候。例せば、只今小生唯一の専門のごとく内外人が惟う粘菌ごときは、東大で草野博士が二十八種ばかり集めたに過ぎざるを、小生は百十五種ばかりに日本粘菌総数をふやし申し候。その多くは熊野の産なり。

と述べているが、熊野への転地は、熊楠の心身に大きな影響を及ぼした。

この年（明治三四年）いっぱい、熊楠は勝浦周辺や那智で隠花植物の採集を行い、翌明治三五（一九〇二）年、和歌山・田辺・湯崎温泉・串本・古座などを往来した後、一二月二六日から那智に腰を据えて独居生活を始めた。本格的な熊野の隠花植物の調査が着手されたのはこの時からであるが、那智山一の鳥居際にあった旅宿大阪屋に居を定めて、近くの妙法山や那智二の滝、三の滝あたりの原生林に分け入って採集に励んだ。
この頃の熊楠の様子を当時五歳だった大阪屋の娘稲垣いなゑは、次のように伝えている。

南方先生はいつも朝早く起きて、天気の時はもちろん、少々雨が降ってもドウランを肩に浴衣を着まして、縄の帯をしめ、腰に手拭いをさし、浴衣の裾を縄帯につっこんで、麦藁帽子をかぶり、ぞうりをはいて出掛けます。先生はいつも裏から出入りしました。
裏には、溝があり、いつもきれいな水が流れていました。採集を終えて帰宅しますと、ぞうりのまま溝へ入って足を洗い、そのまま、くつぬぎ石へ飛んで上り、縁へ上って手拭いで足を拭きまして座敷へ入ります。沢山の植物採集をして来ますので、縁へいっぱい並べて干していました。淋しいくらい静かな部屋で、採集にいかぬ日はいつも勉強していました。（中略）
先生はお酒が大好物でして、いつも一升びんをすえておりました。気がむきますと近くのおじさんを呼んで一杯飲むのです。お酒はいつも勝浦の南方支店の酒店から持って来ました。野菜の天ぷらが大好物で、雪の下や菊の葉や平コブを七センチくらいに切って、真ん中を細く切ったコブでしばって蝶々のようにしたのや、椎茸を天ぷらにしたもの等よく食べました。（「南方熊楠先生を偲びて思い出すままに」『南方熊楠百話』所収）

ロンドンとも和歌山ともまったく異なった環境が、熊楠をとりまいた。ここでは西洋人に対して気を張る必要もなく、とげとげしい人間関係に苛立つこともなく、侮蔑を含んだ冷ややかな視線に出合うこともなかった。素朴な山の人たちは、浴衣に縄の帯をしめた熊楠に、頭の手拭いを取り、腰をかがめて挨拶した。体よく厄介払いされた趣きもないではないが、熊楠は、帰国して以来初めて自分の居場所を見つけたといっていいかもしれない。

かくて小生那智山にあり、さびしき限りの生活をなし、昼は動植物を観察し図記して、夜は心理学を研究す。さびしき限りの処ゆえいろいろの精神変態を自分に生ずるゆえ、自然、変態心理の研究に立ち入れり。幽霊と幻（まぼろし）（うつつ）の区別を識（し）りしごとき、このときのことなり。

（「履歴書」）

幽霊は熊楠にとってなじみ深いものであった。海外にあった時も何度も見ている。たいていは亡父母や若くして世を去った羽山繁太郎・蕃次郎兄弟らで、那智で熊楠は、彼らの示現（じげん）により何度か貴重な植物を発見している。また、「予、那智山に孤居し、空腹で臥したるに、終夜自分の頭抜け出で家の横側なる牛部屋の辺を飛び廻り、ありありと闇夜中にその状況をくわしく視る。みずからその精神変態にあるを知るといえども、繰り返し繰り返しかくのごとくなるを禁じえざりし」（『南方随筆』）と、幽体離脱に似た経験もしている。

思索も深まった。「那智ごとき不便の地に久しく独居すると、見聞が至って狭く山猿（やまおとこ）ごとき者となるが、それと同時に考察の力が鋭くなり、したがって従来他から聴いたり書で読んだりせなんだ問題をおのずから思い浮かぶことが多い」（『十二支考』）。からであった。

そうした思索力の深まりのなかで、熊楠は帰国以来とだえていた『ネイチャー』や『ノーツ・アンド・クエリーズ』への寄稿を再開した。ロンドン時代末期から書き進めていた大作「燕石考」も、この那智で完成させている。ディキンズとの交友も復活し、共訳というかたちで『方丈記』の英訳に着手、完成させた。

・昼牛肉二百十匁五十五銭かひ食ふ。あとは明日食ふ。午後（夕近く）那智川を登る。所獲、クルマシダ、オホバヰノモトソウ等少々也。夜臥内にてプルタークのクレヲメネス伝及ヘンスロウの花構造論よむ。
・朝ルーソー読、終日在寓、夕に至りよみ畢る。夜臥内にてプルタークのピルス伝及栄花物語よむ。
・朝植物標品整理、午後那智川岸を沿ひ上り、川の南岸の山腹にちと登り又下り帰る。
・午後ネーチュールへの投書出す。
・朝よりノーツ・エンド・キーリスえの投書移（写）し、午後出す。一寸河辺歩む。別に所獲なし。ノミノフスマとるのみ。モミヂイイチゴ満開せり。
・午後燕石考認む。
・ヂキンズ氏えの状一、利助より出しむ。
・午後方丈記翻訳にかゝる。四時過より一滝はるか下流に遊ぶ。所集、キンシバイ、禾本科（糸状のもの等）三種、ヨメナ、タマツバキ、菌凡四種。夜臥内にて方丈記少々訳。
・午後一時頃より向山に上り、途上殺虫瓶がけより落せしが異状なく拾ふ。それより二ノ滝の上に下れば日暮る。一ノ滝の右岸にこえれば闇し。蛍あちこち飛。荷物もちかえんとて（傘、ふろしきづゝみ、殺虫瓶、提網、野冊）殺虫瓶石かなにかにあたり、丸ながらわれる。そのまゝ提網に入れ持帰る。人の足きらんことをおそれてなり。滝の辺くらく色々まはり道して新街道より帰れば、八時過にや又は九時頃にや、村人多く湯に入りに来り予帰るをまつ。所獲菌多し。

この頃の日記から窺える熊楠の姿は、和歌山に在った時とは様変わりしている。採集―整理―標品作製―読書（執筆）というルーティンがもどってきた。熊楠は失意の日々から抜け出しつつあった。

漱石は、学生たちの反感や反発など意に介せず、自分の考える通りの授業を推し進めていった。しかし、その内部は惨憺たるものであった。

近頃梅雨ノ天気鬱陶敷〔うっとうしく〕甚ダ困リ入ル平生ノ物草太郎ハ益〔ますます〕物草太郎ニナル（楽寝昼寝われは物草太郎なり）抔とすまして居る内に天罰覿面胃病、脳病、神経衰弱症併発医者モ匙ヲ投ゲルト云フ始末ハ近キ将来ニ於テノ出来事ト察セラレル（菅虎雄宛書簡）

この手紙の日付は明治三六年七月二日だが、イギリスから持ち越した神経衰弱は、すでにこのひと月前からぶり返していた。

実は、帰国直後に妙な出来事があった。

……たしか三日めか四日めのことです。長女の筆子が火鉢の向こう側にすわっておりますと、どうしたのか火鉢の平べったいふちの上に五厘銭が一つのせてありました。べつにこれを筆子が持って来たのでもない、またそれをもてあそんでいたのでもありません。ふとそれを見ますと、こいついやな真似(まね)をするとか何とかいうかと思うと、いきなりぴしゃりとなぐったものです。何が何やらさっぱりわかりません。筆子は泣く、私もいっこう様子がわからないから、だんだんたずねてみますと、ロンドンにいた時の話、ある日街を散歩していると、乞食(こじき)があわれっぽく金をねだるので、銅貨を一枚出して手渡してやりましたそうです。するとかえってきて便所に入ると、これ見よがしにそれと同じ銅貨が一枚便所の窓にのってるというではありませんか。小癪(こしゃく)な真似をする、常々下宿の主婦(かみ)さんは自分のあとをつけて探偵のようなことをしていると思っていたら、やっぱり推定どおり自分の行動は細大洩(も)らさず見ているのだ。しかもそのお手柄を見せびらかしでもするように、これ見よがしに自分の目につくところにのっけておくとは何というやな婆さんだ。実にけしからんやつだと憤慨したことがあったのだそうですが、それと同じような銅貨が、同じくこれ見よがしに火鉢のふちにのっけてある。いかにも人を莫迦(ばか)にしたけしからん子供だと思って、一本参ったのだというのですから変な話です。

(『漱石の思い出』)

「妙なことをいう人だなとは思いましたが、それなりきりでこのことは終わってしまいました」と、のんきな鏡子はあまり気にしなかったようだが、一時治ったと思われていた神経衰弱は、帰りの船の中で少しずつ戻っていたのである。

七月にはいって、漱石の神経衰弱はひどくなった。

夜中に何が癪にさわるのか、むやみと癇癪をおこして、枕と言わず何といわず、手当たりしだいのものをほうり出します。子供が泣いたといっては怒り出しますし、時には何が何やらさっぱりわけがわからないのに、自分一人怒り出しては当たり散らしております。どうにも手がつけられません。（同）

漱石を苦しめていたのは、相変わらず出口の見えない自分への苛立ちであった。イギリス留学は一つの転機となるはずだったが、結果はどうであったか。一つの迷路から別の迷路にはいりこんだだけではなかったか。なるほど、「自己本位」という自らの立脚点を見出すことはできた。だが、それはまだ確かなものとはいえない。それを立証すべく計画した著述を完成するには、あと一〇年くらいはかかる。それなのに、大学が週六時間、高校が二〇時間の講義の準備でまるで余裕がない。しかも、その著述のためにロンドンで神経衰弱になるほど根を詰めて作成した研究ノートを生活のために切り売りしているのが現状だ。いったい、こんな状態がいつまで続くのか。自分がほんとうに自分のやりたいことをやれる時は、果たして来るのだろうか……?

こういった悩み、苦しみは、身近な者ほど理解できない性質のものである。ごく普通の主婦であった鏡子にとって、漱石は夫であり、子どもたちの父親であり、世間的には大学教師以外のなにものでもない。漱石の内部の苦しみまでは理解が届かないのはある意味で当然のことで、漱石がなぜ癇癪を起こしたり、いらだったりするのか分からない。逆に漱石には、そういう鏡子の態度が無神経に思え、そのやることなすことが気にさわって癇癪を起こすといったくり返しであった。

ちょうどこの頃、鏡子はまた妊娠していて、悪阻(つわり)で苦しんでいた。軽い肋膜炎にもかかっていた。漱石の癇癪に異常なものを感じた鏡子は、かかりつけの医者の尼子(あまこ)四郎に、自分の診察のついでに漱石を診(み)てもらえないかと依頼した。尼子は承知し、適当な口実をもうけて漱石を診察してくれた。その結果は、「ただの神経衰弱ではないようで、精神病の一種ではないかと思われる。自分一人では分かりかねるので、呉(くれ)博士に診てもらったらどうか」ということであった。呉博士とは、精神医学者の呉秀三[7]のことである。

そういわれて改めて考えてみると、漱石のやることなすことが只事ではない。何が気に入らないのか、女中を追い出してしまい、病気でふらふらしている鏡子につらく当たる。面と向かって実家に帰れとしきりにいう。そこで鏡子は、万事を尼子のはからいに任せて、子どもたちを連れて一時実家に帰ることにした。自分がいなくなれば、漱石の苛立ちや癇癪もおさまるのではないかと思ったのである。

この時のことは、『道草』で次のように描かれている。

「ぢや当分子供を伴れて宅へ行つてゐませう」

細君は斯う云つて一旦里へ帰つた事もあつた。健三は彼等の食料を毎月送つて遣るといふ条件の下に、また昔のやうな書生々活に立ち帰れた自分を喜んだ。彼は比較的広い屋敷に下女とたつた二人ぎりになつた此突然の変化を見て、少しも淋しいとは思はなかつた。

「あゝ晴々して好い心持だ」

彼は八畳の座敷の真中に小さな餉台を据ゑて其上で朝から夕方迄ノートを書いた。丁度極暑の頃だつたので、身体の強くない彼は、よく仰向になつてばたりと畳の上に倒れた。何時替へたとも知れない時代の着いた其畳には、彼の脊中を蒸すやうな黄色い古びが心迄透つてゐた。

彼のノートもまた暑苦しい程細かな字で書き下された。蠅の頭といふより外に形容のしやうのない其草稿を、成る可くだけ余計に拵えるのが、其時の彼に取つては、何よりの愉快であつた。そして苦痛であつた。又義務であつた。（『道草』五十五）

現実の漱石が、虚構の健三と同じように感じたかどうかは、分からない。しかし、自分と自分の周辺を徹底的に相対化して描く『道草』の手法からすれば、健三の感慨は現実の漱石のものでもあったろう。蠅の頭ほどの細かい字で書かれた講義用のノートを「成る可くだけ余計に拵える」のが、「愉快」であり、「苦痛」であり、「義務」でもあったというのは、内部の崩壊をぎりぎりのところで食い止め、さらに再生への道を模索する自らの姿をやや自虐的に捉えたものと解することができよう。

鏡子が実家にいる間に、尼子四郎の奔走によって漱石は呉秀三の診察を受けた。呉とはロンドンで会っており、診察が受けやすかったのであろう。先の菅虎雄宛の書簡に見える通り、漱石自身も神経衰弱を自覚していた。

鏡子が呉から聞かされた診断は、「ああいう病気は一生治りきるということはなく、治ったと思うのは一時沈静しているだけで、後でまたきまって出てくる」というものだった。これを聞いた鏡子は、そういうことなら我慢して一生付き合うほかないと覚悟した。そして、時折様子を見に行ってみると、自分がいなくなっても状態がよくなったようにも見えず、また、漱石の兄の直矩が二人の仲を心配していろいろとりなしてくれたので、漱石の許に戻ることにした。およそ二カ月の別居であった。漱石は、「愚妻先日より又帰宅致居候大なる腹をかゝへて起居自在ならず」と、九月一四日付の菅虎雄宛の手紙で鏡子の帰宅を報じている。

それから二カ月後の一一月はじめ、三女の栄子が生まれた。

曼荼羅と猫

「毎度手紙差し出さんと思いながら、いろいろ標品等のことにつき多忙にて荏苒致し候。委細のことはとても一筆に申し上ぐることならぬが、前日通知し置きしことのちょっと一班を、小生忘れぬうちに申し上げ置き候。御弄読あらば幸甚」という書き出しで、熊楠が当時京都に在った土宜法龍に宛てて那智からの第一信を発したのは、那智での暮らしが二年目にはいった明治三六

（一九〇三）年六月八日のことであった。深まりゆく思索のうちにしだいに形を整えつつあった自らの思想を語るべき相手は、「三十年来小生の相識とては広い日本にこの人一人しかなく」（柳田国男宛書簡）とまで信頼した土宜法龍をおいてほかになかった。

　法龍に宛てた熊楠の「那智書簡」は、今日八通残されているが、いずれも長文で、かつてロンドンとパリの間で議論された主題が発展、深化されて語られている。

　ロンドンにおける往復書簡では、熊楠は遠慮会釈なく法龍の意見に噛みつき、「你は大馬鹿坊主なれば、まだまだ別にいうことあるが、これは止めにする」と暴言を吐くかと思えば、「なんと金粟如来(8)（熊楠の自称）の博識なるには降参したか。降参したなら左様申し上げよ」と、稚気満々で博識を誇り、手当たりしだいに罵詈雑言して、「嗟呼、汝は事物のことを言うにかくまで悪口し雑言せずんば言う能わざるか」と法龍を慨嘆させたが、「那智書簡」においては、そういうことはほとんど影をひそめている。これは、「小生二年来この山間におり、記臆のほか書籍とては『華厳経』、『源氏物語』、『方丈記』、英文・仏文・伊文の小説ごときもの、随筆ごときもの数冊のほか、思想に関するものとてはなく、他は植物学の書のみなり。それゆえ博識がかったことは大いに止むと同時にいろいろの考察が増してくる。いわば糟粕(9)なめ、足のはえた類典ごときことは大いに減じて、一事一物に自分の了簡がついて来る。今に至って往日貴下の言われし、博と強は智見を輔くるが、そればかりでは空器画餅、何の実なきということを了」ったからであった。

　一〇年前ロンドンで、熊楠は法龍に〈事の学〉を説いた。

電気が光を放ち、光が熱を与うるごときは、物ばかりのはたらきなり（物理学的）。今、心がその欲望をもて手をつかい物を動かし、火を焚いて体を煖むるごときより、石を築いて長城となし、木をけずりて大堂を建つるごときは、心界が物界と雑（まじわ）りて初めて生ずるはたらきなり。電気、光等の心なきものがするはたらきとは異なり、この心界が物界とまじわりて生ずる事（すなわち、手をもって紙をとり鼻をかむより、教えを立て人を利するに至るまで）という事にはそれぞれ因果のあること知らる。その事の条理を知りたきことなり。（中略）今の学者（科学者および欧州の哲学者の一大部分）、ただ箇々のこの心この物について論究するばかりなり。小生は何とぞ心と物とがまじわりて生ずる事（人界の現象と見て可なり）によりて究め、心界と物界とはいかにして相異に、いかにして相同じきところあるかを知りたきなり。（土宜法龍宛書簡　ロンドン・明治二六年一二月二四日付）

今、小生のいうところは、さて物にはそれぞれ力ありて、あるいは動き、あるいは静かにしておる。また心界にはいろいろ考え欲し、感じおる。この心界の諸現象が右の物に摂して、その物の力を起こさしめて生ずるものが事なり（心物両界連関作用）。この事の一切の智識を得たしというなり。（同）

物にはそれぞれ動きやはたらきがある。心も独自のはたらき方をする。しかし、物と心を別個に研究するだけでは、この世界の秘密を解き明かすことはできない。心と物が出合い、お互いに作用しあって生ずる「事」を研究することによって初めてこの世界の本質に触れることができるのではないか。「この事の一切の智識」、すなわち「事の真相」を明らかにしようというのが、熊楠のいう〈事の学〉である。

それから一〇年後、熊楠は那智で、この「事の学」を仏教（真言密教）の哲理を援用して独自の世界認識にまで高めてみせたのである。

ここに一言す。不思議ということあり。事不思議あり。物不思議あり。心不思議あり。理不思議あり。大日如来の大不思議あり。予は、今日の科学は物不思議をばあらかた片づけ、その順序だけざっと立てならべ得たることと思う。（中略）心不思議は、心理学というものあれど、これは脳とか感覚諸器とかを離れずに研究中ゆえ、物不思議をはなれず。したがって、心ばかりの不思議の学というもの今はなし、またはいまだなし。

次に事不思議は、数学の一事、精緻を究めたり、また今も進行しおれり。（中略）さて物心事の上に理不思議がある。これはちょっと今はいわぬ方よろしかろうと思う。右述のごとく精神疲れおれば十分に言いあらわし得ぬゆえなり。これらの諸不思議は、不思議と称するものの、大いに大日如来の大不思議と異にして、法則だに立たんには、必ず人智にて知りうるものと思考す。（土宜法龍宛書簡　那智・明治三六年七月一八日付）

不思議とは、この世界に生起するすべての現象を指す。熊楠はこれを四つに分類してみせた。物不思議は、物理学などで明らかにされうる現象、心不思議は人間の心（精神）のはたらき、事不思議は心と物が出合った時に生じる現象、理不思議は、熊楠は「精神疲れおれば十分に言いあらわし得ぬ」といっているが、「経験とは直接無関係な、アプリオリに働く精神の能力のことが言われているわけだから、これを純粋理性の領域と呼んでも、だいたいまちがいない」（中沢新一『森のバロック』）。

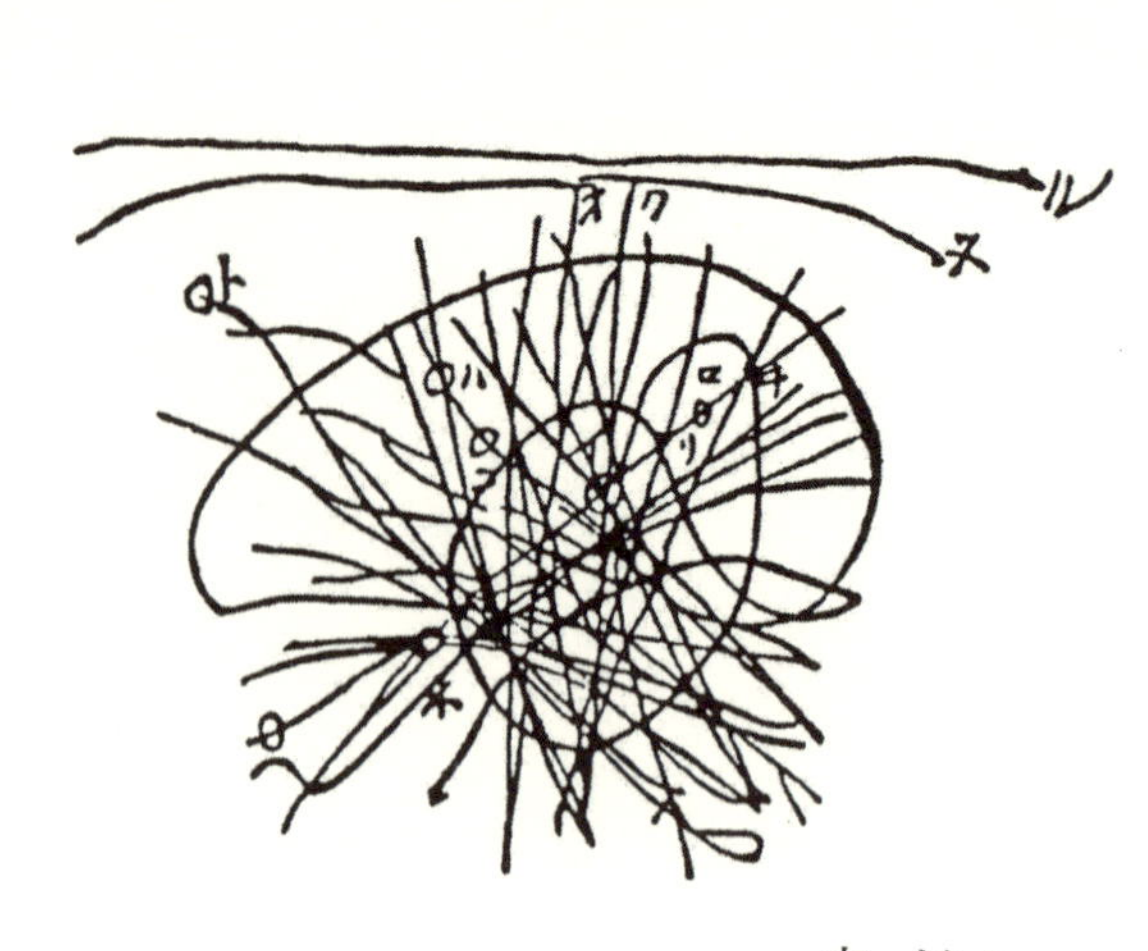

ところで、右に引用した文章に続けて、熊楠は奇妙な図を描いている。上に見るごとく、毛糸玉がもつれあったような、線が複雑にからみあっている図だが、実は、これがいわゆる「南方曼陀羅(10)」のモデルといわれてきたところのものなのである。

さて妙なことは、この世間宇宙は、天は理なりといえるごとく、（理はすじみち）、図のごとく（図は平面にしか画きえず。実は長（たけ）、幅の外に、厚さもある立体のものと見よ）、前後左右上下、いずれの方よりも事理が透徹して、この宇宙を成す。その数無尽なり。故にどこ一つとりても、それを敷衍（ふえん）追求するときは、いかなることをも見出だし、いかなることをもなしうるようになっておる。（土宜法龍宛書簡　那智・明治三六年七月一八日付）

図中にはイ～ワの符号が付されているが、これは人間の知性が事理を追求した時の難易度を示している。たとえば「イ」を熊楠は「萃点（すいてん）」と呼び、ここを押さえればいろいろの理を見出すのに易くして早いという。また、天文学上の大彗星の軌道のごとき「ル」は、人間の知性が「どうやらこんなものがなくてはかなわぬ」と、想像力によってとらえ得る「理」を示している。すなわち、「図中の、あるいは遠く近き一切の理が、心、物、事、理の不思議」なのである。

曼陀羅とは、〈本質を所有せるもの〉の意で、宇宙の真実の姿を、自己の哲学に従って立体または平面によって表現したものである（平凡社『世界大百科事典』）。真言密教では、教主である大日如来を中心に諸尊を配置した図で示されているが、大日如来とは、この宇宙の本体であり、全てのものをつつみこむ本質的存在とされる。熊楠のいう「大日如来の大不思議」とは、この宇宙に存在する万物に生起する力をいうのであろう。先の図で熊楠は、自らが認識する世界モデルを提示してみせたが、それはあくまで人間を中心にしたものであった。大日如来の大不思議よりみれば芥子（けし）粒ほどのものに過ぎない。とはいえ、人間には人間なりの楽しみがある。

宇宙万有は無尽なり。ただし人すでに心あり。心ある以上は心の能うだけの楽しみを宇宙より取る。宇宙の幾分を化しておのれの心の楽しみとす。これを智と称することかと思う。

（土宜法龍宛書簡　那智・明治三六年六月三〇日付）

大乗は望みあり。何となれば、大日に帰して、無尽無究の大宇宙のまだ大宇宙を包蔵する大宇宙を、たとえば顕微鏡一台買うてだに一生見て楽しむところ尽きず、そのごとく楽しむところ尽きざればなり。（同　七月一八日付）

〈智〉とは人間の心の楽しみだと熊楠はいう。「南方曼陀羅」は、この世界の秘密、本質を明らかにするものであると同時に、〈智〉の方法論でもあった。熊楠をとらえて離さなかったのは、限りなく広く深い大日如来の宇宙とそこにはたらいている不思議、その秘密に触れる喜びと楽しみだったといえよう。

那智からの土宜法龍宛書簡の最後に当たる八通目は、明治三七年三月二四日付けのもので、「小生長文認(したた)むるに筆なし。（中略）ゆえに、長文望むなら筆五、六本送り下されたく候」ということばで終わっている。

それから半年余りのち、熊楠は足かけ三年にわたる那智滞在を切り上げて永住の地となる田辺に向かった。この間、顕花植物及びシダ類六八二種、菌類袋入一〇六五、箱入四、画添四六四、粘菌四八、藻類八五二種を採集している。

明治三七（一九〇四）年二月一〇日、日本はロシアに宣戦布告して、日露戦争が始まった。大陸進出をもくろむ日本と、ロシアの南下を警戒するイギリスとの利害が一致して日英同盟が結ばれ、これを力として日本は着々と戦争準備を進め、ロシアが北清事変の際の満州駐留軍の撤兵を実行しなかったことを契機として戦端が開かれたものである。

この頃、漱石の身にも多少の変化が起きていた。あれほど不人気だったのが、急に文科大学一の人気講師となったのである。これは、前年の九月から『サイラス・マーナー』に続いて一般講義として『マクベス』を取り上げたことが大きく影響していた。当時、川上音二郎・貞奴らによって、『オセロ』や『ハムレット』が正劇（西洋翻訳劇）と称して上演されて評判を呼び、青年たちの間でシェークスピア熱が高まっていたのである。

・夏目先生の『マクベス』評釋の授業があつた。一般講義として此の新學年度から試みられるのである。文科大學の教室の中で一番大きな教室第二〇番の廣い室が聽講生で立錐の餘地が無い程滿員札止めの好景氣であつた。（金子健二『人間漱石』）

・『マクベス』の人氣はたいしたものだ。一般講義で一躍して文科大學第一の人氣者になられた夏目先生は『英文學概說』に於ても次第に人氣を得られるやうになつた。（同）

・『マクベス』の講義は大入繁昌なり。（同）

『マクベス』に続いて取り上げた『リア王』の講義では、学生たちが押しかけて教室が満員となり、聴講を制限するという人気ぶりであった。

その一方、神経衰弱のほうは、鏡子が帰宅した頃から小康状態を保っていたが、一一月にはいってぶりかえした。夜中に不意に起き出し、雨戸を開けて寒い庭に飛び出したり、真夜中に食べる気もない夜食を鏡子に作らせて書斎に運ばせたり、かと思うと、離縁状とおぼしき手紙を書いて持ってきて、鏡子にこれを持って実家に行けと迫ったりした。

幻聴や追跡妄想も起こっている。


　我輩の向ふの家に○○○といふ書生の合宿所がある此書生等は日常我輩の癇癪を起して大声を発するのを謹聴するの栄を得る果報者である　時として先生の仮声抔を使つて我輩を驚かしめる其所に女の召使か何かゞ居つて此書生と二人仮声を使ふ其標本を一寸諸君に御招〔紹〕介する、但し此書生共は種々研究の結果色々な仮色を使ひ分ける　或る時は某教授となりある時は某先生となる中々多芸なものである　余慶な事であるが其代りに役者の仮声でも習つたら小使取位になるだらうと思はれるが学校の先生の仮色では単に我輩を驚殺せしむるのみで他に何等の功能もないのは気の毒である。

　書生某教授の仮声にて「……中々評判がいゝですよ」女「セルマの歌[11]でも出れば善う御座んすがね」男「それに近頃帝国文学へマクベスの幽霊と云ふをかいた所が大変評判がいゝです」有難い仕合せであるひそかに感謝の意を表して居ると　女「そうですかそんなに皆様が仰つて下さるのにねー」と何だか我輩の母さん然とした事を云ふ　「どうしてあれで頭は中々可〔い〕いのですよ」と蔭ながら贔屓をして呉れる但しあれでも丈は少々不平であつた　「まあ何んて強情

な人でせうね」と母さんが云ふ此辺よりさすが此女に息子の待遇を受ける我輩にも何の事だか分らなくなつて来た（「断片」明治三七、八年頃）

この向かいの下宿屋にいる学生を、漱石は自分を監視する探偵だと思いこんだ。学校が始まる時間はだいたい同じ頃なので、漱石が出かける時分になると学生も支度をして後をついてくるからである。そっちがその気ならこっちもと、毎朝起きるや、書斎の窓からその学生のいる下宿屋の二階に向かって、「おい、探偵君。今日は何時に学校へ行くかね」とか、「探偵君、今日のお出かけは何時だよ」とかと聞こえよがしにどなった。お前の正体はお見通しだぞというつもりだったようだ。鏡子によると、この頃のある日、書斎にはいってみると、「予の周囲のものことごとく皆狂人なり。それがため予もまた狂人のまねをせざるべからず。ゆえに周囲の狂人の全快をまって、予も佯狂をやめるもおそからず」と、墨黒々と書いた半紙が机の上に置いてあったという。「気味の悪いたらありませんでした」と、鏡子は述懐している。

そうした状態にあっても、学校へは毎日きちんと出かけ、欠勤や休講などはほとんどなかった。それは、義務感もあったであろうが、家の内はともかく、外（世間）に対しての日常性を頑なに守ることによって内部の崩壊を食い止めようとする漱石の必死の努力であったにちがいない。

そのころは朝学校へ出るにしても、洋服を着せようとすれば、あっちへ行っていろと頭からどなりつけるので前の晩のうちにカラーからネクタイまで揃えておいて、それを朝になるとそっと部屋へおいておくと、ひとりで黙って着て出かけます。出かけますと初めて箒(ほうき)をもって書斎に入って行って掃除を始めるといったぐあいでした。（『漱石の思い出』）

其頃の先生は生理的に険悪を極めた時代で、大神経衰弱の絶頂であつた。而して教室に於ける態度も、如何にも苦るしさうであつた。青い顔で、物を云ふ前にはき出すやうな「エーッ」と云ふ長い太息(ためいき)をつかれ、食指を嘗めては机の上に字の様なものを書く癖があつた。吾々は先生がそれに依つてどれだけ塵芥を舐められることかと心配した位である。而して頤をしやくつては講義を続けられた。（野上豊一郎「大学講師時代の夏目先生」『漱石全集』別巻所収）

「こんなぐあいに悪かった頭も、三十七年の春から夏へかけてだいぶよくなりまして、無鉄砲の癇癪を起こして気狂じみたことをするようなことも少なくなりました。（中略）もちろん合い間合い間に怒るようなことはあっても、それも一時のことになって、だんだん重くるしい靄(もや)が晴れてくるようなありさまでした」と鏡子は述懐しているが、日ロ両軍が海陸で死力を尽くして戦っていたこの年の夏のはじめ頃、生まれて間もない子猫が夏目家に迷いこんできた。猫嫌いの鏡子はすぐにつまみ出したが、何度くり返しても子猫は隙をみては家にはいりこんでくる。ある朝、泥足のまま上がりこんでおはちの上にうずくまっているのを漱石が見つけ、「この猫はどうしたんだい」と聞いた。鏡子がわけを話すと、漱石は、「そんなに入って来るんならおいてやったらいいじゃないか」といった。その日の漱石は、「靄」が晴れて機嫌がよかったのだろう。

ともあれ、主人のお声掛かりということで、天下晴れて夏目家の猫となった子猫は、毎日悪戯をくり返して家の者にどやされていたが、ある時、出入りの按摩のお婆さんが、この猫を抱きあげてつくづくと見て、これは珍しい福猫だと鏡子にいった。全身足の爪まで黒いのがその証拠で、飼っておけばその家は繁盛するという。子猫の毛並みは全身黒ずんだ灰色の中に虎斑があり、一見黒猫に見える。足の爪も確かに黒い。迷信深いところのある鏡子は、それまで邪険にしていたのを改めて、女中がやったご飯の上に自らおかかをかけてやったりして、大事にしはじめた。

確かにこの猫は夏目家、特に漱石にとっては福猫になったが、もちろん漱石はそうなることなど知る由もなく、暇があれば水彩画の筆をとっていた。漱石が自分で絵の具を買ってきて水彩画を描き始めたのは、神経衰弱の激しかった三六年の一一月頃からのことで、三七年には、知友や教え子などに自筆の水彩絵葉書を数多く送っている。鏡子によれば、「自分では何をしてもおもしろくなく、ひとつくさくさした気持ちを絵でも描いてまぎらそうというのでしょう」ということだが、この年の一一月中頃、高浜虚子に今度の山会に何か書いてみませんかと勧められて早速書き始めたのも、同じ理由からであろう。

山会というのは、「文章には山がなくては駄目だ」という正岡子規の主張に基づいて開かれていた写生文の勉強会で、毎月自作の写生文を持ち寄って朗読し、互いに批評しあうというものであった。子規の生前から開かれていたが、当時は虚子のほかに坂本四方太、寒川鼠骨、河東碧梧桐、伊藤左千夫、長塚節らが参加していた。子規の死後も虚子を中心とした『ホトトギス』関係者との交友は続いていたが、漱石はこれまで山会には参加していなかった。それはあくまでも子規の門下生の集まりだったからである。

一二月初旬のある日、高浜虚子は、根岸の子規庵で開かれる山会に出席する前に漱石の許に立ちよった。まだ出来ていないだろうと思っていたのが、漱石は愉快そうに虚子を迎えて、一つ出来たからすぐここで読んでみてくれといった。渡された原稿は数十枚もある長いものであったが、虚子はいわれるままにその場で朗読を始めた。漱石は、他人の作品を聞いているように熱心に耳を傾け、おかしいところでは声をあげて笑った。朗読している虚子も思わず吹き出してしまう場面もあった。

この一編にはまだ表題がついていなかった。漱石が「猫伝」にしようか、あるいは書き出しの一句をとって表題にしようか決めかねているというので、虚子は書き出しの一句のほうがいいと答えた。それから虚子は、冗漫と思われる箇所を指摘し、漱石はその指摘に応じて削ったり書き改めたりした。虚子が山会に出席したのは定刻をだいぶ過ぎてからであったが、出席者一同は、虚子の朗読する漱石の作品に、とにかく変わっていて面白いと賛辞を呈し、『ホトトギス』に載せることに一決した。

かくして、明治三八（一九〇五）年一月二日、旅順のロシア軍が降伏して、「旅順開城」の号外の鈴が鳴り響くなか、「吾輩は猫である」を掲載した『ホトトギス』一月号が刊行された。大学講師夏目金之助が作家夏目漱石として世間に向かって一歩を踏み出したのは、この時からであった。

失意から再生へ。

帰国後の南方熊楠と夏目漱石の軌跡を要約すれば、右のようになるだろう。熊楠は自然に抱かれることによって再生に向かい、漱石は書くことによって再生を果たした。そして、それぞれの再生の仕方が、二人のその後の歩みを決定づけることとなったのである。

〈注〉

（1）熊楠の遺産問題については、武内善信「若き熊楠再考」（『南方熊楠　珍事評論』所収）に詳しい。武内氏の計算によれば、熊楠の遺産の残金は明治三二（一八九九）年当初で二三二七円余りあったが、翌年九月に帰国するまでの一年八カ月でその大部分が費消されてしまったのではないかという。

（2）この家は一時森鷗外も住んでいたことがある。その後漱石の友人の斎藤阿具の持ち家となり、斎藤が第二高等学校の教授として仙台に転任していったあと、貸し家となっていたが、借り手も次々と転勤し、さらに斎藤もヨーロッパに留学することになって空き家となったため、漱石が借りたものである。敷金は不要で、保証人には大塚保治がなった。（荒正人『漱石研究年表』による）

（3）一八六六～一九二五。中国の革命家。はじめ医者となったが、清朝打倒を志して興中会・中国革命同盟会を組織して、革命運動を起こした。何度か蜂起したが失敗、日本・アメリカ・ヨーロッパを転々とし、一九一一年辛亥革命が起こると中華民国臨時大総統に選ばれた。その後袁世凱にその地位を譲り、中国国民党を組織して三民主義を唱え、国民革命を推し進めた。

（4）一八五五～一九三二。本名は毅。木堂は号。政治家。新聞記者から政界にはいる。立憲改進党、国民党などを経て政友会総裁となり、昭和六（一九三一）年首相に就任するが、翌年、五・一五事件で青年将校に射殺された。

孫文や朝鮮の改革派政治家金玉均を援助した。

(5) 全文は以下の通り。

南方熊楠君を介紹す

犬養木堂先生

和歌山県より孫文拝緘

木堂先生足下。弟かつて先生と談じて、昔年英京にありて交わるを獲し一の貴国の奇人南方熊楠君に及ぶ。今、君の里に返るを聞くにより、特に和歌山県に来たりてこれを訪ぬ。相見えてはなはだ歓び、流連して返るを忘る。縦談の間、弟先生の忘形の交わりなるに道い及ぶ。君もとより先生の盛名を耳に熟す。しかして弟の故をもって、さらに先生に一識せんと思い、二月の後に上京拝謁せんと擬す。弟特に寸紙に托し、もって介紹をなす。君は欧米に游学すること廿年ならんとし、数国の語言文字に博通し、その哲学理学の精深なるは、泰西の専門名家といえども毎に驚倒をなす。しかして植物学の一門において、もっとも造詣をなせり。君は名利に心なく、志を学に苦しめ、独立し特行くこと、十余年一日の如し。まことに人の及ぶべきにあらざるなり。先生これに見わば、想うに必ずや相見うこと晩きを恨むの慨きあらん。ここに致し、並せて大安を候う。

不一　弟孫文謹啓　二月十六日

(原漢文。読み下しと振り仮名は長谷川興蔵氏による。『南方熊楠日記2』所収)

なお、和歌山で書かれたかたちになっているが、実際は横浜で書かれたものである。

(6) 一八一九～一八八〇。イギリスの女流小説家。ヴィクトリア朝を代表する作家の一人。鋭い心理描写と写実性に優れた作品を書いた。『サイラス・マーナー』は、友人に裏切られ、婚約者も奪われて絶望し、世捨て人となった守銭奴が、拾った幼女に愛と希望を見出す物語。なお、漱石山房蔵書目録には、代表作の『ミドル・マーチ』をはじめ、『牧師たちの物語』『アダム・ビード』『フロス河の水車場』『ロモラ』『ダニエル・デロンダ』など、エリオットの作品のほとんどが記載されている。

（7）一八六五～一九三二。明治二三年、帝国大学医科大学（現・東京大学医学部）を卒業。三〇年ヨーロッパに留学し、三四年に帰国。母校の教授に就任すると同時に東京府巣鴨病院（のち、東京府立松沢病院と改称）院長となり、日本の精神医学の発展に尽くした。

（8）「維摩経」の主人公維摩居士の前身。維摩は、出家者よりはるかに優れた見識を有していた在家信者。

（9）糟粕は酒かすのこと。「糟粕をなめる」は、先人の残したものをまねるだけで、なんの進歩もない意。

（10）鶴見和子『南方熊楠』によれば、この図をインド哲学者・仏教学者の中村元に見せたところ、即座に「これは南方曼荼羅ですね」といわれたという。

（11）『英文学叢誌』第一輯（明治三七年二月）に発表された翻訳「セルマの歌」のこと。また、「マクベスの幽霊」は、『帝国文学』第十巻第一（明治三七年一月）に発表された論文「マクベスの幽霊に就て」を指す。

第七章　森と都会

森の危機

かくて二年余那智にありてのち、当地にもと和歌山中学にありし日の旧友喜多幅(きたはば)(1)と申す人、医術をもって全盛すときき、むかしの話をせんと当田辺町へ来たり、それより至って人気よろしく物価安く静かにあり、風景気候はよし、そのまま当町にすみ二十年の久しき夏と冬をおくりぬ。（「履歴書」）

田辺は、口熊野すなわち熊野への入口として平安の昔から知られていた。田辺から熊野への道筋は二通りある。一つは海沿いに那智、新宮へと向かう大辺路(おおへち)、もう一つは山また山をぬって熊野本宮に至る、その昔の熊野詣での人々がたどった中辺路(なかへち)である。〈へち〉とは「縁」または「端」を意味する紀州語だという。

近世の田辺は、紀州藩の付家老(つけがろう)であった安藤氏の支配するところとなり、その城下町として栄えた。が、しかし、明治の文明開化には大きく乗り遅れた。昭和七年にやっと和歌山との間に鉄道が開通したという交通の不便さがその要因であった。それまでの主な交通手段は船で、特産品の梅干しなども田辺湾から船で搬出されていた。文明開化に乗り遅れたといっても、時代に取り残された寒村だったわけではなく、商業が盛んで、旅館や料理屋、妓楼なども数多くあり、町は活気にあふれていた。山林業も盛んで、富裕な商家も多く、俳諧や和歌、華道などの趣味に遊ぶ人たちも多くいたという。早急な近代化を免れたぶん、江戸文化の名残がたゆたっていたようだ。

那智を発った熊楠が、道を中辺路にとり、途中植物観察や採集をしながら田辺に着いたのは、明治三七（一九〇四）年一〇月一〇日のことである。熊楠にとって田辺は初めての土地ではない。那智にこもる前に半年ばかり滞在している。その時は、山林地主で田辺きっての素封家である多屋寿平次の世話になっている。寿平次は亡父弥右衛門の知人で、兄の弥兵衛が和歌山の四十三銀行の頭取だった時に副頭取を務めており、南方家とは縁が深かった。寿平次の子どもたちとは兄弟同様の間柄であった。

かくて田辺に腰を落ち着けた熊楠は、多屋家の持ち家を借りて住み、田辺近郊での植物採集・標本作りに精を出し始めた。『東洋学芸雑誌』など国内の雑誌への民俗学的論考の寄稿も始まった。三八年四月には、那智滞在中に完成した英訳『方丈記』（ディキンズとの共訳）がロンドンの『王立アジア協会会誌』（The Journal of the Royal Asiatic Society）に掲載されている。

三九年、熊楠は自ら採集した粘菌の標本を大英博物館植物部門に寄贈した。そして、これからも努力して採集を続け送り届けるつもりだから、そちらで標本の同定、命名をしてもらいたいと依頼した。この要請を受けて、当時の粘菌学の権威アーサー・リスターと、同じ粘菌学者で娘のグリエルマ・リスターが熊楠の標本を検定し、イギリスの植物学雑誌『ジャーナル・オブ・ボタニー』に日本産粘菌として二九種を発表した。これまで日本産粘菌は一八種しか報告されていなかったが、これによって一挙に倍以上に増えた。これをきっかけとして、リスター父娘と熊楠の交流が始まり、粘菌学者として熊楠の名が学界に知られるようになっていった。田辺で発行されている『牟婁(むろ)新報』の記者になるために東京からやってきた荒畑寒村(2)が、熊楠について町の人たちの噂を聞くのは、この頃のことである。

私が下宿していた家の前を、からだの大きな、いつも着流しで、手に煙草盆のようなものをさげて歩いている人物をよく見かけた。一見して常人とちがった人柄に思えたので、どういう人かときくと、「あれは南方熊楠という学者だ。日本ではあまり有名ではないが、西洋ではたいへん有名な人だ」と、町の人がいうのである。その頃、その南方先生はまだ独身で、一人の雇いばあさんと広い屋敷に住んでいるという話であったが、町の人は先生に関する伝説めいた種々の逸話を聞かせた。

南方先生の生家は和歌山の酒造家で、本家の当主は牟婁新報の出資者の一人でもある。南方先生は反吐を吐く名人で、すでに中学生の頃から喧嘩をすると自由自在に反吐を吐きかけるので、相手は辟易してたちまち逃げ去ったそうだ。

南方先生はまた大酒家で、泥酔して帰宅すると反吐を吐いて寝てしまう。雇い婆さんがそれを掃除すると、反吐に生ずる菌を研究するのを台なしにしたと、怒ったという話である。（荒

畑寒村「南方先生と牟婁新報」『南方熊楠百話』所収）

田辺に定住した二年後、熊楠は、闘雞神社[3]の宮司田村宗造の娘松枝と結婚、翌年には息子の熊弥が生まれた。常楠から生活費が送られてくるので、暮らしの心配はなかった。論考の執筆と採集、資料の抄写という規則正しい生活がくり返されていった。そのままいけば、熊楠は在野の研究者として穏やかな生涯をおくれたかもしれない。しかし、そうはならなかった。熊楠の内にひそむデーモン、あるいは巨人性が、いやおうなく熊楠を修羅のただなかに立たせていったのである。

明治四二（一九〇九）年八月一五日の日記に、熊楠は次のように記した。

予は昨日磯間の神祠三とも十日斗り前に移転合併を命ぜられ、村人せめて一を存せんと望むも聞れざる由聞き、今日に至るも不快。

不快はやがて怒りに変わり、一年後の八月二一日には、折から田辺中学校講堂で開かれていた紀伊教育会主催の夏期講習会閉会式に係員の制止を振り切って乱入し、「田村に面会に来たのにナゼとめるか」「神社を破壊するとはケシからぬ」などと大声でわめきながら、菌類標本のはいった信玄袋を場内に投げつけるという直接行動にまで発展した。

事の起こりは、四年前から始まった政府による神社合祀である。

明治政府の基本姿勢は中央集権化であり、宗教政策も例外ではなかった。神道の国教化をはかるべく、神仏分離・廃仏毀釈を経てすでに明治四年には伊勢神宮を頂点とする全国の神社の格付けと系列化がととのえられていた。その後も内務省の下に神社局と宗教局が置かれて、宗教の国家管理はますます進んでいったが、明治三九年、政府が原敬内相の下で新たに神社の統廃合（神社合祀）に乗り出したのは、日露戦争後の社会情勢の変化に対応してイデオロギーの再統一をはかる必要があったからである。すなわち、国民の信仰を国家に帰属せしめ、大国として世界に伍していくための国家意識を高めるとともに、とかく乱れがちな社会風俗の引き締めと刷新を図ったのである。

この時の合祀方針は、歴史的に由緒のあるものや特別の事情のあるものを除いて一町村一社を標準として合祀を奨励し、合祀されたくなければ、神職を置いて報酬を支払い、基本財産（村社は五百円以上、無格社は二百円以上の現金またはそれに相当するもの）を備えるなど一定の条件を満たさなければならないとした。これによって、神職もいない有名無実の神社を淘汰（とうた）できると踏んだのである。

当初熊楠は、この合祀策を迷信まがいのいかがわしい淫祠小社を駆除するものとして歓迎した。しかし、明治四一年第二次桂内閣が成立し、内相が平田東助[4]に代わると、事態は一変した。平田の下で、それまで運用にある程度の融通性を持たされていた合祀策の厳格な実施が求められ、しかもその遂行と裁量の権限が府県知事に委ねられたのである。ここに、いかにも日本的な構図があらわとなった。すなわち、中央に対して実績を上げようと、府県知事は郡長に、郡長は町村長に、町村長は各地区の区長にと、上から下へと合祀の実行を迫ったのである。かくして日本全国に神社合祀の嵐が吹き荒れることとなった。そして、それにともなって森林の伐採が引き起こされた。

日本の神社は、どんな小さなものであれ、森にかこまれていた。いわゆる鎮守の森である。しかし、神社が余所に合併されるか廃止されてしまえば、それはただの森となる。ただの森ならば遊ばせておく手はない。伐って売れば金になる。かくして、統廃合された神社の森を伐り売って指定された一社の神職の俸給にあてたり、官吏と神職が結託して私腹を肥やすなどということが各地で続出した。特に三重県や和歌山県など豊かな山林をかかえた所はひどく、「三十社四十社を一社にあつめ、ことごとくその神林を伐りたる所多く、また、今も盛んに伐り尽しおり……さて木乱伐しおわり、その人々去るあとは戦争後のごとく、村に木もなく、神森もなく、何にもなく、ただただ荒れ果つるのみに有之（これあり）。紀州到る処、山林という山林、多くはこの伝にて荒らされおり候」（松村任三宛書簡）というありさまであった[5]。

役人は合祀を強行して地方自治の実績を上げようと血眼になり、土地の有力層はお上の威光の陰で自らの利をかすめとろうと狂奔する。その犠牲となったのは〈森〉であった。

森は、熊楠にとってかけがえのない研究の場である。その専門とする菌類や粘菌等の隠花植物の研究は、森なくしてはありえない。特に粘菌は、光のあまりささない湿った場所を好み、積もった落ち葉や倒れた朽ち木の裏側などにいる。粘菌にとって、鬱蒼と茂った神社の森は絶好の住み処であり、熊楠は、田辺周辺の神社の森や山林、あるいは那智の原生林などで多くの粘菌を採集・研究してきた。そうした自らのフィールドを次々に潰していくむちゃな合祀の実態を知った熊楠が、「神社合祀の濫行さるるより、自分が発見し、記載し、図録せる諸生物、日を逐うて絶滅し行き、影のみ留まりて実物は失われ、せっかく連歳精密の検究を続けおりしも、実物全滅のため、九仞（きゅうじん）の功を一簣に欠くようのこと多く、十一年の労苦を挙げて水泡に委する例荐りなり」と、当時の和歌山県知事川村竹治に宛てた書簡で怒りを爆発させているのは当然であろう。
かくて熊楠は、森の危機を救うべく、神社合祀反対運動に没入していく。

たたかう熊楠

神社合祀に対して熊楠が憤慨した事柄がもう一つある。ほかでもない、熊楠の父弥兵衛（弥右衛門）の生まれ故郷である日高郡矢田村大字入野に鎮座する大山神社の合祀問題である。入野は熊楠にとって父祖の地であり、大山神社はその守り神であった。それが他の神社に合祀され消滅してしまうのは、熊楠にしてみれば自己の存在を否定されるに等しいことであろう。熊楠の憤りは深く、入野にいる従兄弟の古田幸吉を通して大山神社の合祀反対・存続に力を入れた。先に記した講習会乱入の一件も、大山神社のことが絡んでいる。熊楠が面会を求めた田村某は神社合祀を推進していた県吏で、熊楠は田村に会って大山神社のことを談じ込もうとしたのである。

この事件で熊楠は一六日間収監されたが、予審の結果、「被告ハ当時飲酒ノ為メ中酒症ニ罹リ精神状態ニ障礙ヲ来シ居リタルモノニシテ刑法上責任能力ヲ具有セシモノト認ムベキ証憑充分ナラズ」ということで免訴、放免となった。乱入時、熊楠は相当酔っていたのである。『牟婁新報』の社主で主筆の毛利清雅（柴庵）によれば、「あとで聞けば先生は、社で飲んで、それから小倉酒店で飲んで、玉三酒店で飲んだ。今朝来ビール瓶を倒す事約十幾本、四合ずつの二十本と見たら、八升を飲みほした勘定」だったという。

熊楠が合祀反対に立ち上がったことが知れ渡ると、合祀を望まない村や地区の人々が熊楠の許に相談に訪れるようになった。熊楠は、役所に合祀の口実を与えないようにと、彼らのために古文献でその神社の由緒や由来を調べてやったり、役所との駆け引きについて助言してやったりした。また、巨樹や山林の無茶な伐採の情報を得ると、自ら現地に出向いて説得に努めた。熊楠の説得によって伐採を免れ、今日に残っている巨木や神木も少なくないという。のちに熊楠一世一代の晴れ舞台となる神島（かしま）の樹林も、熊楠の説得によって壊滅を免れたものの一つである。

そうした活動の一方で、熊楠は『牟婁新報』に拠って合祀反対の論陣を張った。熊楠に先んじて神社合祀反対運動を展開していた毛利清雅は、熊楠の寄稿を歓迎した。新宮生まれの清雅は熊楠より五歳下で、田辺の高山寺の住職を務めるかたわら、明治三三年に牟婁新報社を設立し、自ら主筆として健筆をふるった。その思想は社会主義的で、先の荒畑寒村や大逆事件で刑死した管野スガを記者に迎えたこともある。後年は県会議員として地方政界でも活躍している。

ともあれ、清雅にとっては、熊楠の古今東西にわたる膨大な知識と学問的実践の上に立った知見は反対運動のバックボーンとなりうるものであったし、熊楠にとっては『牟婁新報』は自分の考えを発表できる絶好の媒体であったから、二人は緊密に協力しあって合祀反対運動を推し進め、その交友は熊楠の晩年まで続いた。

中央にあって熊楠に協力したのは、日高郡選出の衆議院議員中村啓次郎であった。中村はロンドンで熊楠と親交のあった横浜正金銀行ロンドン支店員巽孝之丞の実弟で、熊楠とも親しく、熊楠から資料を得て神社合祀に関する質問書を政府に提出し、合祀の実態を暴露する演説も議会で行っている。これに対する政府の答弁は、「質問書ニ記載スルカ如キ弊害アルヲ認メサルヲ以テ神社合併ヲ中止セシムルノ要ナシト信ス」「尚将来ニ於テモ十分ナル監督指導ヲ尽サンコトヲ期ス」といったすこぶる表面的なものであった。

中村の協力を多としながらも、熊楠としては政界のみならず官界や学界へ波紋を広げたいところだったが、ここに願ってもない協力者が現れた。ほかでもない、柳田国男である。

「突然ながら一書拝呈仕り候」という柳田の来信をきっかけに二人のあいだで文通が始まったのは、明治四四年三月二一日からのことである。当時農政学から民俗学へと歩を進めていた柳田は、『後狩詞記』『石神問答』『遠野物語』等を上梓して日本民俗学の扉を開きつつあった。一方熊楠も、ロンドン時代に蓄積したその豊富な民俗学的知見を国内の雑誌に寄稿しはじめ、柳田をはじめ民俗学を志す人たちの注目を集めていた。柳田が書簡を送ったのも、熊楠が『東京人類学会雑誌』に寄稿した「山神オコゼ魚を好むということ」を読んで感激したからであった。

熊楠も例の講習会乱入で収監された際には『石神問答』を差し入れてもらい、また、その後『遠野物語』にも目を通していて、柳田の仕事には注目していたから、すぐに返事を出し、以後確執による断絶まで六年にわたる文通が始まったのである。文通の主要テーマは民俗学であったが、柳田が当時法制局参事官で宮内省書記官を兼ねる高級官吏であったことから、熊楠はさっそく神社合祀の件を持ち出し、「あわれ貴下は何とか速やかに当国の神社濫滅と形勝故跡の全壊を当県において全く止むるようの御計策を教え下されずや」と、協力を要請した。これに対し柳田は、民俗学の先達としての熊楠に敬意を表し、また、行きすぎた合祀を懸念していたこともあって、「願わくはこれからの生涯を捧げて先生の好感化力の一伝送機たらん」と、助力を約束した。

これに力を得た熊楠は、東大教授で植物分類学の権威である松村任三宛てに二通の長文の神社合祀に関する書簡体の意見書を書き上げ、柳田に託した。松村とは面識がなかったが、学界の長老としての影響力と、国を憂えるなかなかの国粋家だということを人づてに聞いて、その識見に期待したのである。

熊楠が意見書を書き上げて柳田に送ったのは八月末のことで、かねてから「意見書は東京にて出版し給うがよろしく候。小生奔走かつ校正致すべく候」と勧めていた柳田は、一読のうえさっそく印刷に回し、九月中旬に『南方二書』と名付けた小冊子を五〇部制作して各界の識者に配布した。その主な配布先は、内務次官、山林局長、和歌山県知事など国・県の高官や三好学、白井光太郎、牧野富太郎などの植物学者、三上参次（史学者）、三宅雪嶺（評論家）、小島烏水（登山家・紀行文家）、志賀重昂（地理学者）、森鷗外（医学者・文学者）、杉村楚人冠（ジャーナリスト・朝日新聞幹部社員）などであった（古田幸吉宛書簡）。熊楠は、「三十年来小生の相識とては広い日本にこの人一人しかなく」と、土宜法龍へも送ってくれるよう柳田に依頼している。

『南方二書』の配布先に夏目漱石の名は見えないが、熊楠と漱石の共通の知人であり、自らも神社合祀批判の記事を書いている杉村楚人冠が漱石と顔を合わせた折、熊楠や神社合祀、『南方二書』等について話題にしたことがあったかもしれない。もっとも、あったにせよなかったにせよ、漱石に神社合祀について記した文章が見当たらないところをみると、漱石は神社合祀にあまり関心がなかったと思われる。

それはともかく、『南方二書』の刊行は、「小生、貴下拙意見書刊行下されしを喜び、今日三時ごろより子分らを集め飲み始め、小生一人でも四升五合ほど飲み大酔」「小生『二書』出でてよりは大いに心も安く三年来始めて閑悠を得、妻子も大いに怡びおり候」と、熊楠をいたく喜ばせた。柳田の労に報いようと、以前『ノーツ・アンド・クエリーズ』に発表した自慢の論考「神跡考」を自ら和訳して送っていることからも、その喜びの大きさが察せられよう。

『南方二書』は告発の書であり、また、警告の書でもある。熊楠は、那智や熊野、田辺周辺など県下におけるでたらめな合祀の実態とそれに便乗した森林の濫伐、その結果としての荒廃を数々の実例をあげて告発し、田辺周辺で以前よく見られた紫葉やホタルカズラの絶滅に触れて、つぎのように警告する。

> ここに載するところの紫葉、ホタルカズラ等は、他にも産所あれば、はざはざ惜しむべきものにあらず。しかし素人(しろうと)の考えとちがい、植物の全滅ということは、ちょっとした範囲の変更よりして、たちまち一斉に起こり、そのときいかにあわてるも、容易に恢復し得ぬを小生まのあたりに見て証拠に申すなり。

自然の破壊はわずかなところからたちまちにして広がり、あとで気づいて回復しようとしても容易に回復し得ない——そのことをただのお題目として唱えるのではなく、「まのあたりに見て」というのだから、熊楠の警告には重みがある。自然破壊に対する熊楠のこの警告は、今日なおいっそうの重みをもって迫ってくる。また熊楠の先見性は、「近ごろはエコロギーと申し、この相互の関係を研究する特種専門の学問さえ出で来たりおることに御座候」（川村竹治宛書簡）、「昨今各国競うて研究発表する植物棲態学ecology」（柳田国男宛書簡）と、いち早く「エコロジー」に言及しているところにも表れていよう。

『南方二書』は大きな反響を呼び起こした。柳田の紹介で文通を始めた植物病理学の権威白井光太郎は、「熱心なる同情の手紙」をよこし、三宅雪嶺は河東碧梧桐を通じて「大いに賛成の意」を表した。また小島烏水は、二書のうち第一書簡を「祖国山川森林の荒廃」と題してその年の一一月、雑誌『山岳』に転載し、翌年五月には第二書簡を「森林の濫伐と山川の荒廃」と題して同じく『山岳』に転載した。白井光太郎も合祀反対を唱えて雑誌に論文を発表し、世論を喚起している。柳田も「近ごろの政治家輩は一向論文などに目をとめずこまったものに候。しかし、今回は意外に反響も多く、かつ機運に際会したりとも申すべく候。……先生の業徒労ならず候」と喜んでいる。

しかし、合祀は相変わらず続いていた。熊楠は、外国の学者に合祀の実態を知らせ、日本政府に抗議書を送らせようと計った。だが、これを知った柳田は、「全体外国の学者など、他国の領土に生存する生物につきて何の要求権ありや。これを保存すると否とは全くわれわれの勝手なり」と猛反対し、白井光太郎も怒って熊楠との文通を謝絶するといってきた。これに対して熊楠は、「神社を再興せんとか復活せんとかいうことと事かわり、神社址の樹林や珍植物の保存のことを外人が言いたりとて、左ほど酷きことと思わず」としたが、結局この計画を取りやめている。

政府にしても、合祀の行き過ぎに気づかないわけではなかったが、歯止めをかけるべき中央からの訓令が、地方の末端まではなかなか徹底しなかった。神社合祀廃止が貴族院で決議されたのは大正七年のことで、合祀はここに終息したが、ここに至るまでに全国で七万以上の神社が消滅したという。熊楠はつぎのように述懐している。

神社合祀反対も小生は九年早過ぎしと相見え、ようやく四、五日前貴族院で江木千之、高木兼寛、石黒男等より絶対に合祀反対の議出で申し候。その主旨は小生が九年前に言ったところの内ようやく一部分に有之候。何ごとも時に逢わねば利かぬものと存じ候。しかしながらそのいわゆる時に逢うという時は、すでに手後れたる跡にて御座候。

（上松蓊宛書簡　大正七年三月六日付）

詠嘆と悔しさのにじむ文面である。[6] 従兄弟の古田幸吉を通して阻止しようとした大山神社の合祀はすでに大正二年に行われており、熊楠は同年二月五日の日記に、「幸吉より大山神社今回弥よ合祀の由いひ来り、終日不快」と記している。

熊楠は一〇年余り神社合祀反対にかかずらった。その間、新聞・雑誌に多くの論説を発表して合祀の非を鳴らし、実態を暴き、森の消滅を嘆き、地方官吏や悪徳地主、金に目のくらんだ我利我利亡者どもに悪罵を浴びせ、酔余とはいえ実力行使にも及んだ。神社の由緒を調べるための資料の借覧を役所から断られるなどの妨害も受けている。その一方で、さきに記したように、自分の影響力を最大限に発揮して、合祀を望まない地域住民に力を貸し、神森保存の説得に奔走した。

　しかし、所詮個人の力には限界があり、熊楠は何度も挫折感を味わわねばならなかった。「小生は日夜見ること聞くこと、いやになり候。よってこの地を方付け、書籍標品を売り払い、妻子に扶持料を遺(のこ)し、海外へ行かんと存じおり候」（柳田国男宛書簡）、「小生は近ごろ合祀一条は全く放棄し、顕微鏡学にのみかかりおり……」（同）、「小生も長々かゝることにかゝづらひ居るもつまらず、因て合祀反対を撤回し、荷物かたづけ田辺を去んかと存居候」（毛利清雅宛書簡　中瀬喜陽編『南方熊楠書簡』所収）と、心身ともに疲れ果て、無力感に苛(さいな)まれる様子をうかがわせている。

　熊楠以上に疲れ果てたのは、妻の松枝であった。松枝は神官の娘であり、一族親類中には神社関係者が多かった。熊楠の攻撃は当然そうした人たちにも向けられたから、松枝が身を切られるような思いを味わったであろうことは想像に難くない。「昨年秋十一月上旬にも、小生大山神社のことを懸念し、第一着に、当地の郡長を大攻撃し、其余波を以て、日高と東牟婁、有田の諸郡長を討たんとかゝりしも、妻は、其事を大事件で宛かも謀叛如きことと心得、自分（妻の）の兄妹等官公職にあるものに、大影響を及すべしとて、子を捨てて里へ逃帰るべしと、なきさけび、それが為め、小生は六十日近く期会を失し、大に怒りて酒のみ、妻を斬るとて大騒ぎせしこともあるなり」（古田幸吉宛書簡　南方文枝『父南方熊楠を語る』所収）ということもあったのである。「拙妻ヒステリヤ病起し」という記述も書簡の中には見受けられる。

　家族を巻きこんでも、「小生は物に一心になる男ゆえ、神社合祀の事すまぬ上は、一寸何事も他の事はかゝり得ず」（同）と、熊楠は一途に突き進んだ。すべては自らの生命線である森を守らんがためであった。明治四五年二月一日の日記には、「午後中村氏への状認む。夜七時あらかたかき了る。事切々胸塞ぐ」とあり、二月一四日の日記には「夜今福湯へ之、帰ておそく迄維摩経写す。これは合祀反対の祈りに全く写す。抄するに非ず」と記しているが、それは森を守るための祈りでもあったはずである。

熊楠にとって〈森〉とはなんであったのか。

小生思うに、わが国特有の天然風景はわが国の曼荼羅ならん。

白井光太郎宛の書簡に付された「神社合祀に関する意見」の中で、熊楠は右のように述べる。「わが国特有の天然風景」とは、〝神坐す森〟である。熊楠にとって〈森〉は曼荼羅、すなわち全宇宙にほかならなかった。〈森〉は人間をふくめた全存在の根源であり、「宇宙万有は無尽なり。ただし人すでに心あり。心ある以上は心の能うだけの楽しみを宇宙より取る。宇宙の幾分を化しておのれの心の楽しみとす。これを智と称することかと思う」という熊楠にとって、「知」の根源でもあった。その根源を侵され、根こぎにされることに対する憤り。それが神社合祀に反対して立ち上がった熊楠の根本の動機であろう。

『南方二書』や新聞・雑誌に発表された論説によって、熊楠の名は中央の人々にも知られるようになった。それればかりではなく、四二年九月、米国農務省のスウィングルから翻訳の依頼と渡米を求める来信があり（熊楠は結局断っているが）、このことが新聞に報じられるや、「紀州に大学者あり」

と熊楠の名は一躍広まった。杉村楚人冠や福本日南が新聞に熊楠紹介の記事を書き、正岡子規の門下生河東碧梧桐が、全国遊歴中に田辺の熊楠を訪れてその訪問記を発表したのも、この時期のことであった。このことも熊楠の名が世間に広まるきっかけとなった。

神社合祀反対運動は、熊楠の名を世間に広めるという思わぬ副産物を生んだ。

職業作家漱石

南方熊楠が田辺に定住して研究生活にはいり、やがて神社合祀反対運動に没入していく時期は、夏目漱石が作家として自立していく過程に重なる。すべての出発点は明治三八（一九〇五）年であった。この年漱石が発表した作品を列挙してみると、次のようになる。

『吾輩は猫である』（『ホトトギス』一月号）
『倫敦塔』（『帝国文学』一月号）
『カーライル博物館』（『学燈』）（一月号）
『吾輩は猫である（続篇）』（『ホトトギス』二月号）
『幻影の盾』（『ホトトギス』四月号）
『吾輩は猫である（続々篇）』（『ホトトギス』四月号）
『吾輩は猫である（第四回）』（『ホトトギス』六月号）
『琴のそら音』（『七人』六月号）

『吾輩は猫である（五）』（『ホトトギス』七月号）
『一夜』（『中央公論』九月号）
『吾輩は猫である（六）』（『ホトトギス』十月号）
『薤露行』（『中央公論』十一月号）

このほかに、「倫敦のアミューズメント」（講演）、「批評家の立場」（談話筆記）、「戦後文界の趨勢」（同）、「現時の小説及び文章に付て」（同）、「イギリスの園藝」（同）、「水まくら」（同）などを発表している。これまでに漱石は、俳句や新体詩、「倫敦消息」のような随筆的文章、あるいは英文学関係の論文などを発表してきているが、講演や談話筆記を別にして純然たる創作をしかもこれほどいちどきに発表したのは初めてのことであった。鏡子は『漱石の思い出』で、

> 創作方面のことは私にはよくわかりませんが、べつに本職に小説を書くという気もなかったところへ、長い間書きたくて書きたくてたまらないのをこらえていた形だったので、書き出せばほとんど一気呵成に続けざまに書いたようです。（中略）書いているのを見ているといかにも楽しそうで、夜なんぞもいちばんおそくて十二時、一時ごろで、たいがいは学校から帰ってきて、夕食前後十時ごろまでに苦もなく書いてしまうありさまでした。（中略）もっとも自分ではどんな苦心やら用意やらを前々からしていたものか知りませんが、傍で見ているとペンをとって原稿紙に向かえば、直ちに小説ができるといったぐあいに張り切っておりました。

と語っているが、漱石の創作衝動がこのころ臨界点に達していたことがうかがえよう。

翌年も漱石の筆は快調だった。『猫』の連載を続けるかたわら、『趣味の遺傳』『坊っちゃん』『草枕』『二百十日』等を発表し、談話筆記も多い。また、『倫敦塔』や『幻影の盾』などをおさめた『漾虚集』、『吾輩ハ猫デアル』（中篇）が出版されている。筆の進み具合も快調で、『坊っちゃん』は四〇〇字詰め原稿用紙に換算すると二一五枚ぐらいの作品だが、漱石はこれを二週間ほどで書き上げている。鏡子のいうとおり「学校から帰ってきて、……夕食前後十時ごろまで」が執筆時間だとすれば、驚くべきスピードである。江藤淳は、「漱石がこの作品を一気呵成に書いたということは、復刻された自筆原稿を一見しただけでもよくわかる。最初から消しが少なくて、万年筆の筆蹟が、章を追うにつれて目立って暢達（ちょうたつ）の度を加えているからである」と述べている（『新潮日本文学アルバム2　夏目漱石』）。

こうしたつづけざまの作品発表によって、漱石の文名はいやがうえにも上がった。それにつれて収入も増えた。『猫』の原稿料で漱石は夏のパナマ帽を買い、印税で鏡子は質屋に入っていた品物を受け出している。それはいいのだが、文名が上がるにつれて大学教師と作家の二足の草鞋（わらじ）をはいているのがしだいに困難になってきた。締め切りに間に合わせるために、大学の講義を休んで雑誌の原稿を書いたり、多忙のゆえをもって大学の英語試験の試験委員を断ったりしなければならなくなり、家計を補うために三七年九月から出講していた明治大学も、この年一〇月には辞めている。

「僕が二人になるか一日が四十八時間にならなくては到底駄目だ」と悲鳴をあげる漱石をさらに悩ませていたのが、のべつまくなしに訪れる訪問客であった。その多くは門下生で、この頃は松根東洋城、寺田寅彦、野間真綱、野村伝四、中川芳太郎、鈴木三重吉、小宮豊隆、橋口五葉、森田草平、野上豊一郎、白仁三郎（坂本雪鳥）らが出入りしていた。そのほかに、高浜虚子や坂本四方太らの『ホトトギス』同人、雑誌記者、編集者、新聞記者らもやってきては、ただでさえ足りない漱石の時間を食い荒らしていく。

「小生日々来客責めにて何を致すひまもなく候然し来客の三分二は小生にインテレストをもつて居る人々だから小生の方でも逢ふとつい話しが長くなる次第」（野間真綱宛書簡）と、丁寧に付き合っていた漱石も、さすがにうんざりしてきたのか、「僕来客に食傷して来客が大嫌に相成候」とか、「近来来客に食傷して人が嫌になつたから当分きてはいけません」などというようになった。仕事にも支障を来すようになってきた。なんとか来客にわずらわされなくなったのは、鈴木三重吉の提案で、毎週木曜日を面会日に定めてからのことである。三九年の一〇月から始まったこの面会日は、木曜会と通称されて、門下生を中心に漱石の死ぬまで続いている。

訪問客のなかには、しかし、歓迎されざる者もいた。ほかでもない、塩原昌之助の意を体した者がやってきて、もとどおり塩原家の養子にもどってくれないかと申し入れてきたのである。この年の春ごろのことであった。先に述べたように、やすと離婚して愛人の日根野かつと再婚した塩原昌之助は、一時は羽振りがよかったがその後零落（れいらく）し、漱石の文名を耳にして昔の縁を取り戻そうとしたようだ。縁を切ったはずの過去が思いもかけず立ち戻ってきたのには、漱石も驚いたにちがいない。

……ともかく昔の養父子の関係もあることですから、今手が切れたといっても、御希望とならばおつきあいはいたしましょう。また家へ出入りしてもらっては困るとかなんとかいうわけではないからおいでになりたかったらおいでになっても差し支えはない。しかし自分は今非常に忙しい体だから、いらっしゃるたびにおあいそをしてるわけには行かないかもしれない。それさえおわかりになっていればという話で、その後ずっとたってから、仲へ入ったその人が、塩原の老人を連れてきて、いろいろ昔話なんぞをしてかえったことがありました。

（『漱石の思い出』）

と鏡子は述べているが、昌之助が期待していたのは、今や羽振りのよくなった漱石からの援助だったから、昔話ですむわけもなく、金が介在して、結局、金百円と引き換えに今後完全に縁を断つという内容の誓約書を昌之助が入れることによって決着がついたのは、四二年の一一月のことであった。この間のいきさつはのちに書かれた『道草』に詳しい。

翌明治四〇（一九〇七）年は、漱石にとって画期的な年となった。

それまで漱石は、猫が語り手となる諧謔（かいぎゃく）と風刺に満ちた奇想天外な作品（『吾輩は猫である』）をはじめ、イギリス留学体験を素材にした随筆とも小説ともつかないもの（『倫敦塔』『カーライル博物館』）や英文学の素養を生かしたロマン（『幻影の盾』『薤露行』）、地方に赴任した江戸っ子中学教師の痛快活躍物語（『坊っちゃん』）、非人情を標榜する芸術家小説（『草枕』）、ほとんど男二人の会話からなる筋のない小説（『二百十日』）など、素材もテーマも書き方も異なる作品を発表してきている。よくいえばバラエティーに富んでいるといえるが、悪くいえば思いつくまま手当たり次第に書いたという印象もぬぐえない。

ところが、この年を境に漱石の創作態度は一変する。自ら定めたテーマをぶれることなく一貫して追求し、深化させ、さらに飛躍をはかろうとしている。漱石にそうした創作態度の転換をうながしたのは、もちろん内的動機によるものだが、一方、外的契機も見逃せない。この年四月に実現した朝日新聞社への入社である。

朝日新聞が漱石を招聘したのは、いうまでもなく新聞に小説を書かせるためである。

当時、各社とも読者獲得・販路拡張の手段として、新聞小説の充実に力を入れていた。「この連載小説を読みたいから、この新聞を購読する」という読者が多かったのである。このため各社は人気小説家を専属、あるいは社員として抱え、小説を書かせた。なかでも、尾崎紅葉を社員として迎え、『金色夜叉』を連載した読売新聞は、他社を一歩リードしていた。「尾崎紅葉の『金色夜叉』は『読売』の読者を熱狂させ」（高木健夫『新聞小説史』明治篇）、病気勝ちの紅葉がたびたび休載すると、「待ちこがれた読者は矢のような催促の投書をし」たという（山本武利『近代日本の新聞読者層』）。『金色夜叉』は、明治三〇（一八九七）年一月から連載が始まり、休載をはさみながら六年間続いたが、三六年一〇月の紅葉の死によって永遠に未完となった。紅葉は死の前年に『金色夜叉』を休載したまま読売を退社したが、と同時に、「読売の紅葉か紅葉の読売か」といわれた読売の部数が急激に減った（高木・同書）。あわてた読売は紅葉の後釜に小杉天外（こすぎてんがい）を起用し、『魔風恋風』をヒットさせてひと息ついたが、さらに新しい作家を求めていた。

新しい作家を求めていたのは、朝日新聞も同じであった。読売の主な読者層は、文学好きの学生や教員、商人など教育水準の高い知識人であり、紙面内容も文学色が濃厚で「文学新聞」というイメージが一般に定着していた。これに対して朝日の読者層の中核は中小商人で、知識人階層には人気がなかった。朝日でも半井桃水（なからいとうすい）や饗庭篁村（あえばこうそん）などに連載小説を書かせていたが、知識人読者にはものたりない内容だったという（山本・同書）。

こうした背景の中に、漱石が〝文壇の新星〟として登場したのである。

先に漱石招聘に動いたのは読売であった。三九年一〇月のことで、特別寄書家として文芸欄を担当してほしいということだったが、漱石は、「只一日で読み捨てるものゝ為めに時間を奪はれるのは大学の授業の為めに時間を奪はれると大した相違はない」（滝田樗陰宛書簡）と、これを断った。月六〇円という報酬の安さもひとつの理由であった。また、将来の身分の保証についても不安を感じていたようだ。

読売にくらべて、朝日の招聘は懇切丁寧をきわめた。当時朝日新聞は「大阪朝日」と「東京朝日」にわかれていたが、大阪朝日の主筆鳥居素川（とりいそせん）が『草枕』に感動し、漱石招聘を社長の村山龍平に進言した。村山の賛成を得た素川は、ただちに東京朝日の主筆池辺三山に連絡をとった。これを受けて東京朝日では池辺が中心となって漱石招聘のプランを練り、漱石門下の坂本雪鳥を使者に立てて入社を打診した。朝日の条件は、小説の連載を年一回で、月給は二〇〇円ということであった。『漱石研究年表』によれば、当時朝日新聞では、主筆の池辺の月給が一七〇円、編集長が一三〇円、政治部長が一四〇円、社会部長が一二〇円、小説担当の半井桃水が八五円であったから、破格の待遇であったといい。

これに対して漱石は、雪鳥を通じて執筆条件を中心にこまかい要望を出したうえで、「小生の位地の安全を池辺氏及び社主より正式に保証せられ度事」（坂本雪鳥宛書簡）と、将来にわたる身分の保証を求めた。池辺を信頼はしているが、万一池辺が退社することがあれば契約時の条件を履行してくれる者がいなくなるので、社主との契約をも望んだのである。「大学教授は頗る手堅く安全のものに候故小生が大学を出るには大学程の安全なる事を希望致す訳に候」（同）というのが、偽らざる漱石の心中であろう。朝日は漱石の要望をすべて受け入れ、四〇年三月一五日、池辺三山が漱石宅を訪れて面談した。その結果、漱石の朝日入社が確定し、漱石はただちに第一高等学校と東京帝国大学に辞職願いを提出している。

明治四〇年の朝日新聞の一日の発行部数は、大阪朝日が一四万部あまり、東京朝日が八万部あまりであった（『近代日本の新聞読者層』）。あわせれば二〇万部以上となる。漱石がこれまで作品を発表してきた『ホトトギス』や『帝国文学』『中央公論』『新小説』などとは桁違いの部数である。当然、対象読者も読者数も違う。文学好きの知的読者に向けて書いていたのが、文学とはほとんど無縁な一般大衆に向けて書かねばならない。しかも、連載小説となれば毎日読者の目にふれる。当然、これまでのような創作態度やテーマでは読者をひきつけることはできないであろう。転換は必然であった。

漱石の内部にも、新しい創造に賭ける意欲が高まっていた。この年一月に『ホトトギス』に発表された『野分』で、漱石は登場人物の一人にこういわせている。

僕のは書けば、そんな夢見た様なものぢやないんだからな。奇麗でなくつても、痛くつても、苦しくつても、僕の内面の消息にどこか、触れて居れば夫で満足するんだ。詩的でも詩的でなくつても、そんな事は構はない。たとひ飛び立つ程痛くつても、自分で自分の身体（からだ）を切つて見て、成程痛いなと云ふ所を充分書いて、人に知らせて遣りたい。呑気なものや気楽なものは到底夢にも想像し得られぬ奥の方にこんな事実がある、人間の本体はこゝにあるのを知らないかと、世の道楽ものに教へて、おやさうか、おれは、まさか、こんなものとは思つて居なかつたが、云はれて見ると成程一言もない、恐れ入つたと頭を下げさせるのが僕の願なんだ。

「漱石は作品をこしらえながら、あるところでじぶんの主観を作中の人物に憑依させてしまうところがあります」（吉本隆明『夏目漱石を読む』）というが、この個所などはその好例であろう。

漱石は、三九年の三月に刊行された島崎藤村の『破戒』を激賞している。「破戒読了。明治の小説として後世に伝ふべき名篇也。（中略）明治の代に小説らしき小説が出たとすれば破戒ならんと思ふ」と、森田草平宛の書簡で述べているが、『野分』は、この『破戒』に刺激を受けて書いたといわれている。優れた作品に遭遇した時、感服しつつも、「おれだってこのくらいのものは書ける」、あるいは「おれはこれ以上のものを書いてみせる」と思うのは作家心理としてごく当然の反応であろう。漱石が『破戒』に触発されて、新しい創造に意欲を燃やしたことは十分に考えられる。

「余は吾文を以て百代の後に伝へんと欲するの野心家なり」（森田草平宛）、「死ぬか生きるか、命のやりとりをする様な維新の志士の如き烈しい精神で文学をやつて見たい。それでないと何だか難をすて丶易につき劇を厭ふて閑に走る所謂腰抜文学者の様な気がしてならん」（鈴木三重吉宛）、「僕は自分で自分がどの位の事が出来て、どの位な事に堪へるのか見当がつかない。只尤も烈しい世の中に立つて（略）どの位人が自分の感化をうけて、どの位自分が社会的分子となつて未来の青年の肉や血となつて生存し得るかをためして見たい」（狩野亨吉宛）など、当時の書簡からは新しい自己の創造に燃えている漱石の昂揚した気分が伝わってくる。そんな漱石にとって、朝日の招聘は渡りに船であったにちがいない。

　それでも漱石は、自分の小説は新聞には不向きと思うが、それでも差し支えないかと、坂元雪鳥を通じて朝日に念を押している。自分を曲げてまで読者に媚びるつもりはなかった。

　森田草平は、（朝日入社以前の）漱石の作品にはどこやらアマチュアの臭いがして、世間からは大学の先生の余技のように見られていた（森田草平『夏目漱石』）といっているが、漱石自身もそうした世評は耳にしていたに相違ない。〝江戸っ子〟の漱石にはそれが気にくわず、「冗談じゃねえ。それなら大学を辞めてプロになってやる。プロになってどんなものが書けるか、見せてやる！」と、胸中で啖呵を切って、えいやっとばかりに朝日に入社した――かどうか分からないが、ともあれ、地位と名誉、それに生活も保証されていた大学教師から、自らの才能を頼むしかない職業作家への転身に驚く周囲や世間に対して、「新聞屋が商売ならば、大学屋も商買である。……只個人として営業してゐるのと、御上で御営業になるのとの差丈けである」と喝破して、漱石は自ら定めた道を歩みはじめた。

東京朝日では、四月一日と二日に社告で漱石の入社を披露し、漱石は五月下旬に連載小説第一作にあたる『虞美人草』の予告を執筆したうえで、六月四日に筆を起こした。途中、時の首相西園寺公望から「文士招待会」に招待されたが、「時鳥厠半ばに出かねたり」の句を以て断りをいれ、書き進めた。二三日から東京朝日と大阪朝日に連載が始まったが、予告の段階から前評判が高く、百貨店は虞美人草浴衣、宝石店が虞美人草金指輪を売り出すほどであった。

はじめは「何だかいゝ加減な事をかいて行くと面白い」(小宮豊隆宛書簡)といっていた漱石だが、それから二週間とたたないうちに、「折角苦心してかいた所もあとから読み直すと何だこんなものかと思ふ事多し。つまらない」(松根東洋城宛)となり、さらにその少しあとには、「本日虞美人草休業。肝癪が起ると妻君と下女の頭を正宗の名刀でスパリと斬つてやり度い」(鈴木三重吉宛)と、物騒なことをいいだしたかと思うと、書き始めてひと月半たった頃には、「虞美人草はいやになつた」(高浜虚子宛)といいだす始末。それでもなんとか書き続けて九月初めには書き終え、一〇月下旬には連載を終えることができた。

かくして漱石は職業作家の第一歩を踏みだし、以後、宿題を提出する生徒のように、次々と作品を朝日紙上に発表していくようになる。

職業作家として二年目を迎えた明治四二(一九〇九)年一月一九日の夕方、漱石は文相官邸で開かれた文部大臣小松原英太郎と文学者の懇談会に招かれて出席した。漱石のほかには、森鷗外、幸田露伴、上田敏などが出席している。この懇談会は、官製の文芸院設立に関する瀬踏みの意味合いを持っていた。文芸院設立の狙いは、国民教化のための風俗壊乱取締りにあったという。目的とするところは検閲であり、文芸の国家管理のための機関である。これはイデオロギーの再統一をはかる神社合祀と軌を一にするものであり、合祀を積極的に推し進めた内務大臣の平田東助が官側の一人として出席していたのは偶然ではない。漱石は新聞の談話で、文芸院についてはまだ賛成とも反対とも考えが固まっていないが、政府機関によって作家なり作品の価値が判断されるのは心持ちがよくないと語っている。南方熊楠が神社合祀に立ち上がるのは、これより半年余りのちのことである。

都会の人

熊楠を〈森の人〉とすれば、いうまでもなく漱石は〈都会の人〉である。正岡子規は、『墨汁一滴』のなかで、学生時代、漱石といっしょに漱石の実家の近くの田んぼを散歩したところ、漱石が日常口にしている米が水田に植えられている苗の実であることを知らなかったことに驚いている。「都人士の菽麦を弁ぜざる事は往々此の類である。若し都の人が一疋の人間になろうと云ふのはどうしても一度は鄙住居をせねばならぬ」と、松山生まれの子規は決めつけるが、その鄙の松山で一年間を過ごした漱石は、松山の水が合わず、「日々東京へ帰りたくなるのみ」とぼやいている。鄙住居をしても、漱石の都会人たる本性は変わらなかったようだ。

江戸に生まれ東京で育った漱石は、松山、熊本、英国留学の時期をのぞいて、生涯東京という〈都会〉を離れて生活をしたことはなかった。このことが漱石の作品に持つ意味は大きかったと思われる。

漱石は、自分が暮らした土地を舞台にしたり、自らの見聞や体験、また周辺の人たちなどを素材にして書くのが巧みだったが、東京が本格的にその作品の舞台となったのは、『三四郎』（明治四一年九月一日～一二月二九日）あたりからである。

　朝日に入社して最初の新聞小説『虞美人草』の連載を終えた漱石は、つづいて、『坑夫』『文鳥』『夢十夜』と書きついできた。『三四郎』は長編としては三作目にあたるが、この作品で漱石は、自分がいちばんよく知っている世界を取り上げた。「田舎(ゐなか)の高等学校を卒業して東京の大学に這入(はい)つた三四郎が新しい空気に触れる、さうして同輩だの先輩だの若い女だのに接触して色々に動いて来る、手間(てま)は此(この)空気のうちに是等(これら)の人間を放す丈(だけ)である」と、漱石は『三四郎』の予告で書いている。ここでいわれている「田舎の高等学校」とは熊本の第五高等学校のことであり、「東京の大学」とはいうまでもなく東京帝国大学である。そのキャンパスは漱石の熟知するところであった。三四郎の下宿や出歩く場所も、漱石のよく知っている東京の街であった。さらにいえば、身辺には大学を卒業したばかりの鈴木三重吉や小宮豊隆らがおり、若者の言動や雰囲気もよく知っていた。

　『三四郎』の連載が始まる半年余り前、漱石は「創作家の態度」と題する講演を行っているが、そのなかで、「従つて文学は汽車や電車と違つて、現今の西洋の真似をしたつて、左程痛快な事はないと思ひます。夫よりも自分の心的状態に相当して、自然と無理をしないで胸中に起つて来る現象を表現する方が却(かえ)つて、自分のものらしくつて生命があるかも知れません」と述べている。これは日本の文学についての考えをいったものだが、漱石が『三四郎』で自分のよく知っている世界を取り上げたのは、「自然と無理をしないで胸中に起つて来る現象」を表現しようとしたからにちがいない。そして、その表現の根底に据えたのが、東京という〈都会〉であった。

『三四郎』は都会の小説である。三四郎が触れる「新しい空気」とは、いうまでもなく都会の空気である。そして、三四郎が出会う人たちも、それぞれに都会の匂いを持っている。なかでも最も都会の匂いを発散させているのは、ヒロインである里見美禰子であろう。その美禰子にひかれていく三四郎が、しだいに都市生活者に変貌していく、そのプロセスを描いた作品として『三四郎』を読むことができる。

「三四郎には三つ（みつ）の世界が出来た」と漱石は書く。第一の世界は、母親の待つ故郷である。全てが平穏であるかわりに寝ぼけている。戻ろうとすればいつでも戻れるが、いざとならなければ戻る気はしない。第二の世界は、向こうの人の顔がよく分からないほど広い閲覧室と、梯子（はしご）を掛けなければ手が届かないまでに積み重ねられた書物のある大学の図書館に象徴される学問の世界である。出れば出られるが、せっかくこの世界を理解しはじめたところなので、もったいない。


第三の世界は燦として春の如く盪（うご）いてゐる。電燈がある。銀匙（ぎんさじ）がある。歓声がある。笑語（しょうご）がある。泡立（あはだ）つ三鞭（シャンパン）の盃（さかづき）がある。さうして凡ての上（うへ）の冠（かんむり）として美くしい女性がある。三四郎はその女性の一人（ひとり）に口を利（き）いた。一人（ひとり）を二遍見た。此世界は三四郎に取つて最も深厚な世界である。此世界は鼻の先にある。たゞ近（ちか）づき難い。近づき難い点に於て、天外の稲妻と一般である。三四郎は遠くから此世界を眺めて、不思議に思ふ。自分が此世界のどこかへ這入らなければ、其世界のどこかに陥欠が出来る様な気がする。自分は此世界のどこかの主人公であるべき資格を有してゐるらしい。

三四郎は床のなかで、此三つの世界を並べて、互に比較して見た。次に此三つの世界を掻き混ぜて、其中から一つの結果を得た。——要するに、国から母を呼び寄せて、美くしい細君を迎へて、さうして身を学問に委ねるに越した事はない。

かくして三四郎は、漱石と同じ〈都会の人〉となる。そうした意味でも『三四郎』は都会の小説といえよう。

翌年（明治四二年）の六月から連載が始まった次の作品『それから』では、「自然と無理をしないで胸中に起つて来る現象」がさらに追求されている。『それから』という奇妙な題名について、漱石は、「色々な意味に於てそれからである。『三四郎』には大学生の事を描たが、此小説にはそれから先の事を書いたからそれからである。『三四郎』の主人公はあの通り単純であるが、此主人公はそれから後の男であるから此点に於ても、それからである」と、予告で述べている。

『それから』の主人公である長井代助は、三四郎のように単純で初心でもない。年齢も上である。そして、三四郎と違って根っからの都市生活者である。さらにいえば、都市生活者として三四郎よりはるかに複雑な内面を抱え込んでいる。代助は、ロシアに勝って中国大陸に勢力を伸ばし、これで西欧に肩を並べる一等国になったと浮かれている当時の社会を傍観的に眺め、生活のために働くのは自分を偽るものだと、父や兄から金をもらって職業にもつかずに暮らしている男なのである。

日露戦争後、日本の社会は大きく変わった。産業は、戦争を支えた軍需産業が戦後の機械、造船、製鉄などの重工業の発展に結びついて、第二次産業革命といわれるほどめざましい発展を遂げた。そして外に向かっては、ポーツマス条約で得た旅順・大連の租借権や朝鮮における政治・軍事上の特権をもとに大陸に足がかりを作り、朝鮮を植民地化（韓国併合＝一九一〇年）して、日本は〝世界の強国〟へと歩みだした。

　これに対して漱石は、「日本は西洋から借金でもしなければ、到底立ち行かない国だ。それでゐて、一等国を以て任じている。さうして、無理にも一等国の仲間入をしやうとする。だから、あらゆる方面に向つて、奥行を削つて、一等国丈の間口を張つちまつた。なまじい張れるから、なほ悲惨なものだ。牛と競争をする蛙と同じ事で、もう君、腹が裂けるよ」と、代助の口を借りて批判をしている。『三四郎』でも、これからは日本もだんだん発展するでしょうという三四郎に対して、「亡びるね」と広田先生にいわせている。もっとも、漱石には正面きって社会批判をする意図はなく、問題としたのは個人の内面であった。

……斯う西洋の圧迫を受けてゐる国民は、頭に余裕がないから、碌な仕事は出来ない。悉く切り詰めた教育で、さうして目の廻る程こき使はれるから、揃つて神経衰弱になつちまふ。話をして見給へ大抵は馬鹿だから。自分の事と、自分の今日の、只今の事より外に、何も考へてやしない。考へられない程疲労してゐるんだから仕方がない。精神の困憊と、身体の衰弱とは不幸にして伴なつてゐる。のみならず、道徳の敗退も一所に来てゐる。（『それから』六の七）

近代文明への懐疑は、神経衰弱同様、漱石がイギリス留学から持ち越した宿痾のようなテーマである。『吾輩は猫である』や『草枕』でも近代文明への警鐘が鳴らされているが、あくまでも概念的な文明批評に過ぎなかった。しかし、『三四郎』を経て『それから』では、近代文明が個人の内面に及ぼす影響、すなわち、西欧にならって無理な文明化、近代化を押し進めてゆく日本の近代の歪みや矛盾を個人の内面の歪みや矛盾としてとらえ、考えていったのである。日露戦争後の日本は、外へ外へと膨張していったが、戦後に作家として出発した漱石は、反対に内へ内へとその視線を向けていったということができる。その眼差しから生まれた〈戦後青年〉代助の生きる場が、近代文明の象徴たる大都会・東京となったのはいわば必然であった。

父や兄から仕送りを受け、職にもつかずに優雅な独身生活を送っていた代助は、地方で生活していた友人の平岡が、失職して上京してきたことにより、困難な状況に直面することになった。平岡の妻の三千代は、代助と平岡の共通の友人の妹で、代助は平岡と三千代の結婚に力を貸した過去があった。平岡夫婦の暮らしの相談にのっているうちに、それまで平穏だった代助の内面は、しだいに波立ってくる。心の奥底に眠っていた三千代への思いが目覚めたのである。もはや傍観者的に世間を眺めている余裕はなくなった。代助は過去の自分の行為が自分を偽るものだったことを悟り、悩んだあげくに三千代に愛を告白する。三千代は受け入れてくれたが、代助から三千代を譲ってくれと迫られた平岡は、絶交を宣言し、事の次第を記した手紙を代助の父に送った。激怒した父から勘当された代助は、職を探しに日盛りの街に飛び出して電車に乗る。

忽ち赤い郵便筒が眼に付いた。すると其赤い色が忽ち代助の頭の中に飛び込んで、くる〳〵と回転し始めた。傘屋の看板に、赤い蝙蝠傘を四つ重ねて高く釣るしてあつた。傘の色が、又代助の頭に飛び込んで、くる〳〵と渦を捲いた。四つ角に、大きい真赤な風船玉を売つてるものがあつた。電車が急に角を曲るとき、風船玉は追懸て来て、代助の頭に飛び付いた。小包郵便を載せた赤い車がはつと電車と擢れ違ふとき、又代助の頭の中に吸ひ込まれた。烟草屋の暖簾が赤かつた。売出しの旗も赤かつた。電柱が赤かつた。赤ペンキの看板がそれから、それへと続いた。仕舞には世の中が真赤になつた。さうして、代助の頭を中心としてくるり〳〵と焔の息を吹いて回転した。代助は自分の頭が焼け尽きる迄電車に乗つて行かうと決心した。

『それから』は、ここで終わっている。

八月半ばに『それから』を脱稿した漱石は、半月後の九月二日、旧友で満鉄（南満洲鉄道）総裁の中村是公の誘いで満州・朝鮮旅行に出発した。一〇月一四日に帰国、一七日に帰京すると、休む暇もなく二一日から朝日に旅行記『満韓ところ〴〵』の連載を始め、一二月三〇日まで連載する。この年は胃の調子が思わしくなく、八月には烈しい胃カタルを起こし、一週間ほど水のほかは何も喉を通らない状態に陥った。これより半年ちかく前には、塩原昌之助の代理人が掛け合いにやってきている。先に述べたようにこの問題の解決がついたのは一一月の末で、この年は漱石にとっては多事多端の年であった。

翌明治四三年も胃の調子がおかしく、始終痛んだが、ありきたりの胃薬を飲んでその場しのぎを続けながら漱石は次の作品『門』[7]の執筆に励み、三月一日から連載を開始した。

> 宗助は先刻から縁側へ坐蒲団を持ち出して日当りの好ささうな所へ気楽に胡坐をかいて見たが、やがて手に持つてゐる雑誌を放り出すと共に、ごろりと横になつた。秋日和と名のつく程の上天気なので、往来を行く人の下駄の響が、静かな町丈に、朗らかに聞えて来る。肱枕をして軒から上を見上ると、奇麗な空が一面に蒼く澄んでゐる。其空が自分の寐てゐる縁側の窮屈な寸法に較べて見ると、非常に広大である。たまの日曜に斯うして緩くり空を見る丈でも大分違ふなと思ひながら、眉を寄せて、ぎら〱する日を少時見詰めてゐたが、眩しくなつたので、今度はぐるりと寐返りをして障子の方を向いた。障子の中では細君が裁縫をしてゐる。
>
> （『門』一の一）

前回の連載作品『それから』のラストでは、主人公代助の内面の混迷を表す赤の色彩の乱舞が、切迫した文体でたたみこむように表現されていたのに対して、『門』のこの書き出しはあまりにも平穏な情景描写で、その落差にあるいは朝日の連載小説の読者はとまどったかもしれない。『門』の主人公の野中宗助と妻の御米は、「朝の内は当つて然るべき筈の日も容易に影を落さない」ような崖下の借家に住んでいる。崖の上には家主の家がある。その家は明るい電気灯に照らされ、瓦斯暖炉がある。それに対して宗助の家では、照明はランプで暖房は火鉢と炬燵である。宗助は腰弁の小役人で、毎日役所と家を往復する平凡な毎日を送っているが、もともとは資産家の家に生まれ、若い時はそれ相応の派手な嗜好を充たし、その前途も洋々としていた。そんな宗助が現在のような境遇に陥ったのは、御米と出会ったせいであった。御米は宗助の友人安井の妻で、二人は安井を裏切って一緒になったのである。

以来六年、二人は親を棄て、親類を棄て、友人を棄て、世間を棄て、世間から棄てられて各地を転々とし、やがて東京の片隅で夫婦二人ひっそりと暮らすようになった。二人の変化に乏しい日常は、宗助の弟の小六の同居やひょんなことから親しくなった崖上の家主坂井と宗助の付き合いから、少しずつ動いてくる。そしてある日、宗助は坂井から、ちかく弟が訪ねてくるから会ってみないかと誘われる。弟と一緒にその友人の安井という男も来るという。満洲に渡ったはずの安井の名を耳にして動揺した宗助は、仕事も手につかず不安な日を過ごす。そして、安井が来るという日は酒を飲んで夜遅く家に帰った。

宗助は自分の弱い心をなんとかしようと、鎌倉の禅寺に座禅を組みに行く。しかし、なにも得るものはなく、戻ってくる。その間に安井は坂井の家を去っていた。小六は坂井のもとで住み込みの書生となり、宗助の月給も上がって、夫婦の日常にまた平穏が戻ってきた。春になったことを喜ぶ御米に宗助は、縁側に出て爪を切りながら、「うん、然し又ぢき冬になるよ」と答える。

先に触れた『それから』の予告で漱石は、「此主人公は最後に、妙な運命に陥る。それからさき何うなるかは書いてない。此意味に於ても亦それからである」とつけくわえているが、書かれなかった「それからさき」が『門』で示唆されているように思える。さらに作品の内在的モチーフ(三角関係)

を追っていけば、『門』は中間報告であり、「それからさき」のさき――最終の着地点は後に書かれる『心』といえるだろう。

この作品で漱石は、東京という大都会の片隅でひっそりとくらす夫婦の日常をこまやかな筆づかいで描いている。縁鼻から聳(そび)えているような崖の下の家の様子、どういうことのない宗助と御米の会話、宗助の日曜の散歩、義弟に気を遣う御米、宗助と御米の微妙な心理の行き違い、病の床に伏した御米を介抱する宗助、ささやかな宗助の家の歳末の支度等々、淡々と描かれる暮らしぶりから宗助と御米の確かな像(イメージ)が浮かび上がってくる。漱石は、都会におけるひとつの「生」のかたちを『門』で描き出した。

『門』の連載が終わったのはこの年の六月一二日のことだったが、それから六日後の一八日、漱石は内幸町の長与胃腸病院に入院した。それまでに何度か診察を受け、胃潰瘍の疑いがあると診断されたためである。病院では蒟蒻(こんにゃく)で腹を焼く蒟蒻療法を受け、軽癒したので、七月三一日に退院、八月六日に転地療養のために伊豆の修善寺に向かった。修善寺で十分予後を養うつもりだったが、案に相違して修善寺に着く早々胃の調子がおかしくなり、三日目には早くも床についてしまった。血も吐いたので、東京から鏡子や朝日の関係者がかけつけた。そして八月二四日、五〇〇グラムの血を吐く大吐血をして、一時人事不省に陥った。いわゆる「修善寺の大患」である。

その日は朝から顔色が悪く、食欲もなく、口数も少なかった。その夜の八時半頃、漱石はにわかに胸が苦しくなり、枕元にすわっていた鏡子に、「暑苦しくていけないから、そっちにどいてくれ」と邪慳(じゃけん)に命じた。それでも苦しいので、目を閉じて仰向けの姿勢から右に寝返りをうった。目を開けてみると、枕元の金盥(かなだらい)の底に、血が動物の肝臓のようにどろりとかたまって入っていた。漱石の意識では、寝返りをうってから金盥の血を見るまでほんの一瞬だったが、じつはその間三〇分ばかり意識不明に陥り、死の一歩手前までいっていたのである。

食塩注射やカンフルをうたれた漱石は、それまでの胸苦しさは消え、気分もすっきりしてきた。周囲の人のことばもはっきりと聞こえてきた。両の手首を握っている二人の医師は、「弱い」「ええ」「駄目だろう」「ええ」「子どもに会わせたらどうだろう」「そう」といった会話をドイツ語でかわしている。こんな楽な気持ちでいるのにと、少し腹が立ってきた漱石は、目を開けて、「わたしは子どもなどに会いたくありません」と、はっきりした声で告げた。漱石のつもりでは、自分はまだ死なないから、子どもを呼ぶ必要はないという意味でいったのであろう。

○嬉しい。生を九仞に失つて命を一簣につなぎ得たるは嬉しい。

生き返るわれ嬉しさよ菊の秋

(明治四三年九月二一日の日記より)

こうして死の淵からよみがえった漱石は、その後の手厚い治療と看護によってしだいに回復した。そして、一〇月一一日、舟型の寝台に乗せられて修善寺を発ち、作品の舞台であり、また自らの生の場でもある〈都会〉へと戻っていった。

〈注〉

（1）一八六八～一九四一。和歌山中学卒業後、京都府立医学校（現・京都府立医大）に進んで眼科を学び、さらに東京帝国大学医科大学で産科婦人科を学んだ後田辺に帰り、医院を開業していた。よき相談相手、お目付役として田辺定住後の熊楠の後半生を支えた。

（2）一八八七～一九八一。社会主義者。幸徳秋水、堺利彦の影響を受けて社会主義者となり、明治・大正・昭和と一貫して社会主義運動に挺身した。

（3）熊野別当湛快が熊野三所権現を勧請した古社で、新熊野（いまくまの）権現と称された。武蔵坊弁慶の父に擬せられる湛快の子湛増が、源平壇ノ浦合戦の折、どちらに味方するか去就に迷ったあげく、源氏の白旗、平家の赤旗にちなんだ紅白の鶏を社前でたたかわせ、すべて白鶏が勝ったので、熊野水軍を率いて源氏に味方したという故事から、新熊野鶏合権現とも呼ばれた。闘雞神社と改められたのは明治になってからである。

（4）一八四九～一九二五。明治・大正の官僚・政治家。法制局参事官、枢密院書記官長、法制局長等を経て、第一次桂内閣の農商相、第二次桂内閣の内相となった。

（5）「合祀の嵐は、全国でも和歌山県と伊勢神宮のお膝下たる三重県においてもっともはげしく吹き荒れ、当時、和歌山県内における神社数は、官国幣社四、県社一〇、郷社一四、村社六四〇、無格社三〇五三の合計三七二一社であったものが、明治四十四年十一月までに六〇〇社余りに激減する」（吉川寿洋「大山神社合祀反対に関する古田幸吉宛書簡」解説。南方文枝『父 南方熊楠を語る』所収）。

（6）熊楠は、大正七年三月三日の日記に「余比事を言出して九年にして比吉報（貴族院における『神社合祀廃止』賛成の決議）あり、本日甚だ機嫌よし」と記している。どちらも熊楠の本音であろう。

（7）この題名は漱石がつけたものではない。小宮豊隆によれば、朝日に予告を出すために題名をつけなくてはならなかったが、漱石は小説の内容を考えるに忙しく、門下生の森田草平に適当な題名をつけて朝日に伝えるよう依頼した。森田は小宮と相談し、ニーチェの『ツァラトゥストラ』のページを適当に開いて「門」ということばを選び出し、朝日に伝えた。漱石は、朝日の予告ではじめて自分のこれから書く小説が『門』という題名であることを知ったという。しかし、連載が相当進んでも一向に「門」につながる内容にならないので、森田も小宮もやきもきしたが、最後の方になって、参禅した宗助について、「彼は門を通る人ではなかった。又門を通らないで済む人でもなかつた云々」という一文が書かれたので、さすがに先生だと二人とも感嘆したという。（小宮豊隆『漱石の藝術』）

第八章　家庭生活

〈悪妻〉対〈良妻〉

漱石夫人鏡子は、世間に悪妻として通っている。小宮豊隆をはじめとする門下生たちによれば、「先生がもっといい奥さんをもらっていたら、もっとすごい傑作を書いていたかもしれない」ということになるようだが、果たしてどうだろうか。書いたかもしれないし、書かなかったかもしれないということになるらしい。要するに門下生たちの不満は、鏡子が漱石の偉大さを理解していなかったということになるらしい。ある意味ではこれは無理な注文というものだろう。門下生たちにとっては漱石は神のような存在だったかもしれないが、鏡子にとっては作家であるまえに、夫であり、子どもたちの父親であった。もし鏡子が家庭内で門下生たちと同じように漱石を神のような存在として敬っていたとしたら、漱石はいたたまれなかったにちがいない。

漱石と鏡子が結婚したのは、明治二九（一八九六）年六月のことである。漱石二九歳、鏡子一九歳。鏡子は貴族院書記官長中根重一の長女で、二人は前年の暮れに見合いをし、婚約が成立していた。『漱石の思い出』によれば、鏡子の祖父の囲碁仲間が、牛込郵便局で漱石の兄の直矩（なおかた）と同僚だった関係から、二人の縁談が持ち上がったのだという。この縁談に関して、漱石は松山から正岡子規に宛てて次のような手紙を送っている。

遠路わざ〳〵拙宅まで御出被下候よし恐縮の至に存候其節何か愚兄より御話し申上候由にて種々御配意ありがたく存候小生は教育上性質上家内のものと気風の合はぬは昔しよりの事にて小児の時分より「ドメスチック　ハツピネス」抔いふ言は度外に付し居候へば今更ほしくも無之候近頃一段と隔意を生じ候事も甚だ不本意に存居候然し之が為め御配慮を受けんとは期し居らず候ひしなり愚兄の申す処も幾分の理窟も可有之上京の節緩々(ゆるゆる)可伺候結婚の事抔は上京の上実地に処理致す積りに御座候かゝる事迄に貴意を煩はす必要も無之かと存候尤も家内のもの確(しか)と致候もの少なき故此度の縁談につきても至急を要する場合には貴兄に談合せよとは兼て申しやり置候中根の事に付ては写真で取極候事故(ゆえ)当人に逢た上で若し別人なら破談する迄の事とは兼てよりの決心是は至当の事と存候（明治二八年一二月一八日付）

この縁談に対する漱石の反応を気にして、兄の直矩が子規に相談した様子が窺える。ちなみに子規は、漱石の結婚を祝って、「蓁々(しんしん)たる桃の若葉や君娶(めと)る」「赤と白との団扇(うちわ)参らせんとぞ思ふ」の二句を贈っている。

結婚式は、漱石がこの四月に松山から熊本に転任したため、中根重一が花嫁を連れて熊本に行き、漱石の借家の一間で行われた。新郎はフロック・コート、花嫁は東京から持って来た一張羅の夏の振り袖、花嫁の父はふだんの背広姿で、東京から連れて来た年をとった女中が仲人やらお酌やらを一人でやり、婆やと車夫が台所で働いたり客になったりの「まことに裏長屋式の珍な結婚」で、「どうも嫁に行くというふうなごたいそうな気持ちになれなければ、晴れの結婚式だという情も移りません」と鏡子は回想している。この時、三三九度のための三つ組みの盃が一つ足りなかった。後年、鏡子からこのことを聞いた漱石は、「道理で喧嘩(けんか)ばかりしていて、とかく夫婦仲が円満に行かないわけがわかった」といって、面白がったという。

結婚早々、鏡子は漱石から「俺(おれ)は学者で勉強しなければならないのだから、おまえなんかにかまってはいられない」という宣告を下された。これに対して鏡子は、「私の父も役人ではありましたけれども、相当に本は読むほうでしたから、学者の勉強するのくらいにはびくともしやしませんでしたが」と、気丈なところをみせている。しかし、知らない土地での買い物と慣れない家事には相当困ったようだ。くわえて、小さい頃からの習慣か体質かで、朝早く起きられず、時には朝食も食べさせないで漱石を学校へ送り出すといったことも少なくなく、しぜんとへまも多くなり、漱石からは「おまえはオタンチンノパレオラガスだよ」とからかわれた。

鏡子は文学・芸術とは無縁の女性だった。『漱石の思い出』にこんなエピソードが綴られている。熊本時代のある日、漱石が俳書を見て笑いころげているので、鏡子が何がおかしいのかと尋ねると、漱石はこれがおかしいのだといって、「両方にひげのあるなり猫の恋」という句を示した。日頃から漱石にお前は俳句が分からないといって馬鹿にされていた鏡子は、一本取るとつもりで、どうせ相手が猫なのだから、ひげがあるのは当たり前でちっともおかしいことなんかないといって、漱石に愛想をつかされたという。要するに鏡子は、漱石とはまったく回路の違う存在だったのである。鏡子はまた、男性に都合のいい〝尽くす女性〟でもなかった。自立していたといっては少し大げさだが、それなりに〈自分〉を持っていた。ある日の漱石の日記に次のような一節がある。

細君に倹寛を謡つてきかす。謡つてから難有う(ありがと)と云へと請求したら、あなたこそ難有うと仰やいと云つた。(明治四二年四月六日)

思ったことをズバリという鏡子に苦笑を禁じ得ない漱石の様子が目に浮かぶが、神経衰弱で神経が苛立っていた時期を除けば、二人はけっこう仲がよかったのではないか。少なくとも、漱石にとっては鏡子は悪妻という程のことはなかったように思える。

家族や周囲の人たちの証言によれば、鏡子は太っ腹で気前がよく、よくいえばものにこだわらない、悪くいえばおおざっぱで、鈍感で、他人の気持ちを忖度(そんたく)することなどあまりないといった性格だった。が、根は善良で、それなりの優しさも持ち合わせていた。門下生たちにも金を貸してやったり、相談にのってやったりして、物心両面の世話を焼いていた。しかし、門下生たちは、漱石に対する鏡子の無理解とわがままが漱石の病の引き金になったと感じていたようだ。

昭和三(一九二八)年に、鏡子は長女筆子の夫松岡譲の筆録で『漱石の思ひ出』を出版した。これには松山行からはじまってその死の模様まで、鏡子の目から見た漱石の行状が事細かく記されている。神経衰弱の時の異常な様子もあからさまに描かれている。意図せずして偶像破壊のような形になったが、これに対して、有識者や門下生の間から「漱石を気狂い扱いするとはけしからん」「（鏡子は）自分だけいい子になろうとしている」といった批判が起こったという。鏡子＝悪妻説は、そんなところから世間に流布し、定着したもののようだ（半藤末利子『漱石の長襦袢』『漱石の思い出』解説）。

子どもたちは、当然のことながら、鏡子を悪妻とは思っていない。次男の伸六は、「朝寝坊であり、無計画であり、父から見て鈍感な女であるという点では、母も決して良妻であるとはいえないが、そうかといって、世間に喧伝されるほどの悪妻でもなく、子供等に対しても、たしかに賢母とはいえぬ愚母には違いないが、その愚母であるところに、私個人としては、むしろより以上の愛情を感じている訳である」（夏目伸六『父・夏目漱石』）といい、長女の筆子も、「私からみますと、あの母だからこそあの父とどうやらやっていけたのだと、むしろ褒めて上げたい位な節が数多くあるのです」（松岡筆子「夏目漱石の『猫』の娘」『漱石全集』別巻所収）と、鏡子を弁護している。筆子は、物心ついた時分に、漱石に髪をつかまれて引きずり回されたものか、髪を振り乱し、目を泣きはらして書斎から飛び出してくる鏡子をたびたび見かけたというから、なおさらそう思うのだろう。

伸六によれば、鏡子は他人からどんなに悪口をいわれたり、書かれたりしても、一度たりとも愚痴をこぼしたことはなかったという。また、孫にあたる半藤末利子は、「漱石に関しての悪口を、祖母の口から私は一度たりと聞いたことがない」といい、晩年の鏡子が、「いろんな男の人をみてきたけど、あたしゃお父様（漱石）が一番いいねぇ」と、ふと漏らしたのを聞いている（『漱石の思い出』解説）。

漱石夫人と反対に、南方熊楠夫人の松枝は良妻として評判が高い。娘の文枝は、母松枝について次のように語っている。

母は小柄で温厚な性質であり、近所の子供達にも慕われ、世話好きであったが、どこかにピリッとした芥子の味もあり、〃人の一生は、上を望めば限りなく、下を見れば限りなし、いつも我が身の程を知れ〃と諭され、我が儘は決して許されなかった。学者の女房には絹物は無用、かえって肩が凝る、とて、いつも糊のきいた質素な身なりで立ち働いていた。結婚当時は、父の研究室のまわりの乱雑さに、整理をしては、人の物に一切触れるな、と叱られ、庭掃除をしては、折角木の葉についた観察中の粘菌が消失したとて大いに叱られ、毎日失敗の連続で途方に暮れたが、時を経るにつれ気むつかしい父の性質、癖を会得して、時には人形使いの役を、そして縁の下の力持ちを巧みに果して、ひたすら学問一筋に生きる父の身辺に気を配り、いつも周囲の人達や世間との交流に頭を悩ます様子がよく窺われた。

(南方文枝「母」『父 南方熊楠を語る』)

那智を出て田辺に定住した当初、熊楠はよく飲んだ。

○終日ぬし惣にあり。牛肉二百匁、飯多少、ビール六本、茶碗むし二盃やらかし、夜七時頃庭へ三度大へどはく。(明治三七年一一月九日)

○午後稲荷山へ行んと宿を出、ぬし惣に飲、払ひし、夜共に二葉へ之、飲。小糸よび来り、次に栄、菊来り飲、小糸、栄、菊と目良に之、次に片新に之、同人とぬし惣に之、片新を蹴る。（同一二月一〇日）

○夜湯川富三郎、田所八穂蔵二氏と俵屋に之。酒二十六本、ビール四本、丼三つ等、松子、加代、愛子、勝子〆二十時半、此払十一円十六銭。（明治三八年一月六日）

○夜湯川氏と自宅に帰りしが又出、俵屋に之。酒七本、ビール二本、加代一時間等、〆二円三十七銭。ぬし惣にとまる。（同一月一五日）

等々、日記には田辺の友人たちと飲み明かした記事が頻出する。旅館や友人宅を泊まり歩いて、せっかく借りた家に帰らないことも多かった。芸妓を呼んで飲みかつ騒ぎ、酔余のあげく友人たちと喧嘩口論したり、ガラスを割ったり、戸障子を蹴破ったり、反吐（へど）を吐き散らしたりもしている。

那智滞在中は思索が深まり、いわゆる「南方曼荼羅」に象徴される思想を深化させた熊楠であったが、その一方で、幽霊の示現や幽体離脱、夢遊病などの「精神変態」をくり返して、心身のバランスを崩しかねない危機に陥っていた。このまま那智に居れば、それこそ「キ印」になりかねなかった。那智を下山したのは、そうならないためだったとされる。(1) とはいえ、下山しても先行きはまったくの不透明であった。再度の渡英など夢のまた夢で、かといって和歌山には居場所がなく、不本意ながら田辺に留まらざるを得なかった。いわば田辺に〝陸封〟された格好で、いきおい、その憂さを晴らすために酒に向かい、酒に飲まれて〈討ち死に〉をくり返したもののようだ。

こうした熊楠の大酒と荒れた暮らしぶりを見かねた旧友の喜多幅武三郎が、身をかためるように勧め、縁談を持ってきた。闘雞神社の宮司を務めていた田村宗造の四女松枝である。熊楠はこの縁談を承知した。「独身にては不自由ゆえ」（「履歴書」）というのがその理由であったが、あるいは、この時初めて田辺定住を決意し、この地に骨を埋める覚悟を決めたのかもしれない。二人は喜多幅の媒酌で結婚した。明治三九年七月二七日のことで、「小生四十歳、妻は二十八歳、いずれもその歳まで女と男を知らざりしなり」と、「履歴書」にはある。結婚式は田辺城（別名錦水城）跡に建てられた錦城館で行われ、熊楠側は姉のくまと弟の常楠、松枝側は三人の姉と二人の妹が出席し、父の宗造は病気のために出られなかった。

　この結婚を祝して、帰国後も交流が続いていたディキンズから、「私の知るもっとも卓越した日本人への賛辞を込めてこの指輪を贈ると、君の妻に伝えてください。云々」という献辞(2)とともにダイヤの指輪が送られてきた。熊楠のもとに届いたのは四一年の三月一一日のことで、この日の日記の受信欄には、「ヂキンス小包一（松枝へ進物、金剛石真珠入指環値八磅）」と記され、本文には「朝大坂毎日新聞への状出しに本局へ之、帰て牛肉で飯食ひ臥し午後二時起。丁度ヂキンス氏より指環着、松枝悴つれ田村氏へ白鶴二本もち右の指環見せに行」とある。よほど嬉しかったのか、あるいは自慢したかったのか、熊楠は「朝指環もち片五に示す。帰て朝飯くひ油岩、真安下女させ、石友、丸よしに見せ、小川妻にみせる。東神社に詣り、帰て丸よしにビール飲、木村（湯屋）妻にも見せる」と、親しい町の人たちに見せてまわっている。

　結婚前に熊楠が松枝に会うために猫の行水をダシに使ったエピソードは先に述べたが、結婚するとその猫どもが先客然として座布団を占領し、胡散臭そうににらみつけるので、猫嫌いの松枝は恐怖を覚え、まず猫の機嫌を取り、しだいに慣れるようにしていったという。結婚当初松枝は、病身の父親を看護していたものか、実家から熊楠の許にいわば通い妻のようなかたちをとっていたが、熊楠は、植物学の講義や英和辞書、家庭百科辞書などを松枝に贈っている。また、帝国文庫(3)四四冊を樽に詰めて書店から田村家に送りつけたり、アンパンを二〇も三〇も送り届けたりしている。アンパンは熊楠の好物であった。

結婚当初は熊楠の意に満たないことをして叱られ、泣いていた松枝であったが、しだいに熊楠の気性をのみこんで、良妻ぶりを発揮していった。菌類や粘菌の研究中はどんな小さな物音にも神経過敏になる熊楠のために、針箱と茣蓙を携え、幼い子どもたちの手を引いて近くの浜で半日を過ごすこともあった。夜中に熊楠がいつ起きてもいいように、火鉢に火をいれ、お茶はいつでも沸いているようにした。食事も台所に来ればいつでも食べられるように用意しておいた。秋になり茸の時期になると、観察と図記で徹夜の連続となる熊楠のために、深夜の台所に立って夜食のてんぷらをあげたりもしたという。

こうした内助の功だけでなく、松枝は、父宗造から聞かされた話や自分が聞き知った田辺周辺の習俗など、民俗学上の材料を提供して、熊楠の仕事に寄与もしている。

○拙妻その亡父より伝えしは、蜈蚣を殺すと跡よりまた出で来る。これを停めんとなら、殺された奴の出で来たりしと思う方に向かい、輪違いの形を三度空中に画くべし。

○拙妻またいわく、俗信に、味噌桶を戸ごとに出し洗えば雨降る、と。
○拙妻話に、古伝に韮の雑水は冷たきを服すれば寛利し、温かなるを用うれば腹を固むる、と。
○拙妻の話に、山男は身体に苔はえあり、山小屋へ来たり気味悪きものなり。しかるときは鋸の目を鑢で立つる（トグことなり）ときはたちまち去る、と。

など、熊楠の随筆にはこうした松枝からの聞き書きがいくつも記されている。このため熊楠からは、「拙妻は旧式の頑固な士族生れの神職の娘なるが故に、土俗旧慣の生きたエンサイクロペチア乎たる女」（宮武省三宛書簡　笠井清編『南方熊楠書簡抄』所収）であると評され、また、後年足が悪くなった熊楠に代わって菌類採集・発見に努めたため、「本邦で婦人の植物発見の最も多きはこの者ならん。この道に取っては海外までも聞こえたものなり」（「履歴書」）と熊楠にいわしめている。

熊楠は、結婚してからもよく酒を飲んでいる。はじめのうちは、「小生なども人と大飲を始めるとき、妻が迎えに下女をよこす等のことあるとき、はなはだしくその心底（意地の悪さ）をにくみ、執念く罵り苦しめしことなどあり」（上松蓊宛書簡）といった様子だったが、しだいに松枝に頭が上がらなくなり、大酒を飲んだ明くる日など、二日酔いでぐずぐずしていると、ここぞとばかりに意見する松枝に、頭からすっぽりと布団をかぶって、「もう決して今後は致しませぬ故、これくらいで勘弁勘弁」とあやまり、その日一日絶食させられたという。「お前はワシよりまだえらい」というのが熊楠の松枝に対する評価で、熊楠にすれば最高の賛辞だったにちがいない。

このように、鏡子と松枝はまるで正反対の妻であったが、ひとつだけ共通していることがある。

夫との別居である。漱石の場合は明治三六年の七月から九月までの二カ月間で、先述したようにこの時漱石は強度の神経衰弱にかかっていた。一方熊楠の場合は、明治四一年の四月九日に松枝と別居している。この時のことについて熊楠は、「毎年春期旧三月さし入りに精神甚しくのぼせ、やゝもすれば、荒き行ひ多く、已に一昨年も三月節句の直後（熊楠の記憶違いで、日記によれば四月九日）、小生言行荒く、妻里へにげ帰り候様の事に有之」と、古田幸吉宛の書簡に記しているが、『南方熊楠大事典』によれば、風邪をひいて二〇日ばかり風呂に入れなかった熊弥を松枝が風呂に入れ、機嫌がよかったものだから、翌日も風呂屋へつれて行こうとして、熊楠と口論になった。熊楠はこのことについて八日に大酒して松枝にいろいろと文句をいったことによるという。九日の日記には「朝起出しが又臥す。此内松枝荷物かた付居り、終にチヨコ六負ひ去る」とある。

チヨコ六こと熊弥は当時一歳であったが、熊楠は一九日に実家に帰っていた松枝の手から熊弥を取り戻し、当時熊楠家に出入りしていた石屋の佐竹友吉（通称石友）夫妻に預けた。さらに二一日には、人をやって松枝からディキンズより贈られたダイヤモンド入り指輪を返させてもいる。喜多幅をはじめ友人や親戚の者たちが、なんとか二人の仲を戻そうと骨折ったがうまくいかず、別居は三カ月に及んだ。そして七月五日、熊楠の「田村家乱入」という事態が起こり、六日後の一一日、喜多幅らの仲介で松枝が熊楠の許に戻って別居は解消された。この別居には、石友に預けられた熊弥が石友の妻にすっかりなついてしまい、なかなか離れなかったというオマケがついた。

子どもたち

漱石は二男五女の子沢山であった。このうち五女の雛子は二歳で急死しているが、この雛子が生まれた頃、謡の稽古をつけに来た能楽師の宝生新が泣き声を聞いて、「お子さんがお生まれになったようですね」といった。すると漱石は顔をしかめて、「また生まれた。どうも子どもをたくさん生む女は下等だ！」と吐き捨てたが、宝生新に「そりゃあ奥さんばかりのせいじゃない。先生も悪いんだから仕方ありませんよ」とやり込められたという。あまり女の子ばかり生まれるので、呆れるやらがっかりさせられるやらで、嘘かほんとか、三女と四女の時はエイ、ヤッとばかりに栄子と愛子と名づけたともいう。

鏡子が最初の子を身ごもったのは明治三〇年のことだが、流産している。この年の夏、漱石の父直克が死亡したので、漱石と一緒に上京したが、妊娠に気づかず長時間汽車に揺られたのが原因であった。この流産のショックが尾を引いたのかヒステリーを発症した鏡子は、翌年の夏自宅近くの川に投身自殺をはかった。すぐに助けられて命に別状はなかったが、この年の秋に再び妊娠し、悪阻(つわり)が重くヒステリーの発作に悩まされた。ひどい時には食べ物はおろか薬も水もうけつけなかった。ヒステリーは翌三二年の二月頃まで続き、五月の末に長女の筆子が生まれた。この時漱石は、「安々と海鼠の如き子を生めり」という句を詠んでいる。右のような経過をみれば、とても「安々」とはいえないと思われるが、あるいは、いろいろあったが、ともかく生まれたという安堵の気持ちが込められているのかもしれない。

次女の恒子は漱石のイギリス留学中に生まれた。さらに三女栄子、四女愛子と女ばかりがつづき、長男の純一が生まれたのは明治四〇年六月五日のことであった。長女の筆子が学校から帰ってくると、漱石が「男の子だ、男の子だ」と喜んでいたという。門下生の小宮豊隆と鈴木三重吉が祝いに鯛を持って来たので、「鯛一」と名づけようとしたが、結局「純一」に落ち着いた。翌年には次男の伸六が生まれ、一年おいた四三年三月二日に五女の雛子が生まれている。

鏡子によれば、漱石は「頭さえ悪くない時には、ずいぶんの子煩悩（こぼんのう）」だったという。

子供たちが何をしようと、にこにこ笑って見ているか、自分も相手になって遊ぶか、でなければわれるような騒動の中にすわって、すましていっこうに気にもかからないらしく本をよんだりしていたものでした。たとえば長女が一番先に立って、箒（ほうき）をかついで号令をかけると、みんなぞろぞろついてたいへんな足踏みで書斎の廊下を調練したりして歩いても平気な顔で、やかましいとも言わず書見しているかと思えば、前に西片町にいた時などは、二階に子供たちがいて、今にも落っこちそうにあばれても、今にどうなることかと思ったねなどとのんきなことを言って気にもとめずにおりましたくらいです。（『漱石の思い出』）

子どもたちのカルタ取りの仲間にはいって、「屁をひって尻つぼめ」「頭かくして尻かくさず」といったおかしな札だけを自分の前にならべ、それだけは絶対に取られまいと、目を皿のようにして睨んでいたり、男の子二人と相撲をとり、袂といわず帯といわず引っ張られ、胸元もはだけた格好になりながらも真っ赤になって力む姿などが、子どもたちの思い出の中にも残っている。

しかし、そうした姿はあくまでも「頭の悪くない」時のものであった。いったん神経衰弱の嵐が吹き荒れると、鏡子とともに子どもたちもその爆発の対象となった。まだ赤児だった恒子を漱石がいきなり庭に放り投げ、鏡子が足袋裸足（たびはだし）で庭にとびおりて抱き上げたということもあった。筆子も、なんということもない仕草が気に食わないからと、突然こづかれたり、ぶたれたり、書斎に閉じこめられたりしている。次男の伸六は漱石と散歩の途中、理不尽な暴力を漱石からうけている。神社の境内でやっていた射的場に入り、撃ってみろといわれたが、恥ずかしがって躊躇していると、怒声とともに頭をはたかれ、地面に転倒した。そして、下駄で踏まれ、蹴られ、ステッキで体中打ち据えられたという。そうしたゆえか、筆子は、「私の中に蘇る父の記憶は、愛情と重なって投影される事は少いのです。……何か近寄り難い、怖ろしい父の像なのです」といい、次男の伸六も、父・漱石に対して「ほとんど愛情らしい愛情も抱いていなかった」と語っている。神経衰弱の時のイメージがあまりに強烈だったため、そうではない時の優しく温かみのある父親の像が追いはらわれてしまったようだ。

「修善寺の大患以後……父の気持はずっと落ち着いて来たのか、何をしても怒らない、それはそれは優しい父になりました」と筆子はいう。しかし伸六は、漱石と相撲をとっていても、心の底ではいつ怒られるか分からないという不安がこびりついていたという。「当時の私にとっては、いつ怒鳴られるか――たしかにそれが父に対する最大の恐怖だった」（夏目伸六『父・夏目漱石』）。

父親の腹に頭をつけ、真っ赤な顔でうんうん唸っている子が、心の底では父親にいつ怒鳴られるかとびくびくしている。父親はそれを知らずに、我が子が心から自分になついていると思っている――そういう父親というのは、幸福とはいえまい。漱石はやはり、ドメスチック・ハッピネス（家庭の幸福）とは縁のない人であった。

漱石とちがって、熊楠には熊弥と文枝の二人の子どももしかいなかった。長男の熊弥が生まれた時の熊楠の喜びようは大変なもので、赤ん坊を落とされでもしたら困ると、体格のいい娘を選んで子守に雇ったり、乳母車に乗せて歓楽街の新地に連れて行き、「俺の子だ、可愛いだろう」と、なじみの芸妓たちに自慢して歩いたという。

この頃の熊楠の日記は、さながら熊弥の観察日記の感がある。

・暁に男子生れしと下女いひ来る。頗る健かなり。
・児を看て暁近く迄睡らず。
・今日より仵笑ひだすこと頻り也。
・比日小児なく内にネンネの音を発す。言らしきものゝ始めなり。比頃もはや時々笑ふなり。又夜中眼をみはり色々に手足動かし、りきみ、声出して永く遊ぶこと多し。シヤクリもす。
・朝小児チヨコ六、予の顔を見て満面ゆがむばかり笑ふ。
・チヨコ六にプゥーといひきかすとクゥーといふ。

チョコとは「小さい可憐な奴」という意味だという。ちなみに、漱石の長男純一と熊弥は同年（明治四〇年）同月（六月）の生まれで、純一が五日、熊弥が二四日である。
熊弥が生まれてから四年後の明治四四年一〇月一三日に文枝が生まれている。この時も、日記は文枝の観察記録となる。

・文枝始てものいふ。アイチュといふ。
・文枝の上にふとんおけば、足にてはねおとす。
・今朝文枝、オーコンナといひ、母を呼ぶを聴く。
・文枝此頃独りおくに、オーイといふ如き詞はき、人を呼ぶが如し。

子煩悩な熊楠は、二人の子をよく可愛がった。

家庭では私ら子どもたち、父に頭をなぐられたこともございませんし、何か物を放るということもございませんでした。怒ると鋭い顔になりまして手を握ってブルブル震えておりましたが……。小言を言いだしますととめどがないんです。ひとつのことから、次から次に昔の唐の国ではどうの、日本の何とかはとか出てくるのです。わしがキューバにいたころはこうだとか例がいくらも出てきて、立ったら叱られますからじっとすわって聞いておるのですが、かなわなかったです。（南方文枝『父 南方熊楠を語る』）

寝物語に文枝にお化けの話を聞かせ、お化けが出てくる場面になるとぐーぐーいびきをかいて寝てしまい、あくる晩つづきをせがむと、また最初から話しだし、同じ場面になると寝てしまって、とうとう話の最後は聞けなかったという。熊弥には、「宇治拾遺」「イタリアの民話」「親指トム」などを聞かせている。また、「ヨイトコヨイトコをしよう」といって、自分の両足の甲に小さな文枝を乗せ、両腕をつかませてヨイトコヨイトコと唄いながら座敷中を歩きまわった。文枝はこの遊びが大好きだったが、半年ばかりでおしまいになってしまった。理由は、文枝の背が伸び、髪の毛がちょうど熊楠の一物に触れるので、くすぐったくて仕方がなかったからだという。

文枝によれば、熊楠は息子の熊弥を自分の子どもの時と同じようによく出来ると信じていたらしく、英語などをよく教えていたという。漱石も、長女の筆子が英語のリーダーを声に出して読んでいるのを聞いて、「お前の発音はなかなかよろしい。明日から英語の勉強をみてあげよう」といい、決まっていた個人レッスンの先生を断らせたものの、飽きてしまったのか、気が向かなくなったのか、二、三回で止めてしまったという。男の子にはフランス語を熱心に教えるほどだった漱石だが、総じて女の子たちのほうは放任主義だったようだ。ただ、女の子がなまはんかに文学づいたり学者づいたりするのを嫌って、小説や翻訳物などを読むのを禁じた。自分の作品を読む事も好まなかったという。一方文枝は、晩年視力が衰えた熊楠の助手として菌類の写生を行い、父親の仕事を助けている。

漱石も熊楠も、子どものことでそれぞれつらく悲しい目にあっている。

漱石の場合は五女雛子の急死である。明治四四年の一一月二九日のことで、この日の夕刻、漱石が書斎で知人と話していると、子どもたちが駆け込んで来て、ちょっと来て下さいといった。立って奥の六畳に行ってみると、鏡子が雛子を抱いて額に濡れ手拭いをのせていた。夕飯を食べている最中、とつぜん「キャッ」と叫んで茶碗を持ったまま仰向けに倒れ、白目をむいてぐったりしてしまったという。唇が蒼かったが、この子はよく引きつけを起こすので、いつものようにしばらくするうちに治るだろうと思っていると、医者がやって来た。鏡子が、いつもと様子がちがうので女中を呼びにやらせたのである。医者は注射をしたが効き目はなく、すでに瞳孔は開いていた。原因不明の突然死であった。

子沢山の漱石であったが、子どもに死なれるのは初めての経験である。ましてや前年の三月に生まれた雛子はまだ一歳半の可愛い盛りであったから、ショックは大きかった。骨上げの日の日記に、漱石は次のように記している。

○生きて居るときはひな子がほかの子よりも大切だとも思はなかつた。死んで見るとあれが一番可愛い様に思ふ。さうして残つた子は入(い)らない様に見える。

○表をあるいて小い子供を見ると此子が健全に遊んでゐるのに吾子は何故生きてゐられないのかといふ不審が起る。

○昨日不図(ふと)坐敷にあつた炭取を見た。此炭取は自分が外国から帰つて世帯を持ちたてにせめて炭取丈でもと思つて奇麗なのを買つて置いた。それはひな子の生れる五六年も前の事である。其炭取はまだどこも何ともなく存在してゐるのに、いくらでも代りのある炭取は依然としてあるのに、破壊してもすぐ償ふ事の出来る炭取はかうしてあるのに、かけ代（がえ）のないひな子は死んで仕舞つた。どうして炭取と代る事が出来なかつたのだらう。
○自分の胃にはひゞが入つた。自分の精神にもひゞが入つた様な気がする。如何となれば回復しがたき哀愁が思ひ出す度に起るからである。

漱石は翌年の一月から『彼岸過迄』の連載を始めるが、三月二日に幼女の突然の死を描いた「雨の降る日」の章を書き始め、七日に書き終えて、雛子の供養になったと喜んだ。三月二日は雛子の誕生日であり、七日はその百か日にあたっていた。

熊楠の場合は、長男熊弥の発病である。大正一四年三月一五日のことで、田辺中学を卒業して高知高等学校（現・高知大学）受験のために高知に向かったが、宿についたとたんに精神錯乱の症状を呈した。知らせを受けた熊楠は、すぐさま佐竹友吉と金崎宇吉を頼んで高知に向かわせた。熊弥は、一九日の夜遅く二人に付き添われて戻って来たが、その様子は普通ではなく、自宅に入ってもここはどこかと聞く有様であった。じつは熊弥はこれ以前に流行性感冒にかかり、それをおして卒業試験と受験勉強のために夜を徹し、過労で倒れたが、なんとか起き上がれるまでになり、受験期日が迫っていたので、高知に向かったのである。熊楠によれば、熊弥は当時起こっていた熊楠と弟常楠の間のトラブルに心を痛め、そのうえに受験の心配と過労が重なって発病に至ったのだという。

しばらく自宅で静養させていたが、四月の半ば頃再び発作を起こしたため、病院に入院させ、半月後に退院させて自宅療養にうつった。それから石友らの協力を得ながら家族あげての看護が始まったが、その中心となったのは熊楠であった。

長々の病気に誰も彼もつかれはて、只今は小生もっぱらその任に当たり、毎朝八時また九時、十時ごろより夜の九時、十時まで書斎に本人と同居し、自分率先して画をかき、本人にもかかせ、標本の手入れ、紙箱や書籍の修理などさせ、容易なことばかりではすぐ飽きがくるゆえ、あかぬように時々難件を出し解釈させなど致しおり申し候。さて本人が寝入ってのち朝三時、四時まで自分の研究致して臥し、夢にいささか心腸を暢ぶると間もなく悴がまた起き出るゆえ、小生も起きざるべからず。実にくたびれおり申し候。医薬とか催眠術とかそんなことでは一時鎮静はすべきも、なかなか平癒するはずなし。ただただ辛抱して漸々に感化するの外なしと存じ申し候。(上松蓊宛書簡　大正一四年九月二二日付)

熊楠は、本人の好きだった絵を描かせ、自分の仕事を手伝わせることによって熊弥を正気に戻そうとしたのである。

そうした熊楠の努力にもかかわらず、熊弥の病状は一進一退であった。時に正気に戻ったごとく、熊楠の与えた顕微鏡をのぞいてはおとなしく藻類の写生をしているかと思えば、発作を起こし、戸外に走り出て知らない家に勝手に上がりこんだり、大声で歌を歌いながら長時間邸内を走り回ったりするのである。そして発病から三年目をむかえた昭和二年五月二二日、熊楠の書斎に入り込み、そこにあった手紙類を引きちぎり、熊楠が英国で発表するために準備していた彩色粘菌図譜の稿本をずたずたに引き裂いてしまったのである[4]。

自分に似ていると信じ、その将来に大きな期待をかけていた熊弥の発病は、熊楠にとって痛恨の極みであったろう。粘菌稿本を引き裂くという事件があって以来、熊楠は熊弥の書斎立ち入りを厳禁したが、すると熊弥は熊楠に見放されたと思ったものか、熊楠に口を聞かなくなり、やがて食事もとらなくなったという。「実にあわれなことにて、小生は拙児へ申しわけのため養嗣など致さず、自分の跡を絶ち」と、熊楠は上松宛書簡で語っている。

熊弥は、三年余り自宅療養ののち病院に入院したが、結局その精神は元に戻らないまま、昭和三五（一九六〇）年、五三歳でその生涯を閉じた。

人々のなかで

書斎の人であった漱石には、町の人たちとの付き合いはほとんどなく、その交友は友人や門下生が中心であった。教師が嫌いで機会があれば学校を辞めたがっていた漱石の許に多くの門下生が集まったのは、考えてみれば不思議なことだが、漱石が嫌ったのは学校という制度の中での教師と生徒という関係だったのであろう。「大学では君の先生かも知れないが個人として文章抔をかく時は同輩である。決して僕に対して気を置いてはならぬ」と森田草平にいっているように、学校を離れた自由な人間関係を尊ぶ漱石に門下生は惹かれていったにちがいない。漱石の晩年に門下生となった芥川龍之介は、木曜会で先輩の小宮豊隆らが、漱石に議論をふっかけ、食ってかかることが多いのに驚いている。ある時、そのことについて小宮に問いただすと、小宮は、「先生は僕達の喰つてかかるのを一手に引受け、はじめは軽くあしらつておき、最後に猪が兎を蹴散らすやうに、僕達をやつつけるのが得意なんだよ、あれを享楽してゐるんだから、君達もどん〳〵やり給へ」と答えた。それで、それからは自分たちも漱石に食ってかかるようになったという（芥川龍之介「漱石先生の話」『漱石全集』別巻所収）。

いったいに漱石の門下生たちは、自分は特別に先生（漱石）に愛されているのだと信じ込む傾向にあった。小宮豊隆は大学時代、自分が病気だった時にたまたま漱石が休講したのを自分の霊感が先生に通じたのだといい、鈴木三重吉は、漱石のことを敬慕するだの敬愛するだのと書きつらねた五メートル余りの長い手紙を送ってよこし、松根東洋城は自分だけのために面会日を設けてくれとだだをこねている。こうした門下生たちに対して漱石は、「僕は是で男には大分ほれられる」「僕にほれられるものは大概は弟子である」と苦笑している。

「いったいに世間からは、皮肉ばかりいってるつむじまがりでまけん気の、しかめっ面したこわいいかめしいおじさんのように思われて」（『漱石の思い出』）いた漱石であったが、「調子にのると案外の軽口で、駄洒落や皮肉をかっ飛ばしておもしろがる」（同）というふうで、門下生と話していると時間を忘れるらしく、夜の十二時を過ぎても彼らのおしゃべりに付き合っていたという。漱石にとって門下生との付き合いは、まったく構える必要のない、いわば〝普段着の自分〟でいられる貴重なものだったといえるだろう。

しかし、時に漱石の雷が門下生に落ちることもあった。内田百閒によれば、新聞連載の仕事が進んでくると、だんだん漱石のご機嫌が悪くなってくるという。

　みんなで、いろいろ話し合つてゐる時、先生はあまり口を利かないのである。その内の何人かが、先生に話しかけても、先生は返事をしない。そのまま黙つてゐられることもあり、どうかして一言二言応答せられると、平素聞き馴れないやうな峻激な調子だつたりする。


　玄関を上がる時に、一緒になつた先輩から、

「気をつけたまへ。虎の尾を踏んではいけないよ」と云はれたことがあつた。

　帰りに門を出てから、歩きながら嘆嗟する人もあつた。「到頭、虎の尻尾を踏んぢやつた。一寸さはつた丈なんだけれどね」

　一座の空気が引締まり、先生の眉宇の間が動いたと思つたら、嘗て聞いた事もない、険しい言葉が、先生の口から出た。

「生意気云ふな。貴様はだれのお蔭で、社会に顔出しが出来たと思ふか」

　詰られた人が、青ざめてゐる。（内田百閒『無絃琴』）

　漱石に雷を落とされて青ざめた門下生は、おそらく、いわゆる煤煙事件(5)を起こして、社会から葬り去られようとした森田草平であろう。森田は、漱石の尽力によって、復活できたのである。

　ともあれ、門下生にとっては、漱石はかけがえのない存在であった。「色々な不幸の為に心が重くなつたときに、先生に会つて話をして居ると心の重荷がいつの間にか軽くなつて居た」と、寺田

寅彦はいう。「不平や煩悶の為に心の暗くなつた時に先生と相対して居ると、さういふ心の黒雲が綺麗に吹き払はれ、新しい気分で自分の仕事に全力を注ぐことが出来た。先生といふものゝ存在そのものが心の糧となり医薬となるのであつた」(「夏目漱石先生の追憶」『漱石全集』別巻所収)。

漱石と反対に、熊楠は町の人たちと幅広く付き合っている。毎日のように銭湯にでかけて行く。そして大抵二、三時間ははいる。そのあいだに子どもから書生、商家の人たち、職人や農夫、車夫、妓楼の主人などが順番にはいりにくる。熊楠は、そうした人たちの話を聞く。帰りには銭湯の近くの〈油岩(ゆいわ)〉という屋号で知られる広畑岩吉の家に寄る。広畑岩吉は生け花の師匠だが、三味線も弾けば太鼓も打ち、踊りも踊り、唄もうまい。また、看板絵、ビラ絵、羽織の紋も描くといった趣味人で、博覧強記の熊楠をして「二足生えたエンサイクロペジア」と呼ばしめるほどあらゆる話題にも通じていた。そのうえ無類の話好きであったから、その家にはさまざまな職業の町の人たちが集まり、さながらサロンのようであった。銭湯で聞いた話や広畑岩吉の家で耳にした話は、しばしば熊楠の民俗学の論考に生かされている。ちなみに広畑岩吉の娘は、熊楠の紹介で柳田国男のところへ奉公に行っている。

銭湯の効用はほかにもあった。いつも行く銭湯の洗面台の下に古い桶が置いてあったが、そこに茸が生えつつあった。熊楠は銭湯の主人に桶を洗わないようにと頼んでおいたところ、数日後にりっぱな黒い茸が生えていた。熊楠はうれしくてたまらず、そのまま飛び出すと、間違えて他人の着物をひっかけ、桶を大事そうに抱えてそそくさと家にもどり、そのまま書斎に直行したという。銭湯は民俗学ばかりではなく、菌類研究の場でもあった。

広畑岩吉の家で話し込んで夜遅くなると、誰かが「どこそこに幽霊が出る」という話をしだす。すると熊楠は怖がって、「わし、もういんでくる（帰る）」といってそそくさと引き上げる。「先生に早く帰ってほしかったら、幽霊の話をするといい」と、皆はいいあったという。おもしろいことに漱石も怖がり屋で、迷信深いところもある鏡子が怪談じみた因縁話などを口にすると、「もうよしてくれ、寝られないから」とひどく怖がったそうだ。ふたりとも、どこか子どもじみたところを残している。

熊楠が交遊した町の人々は、石屋の佐竹友吉、床久米こと床屋の植坂久米吉、洋服屋の金崎宇吉、牟婁新報の職工楠本楢蔵、芸妓の打村愛子や栄枝、質商の多屋謙吉など、その多くは名もない庶民であり、生活者であった。その点がまた漱石と違ったところでもあろう。なお、多屋謙吉は「木人」という号を持つ俳人で、漱石とはわずかなかかわりがある。謙吉に宛てた漱石の手紙が一通残っているのである。

秋冷の候　愈（いよいよ）御多祥奉賀候俳句御執心のよし斯道の為め御励精の程希望致候小生目下種々の事情の為め俳界をしりぞき候始末句作も無之御はづかしき次第に候然し切角の御所望故染筆の上御贈申上候御落手可被下先は右御返事まで　匆々

九月二十五日　　夏目金之助

木人様　坐下

というもので、年次は未詳だが大正初年頃のものと推定されている。文面からすると、多屋謙吉が漱石に短冊を所望し、それに漱石が応えたものであろう。(6)

漱石も熊楠も洋行帰りのせいか、食事にも西欧風の習慣が残っていた。漱石の朝食はトーストに紅茶であり、熊楠も食パンにバター、チーズであった。熊楠はサラダもよく食べ、オクラ・トマト・セロリ・パセリなどのタネを取り寄せて庭に植えていた。ビフテキも好物であった。刺身はまったく食べなかった。妻の松枝が刺身を食べていると、「寄生虫がわく」といって嫌った。一方神官の家で育った松枝は肉類が嫌いで、食べないと痩せるといって熊楠が肉を食べさせようとすると、お膳の下に用意しておいた皿にすばやく入れ、食べたふりをしていたという。熊楠は、アメリカに渡れば相応の仕事もあったが、妻が西洋の飲食に慣れないので、思うように事が運ばなかったと嘆いている。漱石は淡白なものより濃厚なものを好み、日本料理はあまり好きではなかったようだ。

二人とも家族とともに食卓を囲むということはあまりなかった。漱石は書斎で鏡子の給仕で一人で食べた。ときおり、子どもたちがわいわい騒ぎながら食事をしているところへ、「今日は何を食べているのかね」とのぞきに来たという。太っ腹というか、あまり細かい神経を持っていなかった鏡子は、食事にも特に気をくばるということはなかった。長女の筆子によれば、「熱かろうが冷たかろうが、美味(おい)しかろうが、不味(まず)かろうが、口に入れば結構というのですから、味付の雑な事と申しましたら、てんでお話にな」らなかった。あるとき、漱石がすき焼きが美味しいといったところ、それから毎日のようにすき焼きを出したという。漱石も漱石で、意地になって素知らぬ顔ですき焼き責めに耐えたという。

熊楠の書斎は離れの八畳で、食事は母屋でとったが、寝るのが午前二時、三時、起きるのが昼頃という日常だったから、やはり一人で食べた。読書や論考執筆で集中している時は書斎に籠もりっきりとなり、「めしもいうてくるな」と家の者に厳命する。それでもいつ出てくるか分からないので、用意だけしておくと、そのうちに出て来て、「わし、今朝からめし食ったか」と皆に聞く。食べてないと答えると、それは大変だといって、急いでかきこむ。また、ニラの味噌汁が好物で、スープがわりに飲んでいたが、「明日から味噌汁だけでいい」とか、「お菜は味噌汁だけでほかには何もいらない」といいだしたら、また高い本を買うのだなと、家の者たちにはピンときたという。

「バナナとか洋菓子とかの到来物は、〝ハイカラなお父様しか召し上れないもの〟と決って居りました」（松岡筆子）というが、漱石は甘い物好きであった。散歩に出ると、砂糖のついた南京豆の小袋を買ってきては机の脇に置いてぼりぼり食べたり、胃に悪いと鏡子が戸棚に隠しておいた羊羹などをこっそりつまんだりしていた。熊楠の好物はアンパンで、『南方随筆』や『続南方随筆』を刊行した岡書院社主の岡茂雄が南方邸に泊まった際、熊楠は腰の脇にアンパンを入れた紙袋を置き、アンパンをちぎっては口に運びながら話をしたという。娘の文枝によれば、徹夜の時はアンパン六個と決まっていたそうである。

「美服は好きである」と自らいうように、漱石はおしゃれであった。「いったい自分でもきちんとしたなりをしていることの好きな人でしたが、また女のきれいな着物を着ることが好きで、私が脱いでおくとよくそれを羽織って、褄を取ってみたりなんかして、家じゅう歩き回ったものでした」と鏡子は語っている。これは新婚当時のことだったが、後年になっても、鏡子が新しい着物をこしらえてやると、小宮豊隆などに「今度いい着物をこしらえたから、見せてやろう」と、自慢げに見せびらかしたという。

そうかと思うと私がいいだろうと思って買ってきた柄が気に食わず、こんなもんが着られるか、すぐにかえしてこいといった剣幕で剣突（けんつく）を食わせる時もあります。それをいつの間にやら下着に仕立てたりして着せますと、これもかさねて見ると案外いいてなことで、さきのくさしたのなんかはどこへやら、けろりとしてほめて着ていることなどもありました。（『漱石の思い出』）

洋服なども、きちんとしていないと気がすまなかったようだ。

一方の熊楠は、着るものに関してはロンドン時代と同じようにまるで無頓着であった。というより、「本日始て裸にて仕事する也」と日記にみえるように、毎年四月か五月頃になると着物を着ないのである。これは多汗症のせいだという。裸になるのは九月半ば頃までで、はじめのうちは腰巻きをつけているが、真夏になるとそれこそ一糸まとわぬ丸裸になる。このことでは面白いエピソードがある。

母が一番困ったのは、九月の女中の出替りどきでした。いつもその時期に出入りの口入れ屋のおばさんが、女中奉公希望の娘を連れて目見えに来るのですが、その日は、父に、今日は新しい女中が来るから決して丸裸のまま母屋の方に出てきてはなりません、と前もってくれぐれも頼んでおくのですが、書斎で読書などに夢中になっているうちに、母屋の方で女たちの笑声がするのに気がつき、我を忘れて不意に茶の間にとび出してくることもあり、はじめて目見えに来た娘は、いきなり目の前にすっ裸の大入道が現れたので、キャッと驚きの悲鳴をあげたまま表にとび出し、一目散にひと山越えた実家に逃げ帰り、翌朝早く村長さんに連れられて、昨日の非礼を詫びに来た珍事件も突発し、果してどちらが非礼なのか……（笑）。（南方文枝『父南方熊楠を語る』）

ちなみに、この娘はなかなか気立てもよく、熊楠や松枝の気に入り、それから六年間南方家に奉公したという。

冬はさすがに着物を着たが、それでも薄着で、松枝の工夫した筒袖の着物を着た。洋服はうまくボタンがかけられないからと嫌っていたが、それでも新地（色街）などへ出かける時などは、ロンドン時代の一番いい服を着こみ、山高帽にステッキという最高のおしゃれをして乗りこんだという。

「母が、当時夏向きに流行したアッパッパというのを着ておりまして、そのまま近所の八百屋などに買物に行こうとすると、『これこれ、そのようなものを着て出歩くものじゃない、きちんとして行け』（笑）。家の内と外とのけじめは、はっきりつけておりました」。（同）

時にきわどい冗談で女中をからかい、鏡子にたしなめられることはあっても、漱石が女性問題で事を起こしたことはない。といっても、女性に興味がなかったわけではなく、自分好みのタイプの女性には、世間一般の男と同じように心を動かされていたようだ。明治四二年三月一四日の日記に、次のような一節がある。

　今日も曇。きのふ鰹節屋の御上〔おかみ〕さんが新らしい半襟と新らしい羽織を着てゐた。派出に見えた。歌麿のかいた女はくすんだ色をして居る方が感じが好い。

　どうやら散歩の途次に自分好みの女性を見つけたらしい。四月二日の日記には「散歩の時鰹節屋の御神さんの後ろ姿を久振に見る」とあり、翌三日には、「鈴木禎次曰く。夏目は鰹節屋に惚れる位だから屹度〔きっと〕長生をすると。長生をしなくつても惚れたものは惚れたのである」と、テンションが上がっている。鈴木禎次は鏡子の妹の夫である。

　ところが、門下生の鈴木三重吉に宛てた四月一一日の手紙には、「今日散歩の帰りに鰹節屋を見たら亭主と覚しきもの妙な顔をして小生を眺め居候。果して然らば甚だ気の毒の感を起し候。其顔に何だか憐れ有之候。定めて女房に惚れてゐる事と存じ是からは御神さんを余り見ぬ事に取極め申候」とあって、この一件は消滅した。鰹節屋の亭主が、お神さんの姿を求めてしげしげと店先をのぞく漱石に不審を抱いたものであろう。『漱石研究年表』は、この鰹節屋のお神さんについて、「『それから』の三千代の容貌に使う」としている。ちなみに三千代は、「色の白い割に髪の黒い、細面に眉毛の判然映る女である。一寸見ると何所となく淋しい感じの起る所が、古版の浮世絵に似てゐる」と描写されている。

晩年、漱石はリューマチでひと月ばかり湯河原へ養生に行っているが、この時鏡子が、自分は一緒にいけないから看護婦でも連れて行ったらどうかというと、男一人女一人というのはまずいと首を振った。それならなるべく年のいった看護婦ならいいでしょうと鏡子が重ねて勧めると、漱石は、「自分はこんな爺さんだから間違いはないと思うが、それでも人間にははずみというものがあって、いつどんなことをしないとも限らない」といって、一人で出かけて行ったという。いかにも慎重居士の漱石らしい言い分だが、逆にいえば、はずみでどう転ぶか分からないものが自分の中にあるのをよく認識していたともいえよう。

娘の文枝によると、「小生は四十になるまで婦女と交わりしことなく、四十以来も妻一人のほか交わりしことなく、その方は実に無疵に御座候」と柳田国男宛書簡にいうごとく、熊楠は「女性に関してはまったく潔癖で、本人も自慢の一つ」だったという。「だから、ときどき新地へ遊びに行っても、母も安心しておられたのだろうと思います」。田辺における飲み友だちの一人であった多屋鉄次郎も、「酒はあびる程飲んだが、女には石部金吉で、一度も醜聞を蒔いたことはなかった」と証言している。[7] ともあれ、漱石も熊楠も、生涯一人の妻をまもり、他の女性との浮わついた関係がなかったことは確かであろう。

漱石未亡人は、生来の派手な性分から、漱石の死後、印税の入るにまかせてぱっぱっと使ったという。遺稿などもあまり手元には残らなかったらしい。一方熊楠未亡人は、熊楠の死後、遺稿や書籍の買い手がやって来ても、保存しておけばいつかは日の目を見ることがあるだろうと、それらを手放すことはなかった。そして、「いつまでも父の霊が書庫の中に生き続けて居ると信じてか、お盆が来れば迎火を焚き、第一に書庫を開き、眼鏡を添えて『さあ、おはいりなさいませ』と挨拶」したという（南方文枝「母」『父 南方熊楠を語る』）。

〈注〉

（1）唐澤太輔『南方熊楠』参照。

（2）献辞の全文は以下の通り（『南方熊楠を知る事典』による）。

私の知るもっとも卓越した日本人への賛辞を込めてこの指輪を贈ると、君の妻に伝えてください。君は伯爵でも男爵でもないけれど（あえて言えば君はそんなものにはなりたくもないだろうね）、君のような友人を持てたことは、ここ何年かの間、常に私にとって大きな喜びであり、また 利益でした。君は東洋と西洋に関するかくも深い学識を持ち、人間世界と物質世界の率直で公平でしかも私心のない観察者です。

（3）明治二六（一八九三）年から三〇年にかけて博文館から発行された文学叢書で、『源平盛衰記』『南総里見八犬伝』『真書太閤記』などをはじめ、軍記物、人情本、洒落本などを網羅している。正編五〇冊。続編は同じく五〇冊で、三一年から三六年にかけて出版された。

（4）熊楠自身が引き裂いたとする説もある。「熊弥さんの事件がショックになって、南方さん自身が破棄したんだと思いますね。でなければ、いくら探しても一枚もないはずはない」（長谷川興蔵「南方学の基礎と展開」新文芸読本『南方熊楠』所収）。

（5）明治四一（一九〇八）年三月、当時女性向けの文学講座の講師をしていた森田草平は、教え子の平塚明子（はるこ）

（らいてう）と恋仲となり、栃木の塩原に情死行をくわだてたが、追っ手に発見されて連れもどされた。この事件は大きなスキャンダルとなって、草平は世間から葬り去られようとした。漱石は、草平を自宅に引き取って世間からかくまうと同時に、情死行の顚末を小説に書くよう勧めた。こうして書かれた『煤煙』は、漱石のはからいによって東京朝日に連載され、大きな評判を呼んだ。これにより、草平は作家として社会的復帰を果たした。

（6）『漱石全集』（一九九三〜九九）第二十四巻所収。書簡番号２４９０。なお、この巻の「人名に関する注および索引」では、多屋謙吉は「不詳。俳人。木人と号す」とだけ記されている。謙吉は田辺上屋敷町で質商を営む河東碧梧桐門下の俳人で、熊楠の経済上の相談相手であった。

（7）笠井清『南方熊楠』による。多屋鉄次郎は熊楠の後見人であった多屋寿平次の次男である。

第九章　手紙と日記

漱石の手紙好き

『坊っちゃん』の主人公は、「おれは文章がまづい上に字を知らないから手紙をかくのが大嫌だ」という。心配をかけまいと、自分でも奮発して長いのを書いたつもりでも、「坊っちゃんの手紙はあまり短過ぎて、容子がよくわからない」と、清に文句をいわれてしまう。しかし、『坊っちゃん』の生みの親である漱石は、「小生は人に手紙をかく事と人から手紙をもらふ事が大すきである」と自らいうように、じつに筆まめであった。長短とりまぜて一日に四、五通書くことはざらで、旅行の後や病院から退院した後などはいちどきに十数通もの手紙を書き上げる。連日のように筆をとることも珍しくない。

そんな漱石だから、イギリス留学中、筆無精の鏡子がなかなか手紙をよこさないのでいらいらし、鏡子が、それやこれやで手紙を書く暇がなかったと言い訳すると、「それやこれやとは何のことだ」と怒るのも当然だろう。「生来筆まめな父には、手紙を書くということ自体に、予想外の苦痛を味わう――そうした種類の人間がいることに、考え及ばなかったのではないかと思う」と、次男の伸六は語っている。

『漱石全集』（一九九三〜九九年。岩波書店）では、全二八巻のうち三巻が書簡集にあてられ、学生時代の明治二二（一八八九）年から死去の年の大正五（一九一六）年までの二七年間にわたる書簡が、年次不詳も含めて1から2502までの番号が付されて収録されている。散逸したものも少なくないだろうから、実数はもっと多いと思われる。

書簡番号1、すなわち現存する最も古い書簡は、明治二二年五月一三日付けのもので、宛先は正岡子規である。

今日は大勢罷出失礼仕候然ば其砌り帰途山崎元修方へ立寄り大兄御病症幷びに療養方等委曲質問仕候処同氏は在宅乍ら取込有之由にて不得面会乍不本意取次を以て相尋ね申候処存外の軽症にて別段入院等にも及ぶ間舗由に御座候得共風邪の為めに百病を引き起すと一般にて咯血より肺労又は結核の如き劇症に変ぜずとも申し難く只今は極めて大事の場合故出来る丈の御養生は専一と奉存候小生の考へにては山崎の如き不注意不親切なる医師は断然廢し幸ひ第一医院も近傍に有之候得ば一応同院に申込み医師の診断を受け入院の御用意有之度去すれば看護療養万事行き届き十日にて全快する処は五日にて本復致す道理かと存候（以下略）

漱石と子規が親しくなったのはこの年の一月頃からで、それから四カ月後のこの日、漱石は米山保三郎らとともに本郷真砂町（現・文京区本郷四丁目）の常盤会寄宿舎に子規を見舞い、その日の夜にこの手紙を書いた。子規は九日の夜に喀血し、肺結核と診断されていたのである。堅苦しい候文でつづられているが、子規の病状を気遣う漱石の気持ちは十分に伝わってくる。

以後、明治三三年にイギリスに留学するまでの十一年間に、漱石は子規にあてて八四通の手紙を書いている。それらの手紙には、人生論あり文学論あり哲学論あり句稿ありと、子規と共有した漱石の青春の思いがつまっている。

ゑゝともう何か書く事はないかしら、あゝそう〳〵、昨日眼医者へいつた所が、いつか君に話した可愛らしい女の子を見たね、――〔銀〕杏返しに竹なはをかけて――天気予報なしの突然の邂逅だからひやつと驚いて思はず顔に紅葉を散らしたね丸で夕日に映ずる嵐山の大火の如し其代り君が羨ましがつた海気屋で買つた蝙蝠傘をとられた、夫故今日は炎天を冒してこれから行く（明治二四年七月一八日付）

といった微笑ましいエピソードも子規宛ての手紙につづられている。

イギリスに留学中漱石は、自らが見聞したロンドンの風物を描いた手紙を何度か書き送って、病床にある子規を喜ばせた。しかし子規の病勢はすすみ、明治三四年一一月六日には、「僕ハモーダメニナツテシマツタ、毎日訳モナク号泣シテ居ルヤウナ次第ダ」と書き出す悲痛な手紙を送ってきた。「君ノ手紙ヲ見テ西洋へ往タヤウナ気ニナツテ愉快デタマラヌ。若シ書ケルナラ僕ノ目ノ明イテル内ニ今一便ヨコシテクレヌカ（無理ナ注文ダガ）」と、漱石の手紙を待ちわびる気持ちがつづられ、

「書キタイコトハ多イガ苦シイカラ許シテクレ玉へ」と哀切きわまりないことばで結ばれている。
翌年の九月一九日、子規は三六歳の生涯を終えた。漱石は、高浜虚子からの手紙で子規の死を知った。

啓。子規病状は毎度御恵送のほとゝぎすにて承知致候処、終焉の模様逐一御報被下(おしらせくだされ)奉謝候。小生出発の当時より生きて面会致す事は到底叶ひ申間敷(もうすまじく)と存候。是は双方とも同じ様な心持にて別れ候事故今更驚きは不致、只々気の毒と申より外なく候。但しかゝる病苦になやみ候よりも早く往生致す方或は本人の幸福かと存候。（中略）其後も何かかき送り度とは存候ひしかど、御存じの通りの無精ものにて、其上時間がないとか勉強をせねばならぬ抔と生意気な事ばかり申し、つい〳〵御無沙汰をして居る中に故人は白玉楼中の人と化し去り候様の次第、誠に大兄等に対しても申し訳なく、亡友に対しても慚愧の至に候。（後略）（高浜虚子宛書簡　明治三五年一二月一日）

この手紙には、「倫敦にて子規の訃を聞きて」として次の五句が添えられている。

筒袖や秋の柩にしたがはず
手向くべき線香もなくて暮の秋
霧黄なる市に動くや影法師

きり〴〵すの昔を忍び帰るべし
招かざる薄に帰り来る人ぞ

留学中、鏡子の筆無精を怒った漱石は、自分はこまめに鏡子に手紙を書いている。ロンドンの風物や自分の近況をつづると同時に、留守宅の様子を気遣い、鏡子の朝寝坊を戒め、見苦しいから入れ歯をしろと勧め、生まれた子の名を考え、送ってくれた写真を喜び、自分は謹直方正だから安心しろといい、善良なる淑女を育てるのは母の務めだと忠告するなど、なかなかに忙しい。

先述したように、ロンドンに来てから半年ばかりたつと、漱石はホームシックにかかったようで、「国を出てから半年許りになる少々厭気になつて帰り度なつた」「おれの様な不人情なものでも頻りに御前が恋しい」と、鏡子宛に書いている。これに対して鏡子は、「あなたの帰り度なったの淋しいの女房の恋しいなぞとは今迄にないめつらしい事と驚いて居ります　しかし私もあなたの事を恋しいと思ひつゝけている事はまけないつもりです」（半藤一利『漱石先生ぞなもし』）と返した。さらに、「あなたは余程おかしな方ねへ　地獄はかはない謹直方正たなんぞとわざ〴〵の御ひろうあなたの事ですものそんな事は無と安心しています（中略）然し私の事をおわすれになってはいやですよ」（同）とつづり、最後には「此手紙は御覧遊ばしたら破いて下さい」と書いたが、実行されなかったとみえる。

ロンドンからの鏡子への最後の手紙は、明治三五年の九月一二日に出されているが、そこには、先に記したように「近頃は神経衰弱にて気分勝れず」「近来何となく気分鬱陶敷」などと書かれているが、「然しわが事は案じるに及ばず御身及び二女を大切に御加養可被成候」と、鏡子への気遣いも忘れてはいない。

イギリスより帰国してからは、漱石の手紙は教え子や門下生たちへのものが多くなる。面白いことに、明治三七年から三八年にかけて教え子や門下生たちに送った漱石の手紙には、自筆の絵はがきが多い。題材は風景、人物、女性の顔、自画像、あるいは花などで、「名画なる故　三尺以内に近付くべからず」とか、「素人くさい処が好い所です褒めなくてはいけません」とか、「此絵はまづいが色が奇麗だと思ふどうだ」とか、「是は例の如く乱暴な画なり然し傑作とほめてくれゝば結構也」といった但し書きがついている。素人目に見てもあまりうまい絵とは思えないが、ちょうどこの頃、漱石はイギリスから持ち越した神経衰弱に悩まされていた。自筆の絵はがきは、内へ内へとまくれこむ気持ちをわずかなりとも外へ向かって発散するための手段だといっていいかもしれない。

それはともかくとして、漱石は教え子や門下生たちによく手紙を書いた。

あまり御無沙汰をしたから手紙を一寸あげる（皆川正禧宛）

この前の木曜にはくるかと思つて手紙の返事を出さなかつたが来ないから今一寸あげる（松根東洋城宛）

又手紙をあげます。もう少し立つと色々多忙になつて到底返事らしいものはかけないから只今少々ひまのあるのを幸にこれをかきます（森田草平宛）

今日は長い手紙をかゝなければならん日で四五本かくと一寸一仕事だが返事をよこせといふか

ら上げる（小宮豊隆宛）

「君が手紙をかく僕が手紙をかく而して互に連発すれば手紙で疲弊して仕舞ふ」（森田草平宛）とぼやきながらも、労を厭わずに筆をとっている。

一方、門下生たちも熱心に漱石に手紙を送った。森田草平などは、「御手紙拝見昨日来てあれ丈話した上今日六銭印紙を張つて手紙をよこす人は滅多にあるまい」と呆れられたり、「拝啓君の所から白い状袋の長い手紙が来ないと森田白楊なるものが死んで仕舞つたかの感がある。今日曜早起きるや否や白状があつたので矢っ張り生きてるなと思つた」などとからかわれている。小宮豊隆も、「君の手紙は色女が色男へよこす様だ。見ともない。男はあんな愚な事で二十行も三十行もつぶすものぢやない」と叱られている。時には、「三重吉先生が封入の手紙をよこして君に送つてくれといふから御覧なさい。……かうやつて君の手紙を三重吉に渡して三重吉の手紙を君に渡すのは丸で色の取持をしてゐる様なものだ」（森田草平宛）と、門下生同士の手紙の仲介をすることもあった。

もちろん、門下生たちへの手紙は、そうした小言ばかりではなく、時に人生上の相談にのってやったり、行状について忠告したり、文学論や作品論をたたかわせたりと、内容は多岐にわたっている。漱石の中には、「御世辞にも小生の書翰が君に多少の影響を与へたとあるのは嬉しい。夫程小生の愚存に重きを置かれるのは難有いと云ふ訳です」（森田草平宛）といった気持ちがあったようだ。といって、ことさら教え導くというのではなく、「大学では君の先生かも知れないが個人として文章抔をかく時は同輩である。決して僕に対して気を置いてはならぬ」（同）、「三重吉さん。先生様はよさうぢやありませんか、もう少しぞんざいに手紙を御書きなさい」（鈴木三重吉宛）というように、ざっくばらんに胸襟を開き合う方を好んだ。

時には、門下生に対して気炎をあげることもあった。

[原]漱石が熊本で死んだら熊本の漱石で。漱石が英国で死んだら英国の漱石である。漱石が千駄木で死ねば又千駄木の漱石で終る。今日迄生き延びたから色々の漱石を諸君に御目にかける事が出来た。是から十年後には又十年後の漱石が出来る。（寺田寅彦宛）

君弱い事を云つてはいけない。僕も弱い男だが弱いなりに死ぬ迄やるのである。やりたくなくつたつてやらなければならん。（森田草平宛）

小生千駄木にあつて文を草す。左右前後に居るもうろくども一切気に喰はず朝から晩迄喧嘩なり此中に在つて名文がかけぬ位なら文章はやめて仕舞ふ考なり。此間にあつて学問が出来なければ学問はやめて仕舞ふなり。（森田草平宛）

門下生への手紙には、気取らない、リラックスした漱石の姿がある。

漱石は、イギリス留学中は妻の鏡子へたびたび手紙を出したが、帰国してからは旅行中をのぞいてあまりない。一緒に暮らしているのだから当然のことだが、修善寺の大患後東京の長与胃腸病院へしばらく入院していた時は、自宅の鏡子宛てに何度か手紙を出している。その中にこんな一通がある。

着物と草履と雑誌は受取つた。大島の着物を不断着にする程悪くして仕舞つたのかな。あの羽織のがらは嫌だ。買つたものだから仕方がないから着る。実はドテラももう大〔台〕なしになつたよ。どうせ仕着るなら大島もよこして呉れ。
眼がまはつて倒れる抔は危険だよく養生をしなくては不可〔いけ〕ない。全体何病なのか。具合が少しよくなつたら、よくなつたと郵便で知らせて呉れ。御前が病気だと不愉快で不可ない。あまり天狗などの云ふ事ばかり信用しないがいゝ。
うたひの本は病院で大声を出して謡はれもせんから寄こしても大丈夫である。夫から是からさき一年やめろなら已めてもいゝが、やめる必要もないならやる方がいゝ。医者に聞いて見る。あつたかになると病院が急にいやになつた。早く帰りたい。帰つても御前が病気ぢやつまらない。早くよく御なり。御見舞に行つて上げやうか。
子供へ皆々へよろしく　　金之助
二月二日
鏡子どの

この頃鏡子は体調が思わしくなかった。「御見舞に行つて上げやうか」という一句には、諧謔の中に鏡子へのいたわりと愛情が感じられる。

文名が上がるにつれ、漱石のもとに作品を送ってきたり持参したりする人も増えてきた。漱石に読んでもらい、できれば雑誌や新聞に仲介してもらうためである。「私は自分の義務の一端として他人の作を読むのを当前と考へて居ます」（沼波瓊音宛）という漱石は、そのことばどおり、どんな人の原稿にもかならず目を通し、忌憚（きたん）のない批評と励ましをこめた返事を書いた。

拝啓先日は御光来失礼致候其節御持参の小説色色多用の為拝見遅延今日漸く目を通し候御苦心の高作に対し兎角の批評申上候はんも如何と存じ候へども、あの小説は頁が延びる割合に厚がないのが第一の欠点かと存候、大体は会話で表面的に面積丈がひろがりて参り内味の厚さは分量の割合に増して参らず、又頁の割に動かず候処遺憾に候、（中略）次に人間も脚色も方々から寄木細工の様につぎ合せたる様に読まれる所が工合あしきかと存候

乍失礼（しつれいながら）近頃の文芸雑誌にのる小説類一通り御覧相成候へば御参考になるべきかと存候、篇中にて小生の面白い思ふ所に横に頁の頭に赤棒を二本入れ置候。

凡てもつとあり体（てい）にて平凡なるが却つて真らしく面白きかと存候（川村鉄太郎宛）

この手紙の封筒裏には、「あの材料はもつと洗練さへすれば数倍面白く可成（なるべく）候。小説気を離れた小説にしたら一番宜かるべく候」という一文が記されている。封をしてから一言加えたかったのであろう。

晩年、漱石は神戸の寺で修行する二人の若い禅僧と文通した。そして、文通を通して知った二人の単純素朴な生き方に強く心ひかれた。その二人が、念願の東京見物に行きたいので泊めてくれないかというので、漱石は心よく承知した。

あなた方は夜中に名古屋を出るのですねけれども東京へ十時三十五分に着けるから便利です。停車場へは出て行かないから独りで宅迄来て下さい。荷物があるなら停車場ですぐ車を雇つて来るし、電車へ乗る程な小さな包みなら提げて電車へ乗るのです。電車は東京駅の前の大通りを向つて左へ走るのへ乗るのです。それで水道橋迄来て乗り易へます。其所から新宿行といふのへ乗つて牛込柳町といふ停留で下ります。そこから宅迄五六分です。

或は東京駅で下りるとすぐ前の通りを左へ行くと二重橋だの帝劇だの日比谷公園だのが見られるから荷物を駅へあづけてそれ丈見ても便利です。（鬼村元成宛）

東京に不案内の二人の禅僧に、自宅への道筋を教える漱石の筆致は、こまやかであたたかい。二五〇〇余通の手紙の中で、漱石は、喜び、悲しみ、笑い、怒り、楽しみ、慰め、労り（いたわ）、教え、諭し（さと）、議論し、気炎を上げ、決意し、批評し、助言し、あたたかく見まもっている。まさに、「書簡ほど漱石を、漱石のままに表現してゐるものはない」（小宮豊隆『漱石の藝術』）といえよう。

書簡の思想家

熊楠は生涯におびただしい数の手紙を書いた。残された書簡の主要なものは『南方熊楠全集』（平凡社版）に収録されているが、全一二巻（別巻を含む）のうちじつに三分の一を占めている。しかも全集刊行後に新たな書簡集が何冊か編まれ、さらに今後も編まれる可能性がある。熊楠研究家の中瀬喜陽氏が、「いったい一生に書いた手紙は何万通になるのか、と思うことしきりである」というのもうなずける。

中瀬氏によれば、熊楠は相手に分かることだけを全身全霊を込めて書いたという。受け取った相手は、そこに熊楠の魂がこもっているかのように、熊楠の手紙を大切に扱い、宝物のようにしまいこんだ。例えば、大山神社合祀問題にかかわった従兄弟の古田幸吉は、自分への痛罵が含まれているにもかかわらず、八〇通に及ぶ熊楠からの手紙を仏壇の引き出しに大事にしまっておいたという[1]。また、柳田国男に「貴下は鼻息あらく手紙に一種の権威あり」といわれた熊楠は、「小生鼻息荒く、手紙に一種の権威ある由、これ小生の幸いなり。（中略）この状を書くときはこの状を一心不乱にかくゆえ、至誠の届くところ自然に権威ありと見えたり」と応えているが、熊楠の書簡が数多く残され、何冊もの書簡集が編まれる背景には、そうしたことがあったからであろう。

熊楠の手紙の特徴の一つは、長文のものが多いということである。ほとんどの手紙が長文だといっていい。本来の用件を逸れて、それからそれへと話題が飛んで長くなる。子どもたちへの小言や論考（英文を除く）と同じスタイルである。いや、それよりももっと自由奔放で生き生きとしている。

手紙の中の熊楠は、なにものにも縛られない自由人である。

もう一つの特徴は、特定の個人に宛てた手紙が多いことである。土宜法龍、柳田国男、毛利清雅、上松蓊（粘菌学の門弟）、岩田準一[2]（男色研究家）などがその主な人たちである。これらの人たちに宛てた手紙は、哲学・宗教論・民俗学・粘菌学・セクソロジーなどをテーマとしている。これに神社合祀反対や植物学関係の書簡を加えれば、熊楠の思想的・学問的フィールドは網羅される。熊楠にとって手紙は単なる通信ではなく、自らの思想を語る重要な手段であったといっていい。すなわち熊楠は、書簡によって思想を語る「書簡の思想家」（中沢新一）なのである。

在米中に杉村広太郎（楚人冠）をはじめとする友人たちに宛てた手紙には、博識めいたことや自身の信念、考えを述べたものが散見されるが、「書簡の思想家」としての面目がいかんなく発揮されはじめるのは、なんといってもロンドンで土宜法龍と出合い、ロンドンとパリの間で白熱した議論がくり返されるころからであろう。

ロンドンからの第一信は、「前略、御袈裟一領まさに拝受仕り、ありがたく御礼申し上げ候」という一文から始まっている。そして、法龍が買い求めて本国に送った本のなかに、自分の推奨する本がないのが残念だから「近日求めて貴師へ呈上せん」といい、

貴師は英訳の仏書を持ち帰りて何にせんとするか、実に笑うべし。いずれも漢訳の諸師ほどの才、学の長者輩にあらず。十分の八、九分、間に合せものなり。ゆえに英訳の仏書を読むは、入らぬひま潰しなり。それよりは貴師よ、梵教と仏教との関係を調べ給え。大乗仏教は理窟や

想像は高いが、実地は梵教の卑劣なるところを混入せしことはあらざるか。この一大事を達見して、大掃除がはなはだ望ましく候。もって西洋、天主、回々の教はぜひ研究あられよ。もし御同意ならば、他日ながなが申し上ぐべく候。（土宜法龍宛書簡）

と、続けている。この時熊楠二六歳、法龍三九歳。白面の書生が経験豊かな長上に向かっていうにはいささか不遜な言辞ではある。しかし法龍は意に介さず、「小生へ段々の御意見敬承致し候。外教をも段々と相学ぶべきよう存じ候」「貴君は時々余に書面を送りたまえ」と、懐の深いところをみせている。

これを受けて熊楠は、早速第二信から長文の手紙を法龍に送りはじめる。

一体、日本の僧徒、なんでもなき西洋の梵学者輩の言に泛（うか）されて、セイロンやシャムの小乗経典や故趾を穿鑿するは、はなはだ無用のことにて、その然る所以（ゆえん）は、儒の流変じて九となり、墨の流化して三となる、今存するセイロン、シャムの仏教も果たして釈迦の真を得しものなるやはなはだ疑わし。（中略）されば大乗を述べんとするものは、小乗や中乗のことにかまわず、主として一語一句も大乗をしらべたきことなり。（同）

それ一国の開化と申すものは、商売とか兵備とか申すもののみにあらず。また米国ごとく、一般に『バイブル』よみながら盗し、教育普通しながら無礼残暴なるを申すにあらず。それぞ

れ秀才、英俊、特異の人多きにもよることと、小生は堅く信じ申し候。(同)

私は日本という国土や今の政府、人気、風俗等にはあまり意なきも、なにとぞ父母の国土人種をどこまでも興隆したく、さてこそ今に苦学しおるに候て、現になすところの学問は、みな他日本国土人種のためにせんとしてのことに御座候。今に及んでは仁者の御人体をも知り、かつ袈裟をも拝受し、どこまでも同力共籌(きょうちゅう)してこの志を輔成したきに候。(同)

法龍もこれに応えて長文の返書を送り、ここに時に悪罵を交えながら白熱の議論が勃発するのである。

現在、「ロンドンパリ往復書簡」として編まれている両者の手紙は、熊楠一〇通、法龍二三通である。

小生、往年ロンドンにて一日一食して読書陋巷にありしとき、土宜法竜師(只今仁和寺門跡)パリ・ギメー館にあり、仏教その他宗教のことにつき往復せし文書すこぶる多く、小生より贈りし書翰は一切箱に入れ、栂尾護国寺に蔵しある由に候(長さ三間ばかりの長き細文字の状もあるなり)。(柳田国男宛書簡)

後年熊楠は、柳田国男宛ての書簡で右のように述べている。一方法龍の書簡もまとめて南方家に保存されていた。これをみても、いかに両者がお互いの存在・思想を尊重していたかが分かる。

熊楠が那智から法龍に宛てた書簡は、先にも記したように現在八通が残されている。「ロンドン・パリ書簡」と同じように長文のものが多い。例えば、熊楠思想の核心ともいうべき〈南方曼荼羅〉が記されている那智からの第三信は、「貴状拝見、今度讃岐へ帰るとか、船中にて見るためにこの状もちょっと永く書くなり。よくよく味わいたまうべし」という一文から書き出されているが、全文約四万六八〇〇字、四〇〇字詰原稿用紙に換算して約一一七枚はある。

これだけの分量のものを一日や二日で書けるとも思えないから、何日かかかって書きついでいったにちがいない。それも夜を徹して書いたもののようで、

予実は一作々夜来少しも睡らず。これは英国へ急ぐ投書ありて、すこぶる長文のものゆえ、直しおるうち、また書き添ゆべきことおこり、一を出してはあとがちょっと記臆し出せぬという双方相対のものゆえ、睡らずにかきたり。なにか三日三夜も睡らずに生きておるは妙と思う人もあらんが、前田正名氏などもこの流義の由みずから語られしことあり。小生またかかることに誇るべきにも、この状誰にか、仁者の外に見るべきにもあらず。ただ実をいうなり。しかして今夜少々ねむけさすが、かかるものは、馬と同じく、一度休むときはあとがなかなか出にくいものゆえ、強き茶をのんでかきおわるつもりなり。（土宜法龍宛書簡）

とあり、つづけて「ただし、むつかしき外国文（九ヵ国の語にてかけり）かきし上のことなれば、

精神弱りゆき、字句判然せず、また誤脱もあらん」といいながら、そのあとに例の曼荼羅の図を描き、その説明を縷々述べているのだから、その心身のタフネスさに驚く。

希有の思想を詳述した文面はさらに延々とつづき、ようやく後半三分の二を過ぎて、まとめにはいった。


要は、人々この宇宙無尽の事、物、理、心の諸相を取りて、思い思いに順序立てて（すなわち科学風に）観念し、研究なり称賛なりして、米虫ごとき無用の飯米つぶしは一人もなきようにならんことこそ望ましけれ。この外に開化も教化もなきことと存ずるなり。

右金粟如来ずいぶん疲れたが、你ら米虫穀牛輩を愍れむのあまり禿筆を走らせぬ。分からぬことあらば何度でも聞きに来たれ。暁も近く八声の鶏も聞こえるからちょっと横になり、明日は早くからまた山中へ珍物見に行く。故にこの状校字せずに出すから左様心得察読あれ。（土宜法龍宛書簡）

ところが、そのすぐあとから「末筆にいう」「終りに言わん」などと断って、法龍への批判や宗教論をながながと展開し、最後に、「筆二本全く敗れおわれり。故にこの状の賃として細筆二本おくり来たれ。また、はがきでもよいから、この状受けたら、受けた、降参した、とかき来たれ」という一文で、この内容豊かな手紙を書き終えている。

法龍がこの手紙に対してどんな返事を送ったかは、法龍の書簡が失われているので、分からない。

ただ、筆を送ったことは、熊楠の次の手紙で「前日の筆六本ありがたく拝受。不足郵税六銭とられたり」とあるので、確かであろう。

大正九年八月と一〇年一一月、熊楠は菌類採集のために高野山に登り、当時高野山真言宗管長であった法龍に面会している。明治二六年ロンドンで出会って以来の再会であった。この時酒気を帯びていた熊楠は、法龍の私室の暖かさに眠気を催し、鼾（いびき）をかいて居眠りをはじめた。しばらくすると、その鼻から長い青洟（あおばな）が垂れ下がりだし、肩に届きそうになった。すると、法龍が懐から懐紙を出して青洟を受けたという。

それからひと月あまりのちに、熊楠は法龍に宛てて、

拝啓。小生十一月十八日午後拝謁の際、尊房煖かさはなはだしく、小生それまで寒室内に図画致しおりたるため、にわかに気力大いに緩み来たり、居眠り致し、耐えられず退出仕り候。失敬の段幾重にも御容赦願い上げ奉り候。（中略）

その節法主に鼻をかみ戴きし冥罰にや、ちょうど十一月廿日ころより拙妻大病に相成り、小生はそのことを全く知らざりしも、同行の画手もろともこれまた病気に相成り、十一月二十八日下山、（中略）十二月一日夜大風波中に乗船、小生すねに負傷、その後田辺に帰り候ところ、妻右の始末にて、夫妻とも今に全快致さず、ようやく三、四日前妻は起き出で候も、小生は今に臥しがちに有之（これあり）、（中略）ようやく今夜本状差し上げ申し候。（同）

と書き送っている。これが現存する法龍宛の最後の手紙で、法龍は、翌々年の大正一二（一九二三）年一月に高野山金剛峯寺で没している。

柳田国男は、熊楠から来た手紙を写して何冊かの写本を作っている。「南方来書」と名づけられたその写本には、熊楠からの最初の書簡から一三一通めまでの書簡がまとめられている。熊楠が柳田に送った手紙は、一六一通ということだから、[3]大部分が写されていることになる。それだけ柳田が熊楠の手紙を重要視していたということだろう。

二人の間のやりとりは、そのほとんどが神社合祀問題と民俗学上の論議だが、なかに数通異色の「熊楠書簡」がある。

拝啓。小生、一生人に紹介状副えたことなし。しかるに、只今二十一歳になる女子に貴下宛紹介状副え申し候。この女は広畑きしと申し、兼ねて御話し申し上げたる広畑岩吉（中略）の長女にて、幼にして母を喪い、永々父に孝養致しおりたるところ、このたび兄、大阪より帰り来たり、家狭きにつき、立身の望みにて東上致し候。（大正三年一〇月二七日付）

本人は何と申すあてても差し当たり無之（これなき）ゆえ、白木屋の売り子にでもなり、それを手蔓に何とか方向を付くべしと申しおり候えども、誘惑多き地にて、最初よりかかることは如何とすこぶる案ぜられ候つき、はなはだ速断な話ながら、貴下および木下友三郎氏（中略）へ拙生紹介状をそえ候あいだ、一度御あいやり下され候上、本人の様子も御覧、またその志をも聞き、然るべ

き堅気な口も有之候わば、何とぞ御世話やり下されんことをひとえに望み上げ奉り候。（同）

広畑岩吉は、先に記した「二足生えたエンサイクロペジア」と熊楠が褒め上げた人物である。熊楠によれば、きしは「容儀挙止また田舎にしてはちょっと稀なる方に有之。日常往来する輩の中にあらば白鶴の鶏群におけるごとく、何となく気高く」、また、「何とぞ一度は大都へ出で立身もしたくとの志にて」とあるから、容姿も整い、プライドも高く、自立心も旺盛な女性だったようである。

きしは、白木屋就職も思うにまかせず、わずかな縁をたよって知り合いの下宿にころがりこんで、衣類も袷一枚で外出もままならなかった。

この上は何方へなりとも奉公したしとて（小生は万一の場合に限り、貴下また木下氏へ小生よりの紹介状出すべしと申し付け置き候）、貴方へ一書差し上げしも、十七日までは吉左右なく、当地今日みぞれ降る、東京は寒からんに、知らぬ地に、処女一人（中略）困りおる様子に御座候。（一二月二一日付）

小生、きし女の上京のことを最初より知りおったら熟慮すべく勧告すべきなりしも、長く病中にて一向知らず、告別に来たりて初めて知りしようのことに有之、その幼少のときより存知おるもののこととて、ずいぶん心配も致し候。（中略）貴下はなはだ恐れ入り候えども、今後はこんなことを頼み上げぬゆえ、一度御あいやり、いずれかへ早く奉公させやり下されずや。（同）

熊楠はきしに手紙を出し、ひとまず帰るか、それがいやなら下宿を出て柳田宅に移り、当分の間下女奉公をするようにと勧めた。

右の次第につき、何分厚顔ながら貴方へ押しかけおいて貰うようと申しやり、（中略）それがいやなら、その上は小生においても何ともこの上世話の致し方なしと申しおき候。よってもし罷り出で候わば、当分貴方へおき、東京に居なれるまでおきやり、その上実体らしく見え候えば、また何とか御世話下されたく、もしあまり物になりそうもなく候わば、その上にて御ことわり下されたく候。（一一月三〇日付）

結局きしは柳田家を訪ね、奉公することになった。しかし、それは長くはつづかなかった。翌大正四年三月一一日付で、柳田は次のような文面の手紙を熊楠に送っている。

岸枝女拙宅に居にくかりし理由、御想像は是非なきも事実に反し候。小生先ごろまでは親と同居しおりしが、親の家は家のみ大きくて衣食の質素なりしことは、五十年前の田舎士の格式をくずさぬ美風と小生も感じおり、官舎に入りて後も書物や社会事業のためには出費は惜しまぬ代りに、衣食は郡長の家を標準とし、妻子にも世間の振合いを顧みしめず候。妻などは平然として十余年前の故衣を着しおり、下女も皆村民をのみ採用しおり候故、そんな感じは起こすはずなく候。ただし、しきりに玄関の者などに向かい、女を雇員に採用しくるる所なきやを聞き候よしなれば、やはり拙者最初より懸念せしごとく、田舎にては賤業視しおる女中奉公をいとい、結局不利なる独立生活を望みしならんかと存ぜられ候。（下略）

きしが柳田家を出た理由について、柳田が「御想像は是非なきも」といっているところをみると、失われた手紙で熊楠がそのことについて柳田を詰問したのかもしれない。後年柳田は、「後にまことに馬鹿げたことで先生からうとんじられて」といっている。いろいろ憶測はできるが、真相は闇の中である。きしはその後関西で結婚し、昭和五七（一九八二）年に亡くなったという。

ともあれ、一人の処女のために懇願する真情あふれたこれらの手紙は、不羈（ふき）奔放な熊楠の書簡群にあって異彩をはなっている。

ところで、熊楠の手紙の中で最も有名なものは、一般に「履歴書」と通称されている書簡であろう。これは、大正一四（一九二五）年一月三一日付で日本郵船大阪支店副長矢吹義夫に宛てられた書簡で、当時南方植物研究所設立準備中であった熊楠が、矢吹に基金募集への協力を依頼し、「貴下小生の履歴を知らんことを求められ候由」と、矢吹の求めるままに自らの略歴を綴ったものである。その意味で確かに履歴書なのだが、この履歴書たるや通常の履歴書の域をはるかに越えた破天荒なものであった。

小生は慶応三年四月十五日和歌山市に生まれ候。父は日高郡に今も三十家ばかりしかなき、きわめて寒村の庄屋の二男なり。十三歳の時こんな村の庄屋になったところが詮方なしと思い立ち、御坊町と申すところの豪家へ丁稚奉公に出る。沢庵漬を出し来たれと命ぜられしに、力足らず、夜中ふんどしを解き梁に掛けて重しの石を上下し、沢庵漬を出し置きし由。その後、和歌山市に出で、清水という家に久しく番頭をつとめ（今の神田鐳蔵氏妻君の祖父に仕えしなり）、主人死してのちその幼子を守り立て、成人ののち致仕して南方という家へ入聟となり候。

と、まず父親の履歴から語り起こし、ついで自らの幼少時代、予備門時代、渡米、ランシング農学校における騒動、フロリダ・キューバ行、渡英と、さまざまなエピソードをまじえながら語り続けてゆく。履歴書というよりさながら「自伝」である。

最も生彩に富むのはなんといってもロンドン時代で、大英博物館入りのいきさつ、『ネイチャー』への登場、孫文との出会い、ディキンズとの交友、博物館内での騒動、浮世絵の売り歩きなど、往時を回想する熊楠の筆はとどまるところを知らない。

木村駿吉博士は無双の数学家だが、きわめてまた経済の下手な人なり。ロンドンへ来たりしとき、ほとんど文なしで予を訪れ、予も御同様ゆえ、詮方なくトマトを数個買い来たり、パンにバターをつけて食せしも旨からず、いっそ討死と覚悟して、あり丈け出してビールを買い来たり、快談して呑むうち夜も更け渡り、小便に二階を下りると、下にねている労働者がぐずぐずいうから、室内にある尿壺、バケッツはもちろん、顔洗う水盆までも小便をたれこみ、なお、したくなると窓をそっと明けて屋根へ流し落とす。そのうち手が狂ってカーペットの上に小便をひっくりかえし、追い追い下の室に落ちたので、下の労働者が眠りながらなめたかどうかは知らず。正にこれ「小便をこぼれし酒と思ひしは、とっくり見ざる不調法なり」。翌朝起きて家の主婦に大眼玉を頂戴したことあり。

「こんなことをいいおると果てしがないから、以下なるべく縮めて申す」といいながら、なおも帰国後の常楠との不和、那智への隠棲、田辺での生活などを書き綴り、さらには粘菌の話や、

　されば処女は顔相がよいのみで彼処には何たる妙味がなく、新婦には大分面白みがあるが、要するに三十四、五のは後光がさすと諺の通りで、やっと子を産んだのがもっとも勝れり。それは「誰が広うしたと女房小言いひ」とあるごとく、女は年をとるほど、また場数を経るほど彼処が広くなる。西洋人などはことに広くなり、吾輩のなんかを持って行くと、九段招魂社の大鳥井のあいだでステッキ一本持ってふるまわすような、何の手ごたえもなきようなが多い。故に洋人は一たび子を生むと、はや前からするも興味を覚えず、必ず後から取ること多し。（中略）されど子を生めば生むほど雑具が多くなり、あたかも烏賊が鰯をからみとり、章魚が梃に吸いつき、また丁字型凸起で亀頭をぞっとするように撫でまわす等の妙味あり。膣壁の敏感ますます鋭くなれるゆえ、女の心地よさもまた一層で、あれさそんなにされるともうもう気が遠くなります、下略、と夢中になってうなり出すゆえ、盗賊の禦ぎにもなる理屈なり。

といった猥談をまじえて延々と続くのである。「小生『大阪毎日』より寄稿をたのまれ、今朝より妻子糊口のため、センチ虫の話と庭木の話をかきにかかり申し候。それゆえ履歴書は、これほどのところにて止めに致し候。云々」と書いて筆をおいた時には、全長八メートルの巻紙が蝿の頭のような細字でびっしり埋まっていた。

「履歴書」は三一日の早朝五時前に書き始め、四日がかりで書き上げた。熊楠の長文の手紙は、このように二日がかり、三日がかりで書き継いだものが多い。「はなはだ眠たきゆえ、これにて擱筆仕り候」「これよりガラス屋へ障子直しに罷り越すゆえ擱筆仕り候」とか断っていったん筆をおき、時をあらためてまた書き継ぐのである。一日に朝・昼・晩と三度も同じ人に出すこともあった。

娘の文枝によると、熊楠は原稿でも手紙でも書き出したら一気に書き、決して反古(ほご)はできなかったという。また、書き損じて破ったりすることもなかった。若い時は机やテーブルで書いたが、足が悪くなってからは畳の上に巻紙を置き、ペタンと座って畳に両肘をついて書いたという。手紙は女中に出しに行かせたが、書いたらすぐに出さないと気がすまないので、夜中に女中が出しに行くこともあった。そんな時は、女の一人歩きは危険だからと、懐中電灯を持ってあとからついていったという。

日記から

漱石も熊楠も、手紙のほかに日記を残している。それらの日記からは、手紙とはまた違った二人の素顔が感じとれる。

『漱石全集』（一九九三〜九九年　岩波書店）に収録されている漱石の日記は、明治三三年からで、三四年、四〇年、四二年、四三年、四四年、四五（大正一）年、三年、四年、五年とつづいている。しかし、年によってばらつきはあるが、一年を通して綿密に記録されたものはない。ほとんど毎日書いていたかと思うと、ぱたっと止め、少したってからまた思い出したように書き出すといったスタイルである。散逸したものもあるだろうから一概にはいえないが、漱石は、手紙ほど日記には熱心ではなかったようだ。

明治三三〜三四年は漱石のイギリス留学中のことで、三三年の最初の記述である九月八日には、「横浜発遠洲［州］洋ニテ船少シク揺ク晩餐ヲ喫スル能ハズ」とある。三四年の一月から五月の末頃までは、ロンドンやイギリス人の印象、あるいは自己の感懐をけっこう記しているが、それ以降はほとんど、「洋服屋ニ百円許ヲ払フ」「文部省ヨリ手紙来ル学術研究ノ旅行報告ヲ慥ニスベシト云フコトナリ」「郵船会社へ聞キ合ス、晩返事来ル」といった事務的な事項を記すにとどまっている。そして、一一月一三日の「学資来ル文部、中央金庫へ受取ヲ出ス」という記述を最後に、明治四〇年三月二八日からの京都行きを記す記事まで日記は途絶えてしまう。この時期は、下宿への引きこもり、帰国、神経衰弱、『猫』の執筆、文運急上昇、朝日入社と、漱石の境涯が大きく揺れ動いた時期であった。この間の日記が失われた可能性も捨てきれないが、また、日記を書く精神的な余裕が漱石になかったとも考えられる。

漱石は、日記に書き留めた見聞をよく小説に利用した。たとえば、さきに記した明治四〇年三月二八日からの京都旅行の見聞は、最初の新聞小説である『虞美人草』の素材となっている。また、『それから』や『彼岸過迄』『行人』『明暗』などに、その時時の日記の記事が素材として利用されている。まとまった記述としては、満韓旅行（明治四二年九月二日〜一〇月一七日）、修善寺の大患（明治四三年八月六日〜一二月三〇日）、雛子の死（明治四四年一一月二九日〜一二月五日）などがあるが、そうしたものをのぞけば、総じて穏やかな身辺の記述に終始している。

・曇其うち降り出す。学校の卒業式。筆と恒が上級。筆子は諸課目大方甲也。之に反して恒は乙と丙也。昨日寺田から留守中預つたオルガンを子供がしきりに鳴らす。筆は少々出来る様也。（明治四二年三月二三日）

・曇。昨夜えい子咽喉痛み咳嗽頻〔しきり〕也。あい子と一所に寐る。夜中にわが腹を蹴る事幾度なるを知らず。降参。（同年三月二九日）

・細君が白木屋の見切売出しに買い物に行く。今日は松根が妻と豊隆を食傷新道の初音へ連れて行くのだといふ。白木屋で襦袢の袖を見て来いといつてやる。（同年四月二日）

・雨。とう〳〵ピヤノを買ふ事を承諾せざるを得ん事になつた。代価四百円。「三四郎」初版二千部の印税を以て之に充つる計画を細君より申し出づ。いや〳〵ながら宜しいと云ふ（同年

六月二一日）

といった〈家庭人〉漱石の素顔が随所にうかがえる。

例外は大正三年の一〇月三一日から一二月八日にかけての日記で、妻の鏡子や下女に対する不満がくり返し述べられている。この年の九月はじめから漱石は四度目の胃潰瘍を患い、一カ月ほど病床にあった。前年から持ち越していた神経衰弱も亢進し、鏡子との仲も険悪になっていた。

妻は私が黙つてゐると決して向ふから口を利かない女であつた。ある時私は膳に向かつて箸を取ると其箸が汚れてゐたのでそれを見てゐた。すると妻が汚れてゐますかと聞いた。それから膳を下げて向へ行つた時、下女に又こつちから話させられたと云つた。（是は去年の事である）近頃は向から話す事がある。私にはそれが何の目的だか分らない。

私のうちに若い人の細君がくると私が応対をする。妻も女だから義理で出てくる。ある時ある人が来た時も其通であつた。すると彼女は下女に出ないと又何か云はれるからと云つてゐた。すべて私の耳に這入るやうな又這入らないやうな距離と音声でかういふことさらな事をいふのである。

此前にチビの下女がゐた。至つて品性のよくないこせ〳〵した下女であつたが夫が大層妻の気に入つてゐた。私はとう〳〵それを出してしまつた。此奴(こいつ)は私にあてつけがましい事ばかりする。顔は万古焼おしゝで出歯と読売の仮声(こわいろ)を小供が使ふから私が真似をすると、すぐ子供に顔は真四角と教へて復讐をする。実に見るのも厭な動物である。

こうした記述からは、漱石が鏡子や下女の言動をすべて自分への当てつけと感じて、神経を苛立たせ、不満をつのらせていった様子がうかがえる。一方でこの頃漱石は、その先見性と思想性で高く評価されている「私の個人主義」の講演を行っている。

ところで、漱石の日記を拾い読みしていたら、つぎのような記述にぶつかった。

快晴、十一時に起きる。パンを食つて、たゞぶら〳〵す。閑適。髭の白髪を抜く。細君の顔少しく美しく見ゆ。（明治四二年三月二七日）

おそらくこの日は、漱石にとって〈至福の一日〉だったにちがいない。

現在目にすることのできる漱石の日記の最後の日付は大正五年七月二七日で、「雨、寒。麻のシヤツを浴衣の下に着る」と記されている。漱石が亡くなったのは、それから五カ月後のことであった。

漱石と違って、熊楠は終生まめに日記をつけていた。明治一八（一八八五）年から没年にあたる昭和一六（一九四一）年までの日記帳がほぼ全冊残されているという。このうち、明治一八年から大正二（一九一三）年までのものが公刊されており、大正三年から昭和一六年までのものも翻刻が進められている。また、中学時代の日記も断片的ながら目にすることができる。公刊されているものには、大学予備門時代から退学、渡米、在米時代、滞英時代、帰国、那智・熊野時代、田辺定住、結婚、神社合祀反対運動に至る時期が網羅されているが、おどろくべきは、この間、ほぼ毎日のように書かれていることである。明治四三年八月二一日に、紀伊教育会主催の夏期講習会閉会式が開かれていた田辺中学校講堂に乱入したかどで、一六日間収監された際にも、ノートに日記を記している。

　父はいつも私どもに、「本を五度読み返すならば代りに二度写筆せよ、そして毎日必ず日記を怠るな」と教えてくれました。父は幼少の頃からすべて写筆と日記をつけることにより記憶力を養ったようです。「記憶力というものは年数が経てばあいまいなものになる、そのとき日記を見れば正しいことがわかる」と申し、日記は終生大切にして誰にも触れさせず、就寝時には必ず枕辺に日記と十手を重ねて置きました。（南方文枝『父 南方熊楠を語る』）

　先生は五十何年かの間日記をつけてゐられた。（中略）日々の身辺の雑事から民俗等の話なども詳しく記されてをり、誰が何時ごろどんなことを話したといふやうに書いてゐる。中には補遺の欄へ彩色入りの画まで描いてあるのもある。
　日記は絶えず側を離されず、一日のことを一度に書くのでなく、一事が済めば直ぐ書いてゆくといふ風であつたかと察せられ、現に私などに尋ねられたことをお話すると、すぐ書きこま

れたことも度々であつた。（雑賀貞次郎「南方熊楠先生を語る」『南方熊楠　人と思想』所収）

熊楠は、自らを含めて身のまわりに生起する現象を日記に〝写筆〟したというべきか。そう考えれば、毎日記すのは必須であったといえよう。

先述したように、熊楠は大学予備門を退学して、明治一九（一八八六）年一二月にアメリカに渡ったが、その頃の日記には、青年の気負いと客気がうかがわれる。

・南方熊楠桑港に在り、日に三つ我身を省る。曰く、毎日其業を勉むるか、能く費用を節するか、浩然の気を養ふて倦ざるか、と。（明治二〇年の日記帳より）

・夜感有り、コンラード・ゲスネルの伝を読む。吾れ欲く(ねがわ)は日本のゲスネルとならん。（明治二二年一〇月二一日）

・此夜よりアリストートル、プリニー、ライプニッツ、ゲスネル、リンネ、ダールウヰン、スペンセル及白石、馬琴の九名を壁に掲げ、自ら鑑み奨励するの一助となす。（明治二三年一月一七日）

ゲスネル（ゲスナー）は、先述したように一六世紀前半に活躍したスイスの博物学者で、神学、書誌学、言語学、医学、薬学、動物学、植物学等、あらゆる学問の分野で多大な功績を残した人物である。また、プリニー（プリニウス）は、古代ローマの軍人・博物学者で、宇宙からはじまって、地理、民族、動植物、鉱物など、自然界を網羅する『博物誌』を残した。この二人の名前だけみても、熊楠が自らの将来にどのようなイメージを抱いていたかがわかる。

イギリスに行ってからも、熊楠は自らを叱咤している。

・ライプニッツの如くなるべし。
禁茶禁烟、大勉学す。（明治二七年九月二二日）
・粉骨齏(さい)身して学ぶべし。切一切外事。（一二月一〇日）
往時は悔るも詮なきことなり。一意是より勉学すべし。（一二月三〇日）

・大節倹の事。
日夜一刻も勇気なくては成ぬものなり。
ゲスネルの如くなるべし。
大事を思立しもの他にかまふ勿れ。
学問と決死すべし。（明治二八年の日記帳より）

熊楠は終生酒・煙草と縁が切れなかった（晩年は禁酒している）が、若い頃から何度も禁酒、禁烟の誓いをたてている。それでもなかなかやめられなかった様子が、ロンドン時代の日記からうかがわれる。

・今日より厳に喫烟を禁ず。又酒は従来禁ぜしが、今後なほ一層、たとひ人より出さるゝとも不用事とす。
烟不喫しるしは○、酒不喫しるしは+、万一喫すれば△。（明治二七年一月二五日）

とあるが、○+のしるしはその後二月中旬までつづいて消える。そして、五月一日には「今月よりいかなる事有るも禁烟の事」と記している。その間、喫煙していたのであろう。禁烟の誓いは、その後も何度もくり返されている。酒のほうの記事はその年じゅうは見当たらないが、翌年の七月一七日に「明日より禁酒厳行」という記事があるところをみると、こちらもやめられなかったようだ。

熊楠が大英図書館の閲覧室にこもって、いわゆる「ロンドン抜書」に結実する貴重な文献の筆写をはじめたのは、明治二八年四月末からのことだが、その頃の日記には、毎日の出金が細かく記されている。この年の日記帳に記された「大節倹」を実行していたのであろう。

・二時より七時迄書籍室。
室料一週六志、洗濯一志十片、縫料及使ひ六片、烟三片、車六片、食九片、〔計〕十志十片。

二磅十四志九片二分一。（五月一五日）

・二時より七時迄書籍室。
本日寒し。
一食、一茶。
車五片、烟六片、食三片、新聞一片。
二磅十三志六片二分一。（五月一六日）
・十二時過より七時迄書籍室。
車六片、食七片、〔計〕一志一片。
二磅十二志五片二分一。（五月一七日）
・一時前より七時迄読書室。
本日寒。
ソース四片二分一、食一志二分一片、車六片、〔計〕一志十一片。
二磅十志六片二分一。（五月一八日）

（注　志＝シリング　片＝ペンス　磅＝ポンド）

足掛け八年にわたったロンドン滞在を切り上げて、熊楠が日本に向かったのは、明治三三（一九〇〇）年九月一日のことである。この日の日記にはつぎのように記されている。

◇九月一日〔土〕雨

朝早起。栗原飯たき食ひ、九時頃共に家に帰る。十時過着、高橋有り、暫時にして手荷物成り、共に出、南ケンシントン停車場にて栗原に別れ、地下鉄道にて高橋とマンションハウス停車場に至り、カブにてフェンチャルチ・ストリート停車場に至り、一時二十三分出汽車にて船に着、下等室に入。同室一人あり（宮本剛太郎氏、加賀人）、四時出帆。

夜暫時甲板に出歩す。

かくして、実り多かったロンドンでの日々は終わりをつげた。

後年熊楠は、もう一度イギリスに行きたいと、むすめの文枝にいい、大英博物館の円形の閲覧室にはいった時は、「自分のいちばん望んでいたところに来たと思って嬉しかった」と語っている。

明治四三（一九一〇）年一月一三日の日記には、つぎのような記述がある。

・此朝予英博覧会開会式に之くと夢む。又大英博物館にゆくと。

後年の昭和天皇に進講した日も忘れられない一日だったろうが、熊楠にとっては、あるいはこの日が〈至福の一日〉であったかもしれない。

夢の記述と表現

熊楠は自分が見た夢を倦むことなく日記に記した。現在刊行されている熊楠の日記には、およそ一六〇の夢に関する記述があるという。未刊行の日記を合わせれば、その数は倍以上になるだろうともいわれる。「熊楠は夢の『採集者』であった。隠花植物や粘菌を採集し写生・記録したように、夢に関しても採集と記録を行っていたのだ」[4]。

熊楠の夢の記述には、「朝、利光平夫を夢む」「朝広井綱之助、平岩内蔵太郎を夢む」「朝木下友、羽山蕃を夢む」といった簡単なものもあるが、夢の内容を詳しく記し、そのよってきたるところを考察したものも多い。

・昨朝奇夢を見る。高縄とも覚しき海辺にて巖丘より月を見るに、天くもり月血の如き色也。しばらくして気付き見れば、己れの眼開きあり、窓を通して東天を見居たり。此朝天曇り太陽雲に覆はれて其色血の如し。（明治二二年三月五日）

・此朝未明に、夢に和歌山寄合町旧宅（今兄氏の所住には非ず）の表戸を開き、悪漢一人入り来り、身を飛ばして上下に舞ること風の旋るに似たり。傍にある人々、これは鶏卵に灰を入れて抛るなり、用心せよといふ。家兄立ち向ひて之を衝きたおすに、しばらくして又立ち上り前の如くす。此間に手代と覚しきもの一人表戸を開き街に出づ（人を呼んが為め）。予眼を注ぎて表戸を見るに、是れ寝室の玻瓈窓なりき。実際見る様子より思ふに、若くは窓間より洩れ入る空気交

替流通のありさまをかくは眼に感ぜしならんか。(一感覚特に鋭くはたらけるの徴。)(明治二二年一二月二日)

・此朝、予ベッドにありて夢に、予旧和歌山寄合町の雑庫の中の高き台榭様のものゝ上に臥して危く下辺をのぞむと。昨朝さめて、上の蒲団ことの外一方にかたむき、危く身も落かゝりおりしを見出たるによることか。(明治二七年二月九日)

・朝ふとんのへり左胸にかゝる。予夢、猿右の処へかき付くと。(明治二七年一一月二九日)

・灯消して暫時眠る内、頭辺に人多く来ると夢み、次に父と今一人座す。予父の膝前の衣を手でおし見るに抵抗力あり。常楠と予の頭になにかのするやうにて、右の二人去て仏壇のふたより中へ入るやうに消る。予一人となり、足を自ら幽霊の風して腰以下なくなり、おどすとみて其声にてさむ。左右の手各々ふとん及衣のしばにて行つまりし凹処につき入れありし。(明治三七年四月一日)

夢を記録するには、さめたらすぐに起きて書きつけるという方法が一般的だろうが、熊楠は自ら独自の方法を考案している。

小生は多年間夢のことを研究す。(中略)これにはいろいろ経験せしが、すべて夢さむるときに身をちょっとでも動かせばたちまち忘るるものなり。故に小生はもっともくせを付けて、夢さめてのちすぐにとび起きてこれを筆するよりは、依然として夢みしときの位置のままに臥しおり閉目すれば。今見し夢の次第を記臆し出だし得るということを発見せり。たぶん夢見るときの脳分子は不定の位置を占めおれば、ちょっとでも動けばその順序常に復するというようなことと存じ候。さて小生は多年の間かくして多くの夢を記しおけり。

（土宜法龍宛書簡　明治二六年一二月二一日〜二四日付）

夢を見たあと、じっと動かずにふたたび目を閉じる↓今見た夢の内容を思い出し記憶する↓記憶を蘇らせて、枕もとに常に置いてある日記帳に記す。このような順序で、熊楠は夢の記述を行ったのであろう。

日記に記されている熊楠の夢には、友人や知人、家族などのほか、ロンドン時代の情景や人、さらには予知夢などがある。

・昨朝亡羽山繁〔太〕次郎氏を夢み、予、君死たるはうそなりやと問ふに答へず。今朝羽山蕃次郎子を夢む。今夜を徹していねず。（明治二二年四月二四日）

・此朝、川瀬善太郎氏を夢る。これは昨夜氏も吾れも在外中に一の親に別れたりしと想ひしによる。（明治二七年二月一四日）

・夢に、亡妹藤枝三味線ひく。（昨朝乞食門をひきあるきし三味線斎藤太郎左衛門といふ唄、亡妹常にさらえしものなり。）忽にしてなくなり、母にそのことをはなす内母又消る。父予に口臭き故洗ふべしといふと見てさめる。（明治四〇年六月一七日）

・此朝夢に、姉くま、尼になり廻国すと。（明治四一年六月一六日）
・此朝兄弥兵衛人を殺し、讎を復するものに斬らると夢む。（明治四二年一〇月一九日）
・此朝予亡母を夢み、松枝は其亡父を夢み、ヒキ六は政やん（坂本仁三郎女）と遊ぶと夢む。（明治四四年一月二日）
・朝ブリチシュ博物館僕フレッチャー（十八九の男）に髪かりてもらふと夢む。余此頃髪長く生たり。昨今かりに之（ゆか）んと思ひ居る。（明治三七年一月三日）
・此朝ヂッキンスと馬車にて南ケンシントン、ナチュラルヒストリー館見了りて、大学如き所へ之り（予毎度夢に見る）。ヂキンス予をあとにのこし、去る。暫くして故羽山蕃次郎にあふと夢む。（大正二年五月五日）
・朝父の戸を夢む。母も側にあり。已にして七時頃、国元より母の訃音申し来る状二通、及葬式写真六枚うけとる。（明治二九年四月一三日）

そのほか、興味深い熊楠の夢をいくつかあげてみよう。

・此朝鼻息にて人を吹飛すに力あると夢む。松枝おこしくれる。良久（やや）く鼻息あらかりし由。（明治四〇年一月二八日）
・此朝予多屋鉄におだてられ甲冑乗馬し、矢ざまより銃うつを、下より槍を手にし登る。や声をかけると同時に一物痛きと覚えくれば、松枝予を起さんとする手当りし也。（明治四〇年三月

二七日)
・朝予人に斬(きら)るゝ夢みる。(明治四四年三月二二日)
・此朝予常楠妻に縄で頸くゝりひかるゝと夢に喚ぶ。松場勢太郎氏来ると思ひ、声につれおきる。松枝傍室にて縫物し居れり。(明治四四年五月一四日)
・朝予臥中大なる家の坐敷へ植物かなにかとりに行、返らんとするに、一娘二十余の若きもの黙して立あり、予そのまゝ帰ると夢む。予女の事夢みる、これが始てなり。(明治四四年七月二八日)
・今朝夢に或る家の庭に下女多く乾物する所を、隣家より男子(職人)多くのぞき、予之を咎め隣家に打入り、一人を捕へ詰問す。其所へ阿波辺の人来り長く議論し、巡査に引渡すと夢る。下女隣室で聞居しに、久しく寝言で議論し居たりと。(明治四五年三月一日)
・十一月二十一日朝、粥三盃くひ、松枝文枝起出しあとの褥中に臥す。夢に、何度も〳〵神通力を得て、臥しながら空中を飛翔す。(中略)委細をくわしく覚え居しが、一睡の後忘れおはる。さめて後思出し、空中飛翔は容易のことなるに、何故他人が出来ぬかと思ふ。(後略)(大正一年一一月二二日)
・夜松枝そばに臥し居る内、夢に古田幸吉来り、大山神社合祀遺憾の由いふ。それより山路辺へ之、松枝と臥す内、松枝おそはれるを八度斗りおこす。八度目に声きこえ、松枝予をつきおこす。予眼さめ見れば、胸と腹の間に左手おきあり。自分おそはるゝを人おそはるゝと夢見し也。(大正二年一〇月一三日)

熊楠は、なぜこれほど夢にこだわるのだろうか。

熊楠の日記における夢の記述の目的の一つは、夢の因果を探ることであった。一見すると夢においては、何の脈略もなく、現実では考えもしないような事柄が起こるように思われる。しかし熊楠は、そこには何か必ず原因があると考えた。（唐澤太輔『南方熊楠の見た夢　パサージュに立つ者』）

その原因を突き止めることができれば、この世界を構成している諸々の〈不思議〉を解明する手がかりになるはずである。熊楠の思想の解明には、その夢の分析が不可欠であろう。

漱石の日記上に見られる夢の記述は、『全集』（一九九三〜九九年。岩波書店）によれば以下のとおりである。

・夢覚メテ既ニ故郷ノ山ヲ見ズ四顧渺茫タリ乙鳥一羽波上ヲ飛ブヲ見ル船頗ル動揺食卓ニワクヲ着ケテ顚墜ヲ防グ、（明治三三年九月一二日）

・味爽呉淞ニ着ス濁流満目左右一帯ノ青樹ヲ見ル、夢に入ル者ハ故郷ノ人故郷ノ家醒ムレバ西洋人ヲ見蒼海ヲ見ル境遇夢ト調和セザルコト多シ（同年九月一三日）

・Brockwell Park ニ至ル帰途　shower ニ出逢ヒビシヨ濡トナル　帰リテ「シヤツ」及ビ其他ヲ着換ユ、夜入浴、此夜忘[妄]想ヲ夢ム浴後寝ニ就キタル故カ、（明治三四年三月一日）

・雨。昨夢に中村是公佐藤友熊に逢ふ。又青楼に上りたる夢を見る。(明治四二年七月五日)
・昨夜半夜看護婦二人夢の間に来りて蚊が出たから蚊帳を釣つて上げませうといふ。唯々として応ず。あとは知らず。(明治四三年六月二二日)
・例より十分遅く起る。五時十分。四時頃眼覚む。終夜夢を見る。(同年七月三十日)
・半夜夢醒む。一体に胸苦しくて堪えがたし。(同年八月八日)
・昨夜は薬の所為か比較的安眠(四時頃迄)然し夢は始終見たり。友人の坊主が叡山の麓迄うどんを食ふたと云つて一時間許りの間に帰つて来た。さうしてうどん程天下に旨いものはないと云つてゐた(同年九月二六日)
・昨夜もよく寐ず。寐れば必ず夢を見る。然し寐てゐる事が大変楽になつた。(同年九月二七日)
・夜寐られず。看護婦に小便をさして貰ふ。三時半。寐れば夢を見る。夢を見ればすぐ覚める。(同年一〇月二日)

また、日記ではないが、明治三八年一月一五日付けの野間真綱宛の書簡に、次のような夢の記述がある。

昔し大変な罪悪を冒して其後悉皆忘却して居たのを枕元の壁に掲示の様に張りつけられて大閉口した夢を見た。何でも其罪は人殺しか何かした事であつた。

熊楠にくらべればいかにも少ないが、これは熊楠のほうが異常なのである。誰でも夢は見るが、その夢を記述しようとする者はそれほど多くはないだろう。漱石にしても、日記に記された以上にふだんよく夢を見ていたに相違ない。しかし、夢の記述が少ないからといって、漱石が夢に関心がなかったわけではない。書かれたものを見れば、大いに関心を持っていたことが明白である。

> 蓋（けだ）し人は夢を見るものなり、思も寄らぬ夢を見るものなり、覚めて後冷汗背に洽（あまね）く、茫然自失する事あるものなり、夢ならばと一笑に附し去るものは、一を知つて二を知らぬものなり、夢は必ずしも夜中臥床の上にのみ見舞に来るものにあらず、青天にも白日にも来り、大道の真中にても来り、衣冠束帯の折だに容赦なく闥（たつ）を排して闖入し来る、機微の際忽然として吾人を愧死（きし）せしめて、其来る所固より知り得べからず、其去る所亦尋ね難し、而も人生の真相は半ば此夢中にあつて隠約たるものなり、（「人生」）

> 元来夢に就て僕はかう思つてゐる。人はよく平生思つてるものを夢に見ると云ふが僕の考では割合から云ふと思はないものを見る方が多い。昔し僕がある女に惚れて其女の容貌を夢に見たいく〳〵と思つて寐たが何晩かゝつても遂に一度も見なかつたのでもわかる。（中略）元来夢といふものに限らず何も予期しないで行雲流水の趣で見てゐると甚だ愉快なものだ。拘泥する途端に凡てをぶち壊して仕舞ふ。僕の様な人間は君程悟つてゐないから稍ともすると拘泥していけないが夢丈は自由自在で毫も自分に望も予期もないから甚だ愉快だ。どんな悪夢を見てもど

んな罫な夢を見ても自然の極致を尽してゐるから愉快だ。（狩野亨吉宛書簡　明治三九年一〇月二三日）

アンドルー・ラング（一八四四〜一九一二）といえば、世界各地の民話を集めた『あおいろの童話集』や『あかいろの童話集』など、色別の童話集で知られるイギリスの詩人・翻訳家・文芸評論家・民俗学者だが、心霊現象の研究でも知られ、その方面の著作に『夢と幽霊の書（The Book of Dreams and Ghosts）』がある。表題どおり、夢や幽霊などの実例を集めた書だが、漱石はイギリス留学中にこの本を読んでいる。

今日ハ郵便日なるを以て正岡へ絵葉書十二枚と妻へ消息ヲ遣ハス Lang ノ Dreams and Ghosts ヲ読ム

と、明治三四年三月九日の日記には記されている。この書はよほど漱石の興味をひいたらしく、『文学論』では原文を引用し、「琴のそら音」や『思ひ出す事など』でも言及している。このことからも、漱石が夢や幽霊などに強い関心を抱いていたことがうかがわれよう。ちなみに、「南方熊楠邸蔵書目録」には、ラングの著書が数冊記載されているが、この書ははいっていない。(5) 熊楠は、「小生が小便をひっくりかえしたる陋屋の近処ながら、小生のとかわり立派な町通りに住居せし故アンドリュー・ラングなどは、生活のためといいながらいろいろの小説や詩作を不断出し、さて人類学、考古学に専門家も及ばぬ大議論を立て、英人中もっとも精勤する人といわれたり。この人などは大学出の人で多くの名誉学位を帯びたが、博士など称せず、ただ平人同様ミストル・ラングで通せしなり」（「履歴書」）と、ラングを称揚している。

漱石は、作中で夢を描くことも多い。『吾輩は猫である』の苦沙弥や猫の夢、『薤露行』のギニギアの夢、『坊っちゃん』の清や坊っちゃんの夢をはじめ、『草枕』の画工の夢、『三四郎』の広田先生の夢、『それから』の代助の夢など、いくつもあげることができる。これらの夢は、ひとつの表現として有機的に作中に組み込まれている。

> すや〱と寐入る。夢に。
> 長良(ながら)の乙女が振袖を着て、青馬(あを)に乗つて、峠を越すと、いきなり、さゝだ男(をとこ)と、さゝべ男が飛び出して両方から引つ張る。女が急にオフェリヤになつて、柳の枝へ上つて、河の中を流れながら、うつくしい声で歌をうたふ。救つてやらうと思つて、長い竿を持つて、向島を追懸けて行く。女は苦しい様子もなく、笑ひながら、うたひながら、行末(ゆくゑ)も知らず流れを下る。余は竿をかついで、おゝい〱と呼ぶ。
> そこで眼が醒めた。（『草枕』三）

漱石はさらにすすんで、夢の表現そのものを作品に仕立てている。『夢十夜』がそれである。『夢十夜』には、第一夜から第十夜まで一〇篇の奇妙で異様な〈夢〉がつづられている。

――寝ている女の枕元にすわっていると、女が、もう死にますという。死んだら、真珠貝で穴を掘って埋め、星のかけらを墓標にして、墓の傍で百年待っていてくれれば、きっと逢いにくると頼む。自分は、女のいうとおりにして、墓の傍で待っているが、いくら待っても女は現れない。女にだまされたのではないかと思った時、墓石の下から青い茎が伸びてきて、白い百合が花ひらいた。その時、百年はもう来ていたのだと、はじめて気がついた。（第一夜）

――自分は六つになる盲目の息子を背負って闇の中を歩いている。目が見えないのに、息子はあたりの様子や自分の心の動きまで知っている。気味が悪いので、捨ててしまおうと思う。森にはいり、一本の杉の木の根元まで来ると、背中の子が、今から百年前、お前はここでおれを殺したという。このことばを聞くや否や、今から百年前のこんな闇の晩に一人の盲目の男を殺したという記憶が蘇った。自分は人殺しだったのだと気がついたとたん、背中の子が急に石地蔵のように重くなった。（第三夜）

――居酒屋で一人の爺さんが酒を飲んでいる。自分は傍でそれを見ている。やがて爺さんは外に出る。後を追うと、爺さんは柳の木の下に来て、そこにいる子どもたちに今この手拭いが蛇になるといって、腰の手拭いを取りだし、ひねって地面に置くとそのまわりに輪を描き、笛を吹きながら輪の上を何度もまわる。そして、手拭いを肩から吊した小箱に入れ、「今になる。蛇になる。きっとなる。笛が鳴る」と歌いながらずんずんと川の中にはいっていき、やがて頭まで沈んでしまう。自分は、爺さんが向こう岸に上がったらきっと蛇を見せてくれるだろうと、たった一人で待ってい

るが、爺さんはとうとう上がってこなかった。（第四夜）

——行く先の知れない大きな船に乗っている。船は絶え間なく黒い煙を吐きながら波を切って進んでゆく。どこへ行くのか分からない。乗っているのはほとんど外国人ばかり。自分は心細くなり、死のうと思う。そこである夜、思い切って海に飛び込んだが、そのとたん、よせばよかったと後悔する。けれど船は黒い煙を吐きながら通り過ぎ、自分は黒い波に向かって果てしなく落ちてゆく。（第七夜）

『夢十夜』に表現された一〇篇の〈夢〉が、漱石自身の見た夢なのか、自分の見た夢を脚色しているのか、あるいはまったくの創作なのか、詳しいことは分からない。そのすべてである可能性はあるだろう。また、それらの〈夢〉の解釈は、論者の数だけあるといっていい。しかしながら、「夢丈は自由自在で毫も自分に望も予期もないから甚だ愉快だ」「どんな悪夢を見てもどんな罪な夢を見ても自然の極致を尽してゐるから愉快だ」と漱石はいう。漱石の夢の表現は、人間にとってなにものにも縛られない世界を表示し得る一つの手段だったといえるのではないか。

熊楠は夢の記述に向かい、漱石は夢の表現に向かった。それは、方法こそ違え、この世界と人間との関わり合いの本質を夢を手掛かりに解明しようとした試みといっていいのではないだろうか。

〈注〉

（1）吉川寿洋「大山神社合祀反対に関する古田幸吉宛書簡」解説（南方文枝『父 南方熊楠を語る』所収）。

（2）岩田準一（一九〇〇～一九四五）は、民俗学者、男色研究家。『犯罪科学』に連載していた「本朝男色考」が熊楠の目にとまったのがきっかけで、文通が始まった。熊楠は、自分と羽山兄弟の交情を例にして、男性同士の精神化された愛の形ともいうべき「浄の男道」を説いた。また、肉体関係をともなうものについても、教えを乞う岩田にさまざまな文献を引き合いに出して蘊蓄を傾けている。岩田との文通は亡くなる年の昭和一六年まで続いたが、その間の一七〇通を越える岩田宛ての書簡は、男色研究の貴重な資料となっている。

（3）『南方熊楠全集』8（平凡社）書簡解題。

（4）唐澤太輔『南方熊楠の見た夢　パサージュに立つ者』。熊楠の夢の分析は同書に詳しい。

（5）ラングの著書は、漱石の蔵書目録に五冊、熊楠の蔵書目録に三冊記載されているが、そのうちの「The Making of religion」（「宗教作成論」）だけが一致している。

第一〇章　終焉まで

別れの季節

明治四四（一九一一）年三月二一日、柳田国男はその第一信を南方熊楠に寄せた。この日の熊楠の日記の受信欄には、「柳田国男状一（別に学生文芸九月分被贈、中に氏の「山の神とヲコゼ」の一文あり）」と記されている。

拝啓。オコゼのことは小生も心がけおり候ところ、今回の御文を見て欣喜禁ずる能わず、まだ御一閲下されざるかと存じ候旧稿一、御坐右にさし出し候。その後心づき候些々たる二、三点は、来月の会雑誌にかかげ申すべく候。（中略）小生は目下山男に関する記事をあつめおり候。熊野はこの話に充ちたるらしく存ぜられ候。恐れ入り候えども御手伝い下されたく候。（中略）平日深く欽仰の情を懐きおり候ところ、かつて『遠野物語』御覧下され候よしにて御引用下され候のみならず、今またオコゼの御説御表示下され候につけて、突然ながら一書拝呈仕り候。恐々頓首（『柳田国男 南方熊楠 往復書簡集』）

岡茂雄によれば、柳田は『人類学雑誌』に寄稿された熊楠の論考を読んで、「南方熊楠という人は、大したものらしいと思っていた」という。そして、熊楠が自分と同じ主題（山神とオコゼ）を扱っているのを知って、書簡を寄せたのである。

柳田からの第一信を受け取った熊楠は早速、「拝呈。十九日付芳翰、正に今朝拝受。また『学生文芸』第二号も拝受、一読すこぶる感興を覚え申し候」と、その日のうちに返事をしたためて柳田に送った。ここに、この二人の出会いと協力、さらには反目と決別という過程を経て、日本の民俗学は形成されていった。この時柳田は三六歳、熊楠は四四歳であった。

この頃神社合祀反対運動に挺身していた熊楠は、柳田に助力を頼み、柳田がこれに応え、『南方二書』を発刊して熊楠を喜ばせたことは前述したが、柳田の協力をとりつけた熊楠は、気をよくしたのか、以後の書簡から柳田の要請に応じて続々と材料を送りはじめる。

第一信にあったように、当時柳田は山男（＝山人（やまびと））に関心を抱いてた。山男について柳田は、「現在も稀々日本に生息する原始人類なるべしと信じ」ていた。すなわち、先住民族の子孫だというのである。そして、この仮説を実証するために山男の伝承資料を集めていたのである。これに対して熊楠は、九州の山ワロ、熊野のカシャンボ、山オジ、山女郎、山婆、一本ダタラといった山男に関する伝承や伝聞を文献から抜き出すなどして書き送っている。また、「小生は、これを信ぜぬが」と断りながらも、山中で狼に養われた子どもも山男の一種だろうと、その例を外国の文献から書き抜いて提供したりもしている。

柳田は、熊楠から提供された材料や示唆された文献を資料として、「山人外伝資料」や「山人の衣服」「山人の市に通ふこと」「山男の家庭」といった論考を書き上げ、「山人論」と呼ばれる独特の考えを深めていった。柳田が熊楠の知識と情報をいかに貴重なものに思っていたかは、「春よりの御手紙五十通以上になり、これを写させしに五、六十枚の本六冊余に達し候。よき索引を附し、ゆくゆくは図書館に置き申すべく候」（明治四四年一一月二〇日付書簡）と書いていることからもうかがえよう。

一方熊楠も、神社合祀反対運動への協力のほかにも柳田からの助力を得ていた。雑誌『太陽』の明治四五年一月号に掲載された「猫一疋の力に憑って大富となりし人の話」は、熊楠の中央論壇への登場のいとぐちとなった論考だが、はじめ熊楠は柳田を通して『考古学雑誌』に出すつもりだった。しかし、柳田の勧めによって『太陽』に発表されたものである。

この論考は、前年の一二月に『ノーツ・アンド・クエリーズ』に投稿された英文論考を熊楠自ら和訳したもので、イギリス人なら誰でも知っている民話「ホイッティントンと猫」[1]の原話が、漢訳仏典にある仏教説話であることを突き止め、この話がインドを発祥の地として中国に伝わり、変形を受けつつさまざまな経路からヨーロッパに広まったことを跡付けたものである。俗信や伝説などの伝播の経路をたどりながら、そこに人間の想像力の軌跡を見る熊楠の方法がよくうかがわれる好論考といっていい。

この論考が掲載された『太陽』は、博文館から発行されていた当時の一流総合誌で、熊楠がこれまで寄稿してきた『東洋学芸雑誌』や『人類学雑誌』とは比べものにならない大雑誌であった。政治・経済・社会・歴史・地理・科学・文学・家庭等の分野で当代の一流執筆者が筆を執った。熊楠は、大正三年から同誌に「虎に関する民俗と伝説」を皮切りに、以後一〇年にわたって各年の干支の動物について長文の論考を連載している。これが主著の『十二支考』であるが、これも「猫一疋——」の掲載が機縁となったもので、この論考は中央論壇へのデビューを果たした出世作といってよく、「漱石でいえば『吾輩は猫である』にあたるもの」（笠井清『南方熊楠』）であった。ちなみに漱石は『太陽』には関係しなかったが、四二年五月、同誌が企画した「新進名家投票」の文芸界の分野で最高点を獲得している。もっとも漱石は、多種多様な文芸上の作物に上下順序が付けられるものではないという理由で投票を批判し、当選者に贈られる金盃の受け取りを拒んでいる。

それはさておき、柳田と熊楠は、山男についてだけではなく、民俗学上のさまざまな事柄について意見を交換した。「伺いたきこと三条あり、御存知ならば御示教下されたく候」「このたびも伺いたきこと有之候」「御心付きのこと御申し聞かせ下されたく候」と、柳田が熊楠に尋ね、熊楠が求めに応じて自らの見聞や知見を提供するということが多かったが、「小生、貴下に承りたきは……」と、熊楠が柳田の知見を求めることもあった。

もちろん柳田も熊楠から教示を受けるばかりではなかった。自らの考えや知見、推測を十分な自信をもって披瀝し、「貴意は如何にや」と熊楠に問うている。熊楠の博覧強記にも臆することなく、「頓（とん）と小生には呑み込め申さず候」「先生の仮定は賛同すること能わず候」と鋭く切り返し、「鍬の一件は小生間違いなるを知る。故に降参致し候」と熊楠から一本取ってもいる。もちろん、どちらが正しくどちらが間違っていたかなどは問題ではなく、議論を闘わせる中から民俗学上の一つ一つの事柄が確定できればよいのであって、二人ともそのことは承知しており、忌憚のない意見の交換がつづいた。

しかし、文通が密になるにしたがって、お互いの考え方の違いが少しずつ露わになってきた。

柳田は、「日本の学問も追い追いよき状をとり来たり候折柄ゆえ、われわれ後進のために可成日本文にてもたくさん御かき下されたく候」と、熊楠によい仕事をしてもらいたいと願っていた。しかし、熊楠の書くものは複雑で分かりにくく、柳田は「実際御文（注・『南方二書』）はあまり複雑にて活版にしても常人に消化むつかし」とか、「『神跡考』はあまり材料多くかえりて向う人にはわかりにくくなり、おしきものに候。小生のものならこうも書いて見たいと思う所多く候」と苦言を呈した。

これに対し熊楠は、「小生の書くものいずれも（ちと大層だが）世界の学者を相手にする心懸けに出で、日本の凡衆啓発また娯楽用にかくにあらざれば、誰も読まぬも知れず。それはその人々の勝手なり。小生の論の不満不完なるにあらず」と反発した。

『ネイチャー』や『ノーツ・アンド・クエリーズ』に寄稿し、世界の学者相手に気を吐いてきた熊楠にとっては、これくらいの言辞は当たり前のことだったが、柳田には甚だ独善的と映ったようだ。「貴下は年久しく外国におられ候のみならず、帰りても無鳥郷里にのみ住まれ候故、御見識何分にも偏りたりとおぼえ候」「今のままにて進まば、後人の眼より見れば外国人の東洋研究者が一人多かりしと少しも択ぶところなし」と、手厳しく熊楠の態度を批判している。

こうした柳田の批判に対して熊楠は、「小生はいかにも無鳥郷の伏翼なり。しかし、かつて鵾鳳の間に起居した覚えはあり」と胸を張り、「貴下は例せば小生の『足跡考』を見て外国人の東洋研究者が一人多くなれりと思わるるが、小生は日本人の世界研究者が特に一人出でしことと思う」と切り返している。

熊楠には、ロンドンで当時世界最先端の学問であった人類学や民俗学を研鑽してきた自負があり、柳田には自らの手で日本の民俗学を打ち立てようという意気込みがあった。それぞれの自負と意気込みが正面からぶつかり合ったこの応酬は、単なる考え方の違いという以上に二人の方法の違いを暗示しており、その意味ではやがて来る対立と決別の前触れでもあった。

大正二（一九一三）年三月、柳田は念願であった「信仰生活以外にも弘く日本田舎の生活状態を研究し、新しき題目を提供する雑誌」として、『郷土研究』を創刊した。「一号御覧の上御気にかない候わば、随時御寄稿ねがいたく」と柳田から協力を依頼された熊楠は、翌月から「紀州俗伝」を連載しはじめ、以後毎号のように寄稿した。この年熊楠は、『郷土研究』のほかにも『民俗』や宮武外骨（みやたけがいこつ）が主宰する『不二新聞』に随筆の連載をはじめ、雑誌『不二』にも寄稿するなど、旺盛な筆力を示している。一一月に『不二』に掲載された「月下氷人」と『不二新聞』に掲載された「情事を好く植物」が風俗壊乱罪で告発されるというおまけまでついた。[2] 粘菌学の方面では、『植物学雑誌』に「訂正本邦産粘菌類目録」を掲載している。記載された総数は一〇八種で、そのほとんどが熊楠の採集によるものであった。

暮れもおしつまったこの年の一二月三〇日、柳田が友人をともなって田辺の熊楠を訪れた。友人がどこかへ旅行しようといいだしたので、それなら紀州方面へ行って、南方氏を訪ねようということになったのである。
大阪から人力車を雇って田辺に入った柳田は、「東京からお目にかかりに来ました」とおとないをいれたが、熊楠はすぐには会わず、妻の松枝を通じて「いずれこちらから伺う」という。しかたなく旅宿に行って夕食をすませたが、それから大分経ってもやってこない。もうそろそろ来そうなものだと友人と話していると、女中が、「もう見えているのですが、初めての人に会うのはきまりが悪いといって、帳場で酒を飲んでいるのです」といった。それからしばらくしてやって来たが、熊楠はすっかり酔っ払っていて、結局学問上の話は何もしなかったという。（柳田国男『故郷七十年』より）

柳田訪問のことは、当日の熊楠の日記には次のように記されている。

夜飯後臥し居る。松枝神社札入るゝ札、こしらえしことに付予怒り居る所え、柳田国男氏人力車にのり来る。一昨日東京出立し、和歌山より有田日高へて来たりし也。暫時話し、去る。それより予湯に之、丸よしで二盃のみ、楠本松蔵氏訪ひ、小倉屋で三盃のむ。錦城館に之、柳田氏及松本荘一郎氏男に面し、栄枝来り飲む内、予大酔して嘔吐し玄関に臥す。サカ枝とまる。松蔵氏大風中人車にのり予宅に来り、衣服とり返る。

翌日、柳田は挨拶のために南方家を訪れたが、熊楠は「酒を飲むと目が見えなくなるから顔を出してもしようがない。話さえできればいいだろう」といって、掻い巻きの袖口を開けて話をしたという。熊楠の日記には、「終日臥す。午後柳田氏来り、二時間斗り話して去る。予眼あかず、臥したまゝ話す」とある。これが、柳田と熊楠の最初で最後の出会いであった。

それはともかく、柳田の要請に応じて『郷土研究』に寄稿するうちに、熊楠は、『郷土研究』という雑誌の方針に不満を抱くようになった。なかでも熊楠を憤激させたのは、柳田が「万町ぶしその他の卑穢なる記事は、小生編輯の責を負う以上はこれを掲げぬつもりに候」と猥褻な記事の掲載を拒否したことであった。熊楠はこれに対して、「世態のことを論ずるに、猥鄙のことを全く除外しては、その論少しも奥所を究め得ぬなり」「猥事多き郷土のことを研究せんとするものが、口先で鄙猥鄙猥とそしるようでは、何の研究が成るべき」と猛反発している。

貴下はこの三年来小生ほとんど毎号書きおり候『郷土研究』雑誌御覧下され候や。（中略）この『郷土研究』は貴族院書記官長柳田国男氏（小生面識なき人なりしが、一作々年末尋ね来たり対面せし）が編纂にてずいぶんよく編みおるが、氏は在官者なるゆえ、やや猥雑ある諸話はことごとく載せず。これドイツなどとかわり、わが邦上下虚偽外飾を尚ぶの弊に候。小学児童を相手にするとかわり、成年以上分別学識あるものの学問のために土俗里話のことを書くに、かようの慎みははなはだ学問の精進に害ありと存じ候。（六鵜保宛書簡）

というのが、熊楠の考えであった。

柳田が卑猥なことを排除したのは、創成途上の日本の民俗学を他の学問と肩を並べられるような高級なものにしたからだったようだが、結果として成立したいわゆる〈柳田民俗学〉が性の問題を回避し、民衆の猥雑なエネルギーを減殺してしまったことを考えれば、熊楠の批判は的を射ていたといえよう。

こうした対立をはらみながらも二人の文通はなおも続き、熊楠も『郷土研究』への寄稿をやめることはなかった。しかし、やがて決裂の時がやってきた。きっかけとなったのは、大正五年一二月の龍燈伝説と耳塚をめぐる論争である。龍燈とは、海辺や池の汀（みぎわ）にある松などの大木の梢に灯る怪火のことで、これについての柳田の説に熊楠が噛みつき、柳田が「まるまる負けておるものとは御考え下さるまじく候」と反発、また耳塚は、柳田が古い時代の祭祀の跡だと主張したのに対して、熊楠が実際に人間の耳を埋めたものだと反論して、激しく対立した。そして突然のように熊楠が、「ついでに申し上ぐるは……」と、山男について語り出したのである（大正五年一二月二三日付書簡）。

山男といえば、柳田が熊楠と文通を始めた当初から熊楠に協力をあおぎ、論をすすめてきたテーマであった。ところがこれまでの協力をくつがえすかのように熊楠は、「『郷土研究』に、貴下や佐々木（注・佐々木喜善）が、山男山男ともてはやすを読むに、小生らが山男とききなれおる、すなわち真の山男でも何でもなく、ただ特種の事情より止むを得ず山に住み、至って時勢おくれのくらしをなし、世間に遠ざかりおる男（または女）というほどのことなり」と、柳田のイメージする山男をきっぱりと否定してしまった。

さらに熊楠は、〝真の山男〞とは「丸裸に松脂をぬり、鬚毛一面に生じ、言語も通ぜず、生食を事とする、いわば猴類にして二手二足ある」もので、学術的にいえば原始人類ともいうべきものであり、こうしたものは日本に限らず諸国に存在説が伝わるが、その多くは大きな猿の類を訛伝したもので、日本にも遠い昔にはあったかも知れないが、今日では決してないと断言する。じつは、この時すでに『郷土研究』の休刊が決まっており、熊楠はこの機会にと、これまで協力しながら内に秘めてきた柳田の山男への批判を一気に噴出させたのである。いわば、柳田に対する最後通牒であった。

これに対して柳田は、二七日付けの返信で、「小生が山人または山男と申し候ものは」として、

○先住民の敗残して山に入りし者の子孫
○今も存す
○子孫永続のため新来民すなわちわれわれの子女を勾引す。故に血混じ語式は通ず
○その一部は死に絶え、その一部は邑を作り貫籍を有し混同にて消滅す
○これ以外の非人間的現象は誇張誤解による浮説

と、自らの山男のイメージを改めて強調したが、「もちろん十分なる証拠論拠は提供せしにあらず。むしろ材料を排列し、これに空なる仮定を添えたる遊戯文字に候いしなり」と、少し弱気になっている。熊楠の批判がこたえたとも思われるが、柳田自身、すでに自らの山人論が仮定の上に仮定を重ねたものでしかないことを自覚していたようだという。（赤坂憲雄『山の精神史』）

それでも柳田は最後に、「現世では俗輩と悪闘せらるるまでも、せめては後代のよき心掛けの者

のためには御なりなされ候よう御力めなされずては、義理が悪かろうと存じ候。何かというと英文英文と言わるるは、一度は小生にこんな事を言わしめんとての御策略かとも存じ候えども、あたかも旧年の総勘定に際し平素の不平をさらけ出し置き候」と、やり返している。熊楠の最後通牒を意識しての決別の辞であろう。これを事実上の絶信として、二人の文通は途絶え、翌大正六年三月、『郷土研究』は休刊した。

柳田民俗学にとって、熊楠との決別がひとつの転回点であったということはよく指摘されるところだが、そもそも出会いの当初から二人の間には方法論の違いという大きな溝があった。「古今東西人情は兄弟なれば」「日本にあるほどのこと、欧州にも古えはあるなり」と考える熊楠の方法は、たとえてみればブーメランのようなものだといっていいだろう。ブーメランは、投げると回転しながら飛んでいき、ぐるっと一回りしてまた手元に戻って来る。そのように、自国の民俗を世界の民俗と比較しながら考えることによって、自らの足もとをもう一度見つめ直すことができる。さらに、一つの民俗の広がりをたどることによって、そうした民俗を生み出し、広げてゆく人間の営みの不思議さ、面白さを感じ取ることもできる。これに対して柳田の方法は、錐（きり）のように一点に集中して深く鋭く切り込むやり方で、埋もれた日本の民俗を掘り起こし、日本人の精神生活を明らかにした。

結果的に二人とも溝を越えることはできなかったが、二人が対立しながらも協力しあっていた六年間は、日本の民俗学にとってさまざまな可能性をはらんだ時期であったといえるだろう。

大正六年以降、二人の間は全くの絶信状態であった。大正一五年に一度書信の往来があったきりである。そして昭和四（一九二九）年、熊楠が昭和天皇への進講を果たしてからしばらくたった頃、柳田のもとに一枚の写真が届けられた。それは、黒紋付きに袴をつけた熊楠が、進講の舞台となった神島の大木の下にしゃがんでいる写真であった。進講の記念らしいその写真の中の熊楠のしおらしい様子を見て、柳田ははからずも涙を落としたという。

心の問題

南方熊楠が柳田国男と文通を開始するひと月ほど前の明治四四年二月二六日、夏目漱石は東京麹町の長与胃腸病院を退院した。前年の一〇月一一日、修善寺から戻るとそのまま入院したのである。

> 四十を越した男、自然に淘汰せられんとした男、左したる過去を持たぬ男に、忙しい世が、是程の手間と時間と親切を掛てくれようとは夢にも待設けなかつた余は、病に生き還ると共に、心に生き還つた。余は病に謝した。又余のために是程の手間と時間と親切とを惜まざる人々に謝した。さうして願はくは善良な人間になりたいと考へた。

入院中に東京・大阪の朝日新聞に連載した『思ひ出す事など』でそう記した漱石だったが、それからしばらくすると、「生き返つたわが嬉しさが日に日にわれを遠ざかつて行く。あの嬉しさが始終わが傍らにあるならば（同）」と、生き返った喜びが日に日にうすれ、すべてを善意で受け入れる素直な心が自分から遠ざかっていくのを嘆いている。

とまれ、四カ月余りの療養で漱石の体調は回復し、体重も増えた。ところが、待ちかねた退院の日が近づいた二月二〇日、漱石を不快にする出来事がもちあがった。いわゆる「博士問題」がそれで、事の経緯は以下のようなものであった。

二月二〇日の午後一〇時頃、自宅に、学位を授与するから明朝一〇時に出頭せよという通知が文部省から届いた。鏡子は翌朝病院の漱石へ連絡するとともに、文部省に本人は病気中で出られない旨を伝えた。すると入れ違いに文部省から学位記が届いていた。一方漱石はその夜文部省専門学務局長福原鐐二郎宛に、

学位授与と申すと二三日前の新聞で承知した通り博士会で小生を博士に推薦されたに就て、右博士の称号を小生に授与になる事かと存じます。然る処小生は今日迄たゞの夏目なにがしとして世を渡つて参りましたし、是から先も矢張りたゞの夏目なにがしで暮したい希望を持つて居ります。従つて私は博士の学位を頂きたくないのであります。此際御迷惑を掛けたり御面倒を願つたりするのは不本意でありますが右の次第故(ゆえ)学位授与の儀は御辞退致したいと思ひます。宜敷(よろしく)御取計を願ひます。　敬具

夏目金之助

という辞退の手紙を出し、森田草平に託して学位記を文部省に突き返した。漱石にしてみれば、「欲しくもないものを勝手に押しつけやがって」というところだろう。

これですめば何ということもなかったのだが、漱石が退院してから二カ月近くたった四月一一日、「已に発令済につき今更御辞退の途も無之候間御了知相成度」として、文部省から学位記を送り返してきた。要するに、官においていったん発令したものは取り消せないというわけである。これに対して漱石は、「毫も小生の意志を眼中に置く事なく、一図に辞退し得ずと定められたる文部大臣に対し小生は不快の念を抱くものなる事を茲に言明致します」と不快の念を表明して学位記を再度送り返した。この間、上田万年（東京帝国大学文科大学長）、芳賀矢一（同教授）、福原鐐二郎らが説得に訪れたが、物別れに終わり、結局この問題はうやむやになってしまった。

この「博士問題」は新聞で取り上げられ、世間でさまざまに取り沙汰された。ある者は漱石の態度を痛快だと持ち上げ、ある者はひねくれ者の売名だと非難した。しかし、漱石としては、欲しくないものは欲しくないと、当たり前のことを当たり前にいったまでであった。漱石は、特権的な〝学者貴族〟を生み出すおそれがあるとして、当時の博士制度を危惧していた。終生アカデミズムとは縁のなかった南方熊楠も、「わが邦にバクテリアほど殖えた博士中に、ずいぶんその学位に寄托して杜撰極まる言を吐いて平気で通す人あるは、その輩の厚顔無双でもあれば、国民がかかる虚号を過重する弊風の表現でもある」（「博士輩の出放題」）と、博士に対して手厳しい。もっとも熊楠も漱石も、知人や友人に博士は何人もいる。二人にとっては〝虚号〟よりも人物ということであろう。

さて、退院後の経過も順調で、漱石は謡の会や勧業博覧会、文芸協会のハムレット公演、雅楽の演奏会などに出かけていたが、六月半ば過ぎには信越方面に講演に出かけている。信濃教育会の依頼によるもので、そちらの方面にはこれまで行ったことがなかったので、引き受けたのである。鏡子が心配して同行したが、何事もなく五日後に帰京した。八月に入ると、今度は大阪朝日新聞社から関西方面の講演旅行の依頼が来た。真夏のことでもあり、暑さが体に堪えるだろうと鏡子は反対したが、信越方面への旅行で自信がついたのか、漱石はこれを引き受けた。修善寺の大患の際に費用などで朝日には大分世話になっていたから、断れなかったこともあったようだ。「行く行かせないでまたいい争ったのですが、結局私がまけて、今度は一人で出かけました」(『漱石の思い出』)。

八月一一日に東京を発った漱石は、明石(「道楽と職業」)、和歌山(「現代日本の開化」)、堺(「中味と形式」)、と講演して回り、一八日には大阪で講演(「文芸と道徳」)したが、前日からおかしかった胃の調子が悪くなり、その夜吐血してしまった。そして翌一九日、大阪朝日に湯川胃腸病院を紹介してもらって入院し、湯川秀樹の養父の湯川玄洋の治療を受けた。東京に戻って来たのは九月一四日のことである。

この講演旅行のうち、和歌山での講演「現代日本の開化」は、「私の個人主義」とともによく知られている。ここで漱石は、「開化は人間活力の発現の径路である」と定義した上で、

それで現代の日本の開化は前に述べた一般の開化と何処(どこ)が違ふかと云ふのが問題です。若(も)し一言にして此問題を決しやうとするならば私はかう断じたい。西洋の開化(即ち一般の開化)は内発的であつて、日本の現代の開化は外発的である、こゝに内発的と云ふのは内から自然に出て発展すると云ふ意味で丁度花が開くやうにおのづから蕾が破れて花瓣が外に向かふのを云ひ、又外発的とは外からおつかぶさつた他の力で已(や)むを得ず一種の形式を取るのを指した積(つもり)な

のです。

と、当時の日本のいびつで取って付けたような近代化を鋭く批判している。そしてさらに、「今の日本の開化は地道にのそり〳〵と歩くのでなくつて、やつと気合いを懸けてはぴよい〳〵と飛んで行くのである」「足の地面に触れる所は十尺を通過するうちに僅か一尺位なもので、他の九尺は通らないのと一般である」「是を一言にして云へば現代日本の開化は皮相上滑り（うわすべ）の開化であると云ふ事に帰着する」と批判を重ね、「我々は日本の将来といふものに就てどうしても悲観したくなるのであります」と結論づけるのである。

漱石のこの講演に対応するかのように、同じ頃、熊楠も「開化」について述べている。一〇月二五日付けの柳田国男宛ての書簡で、熊楠は次のようにいう。

欧人は現代の欧州の開化を一定不変のものと思い、過去のことを問わぬ人多し。いずくんぞ知らん、彼輩のいわゆる開化はわずかに三百年内外に始まる。

デンマークごとき小国すら、今日文化の蹟を開き、文人学者多きこと、日本にまされり。しかるに、三百年ばかり前までは固有の文学とては伝説、俚譚のほか皆無なり。否、自国語さえ語を成さず、ヘブリウ語で神を拝し、ラテン語で法廷へ訴訟し宣告をきき（凡民には何のことかわからず）、さて犬を叱るときのみデンマーク語を用いしという。英国なども文化の旧物とてはとても（他国伝来のものすら）正倉院の御物ほどのものもなく、最古のものはわずかに九百年ばかり前の下駄一足あるのみ。

「されば、日本の開化欧州に後れたりなどいうは、ほんの眼前の一事一相を見た談(はなし)にて公論にあらず」というのが熊楠の結論だが、すでに二十代で「また西洋の開化とて、決して万年も相続するものにあらず。今日の西洋の開化は、無理なことばかりで成り上がったもの。（中略）英国今日栄え、仏国明日興るとも、少しも羨むべきことなし。いずれ一度は遠からず欧州天地の暗黒となるは、小生の看て疑わぬところなり」（土宜法龍宛書簡）と喝破していた熊楠にしてみれば、この結論は当然といえよう(3)。

それはさておき、この年漱石はまさに多事多難であった。大阪から戻った翌日、痔が痛み出し、診察の結果肛門周囲炎ということで切開してもらった。ようやく床に起き上がれるようになったのは九月二五日のことで、まだ病臥中の一〇月三日、訪れた池辺三山から朝日新聞を辞職したことを聞かされて驚いた。しかも、三山辞職の事の起こりが門下生の森田草平の小説にあり、さらに、そもそもの素因が自分の主宰する「朝日文芸欄」にあることを知って、漱石の驚きは倍加した。

朝日文芸欄は、文学・美術・音楽などの批評及び雑報を扱う欄として、明治四二年一一月に東京朝日新聞に創設されたものである。漱石は、朝日入社前、読売新聞社からも入社して文芸欄を担当してくれないかと勧誘され、条件があわなくてこれを断っているが、その際「今度の御依頼に就て尤も僕の心を動かすのは僕が文壇（注・文芸欄のこと）を担任して、僕のうちへ出入する文士の糊口に窮してゐる人に幾分か余裕を与へてやりたいと云ふ事である」（滝田哲太郎宛書簡）という希望を洩らしている。朝日が文芸欄を設けたのは、当時国民新聞が高浜虚子を主宰者に迎えて新しく文芸欄を設置したのに対抗したからであるが、主宰者としては漱石以外に考えられず、漱石も右のような希望があったから、喜んでこれを引き受けた。

漱石は森田草平を起用して編集実務に当たらせ、小宮豊隆にその補佐をさせた。執筆陣にはこの二人のほかに、寺田寅彦・安倍能成・野上豊一郎・坂元雪鳥などの門下生や大塚保治・大塚楠緒子・武者小路実篤・内田魯庵・津田青楓・橋口五葉などの友人・知人を総動員した。自分の人脈を最大限に活用したのである。その結果、朝日文芸欄はいわば〝漱石文化圏〟とでもいうべき様相を呈した。

もちろん漱石は、主宰者として自らも原稿を書き、掲載原稿にも目を通して厳しくチェックした。しかし、長与胃腸病院入院から修善寺の大患、さらに再度の長与胃腸病院入院と続くあいだ、原稿に目を通すことは難しかった。それをいいことにといってはいいすぎになるが、文芸欄の編集をまかされ、自分たちも筆を執ることで自信をつけてきた森田や小宮たちは、時に漱石の意に満たない原稿でもそのまま掲載したり、自分たちの仲間の原稿を何日にもわたって連載させるなど、いわば文芸欄を私物化する傾向を示し始めた。

漱石は、文芸欄を主宰すると同時に、新聞の連載小説の選定も任されるようになっていた。いわば朝日の文芸面の総責任者といった立場である。そうした立場から漱石は、永井荷風に『冷笑』を書かせ、長塚節に『土』を書かせている。漱石自身の小説連載は病気で『門』以来休筆しており、そろそろ出番であったが、まだ体力の回復が十分ではないということで、代わりに森田草平が起用された。森田は、四四年四月二七日から『自叙伝』の連載を始めた。この作品は前作『煤煙』の続編にあたるもので、森田は平塚明子（らいてう）との情死未遂事件を再び取り上げたのである。

『自叙伝』は、連載当初から東京朝日社内で評判が悪かったという。六月一〇日に朝日の会議に出席した漱石は、「森田の小説不評判、半ば弁護、半ば同意して帰る」と、その日の日記に記している。結局、社内の批判により、『自叙伝』は七月三一日九〇回をもって打ち切りとなった。そして九月一九日、東京朝日の評議会（編集会議）の席上、『自叙伝』が槍玉に上り、不道徳だと非難されるとともに文芸欄のあり方をめぐって外勤部長（政治部長）の弓削田精一と主筆の池辺三山が鋭く対立して大激論となり、池辺が怒って辞表を出し退社する事態に至ったのである。

三山辞職の背景には複雑な社内抗争があったといわれている。その意味からすれば、草平問題や文芸欄は抗争のいわば〝材料〟にされたにすぎなかったともいえるが、漱石にしてみれば、池辺には朝日入社に際して骨を折ってくれた恩義もあり、そのまま見過ごすわけにはいかなかった。一〇月二四日、病をおして評議員会に出席した漱石は、文芸欄の廃止と森田草平の解任を提案した。この提案はただちに了承され、漱石が若い門下生のためにと設けた文芸欄は、二年たらずで廃止された。翌二五日付けの小宮豊隆宛の手紙には、次のようにある。

夫からもう一つは文芸欄は君等の気焔の吐き場所になつてゐたが、君等もあんなものを断片的に書いて大いに得意になつて、朝日新聞は自分の御蔭で出来てゐる抔と思ひ上る様な事が出来たら夫こそ若い人を毒する悪い欄である。（中略）要するに朝日文芸欄抔があつて、其連中が寄り合つて互に警醒する事はせずに互に挑撥し会ふのも少しは毒になつてゐるだらうと考へる。それで文芸欄なんて少しでも君等に文芸上の得意場らしい所をぶつつぶしてしまつた方が或は一時的君や森田の薬になるかも知れない。

こうした手紙をもらった小宮豊隆は、腹の虫がおさまらず、吉原の茶屋で仲間とともに「文芸欄廃止祝賀会」なるものを催し、あとでそれを聞いた漱石が、「そういうことは朝日に対する面当ではなく、自分に対する面当だ」といったという（夏目伸六『父 夏目漱石』）。

一一月一日、漱石は朝日に辞表を提出した。これは、池辺三山退社後の社内人事に不満と不安を感じたためという。しかし、池辺や弓削田らの説得で、一八日に辞意を翻した。一九日の日記には、「昨日妻が机の前へ来ていふには『あなたなぞが朝日新聞に居たつて居なくつたつて同じ事ぢやありませんか』『仰せの如くだ。何の為にもならない』と答へた。すると妻は『たゞ看板なのでせう』と云つた。余は『看板にもならないさ』と答へた。出たいといふものを何だ蚊だと云つて引き留めるにも当るまいと思ふが、其処が人情か義理か利害か便宜かなのだらう」と記されている。

ともあれ、こうしてごたごたはおさまったが、それから一〇日後の二九日、思いもかけぬ事が起きた。五女の雛子が急死したのである。漱石の悲嘆については先に記したが、しかし漱石は、いつまでも悲しみに浸っているわけにはいかなかった。そろそろ新しい小説に取り掛からなければならない。それは、文芸欄を切って朝日に残った〝債務〟のようなものであった。漱石は、治りの遅い痔疾に苦しめられながら筆を執った。一二月二八日付けで大阪朝日の長谷川万次郎（如是閑）に送った手紙には、「愈〔いよいよ〕小説をかく事と相成候へども健康を気遣ひ日に一回位の割にて亀の子の如く進行する積に候」とある。この「小説」が、翌明治四五年の一月二日から東西両朝日で連載が始まった『彼岸過迄』である。

連載に先立って漱石は、一月一日付けの東京朝日新聞に「彼岸過迄に就て」という一文を寄せた。その中で漱石は、「久しぶりだからなるべく面白いものを書かなければ」「毎日日課のように読んでくれる読者の好意に酬いなくてはすまない」「どうかうまいものが出来るようにと念じている」などと、一年半ぶりに連載する新作への意気込みを述べている。

　東京大阪を通じて計算すると、吾朝日新聞の購読者は実に何十万といふ多数に上つてゐる。其の内で自分の作物を読んでくれる人は何人あるか知らないが、其の何人かの大部分は恐らく文壇の裏通りも露路も覗いた経験はあるまい。全くただの人間として大自然の空気を真率に呼吸しつゝ穏当に生息してゐる丈だらうと思ふ。自分は是等の教育ある且尋常なる士人の前にわが作物を公にし得る自分を幸福と信じてゐる。（「彼岸過迄に就て」）

森田草平は、「それまでは地味で手堅くはあるが、どちらかと言えば、商売人向きの新聞であった朝日が、先生の入社とともに、一躍してインテリ層の読者をも吸収し尽くしたと言ってよかろう」（『夏目漱石』）と語っているが、だとすれば、右の一文に見るように、漱石の職業作家としての自覚と真摯な態度が、その要因となっていることは確かであろう。

『彼岸過迄』は、「風呂の後」「停留所」「報告」「雨の降る日」「須永の話」「松本の話」という六つのエピソードから構成されている。そして、「警視庁の探偵見たやうな事(こと)がして見たい」という希望を持つ少々上っ調子の田川敬太郎という青年が狂言回しとしてこの六つの挿話を繋いでいくのである。

敬太郎は望みどおり、ある日、就職の世話を頼んだ友人須永の叔父から、ある男の後をつけ、その男の二時間以内の行動を探偵して報告してくれという依頼を受ける。この依頼を受けたことから、敬太郎は「人間の異常なる機関(からくり)が暗(くら)い闇夜(やみよ)に運転する有様」を見、思いもかけない人間の心の秘密をのぞき見ることになる。中心は「須永の話」で、これは一口でいえば〈片付かない愛の物語〉とでもいうべきものである。すなわち、須永には幼なじみの千代子という従妹がおり、二人とも内心好き合っているにもかかわらず、互いに自我が邪魔をしてそれと口に出せない。特に須永は千代子に対して煮え切らない。そのくせ、彼女の前に花婿候補が現れると嫉妬して、「愛してもいず結婚する気もないのに何故嫉妬するのか」と、千代子に泣いて責められる。「世の中と接触する度(たび)に、内(うち)へとぐろを捲(ま)き込む性質(たち)」の須永は、次の作品『行人』の長野一郎を予感させる。

「雨の降る日」には、須永のもう一人の叔父である松本の身に起こったこととして、幼女の突然の死が描かれているが、漱石が前年の一一月末に突然死んだ五女雛子の供養のためにこの挿話を書いたことは、先に触れたとおりである。

『彼岸過迄』の連載が終了して三カ月後の七月三〇日、明治天皇が死去した。それ以前から漱石は、「聖上御重患にて上下心を傷め居候今朝の様子にては又々心元なきやに被察洵(まこと)に御気の毒に存候」（七月二五日付橋口貢宛書簡）と、天皇の容態を案じているが、この日の日記に「陛下崩御の旨公示。同時践祚（せんそ）の式あり」と記し、翌日からは「改元の詔書」「朝見式詔勅」「陸海軍人への詔勅」「拝訣式（はいけつしき）並に納棺式」などを詳細に新聞から書き写している。一つの時代が終わったという感慨があったのであろう。八月八日付けの森円月宛ての手紙にも「明治のなくなつたのは御同様何だか心細く候」とある。

明治という時代に対する漱石の思い入れは、やがて『心』に表されることになるが、一方、南方熊楠の日記には、日常の雑記にまじって「本日零時四十五分、聖上崩御の由、今朝牟婁新報号外で見る。夕国旗及竿下女して買はせる。是れ始てなり」とあるだけで、特段の記述はない。

明治天皇の大喪は九月一三日に行われ、同日乃木希典が殉死しているが、それから二週間後の二六日、漱石は二度目の痔の切開手術をした。痔がほぼ完治したのは一〇月五日のことであるが、二八日からは胃の調子がおかしくて寝込んでいる。次回作『行人』を起稿したのは一カ月後の一一月の末であったが、体調が思わしくなかったせいか筆が進まない様子で、中村古峡宛てに「……気も乗らず自信もなく如何にも書きにくゝ候是が百回以上になるかと思ふと少々恐ろしく候」と書き送っている。そして、その年の暮れから翌大正二年の正月にかけて神経衰弱が再発した。

　機嫌がよくってにこにこしているのですが、暮れから妙に顔が火照（ほて）っててかてかしているので、変だ変だと思っておりますと、またも例の頭がひどくなって参りました。ちょうどこの前にいちばんひどかった時から十年めにあたります。（中略）

何でもお正月の二日か三日のことです。どうも女中が変だとか何とかひとり語を言っておりましたが、やがて女中に向かって、いきなり木に竹をついだように、そんなことは言わないでくれとこう申します。しかし女中はべつに何も言わないのですから、怪訝な顔をして、何も申しませんでございますがと答えると、怖いいやな顔をして黙ってしまいます。後で私に、

「あんなことを言わせちゃ困るよ」

とたいそう不興気にたしなめておりました。(『漱石の思い出』)

「火照った顔と言い、とんちんかんなことをいうことと言い、まず耳から始まることと言い、またも例の恐ろしいのが襲って来たのだと感づきました」と鏡子は語っているが、女中のおしゃべりや子どもたちの笑い声が自分の悪口をいっていたり自分を嘲笑っているかのように受け取って、女中や子どもたちを厳しく叱りつけるといった被害妄想をはじめ、電話のベルの音にも神経が苛立ち、受話器をはずさせてしまったこともある。そうかと思うと、朝の五時頃起き出し、雨戸をがらがらと開け立てて家中の者を叩き起こすと、自分は風呂場に入ってカチャカチャと安全剃刀を研ぎ出したりするようなこともあった。

そのうちにまたしても胃が悪くなり、とうとう三月下旬に三度目の胃潰瘍で倒れてしまい、連載中であった『行人』は中断してしまった。漱石が連載小説を中断したのはこの時が初めてである。『行人』の連載が再開されたのはこの年の九月からで、一一月半ばにようやく完結した。

『行人』は、この頃の漱石の心の叫びが聞こえてくるような作品である。主人公の長野一郎は大学

の教師だが、妻のお直を理解できない。一郎はお直を愛しているが、お直が自分の思うような愛を返してくれないことに苛立っている。お直はお直で、精一杯尽くしているつもりなのに、なぜ一郎が自分につらく当たるのか理解できないでいる。

一郎の弟の二郎はお直と親しく、お直も二郎とは気安く口を聞き合うので、一郎は二人の仲を疑う。一郎は二郎に、お直を連れ出し、その心を確かめるように命じる。二郎はお直と連れ立って和歌山に行き、嵐のために宿に閉じこめられ、二人だけで一夜を過ごすことになるが何事も起こらない。二郎から報告を受けた一郎は、それでもお直を信じることが出来ない。お直だけでなく、一郎は二郎も父も母も、すべての人間が信じられず、孤独感を深めていく。一郎の心は、本を読んでも、食事をしていても、散歩をしていても落ち着かない。いつも何かに追いかけられているような不安が一郎を落ち着かせない。一日のうちのほんの一瞬でいいから、損得も善悪も考えない、ありのままの自分でありたいと願うが、〈考える人〉である一郎にはそれはかなえられず、しだいに狂気の一歩手前まで追い詰められていく。

『行人』の一郎の不安と孤独感は、漱石のものでもあった。「修善寺の大患」の後に漱石に訪れた心の平安は、指の間からこぼれ落ちる砂のように消えていき、かわって不安な神経が漱石を苛(さいな)んだのである。

この時の神経衰弱は、胃が悪くなるのと引き換えのように軽くなっていったが、それでも断続的に翌大正三年の一二月頃まで続いた。鏡子とも一事不和となり、別居話を持ち出したりしている。そうしたなかにあっても、漱石は生真面目に『行人』に続く作品『心』をこの年（大正三年）の四月から連載している。もちろんそれは生活のためであり、朝日の社員としての義務でもあったわけだが、一方では読者にそれだけ漱石の作品が待たれていたともいえよう。

大正三年九月二六日付けの『時事新報』をはじめとする各紙に、漱石が自ら草した[4]次のような『心』（単行本）の広告文が掲載された。

自己の心を捕へんと欲する人々に、人間の心を捕へ得たる此作物を奨む。

この短い一文の中に、この作品のテーマとそのテーマを描き得たという作者の自負が窺える。『心』の主人公である「先生」は、親友を裏切って現在の妻を得たために、その親友を自殺に追いやってしまった過去を持つ。以来彼は罪の意識にかられ、自らを罰するために世間に背を向けた暮らしを続けてきた。そして、その苦しい〈生〉を断ち切りたいと望んできたが、ついにその機会がやってくる。すなわち、明治天皇の死と乃木の殉死である。かくて、「明治の精神が天皇に始まって天皇に終つた」と感じた彼は、明治の精神に殉ずるつもりで生を断ち切る決心をする。

ここで漱石は、人々の意識にまだ強く残っている明治天皇の死と乃木の殉死という一つの時代の幕切れのドラマを、個人のドラマの帰結に見事に結びつけてみせる。「先生」そのものも、始めは語り手の「私」によって外面から捕らえさせ、最後に告白（先生の遺書）によって内面のドラマへと劇的に転化させて、人間の心の内に潜むエゴイズムを鋭くえぐりだしている。

『心』はまた、『それから』『門』と続いてきたテーマ――二人の男と一人の女との三角関係の最終着地点ともいえる作品である。三角関係では、通常一人が勝者となり一人が敗者となる。しかし漱石は、心を問題とするならば、勝者もまた敗者と同じように傷を受けることをこの作品で描いてみせたのである。「思ひがけぬ心は心の底より出で来る」(「人生」)と認識する漱石にとって、〈心の問題〉は永遠のテーマであった。

晩年の風景

漱石が『心』を脱稿した大正三(一九一四)年八月一日、ドイツがロシアに宣戦布告して、その数日前に起こったオーストリアとセルビアとの間の戦争がヨーロッパ諸国を巻き込む大戦争に発展した。第一次世界大戦である。日本は八月二三日にドイツに対して宣戦布告し、一〇月にはドイツ領の南洋諸島を占領、一一月七日にはドイツの租借地青島を陥れている。それから半月余り経った一一月二五日、漱石は学習院で「私の個人主義」と題する講演を行った。小宮豊隆によれば、この時学習院の軍事教官が目くじらをたてて聞いていたという(小宮豊隆『夏目漱石』)。国家が戦争に邁進(まいしん)しているのに、若者に個人主義などを説いて冷や水を浴びせられてはたまらないとでも思っていたのであろう。

この講演で漱石は、大学卒業前後の煩悶から松山行き、熊本行き、さらには英国での煩悶と自己本位という立場の確立、『文学論』の成立から帰国後の神経衰弱まで赤裸々に自己の半生を語り、その上で自分のよってたつ個人主義がいかなるものであるかを説明している。この個人主義は、自分勝手とか自己中心ということではなく、自分が自由を享受したければ他人の自由を認めなければならないということである。個人の幸福は個性を発展させていくことによって得られるものであり、自分が自分の幸福のために自己の個性を発展させるならば、他人にもその自由を与えなければならないと漱石はいう。すなわち、個人の自由を尊重するのが漱石の考える個人主義なのである。

この個人の自由を妨害するものとして、漱石は金力と権力をあげている。どちらも濫用すれば個性を抑えつけ、破壊し、不幸を招くものだと漱石はいう。さらに国家と個人の関係では、国家の危急存亡の際には個人の自由が制限されるのは当然だと予防線を張った上で、国家的道徳は個人的道徳に比べて一段と低いものだという見解を示している。ちなみに先の軍事教官殿は、この講演を聴いて、ああいう個人主義なら結構だと賛意を表したという。

ところで、自分が自由を享受したければ、他人の自由を認めなければならないというのはいいとして、そのためには他人（他者）を自分と同等の存在として認めることが大前提となる。このこと、すなわち、他者を自分と同等の存在として認めるのがいかに難しいかを漱石は『心』に続く次作『道草』で描いてみせた。

『道草』は漱石が書いた九作目に当たる新聞小説で、大正四年の六月三日から九月一四日まで東京大阪両朝日に連載された。これは、周知のように漱石の自伝小説とされており、これまで自分が経験したことや身の周りで起こったことなどを小説の材料として利用してきた漱石が、健三という主人公を通して正面切って自分自身の生活を取り上げた作品である。

健三が遠い所から帰つて来て駒込の奥に世帯を持つたのは東京を出てから何年目になるだらう。彼は故郷の土を踏む珍らしさのうちに一種の淋し味さへ感じた。

といった書き出しで『道草』は始まる。「遠い所」とはイギリス、「駒込の奥」とは漱石がイギリスから帰国して住んだ千駄木の家を指している。漱石は、明治三六年から三九年にかけての四年間を約一年間の小説的時間に圧縮して描いている。

健三は大学の教師で、毎日家と学校の間を往復しているが、ある日、一人の老人が道端に立って自分を見つめているのに気がつく。健三は知らん顔をして通り過ぎるが、心は波立つ。それは、一五、六年前に縁を切ったはずの養父の島田であった。作中では島田となっているが、この老人は漱石を養子にした塩原昌之助である。健三はいやな予感がするが、果たして予感は的中して、島田は人を介して健三に生活の援助を申し込んでくる。健三は援助を断るものの、出入りをさせてくれという頼みは断り切れない。すると島田は早速やって来た。

島田はその後も何度かやって来ては、世間話をして帰っていくが、その目的はやはり金で、ある日とうとうそのことを口にする。健三は手元にあった金をやるが、もちろんそれですむわけはなく、島田は金がなくなるとやってきては、当然のように健三から金をせびり取っていくようになる。

健三の妻の御住は、始めから島田と関わり合うのは用心した方がいいと健三にいっていたが、健三はお前には関係ないことだとつっぱねてしまう。健三にそういう態度に出られると御住はいつも黙ってしまうが、といって納得したわけではなく、胸の中には健三に対する不満が募り、健三は健三で、御住の黙りこくっているのがふてくされているように思えて、腹立たしくなるのである。

二人は、ボタンをかけちがえたように、どこかしっくりいかない夫婦であった。互いに寄り添おうという気持ちはありながら、いざとなるとその気持ちがそれていってしまう。

> 健三はもう少し働らかうと決心した。その決心から来る努力が、月々幾枚かの紙幣に変形して、細君の手に渡るやうになつたのは、それから間もない事であつた。
> 彼は自分の新たに受取つたものを洋服の内隠袋から出して封筒の儘畳の上へ放り出した。黙つてそれを取り上げた細君は裏を見て、すぐ其紙幣の出所を知つた。家計の不足は斯の如くにして無言のうちに補なはれたのである。
> 其時細君は別に嬉しい顔もしなかつた。然し若し夫が優しい言葉に添へて、それを渡して呉れたなら、屹度嬉しい顔をする事が出来たらうと思つた。健三は又若し細君が嬉しさうにそれを受取つてくれたら優しい言葉も掛けられたらうにと考へた。それで物質的の要求に応ずべく工面された此金は、二人の間に存在する精神上の要求を充たす方便としては寧ろ失敗に帰してしまつた。（『道草』二十二）

二人とも、毎日いっしょに暮らしながら、あるいはそれゆえに、相手を自分とは別の存在であると認めることが出来ない。お互いがお互いを発見出来ないといってもいい。

こんな二人にも心の通い合う瞬間はあって、ヒステリーを起こし、いくら声をかけても魂が抜けたような目で見かえすばかりの御住に対して、健三は、「どうか口を聞いてくれ。後生だからおれの顔を見てくれ」と心の中で叫ぶ。するとその声が聞こえたかのように、御住がふっと我に返り、健三に向かって微笑む。しかし、その瞬間が過ぎれば相変わらずくいちがう元の二人に戻ってしまうのであった。

一方島田は、「もうお前しか頼る者がいないんだから、なんとかしてくれなくては困る」と、しだいに図々しくなってきた。さすがに健三も腹を立て、金を出すことを断った。すると島田は人をよこして、今後は迷惑をかけないから、実家へ戻す時に預かった証書を買い取ってくれといってきた。実家に戻っても決して不人情な真似はしないという意味のことを島田に頼まれて健三が書いた証書である。健三は金を算段してその証書を買い取り、二度と再び自分の前には現れないという約束を島田からとりつけた。

御住は、これで島田のことは片がついたといって喜ぶが、健三にはそうは思えない。

「世の中に片付くなんてものは殆んどありやしない。一遍起つた事は何時迄も続くのさ。たゞ色々な形に変るから他にも自分にも解らなくなる丈の事さ」

健三の口調は吐き出す様に苦々しかつた。細君は黙つて赤ん坊を抱き上げた。

「おゝ好い子だ〳〵。御父さまの仰やる事は何だかちつとも分りやしないわね」

細君は斯う云ひ云ひ、幾度か赤い頬に接吻した。(『道草』百二)

『道草』はここで終わっている。

『道草』のこのラストは、『門』のそれとよく似ている。『門』では、御米宗助夫婦の過去を知る安井の出現という危機がひとまず去って、何も知らない御米が春の訪れを喜ぶが、「然し又ぢき冬になるよ」と答える宗助のことばで終わっている。『道草』でも、島田に絡まる危機が去って御住は喜ぶが、健三は、世の中に片付くものはなく、一遍起こったことは形を変えていつまでも続くと答えている。健三の認識は宗助のそれとほぼ同じである。しかし、『門』と『道草』のラストが似ているのはそこまでで、決定的に違っているのは、『門』では宗助のことばに対する御米の反応が書かれていないのに対して、『道草』では御住が「御父さまの仰やる事は何だかちつとも分りやしない」と、健三のことばをはっきりと打ち返していることである。いわば健三は、御住によって相対化されているといっていい。『門』の御米は従順で夫の宗助に影のように寄り添う存在として描かれているが、「単に夫という名前がついているだけでその人を尊敬することなどできない」という『道草』の御住は、ひとりの他者として健三に対峙している。

『道草』は漱石にとって新しい出発となる作品であった。漱石は、主人公の健三の欠点や弱点も容赦なくえぐり出し、冷静に分析すると同時に、健三の妻の御住も一人の人間として欠点も弱点も含めて描いている。すなわち、健三の目から見た御住と、御住の目から見た健三とが公平に描かれているわけで、作中人物を客観的に冷静に捉える複眼的なこの方法は、次の、そして最後の作品となった『明暗』にも生かされている。

大正五（一九一六）年、漱石は四九歳の春を迎えた。「大患以来毎年引き続いての病気に、このころではすっかり老けこんで、髪といわず、髭といわず、ずいぶん白くなっておりました」と鏡子は語っている。この頃になると古い門下生たちはそれぞれ自立して漱石の許を離れてめったに姿を見せず、かわって芥川龍之介、久米正雄、松岡譲、内田百閒といった若い人たちが出入りするようになっていたが、この年の元日には小宮豊隆、松根東洋城、寺田寅彦らが久しぶりに顔を見せた。この夜漱石は上機嫌で子どもたちとカルタ取りに興じている。

一月二八日には、暮れから続いていた左肩と腕の痛みがひどくなってきたので、湯河原に転地療養に出かけた。リューマチだと思ったのである。二月半ばには帰京しているが、四月に松山中学の教え子である真鍋嘉一郎に診察してもらったところ、痛みはリューマチではなく糖尿病からくるものと分かり、三カ月ばかり検尿と食事療法に精を出した。漱石は、「私は始終からだ悪くて困りますまあ病気をしに生れに来たやうな気がします」（鬼村元成宛書簡）とこぼしている。

『明暗』の執筆が開始されたのは、五月一九日から二〇日のことと推定されている（『漱石研究年表』）。体調を考慮して一日に一回分か二回分を書き、なるべく書き溜めるように努めた。連載が始まったのは二六日からである。

『明暗』は、主人公の津田が痔疾の診察を受け、医者から手術を勧められる場面から始まる。帰途、沈んだ気分で電車に乗った津田は、突然に起こった肉体の異変から精神にも同じようなことが起こることに思いを致し、「何うして彼の女は彼所へ嫁に行つたのだらう。……さうして此己は又何うして彼の女と結婚したのだらう」と呟く。嫁に行ったのは津田と結婚寸前まで行きながら他の男に嫁いだ昔の恋人清子のことであり、結婚したのは現在の津田の妻お延のことである。物語は、この津田の呟きを主調底音にして進行していく。

八月二一日、漱石は千葉の一宮海岸で避暑中の久米正雄と芥川龍之介に宛てて手紙を書いた。


あなたがたから端書がきたから奮発して此手紙を上げます。僕は不相変「明暗」を午前中書いてゐます。心持は苦痛、快楽、器械的、此三つをかねてゐます。存外涼しいのが何より仕合せです。夫でも毎日百回近くもあんな事を書いてゐると大いに俗了された心持になりますので三四日前から午後の日課として漢詩を作ります。日に一つ位です。


八月の半ば頃から作り始めた漢詩は、具合が悪くなる二日前の一一月二〇日までに七五篇にのぼっている。漱石は、小説を書いていると頭が俗っぽくなって困るから、頭を転回させるために漢詩を作るのだと、松岡譲にも語っている。

その『明暗』は、津田をはじめその妻のお延、津田の妹のお秀、上役の細君の吉川夫人、友人の小林といった主要人物たちが顔をそろえ、心理の火花を散らしはじめていた。漱石は『道草』で確立された手法をさらに押し進めて、周辺人物を含めて全てに等距離をとり、その内部に潜むエゴを冷静にえぐり出していく。そして、登場人物相互の関係がドラマを生み出す〝関係のドラマ〟が、周到な伏線によって大きくふくらんでいく気配を見せはじめていた。

漱石は、「勉強をしますか。何か書きますか。君方は新時代の作家になる積でせう。僕も其積であなた方の将来を見てゐます。どうぞ偉くなつて下さい。然し無暗にあせつては不可［いけ］ません。たゞ

牛のやうに図々しく進んで行くのが大事です」と、右の手紙に続けて書き、二四日にも再び二人に宛てて、

あせつては不可（いけま）せん。頭を悪くしては不可せん。根気づくでお出でなさい。世の中は根気の前に頭を下げる事を知つてゐますが、火花の前には一瞬の記憶しか与へて呉れません。うん〳〵死ぬまで押すのです。それ丈です。（中略）牛は超然として押して行くのです。何を押すかと聞（き）くなら申します。人間を押すのです。

と語りかけている。一世代前の門下生と漱石の間には、親分子分的なざっくばらんな空気があったが、若い世代の門下生には師父に対するような敬虔さと親愛があったという。それだけに漱石も彼らに期待をかけ、忠告を惜しまなかった。

一〇月二三日（『漱石研究年表』による）、神戸の祥福寺で修行中の鬼村元成と富沢敬道という二人の若い禅僧が早稲田の漱石山房を訪れた。二人は漱石ファンで、二年程前から漱石と文通をしていた。二人が東京見物をしたいというので、漱石は宿を提供することにして、離れの子ども部屋をあけて待っていたのである。

かくて漱石山房に泊まり込んだ二人の禅僧は、毎朝道を聞いて出かけて行くと、夕方飄然と帰って来て、今日は昼に盛り蕎麦を八杯食べた、一度に頼むのは気が引けるので一つずつ注文したなどと話して漱石を笑わせた。素朴で、気取りがなく、どこかぼうっとしている二人がすっかり気に

入ってしまった漱石は、小説執筆中で自分は案内できないがといって、今日はどこへ行ったらいいと見物先の相談にのってやり、鏡子に小遣いを出させ、二人が日光へ行きたいというと旅費を用立ててやったりした。食事も一緒にした。

二人の禅僧が帰ったのは一〇月の末であったが、漱石は二人の言動にひどく感銘を受けたようで、一一月一五日付けの富沢敬道への手紙に、「あなた方は私の宅へくる若い連中よりも遙かに尊とい人達です。是も境遇から来るには相違ありませんが、私がもつと偉ければ宅へくる若い人ももつと偉くなる筈だと考へると実に自分の至らない所が情なくなります」と書いている。

漱石が若い門下生たちに〈則天去私〉ということについて話したのは、二人の若い禅僧が帰ってしばらくたった一一月初めの木曜会でのことである。漱石は、「則天去私」と自分ではよんでいるが、他の人が別のことばで言い表しているかもしれないと断って、「小我の私を去ってもっと大きな普遍的な大我の命ずるままに自分をまかせるといったようなことである。その前に出ると、偉そうに見える主張とか理想とか主義とかいうものも、結局はちっぽけなもので、逆に普通つまらないと見られているものでも、それはそれとしての存在を与えられる。要するに全てが一視同仁で差別がないということだ。『明暗』などもそういった態度で書いている」と語った。（松岡譲『漱石先生』による）

則天去私（天に則って私を去る）については、人生論、文学論、宗教論とさまざまな見方がされているが、漱石にしてみれば、全てをひっくるめた理想の境地といったところであろう。もちろん、その境地を極めたということではなく、「私は五十になつて始めて道に志ざす事に気のついた愚物です。其道がいつ手に入るだらうと考へると大変な距離があるやうに思はれて吃驚してゐます」（富沢敬道宛書簡）と自ら語るように、ほんのとば口に立ったに過ぎないだろう。そして、その境地を十分に深めないうちに、四度目の胃潰瘍が漱石の肉体を薙ぎ倒したのである。

一一月二一日、『明暗』の一八八回めの原稿を書き終えた漱石は、胃が痛いのを我慢して、夕方、鏡子とともに築地の精養軒で開かれた辰野隆の結婚披露宴に出席した。新婦の姉が旧知の山田三良の妻で、何度か自作の原稿を見てやっていた彼女から無理に頼まれたのである。その席で漱石は、好物の落花生をぼりぼりつまんでいたという。胃に悪いからと、離れた席にいた鏡子ははらはらしたが、その日は何事もなく終わった。

ところが翌日になりますと、通じがなくってお腹(なか)が変だから浣腸(かんちょう)してくれと申します。これも始終のことですから浣腸をしてやりまして、しばらくしてから通じがありましたかとたずねますと、ああというような生返事でした。が、それきり書斎へ引っ込んでひっそりしておりました。いつも午前中は「明暗」一回分を書くのが日課なので、てっきりそれをやってることだろうと思っておりますと、おひる近くなって食前の薬をもって行った女中が、旦那様がお机に打つ伏せになってらっしゃいまして、だいぶお苦しい様子ですと申します。驚いて行ってみますと、189と小説の回数を書いた原稿紙に打つ伏せになって、一枚も書いておりません。よほど気分が悪いらしいのです。さっきからこうしてらしたのですか、ぐあいが悪いようでしたら床をとりましょうかと申しますと、ああと言って、それから申しますのは、

「人間もなんだな、死ぬなんてことは何でもないもんだな。おれは今こうやって苦しんでいながら辞世を考えたよ」
ととっさにいうのです。縁起でもない。こう思いましたので、その話には乗らず、すぐに床をのべて寝かせてやりました。もう着のみ着のままの姿で床へ入りまして、それきり寝巻を着かえるひまもなかったのでございます。(『漱石の思い出』)

そのまま床についた漱石は、何度も胃から出血したあげく、しだいに衰弱していき、やがて一二月九日を迎えた。鏡子は八日の夜に主治医の真鍋嘉一郎からもはや絶望的であることを伝えられていたが、子どもたちは土曜日ということもあって、その日の朝それぞれ学校に行った。いちばん早く戻ってきた四女の愛子が枕元に行き、面やつれした漱石を見て泣き出した。鏡子が泣くんじゃないと小声でたしなめると、その声が聞こえたのか、漱石は目をつむったまま、「いいよいいよ、泣いてもいいいよ」といった。

正午過ぎにほかの子どもたちも学校から戻ってきた。そろって枕元にすわると、漱石はふっと目を開け、子どもたちに笑いかけた。そして、すすり泣く娘たちに、「泣くんじゃない。いい子だから」といったという。「父は、五十年の生涯を閉じるに際して、ようやく、その一生を悩まし続けた潔癖性と癇癖から解放され、始めて、血のつながる子供等を、最も純真な愛撫の情をもって、眺め得たのではないかと思う」と、次男の伸六は語っている。

その日の午後六時過ぎ、ひどく苦しみ出した漱石が、胸をはだけて「ここへ水をかけてくれ」というので、看護婦が霧吹きで水を吹きかけると、「死ぬと困るから——」といったなり意識を失った。鏡子や子どもたちをはじめ、大勢の門下生、友人、知人にかこまれて漱石が息を引き取ったのは、それから三〇分あまり経った六時四五分のことである。

森田草平の発案で、デスマスクが取られた。また、鏡子の申し出で漱石の遺体は東京帝国大学医科大学で解剖にふされた。五女の雛子が急死した際、死因を確かめるために解剖すればよかったと鏡子は後悔し、後に漱石にそのことを話すと、そうすればよかったと漱石も残念がったのを思い出したからである。漱石の胃と脳は大学に寄付された。漱石の脳は一般男子の平均より少し重く、一四二五グラムあったという。

『明暗』は、漱石の死後五日間、一八八回まで連載されたあと、永遠に中断された。

その後の熊楠

南方熊楠は夏目漱石より二五年長生きした。亡くなったのは昭和一六（一九四一）年である。この二五年は、しかし、熊楠にとって決して平坦なものではなかった。

漱石の死に先立つ八カ月前、大正五（一九一六）四月、熊楠は田辺の中屋敷町に常楠の名義で約四〇〇坪の宅地と家屋を購入し、これまでの借家から移り住んだ。この家が現在も残っている南方邸である。

小生は幸いに父母の余沢により今も餓死に瀕するようなことなく、ずいぶん広い風景絶佳な家に住し、昨今四顧橙橘の花をもって庭園を満たし香気鼻を撲ち、実に身が不遇にしてこの田舎におればこそ、この王侯にもまさる安楽を享け得ることと喜びおり人も羨み申し候。（上松蓊宛書簡）

と、熊楠は大いにこの家に満足していた。この家の庭の柿の木で発見した粘菌は、大正一〇年グリエルマ・リスターによって新種と認定され、南方の名をとって「ミナカテラ・ロンギフィラ」と命名されている。

この家に移ってからも熊楠の日常は特に変わることはなかった。昼は菌類や粘菌の研究に精を出し、夜は民俗学の論考や神社合祀反対運動のための投書や手紙の執筆などに費やされた。その間には読書や諸書の抜き書きなども行っている。一体いつ寝るのかといった超人ぶりだが、熊楠にとってはこれが当たり前の日常であった。

菌類は採集してくると腐らないうちに解剖し、顕微鏡でさまざまな角度から綿密に観察しながら写し取る。自分では紐ひとつ結べないような不器用な熊楠であったが、茸の解剖の際はまるで別人のように手指が動いて見事に切り分けたという。彩色するにも見た通りのままを表さなければならないので、こまかに気を配る。一枚の図を完成するのに二、三日はかかるという根気のいる仕事であった。そんな菌類の彩色図がすでに二、三〇〇〇枚もたまっていた。粘菌は木についていたものをそのまま採集してきて、庭に置いておく。そして一時間ごとにその変化を観察し、記録する。少しでも油断するとナメクジに舐められてしまうので、そんな時は徹夜の連続であったと、娘の文枝は語っている。

熊楠は生涯を在野で通したが、その門弟も在野の人々が多い。菌学では北島脩一郎、樫山嘉一、平田寿男、田上茂八、粘菌学では小畔四郎、上松蓊、平沼大三郎、民俗学では雑賀貞次郎、野口利太郎などが主な人たちであるが、いずれも専門学者ではなく、別に本業を持ついわばアマチュアである。もっとも熊楠にいわせれば、「大体帝大あたりの官学者がわしのことをアマチュアーだ云ふが馬鹿な連中だ。わしはアマチュアーではなくて、英国で云ふ文士即ちリテラートだ。文士と云つても小説家を云ふのじやない。つまり独学で叩き上げた学者を呼ぶので、外国では此の連中が大変にもてる」（酒井潔「南方先生訪問記」『南方熊楠 人と思想』所収）ということだから、彼らもリテラートと呼ぶべきかもしれない。

北島脩一郎や樫山嘉一らは地元の学校の教師で、採集品を持参したり採集行に同行したりして熊楠の研究を助けている。小畔四郎は郵船会社に勤める海運人で、明治三五年、蘭の採集に訪れた那智で、当時那智に滞在していた熊楠と偶然出会ったのが粘菌研究に入るきっかけとなった。後に述べる進献・進講では大きな役割を果たしている。上松蓊は小畔の友人で、その紹介により熊楠と文通を始め、粘菌学に目を開かれていった。熊楠は文通を始めてから三年も経った頃、「貴下の御名蓊は何とよみ候や」と尋ねているが、東京で会社を経営していた上松は格好の存在だったようで、顕微鏡などの研究器材や書籍の購入、原稿の売り込みから出版社との金銭交渉まで頼んでいる。上松はそうしたさまざまな熊楠の要請によく応え、熊楠の手足となって尽くした。熊楠もその労を多として、何もお礼は出来ないが、手紙を書くたびに何か思いついたことを書きつけておくから、自分の死後はそれを公開して利用してもらいたいといっている。平沼大三郎は横浜の富豪の子息で、やはり蘭が縁で熊楠と文通を始め、やがて熊楠の研究を助けるようになっていった。平沼はまた、小畦や上松とともに、熊楠に対する経済的援助も惜しまなかった。

上松蓊が東京における熊楠の秘書役のようなものだったとすれば、雑賀貞次郎は田辺における秘書役だったといっていい。『牟婁新報』などの記者を長くつとめ、自らも新聞を発行したりしているが、誠実な人柄で熊楠に厚く信頼されていた。訪問客があると、まず雑賀を差し向けてその人となりを探らせ、雑賀の目にかなったら連れて来させたという。熊楠没後はその遺稿整理に全力を傾けている。野口利太郎は陶器商で、熊楠一家、特に病気の熊弥の面倒をよく見た。熊楠臨終の際の最後のことばは、「野口、野口、熊弥、熊弥」であったという。熊楠没後は遺族の世話に献身した。

こうした人々に支えられて、熊楠にとっては平穏な日常がしばらく続いたが、大正一〇年に至ってその平安は破られてしまった。事の起こりは隣家との争いである。

熊楠は広い庭の南側に研究用の畑を作り、陸生の藻などを植えて観察と実験を行ってきた。ところが、前年の末に南隣りの家を買って移り住んだ材木成金の野中某が、熊楠の研究畑に接した長屋でミカン箱の製造を始めた。それだけならまだしも、野中某はこの長屋に二階を新築しはじめたのである。そうなると研究畑に日が当たらなくなり、多年の研究が水泡に帰してしまう。熊楠は抗議し、工事を止めるように説得したが、相手は聞かず、業をにやした熊楠が、工事が出来ないように石友らに頼んで隣家との境界に有刺鉄線を張っていると、隣家に雇われた工事人足たちが研究畑に乱入してきて小競り合いとなり、警官が駆けつけるという騒ぎになった。

南方植物研究所の構想が浮上したのは、こうした騒ぎの最中であった。主唱者は田中長三郎である。田中は柑橘類を専門とする農学者で、熊楠との交流は明治四四年に始まるが、大正四年に米国農務省のスウィングルをともなって田辺に熊楠を訪れている。先に熊楠をアメリカに招聘しようとして断られたスウィングルだったが、この時もまたその話を持ち出した。しかし熊楠が固辞したために田中がアメリカに行くことになった。三年後に帰国した田中は、日本に植物学研究所を設けることを考え、熊楠に相談をもちかけた。そのことでいろいろと話し合っているうちに、熊楠と隣家の争いが持ち上がった。熊楠は県知事を通じて警察に説諭を頼んだが埒（らち）があかず、結局、「これ全く小生多年あまりに世間とかけ離れて仙人棲居（すまい）をせし結果なれば、何とかして多少世間に目立ち、世人より敬せられ保護さるるようの方法を講ずべしとのことにて」（「履歴書」）、協議の結果、研究所を南方邸内に置く「南方植物研究所」の設立が計画されたのである。

田中は、和歌山の常楠とも相談して計画を進め、この年（大正一〇年）四月初めには一二名の発起人が決まり、その後追加されて二六日には二八名になった。原敬、大隈重信、徳川頼倫、杉村楚人冠、幸田露伴、白井光太郎、土宜法龍など、錚々（そうそう）たるメンバーが名を連ねている。設立資金を一〇万円とし、寄付を募るため翌大正一一年三月、熊楠は三六年ぶりに上京した。共立学校時代の恩師高橋是清（当時首相）に会ったのはこの時のことである。

高橋だけではなく、熊楠は、床次竹二郎（内相）、内田康哉（外相）、中橋徳五郎（文相）、山本達雄（農相）といった政府要人を訪問して寄付を募り、在京の知人・友人とも積極的に会っている。

熊楠の名を聞いて宿に訪ねてくる人たちにも快く面会している。それだけ資金集めに必死だったのであろう。この間、予備門で同窓だった芳賀矢一が学長を務める国学院大学に講演に招かれ、酒を飲んで聴衆の前で百面相をして帰ったという一幕もあったが、ともかく五カ月間東京に滞在して八月半ばに田辺に戻った。

この五カ月にわたる熊楠の「集金旅行」の成果は、しかし、意外に乏しかった。小口の寄付が多かったせいか、予定していた額に届かなかったのである。しかも、常楠が当初約束していた二万円の出資金の支払いを拒否してきた。拒否というより、二万円というのは、毛利清雅にいわれて見せ金として申し出たというのが常楠の言い分のようだ。このことで兄弟の仲はこじれ、これまで常楠から送られてきた生活費も打ち切られてしまった。「履歴書」によれば、「舎弟は、小生意外に多く金あつまり銀行へ預けた上はそれで自活すれば可なりと、研究所の寄付金と小生一家の糊口費を混視し、従来送り来たりし活計費を送ら」なくなったのだという。

かくて「南方植物研究所」の設立は尻すぼみとなり、常楠からの送金も打ち切られて、熊楠は生活費を稼がなくてはならない羽目に陥った。仕方なく、『太陽』に連載した「十二支考」の原稿の版権を売り、各種の雑誌に発表した論考をまとめて、『南方閑話』『南方随筆』『続南方随筆』の三冊をたてつづけに刊行した。しかし、原稿料で生活費を稼ぐというのもなかなか大変だったようで、昭和二（一九二七）年上松蓊に宛てた手紙では「小生今年は収入乏しく、僅（わず）かに寄付金二十円と政教社より五円と柳田氏より原稿料三円貰えるのみ。（中略）幸いに平沼氏の寄付金の利息九百余円前月はいり候て、それにてどうやらこうやら凌ぎおり申し候。人間もこうなってはおどけも出ぬも

のに御座候」と嘆息している。(5)

そうした生活の苦労に加えて、熊楠を打ちのめしたのは、愛息熊弥の発病であった。熊弥が発病したのは先述したように大正一四年三月一五日のことで、先行きの見えない熊弥の病状に振り回され、すっかり疲れ果てた熊楠夫妻が、自宅療養を諦めて熊弥を京都の岩倉病院に入院させたのは、昭和三年五月のことであった。「拙児は早発性痴呆症にて恢復の見込みなき由。故に永久入院せしめおくか、または一生社会へ自立して面を立て得ぬものに御座候。わが子ながらも気の毒に存じ申し候」と、熊楠は上松蓊に書き送っている。

熊弥を入院させたことで肩の荷を半ばおろした熊楠は、「とにかく三年二ヵ月めに拙宅の門を開き得、知人のたれかれも出入自在と相成り候」と、熊弥の看護中は門を閉じて訪客にもめったに会わず、自身もほとんど外出しなかった態度を改めている。この年の九月から一〇月にかけては小畦、上松、平沼らの門弟が来訪し、熊楠自身も日高郡の川又官林や妹尾(いもお)官林へ採集行に赴いている。

妹尾官林で年を越した熊楠は、一月八日に田辺に戻っているが、それから二カ月後の三月五日、宮内省御用掛で生物学御研究所主任の服部広太郎が熊楠の許を訪れた。この時服部は、天皇(昭和天皇)の南紀行幸の下検分に来たのだが、この日の熊楠訪問には一つの伏線があった。

これより四年前の大正一五年一一月、熊楠は小畦四郎を通じて九〇点の粘菌標本を当時皇太子であった昭和天皇に献じた。これは、皇太子に生物学を講じていた服部広太郎が、甥を通じてその上司である小畦に、講義に使用したいので小畦の採集した粘菌を拝見したいといってきたのがきっかけであった。小畦が、せっかくの機会だから進献というかたちにしてはどうかと熊楠に相談してきたので、熊楠はそれなら自分たちが採集したものをそろえようと、小畦のものに加えて自分や上松、平沼らのもの九〇点を選定し、小畦を献上者として進献したのである。粘菌研究に熱心であった皇太子は、この進献をことのほか喜んだという。

服部の来訪はこうしたことをふまえた上でのことで、この時の服部の目的は天皇行幸の際の進講の打診にあったようだが、ひと月あまり後の四月二五日、「多年篤学の趣き、かねてより聖聴に達しあるをもって、今年五月貴地方御寄りの節、じきじき御前にて生物学上の御説明の義を仰せ出ださる」という服部からの来信があり、続いて小畦から「田辺湾内神島（中略）にて御説明申し上ぐべし、諾否を返電せよ」という電報があった。熊楠の天皇への進講が正式に決まったのである。熊楠はすぐに小畦宛てに「ヨシミナカタ」と返電した。小畦の電文に「ヨシと返事せよ」とあったからである。この時同席していた岡書院の岡茂雄の回想によると、熊楠は手を振り、脚を激しく動かして、嬉しくてどうしようもない風だったという。熊楠にしてみれば、熊弥の発病以来三年余りの暗雲が一時に晴れた思いであったにちがいない。

熊楠がこのことを従兄弟の古田幸吉に知らせたのは、三〇年ほど前に彼の父親から受けた恩義を忘れなかったからである。

長生きはすべきものなり。小生ごとき薄運のものすら長生きすれば、また天日を仰ぐの日もあるなり。小生は少時ことに尊父善兵衛氏に愛せられ、帰朝後、見すぼらしく浴衣一枚でふらつきおりし際も、尊父だけは小生を侮蔑されざりし。何とぞこの状を仏前に供え、御黙然中に御報告下されたく候なり。

と、その手紙にはある。

すでに三月五日の服部来訪から熊楠の身辺は騒がしくなっていた。天皇の南紀行幸の噂が広がり、熊楠がそれにかかわっていると見られたからである。町のおもだった者や周辺の村長らが、天皇が田辺湾に来られるように服部博士を通じてお願いしてくれと嘆願書を持って訪れたり、県庁から熊楠所蔵の標品を借り出したいといってくるかと思えば、天皇の神島（かしま）上陸という噂を聞きつけて、島の樹木を伐り払って道路をつけるなどという話がもちあがり、熊楠があわてて止めさせるといった一幕もあった。くわえて、自宅では娘の文枝が苦しんでいた。文枝は、服部の書信と小畦の電報がついた日に盲腸炎にかかったが、身内から病人が出たことが分かれば進講が取りやめになるかも知れないので、医者に診せずに自宅治療で我慢させていたのである。このため文枝の病気は長引き、進講が終わったあと和歌山の病院に入院し、翌年三月まで長期療養を余儀なくされている。

五月八日、熊楠は服部より小畦に宛てた葉書を受け取ったが、それには、熊楠はたぶん御召艦（天皇の乗艦）に召されるはずとあった。その一方で、天皇の神島上陸はないという噂も流れていた。そして五月一四日、「五月二十六日御召艦へ召さる、南方熊楠　委細はあとより文（ふみ）」という和歌山県知事の伝言が田辺の警察署長を通じて届いた。しかし、その「文」は一向に来ず、詳細が分からないまま熊楠は進講の準備にかからねばならなかった。しかも、大阪府下でチフスが発生したため、行幸が取り止めになるという噂も流れ、熊楠のいらいらは頂点に達した。そんな熊楠に、妻の松枝は進講辞退を勧めている。

拙妻は永々子女の病気の為にヒステリーを起しおり、今回の御説明の、御召しの、といふ事をあまり喜ばず。これは従来かかる慶事ある毎に、後日小生が色々と紛議を生ずる男なるを知悉し居り、御召しの事すみて後ち、又々誰が不都合也とか、何にが気に入らぬとかつぶやき罵る場合を見越して、其際妻が尤も迷惑するを予知すればなり。故にかかる御内沙汰を服部博士より承はりしを絶頂の面目として、御召しを辞退すべしと勧め居り候。（毛利清雅宛書簡『南方熊楠書簡』所収）

「是も亦一理あり」としながらも、いまさら辞退もならず、熊楠は毛利清雅や旧友の小笠原誉至夫らを通じて情報収集に努めた。熊楠の願いは天皇の神島上陸にあった。

「田辺湾内で目ぼしい処は、何といっても神島（かしま）だ。すでに神島と名づく。この島の神が湾内を鎮護すると信ぜられたるの久しきを知るべし」と熊楠が称揚する神島は、新庄村（現・田辺市）に属する面積三ヘクタールの小島で、ワンジュやキシュウスゲ、バクチの木などの珍しい植物が茂り、手つかずの自然がそのままに残っていた。熊楠は明治三五年以来毎年のように渡島して調査・研究を続けてきたが、神社合祀が吹き荒れていた明治四二年、ご多分にもれずこの島の頂上に祀られていた神社が合祀されてしまった。神社がなければ神林はただの樹林となり、売買の対象となる。翌四三年に神林の伐採計画が持ち上がり、これは魚付林がなくなるという地元漁民の反対で撤回されたが、その翌年には小学校の建設費用を得るという名目で下木が売却され、一部の伐採が始まった。これを知った熊楠は、当時の新庄村村長や助役らに、いかにこの島の自然が貴重であるかを説いた。幸い、村長らは熊楠の説得を聞き入れ、伐採を中止させて売却代金を弁償したため、神島の自然は守られた。熊楠は、毛利清雅とともに神島の保全に力を尽くし、その結果四五年に神島の樹林は県から魚付保安林の指定を受けることができた。神島は、そうした熊楠の特別の思い入れのある島であった。

五月二六日の行幸は六月一日に延期され、一八日にはロンドンで旧知の加藤寛治海軍軍令部長から、天皇の神島御上陸は十中八、九かなうだろうという書信が届いた。一方、知事からの連絡では神島上陸はかなわずとあり、どちらを信じてよいか分からなかったが、とにかく全ては当日のことと熊楠は思い決め、進献品の整理に全力を傾けた。進講前日まで四日四晩ほとんど徹夜したという。

六月一日、進講当日は朝から小雨が降っていた。正午過ぎ、ロンドンで着用し、現在の体型に合わせて洋服屋の金崎宇吉に仕立て直してもらったフロックコートに身を包んだ熊楠は、港から漁船で神島に向かった。天皇はすでに上陸しており、船頭の背に負われて島に上がった熊楠は、天皇と挨拶をかわした。天皇はそれから新庄村村長らの案内で島内の植物の調査に向かったが、往年キューバで痛めた足(4)の具合が悪くなっていた熊楠は、磯辺で待機した。やがて戻って来た天皇は近くの畠島に向かい、熊楠は御召艦の軍艦長門に移った。

長門で待つこと約四〇分、帰艦した天皇を前に、午後五時頃から熊楠の進講が始まった。天皇は熊楠の足を気遣って、椅子にかけるように勧めたという。(6) 熊楠は、自らがキューバで採集し、「グアレクタ・クバナ」と命名された地衣、三二〇種の菌類図譜、一一〇点の粘菌標本、珍種のヤドカリ、海グモ、ウガ(ウミヘビ)などを天皇の前に並べて説明していった。粘菌標本はヤドカリや海グモとともに献上されたが、問屋で使用するキャラメルの大箱に収められていた。はじめ献上用の桐の箱を作らせたが、蓋が開けにくいのでキャラメルの大箱にしたのだという。説明は二五分とされていたが、「もう五分延長せよ」ということで五分延長された。かくて大役を果たした熊楠は、「その夜は帰宅するとすぐさま臥牀、安眠致し候」(服部広太郎宛書簡)。肩の荷を下ろすと同時に、どっと疲労が襲ってきたのであろう。

その後、天皇行幸を記念する「行幸記念博物館」建設の動きがあったが、熊楠はそんなものを作るよりはと、もっぱら神島の保護に意を注いだ。天皇臨幸で有名になったため、多くの人が神島に入り込んで貴重な植物を荒らすという事態が起こったからである。熊楠は、毛利清雅や新庄村村長らとともに県に働きかけ、翌五年に和歌山県天然記念物指定、さらに昭和一一年には文部省より史蹟名勝天然記念物の指定を受けることができた。神社合祀反対運動の頃から長い間かかわってきた神島の保護は、進講を梃子にしてようやくここにひとつの帰結をみた。「父は、長い年月の宿願が叶った安堵感から、一と晩二た晩高いびきで眠りつづけました。そして、よほどうれしかったとみえまして、書斎に行きまして、ありったけの、自分の知っている小唄や都々逸をうたってはしゃいでおりました。そして、あの鋭い眼光は消え、まことに柔和なまなざしでございました。あの顔は、いまに忘れることはできません」（南方文枝「対談　素顔の南方熊楠」中瀬喜陽『覚書 南方熊楠』所収）。

ところで、進講当日、田辺の扇が浜にたたずんで進講の無事を祈る二人の女性がいた。山田信恵、中川季の姉妹で、二人は共に羽山繁太郎・蕃次郎の妹であった。ことに信恵は、明治一九年一〇月一五日渡米の暇乞いに熊楠が羽山家を訪れ、一泊して出立した朝に生まれたという因縁がある。

繁太郎・蕃次郎の羽山兄弟は、若き日の熊楠が深い交情をかわした相手である。二人とも熊楠の渡米中に若くして亡くなった。そのためもあってか、「外国にあった日も熊野におった夜も、かの死に失せたる二人のことを片時忘れず、自分の亡父母とこの二人の姿が昼も夜も身を離れず見える」ほど、熊楠にとって特別の存在となった。熊楠の日記における夢の記述においても、二人の夢が一番多く、また、死の一カ月前の日記にも繁太郎に関わる夢が記されているという(7)。そうした二人の妹であってみれば、熊楠にとっては自分の身内よりも近しく、また信頼できる存在であった。そこで熊楠は、進講が決まると、「尊女の長兄次兄とずいぶん隔てぬ中だったから、尊女かの二人に代わりて当日、熊楠事なく進講を済ましてくるればこれに越した身の幸いなしと、一心不乱に念じくれよ」と、信恵に頼んだ。自分が失態を演じれば彼女をも傷付けることになるだろうから、自ずと慎重な行動をとるようになるという考えからであった。

信恵は熊楠の頼みを聞き入れ、進講当日は遠くで祈っているよりはと、妹とともに田辺に駆けつけると、御召艦の見える浜辺に立って一心不乱に祈念し、御召艦が動き出したのを見て帰途についた。熊楠は、「去る一日首尾よく御前進講相すみ候段、貴女御黙念厚かりしに由ることと、難有く御礼申し上げ候」と信恵に礼をいい、下賜された記念の干菓子の一つを彼女に送り届けたのである。

熊楠は生来頑健で、脚疾のほかにはどこといって悪いところはなかったが、さすがに七〇歳を越える頃には体力の衰えを隠し切れなくなり、身体の不調を訴えるようになった。だが、身体の衰えよりも熊楠にとってショックだったのは、自慢の記憶力の減退であった。上松蓊宛ての手紙でも、「……このごろよほど老耄せしと見ゆ。たしかに一昨夜『今昔物語』で読みたりと覚え候ことも、今日再見するに一向見当たらず。念のためいろいろと渉猟するに『古今著聞集』より見出だす等のことしきりに有之」と語り、娘の文枝によれば、「どうしてこんなになったのか」と、記憶力の衰退を涙をこぼして歯がゆがったという。明らかに熊楠にも老いが忍び寄って来ていた。その老いをさらに加速させるかのように、長年の知友が一人二人と熊楠の周りから去っていった。

昭和一三（一九三八）年には毛利清雅が死んだ。神社合祀反対運動以来、南方植物研究所、進講、神島の天然記念物指定と、熊楠の後半生をいろどった出来事に清雅は全てかかわっている。ジャーナリストとして、また、県会議員として地方政界入りをした毛利は、熊楠にとっては地方官界や中央への仲介役・助力者としてまたとない存在であった。昭和一〇年の県会議員選挙では熊楠は毛利の選挙事務長になって協力している。印刷では心がこもらないからと、推薦状を全て自筆で認めたという。

昭和一五年には川島草堂が死去した。付き合いからいえば毛利より草堂の方が古い。草堂は奇行で知られた画家で、熊楠とは明治三五年に知り合い、菌類の写生を手伝ったり、植物調査に同行したりしている。酒豪で、熊楠の飲み友達でもあった。また、狩猟を趣味とし、好んで山中を歩き回ったために、山間の民俗にも詳しかった。熊楠の民俗学の論考には、草堂に材料を得たものも多い。

『牟婁新報』に神社合祀反対の論文を発表するようになったのも、草堂の斡旋によるものという。

しかし、熊楠にとって何よりも大きな打撃となったのは、喜多幅武三郎の死であった。

田辺定住後、喜多幅は主治医として、またよき相談相手として常に熊楠の身辺にあった。「二人は実の兄弟のようで、先生のほうがわがままな弟のような父をいつもリードして下さいました。健康については先生がよく注意して下さいますし、父も先生の言うことならば何でもよくきくのです。ですから私たちが困ったときは先生に言いきかせてもらったものでした」と、娘の文枝は語っている。また松枝は、「もしも先生のほうが早く亡くなられたら、すぐ迎えに来て下さいよ、こんな気むつかしい人残されたらかなわんから」と、いつも冗談に喜多幅にいっていたという。

喜多幅が死去したのは、昭和一六年三月一〇日のことである。「父は、昭和十六年の三月に親友喜多幅氏を失ってから心の張りを失ったかの如く、ときどき縁側にポツンと腰をかけて、『あの人も、この人も逝ってしまったか』と淋し気に呟いている姿を見かけた」と文枝は回想しているが、上松蓊宛ての手紙にも「今春喜多幅医師死してより六十年来の拙軀につきての顧問全く途絶え、暗夜に灯を失いしごとく、事に付けてどうしてよきか分からず困りおり候」とあり、心細さを訴えている。

一一月一六日、熊楠はわざわざ東京から取り寄せた『今昔物語』に、「昭和十六年十一月十六日神田神保町一誠堂書店より購収／娘文枝ニ与フル者也／南方熊楠」と署名して文枝に与えた。これを持っていれば熊楠の娘だということが分かり、不測のことがあっても誰かが面倒を見てくれるだろうという配慮からだったという。

四年前に中国本土で始まった戦争は拡大の一途をたどり、国内は戦時色一色に塗り込められた。

配給制や灯火管制など不自由な生活を強いられながらも、熊楠は文枝に手伝わせながら黙々と菌類の解剖や図記に励んだ。この年一二月八日、日本はハワイの真珠湾を奇襲して太平洋戦争に突入したが、その二日後の一〇日付けの上松蓊宛ての葉書には「小生は過日厠中にて後頭部を打ち、また一夜に五回も闇中に偃（ふ）し倒れ今に大病」とある。すでに医師からは萎縮腎を告げられており、一三日頃から床についたが、病状は進行し、肝硬変による黄疸の兆候も表れた。二〇日過ぎからは食欲もなくなって衰弱が激しくなり、やがて二八日を迎えた。

父は毎年六月頃に花を咲かす庭の大きな棟（おうち）の木を愛していた。昭和四年六月一日の御進講の日は、ちょうど門出を祝福するが如く、紫色の棟の花が空一面に咲き誇っているのを満足そうに見上げていた。今すでに意識朦朧とした脳裡に過ぎし日のことを想い出したのか、「天井に紫の花が一面に咲き実に気分が良い。頼むから今日は決して医師を呼ばないでおくれ。医師が来ればすぐ天井の花が消えてしまうから」と懇願した。そして夜に入り、「私はこれからぐっすり眠るから誰も私に手を触れないでおくれ。縁の下に白い小鳥が死んでいるから明朝手厚く葬ってほしい」と謎の言葉を残し、「頭からすっぽり自分の羽織をかけておくれ。では、おまえたちもみんな間違いなくおやすみなさい。私もぐっすりやすむから」と言った。それから夜中の二時すぎであったか、急に荒い息の下から、「野口、〳〵、熊弥、〳〵」と大声でさけんだ。(8) 多分、長い間入退院で野口氏にお世話になった病子熊弥のことを今後ともよろしくと頼んだのであろう。（中略）東の空も白みかけた二十九日午前六時半、父は波瀾多かりし

七十五歳の生涯を閉じた。（南方文枝「終焉回想」『父 南方熊楠を語る』所収）
松枝は、まだ温かい熊楠の両手を胸の上で組み合わせ、その手首に神島の彎珠（わんじゅ）で作られた黒い念珠を掛けてやったという。
その日の夜、デスマスクが取られ、翌日、熊楠生前の希望により脳の解剖が行われた。田辺高山寺の「過去霊名簿」（『南方熊楠百話』所収）によれば、脳の重量は一四二五グラムである。前述したように夏目漱石の脳も一四二五グラムで、奇しくも全く同じ重さである。

〈注〉
（1）孤児のリチャード・ホイッティントンは、ロンドンの富裕な商人のもとで働いていたが、使用人のいじめにあって逃げだした。しかし、途中で教会の鐘の音が「引き返せば三度ロンドン市長になれる」と鳴っているように聞こえたので、主人のもとに戻る。主人の貿易船が出航するに際して、可愛がっていた猫を船長に預ける。船がバーバリーに着くと、国中が鼠の害に悩まされていたので、ホイッティントンの猫を放ったところ、たちまち鼠を退治してしまった。猫は国王に大金で買い取られたので、ホイッティントンは大金持ちとなり、主人の娘と結婚して、教会の鐘の音の予言どおり三度ロンドン市長になったという。
（2）宮武外骨（一八六七～一九五五）は、反官憲に徹した反骨のジャーナリスト・風俗史家。「情事を好く植物」は、東西の強精剤や媚薬の話、「月下氷人」は東西の近親相姦の話で、罰金一〇〇円の判決を受けた熊楠は、「外骨はけしからん男だ。わしに罰金を払わせおった」と語ったという。

（3）漱石は明治三四年三月二一日の日記に、「英人ハ天下一ノ強国ト思ヘリ仏人モ天下一ノ強国ト思ヘリ独乙人モシカ思ヘリ彼等ハ過去ニ歴史アルコトヲ忘レツ、アルナリ羅馬ハ亡ビタリ希臘モ亡ビタリ今ノ英国仏国独乙ハ亡ブルノ期ナキカ」と、熊楠と同じ認識を示している。そして、「（日本の）未来ハ如何アルベキカ」と、内へ視線を向けている。

（4）『漱石全集』第十六巻「後記」参照。

（5）もっとも娘の文枝は、原稿料生活について、「決して豊かではございませんが、昔のいい時代でしたから、不自由はございませんでしたよ。母がお裁縫など教えておりましたので少々持っていたらしく、私などお琴や三味線など買うときは、母におねだりしたものでした」と語っている。（南方文枝『父 南方熊楠を語る』）

（6）熊楠はキューバに渡った際、足の指の爪の下に食い入るジッガーという蚤に似た虫の害を防ぐため、重い深靴をはいて山野を歩き回った。このため足を痛め、一時は治ったものの、帰国してからは度々痛みがぶり返したという。

（7）唐澤太輔『南方熊楠の見た夢　パサージュに立つ者』『南方熊楠』参照。

（8）文枝の日記には、熊楠の最後のことばとして、「文枝、文枝」「野口、野口」と記されているという。自分の名の代わりに兄の名を回想記に記したのは、不遇だった兄の名を熊楠最後のことばとして後世に伝えたかったのではないかと推測されている。（松居竜五「南方文枝さんを偲ぶ」『熊楠研究』第3号所収）

終章　漱石と熊楠の間

〔原〕漱石が熊本で死んだら熊本の漱石で。漱石が英国で死んだら英国の漱石である。漱石が千駄木で死ねば又千駄木の漱石で終る。今日迄生き延びたから色々の漱石を諸君に御目にかける事が出来た。是から十年後には又十年後の漱石が出来る。俗人は知ら〔衍〕らず漱石は一箇の頑塊なり変化せずと思ふ。此故に彼等は皆失敗す。漱石を知らんとせば彼等自らを知らざる可らず。（夏目漱石・寺田寅彦宛書簡）

世間は芝居のごときもので、本当にかなしきはかなしみ、腹立つ時は腹立つのが、うまく自分の役を勤め果(おお)すことと思えり。芝居果てて楽屋に退いた上は感相同じ一大枢、誰がうまくつとめたと笑うほどのことと存じ候。（南方熊楠・山田栄太郎宛書簡）

これまで見てきたように、漱石は「漱石」を生き、熊楠は「熊楠」を生きた。確かに、二人の間には何人かの共通の知人がいた。しかし、それらの知人を通して二人が知り合うことは、残念ながらなかった。ただ、「ひょっとしたら……」と思わせる人物が一人いる。杉村広太郎（楚人冠）である。

先述したように杉村は熊楠の和歌山中学の後輩にあたり、東京朝日に入社して明治四〇年頃に漱石と知り合っている。杉村は漱石の変人という噂を聞いていたが、「会つて話して見ると、極めて気のおけない、あたりのいゝ人で、言語動作に何処となく打ちとけ易い所がある。私は全く案外の思をした。両三度あつてゐるうちに段々心安くなつて、間もなく互に敬語も何も使はずに話し合ふやうな仲になつた」という。一方熊楠については、明治四二年に「三年前の反吐(へど)」と題してその紹介記事を大阪朝日に書き、四四年には東京朝日に神社合祀の実態について一文を投じている。また熊楠から『南方二書』の配布も受けており、熊楠の仕事については一定の理解と認識を持っていた。杉村によれば、朝日の編集会議に漱石が出て来ると、いつも会議終了後に午餐に誘い出し談笑したという。その席上で熊楠の話題がのぼった可能性は考えられるが、確証はない。

菌類や粘菌のことはおくとしても、漱石は民俗学にもさしてというか、ほとんど興味がなかったようだ。従って、熊楠の仕事にも関心をはらっていたような形跡はない。一方熊楠も、現代小説はほとんど読まなかったようだから、漱石の名や作品名は新聞などで折にふれ目にしていたとしても、蔵書にある『吾輩ハ猫デアル』のほかは読んだことがなかったと思われる。

要するに、存在においても専門とする分野においても、漱石と熊楠の間は隔絶している。そんなことは始めから分かっていたことだといわれればそれまでだが、この隔絶の意味、すなわち「漱石と熊楠の間」ということについて少し考えてみたい。

「粘菌は、動植物いずれともつかぬ奇態の生物にて、英国のランカスター教授などは、この物最初他の星界よりこの地に堕ち来たり動植物の原(もと)となりしならん、と申す。生死の現像(げんしょう)、霊魂等のこと

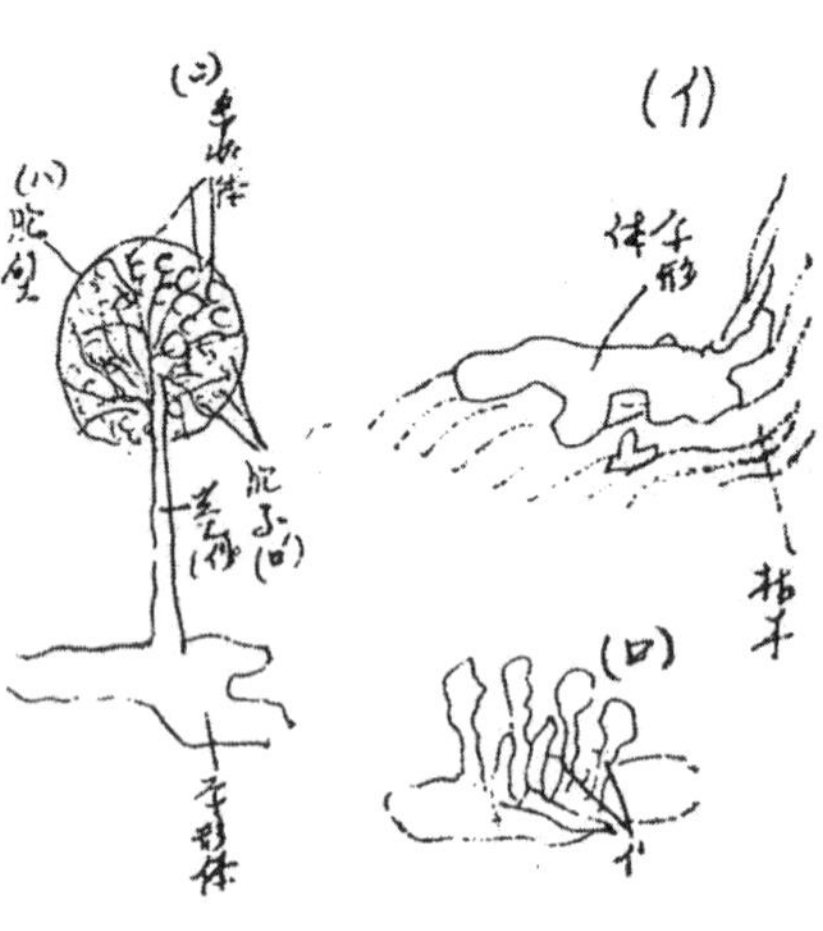

に関し、小生過ぐる十四、五年この物を研究罷りあり」と、熊楠は柳田国男宛ての書簡で述べているが、そのことばどおり、熊楠がその後半生で最も力を注いだのは、粘菌の研究であった。すでに在米中に粘菌に深い関心を抱き、羽山蕃次郎宛てにその採集を依頼する手紙を出したりしているが、本格的に研究を始めたのはイギリスより帰国してからのことである。粘菌とは何か。熊楠はなにゆえに粘菌に魅せられたのか。

粘菌は変形菌とも呼ばれ、網目状の変形体〔原形体〕でアメーバのように不定形で動き回り、バクテリアを捕食して成長する。十分に成長するとキノコや虫の卵のような子実体を形成して胞子を作り、この胞子が風で飛ばされて地上に落ち、再びアメーバのようになる。こうした粘菌のライフサイクルを熊楠は次のように描写している。

粘菌が原形体として朽木枯葉を食いまわること〔図(イ)参照〕やや久しくして、日光、日熱、湿気、風等の諸因縁に左右されて、今は原形体で止まり得ず、(ロ)原形体がわき上がりその原形体の分子どもが、あるいはまずイなる茎（くき）となり、他の分子どもが茎をよじ登りてロなる胞子となり、それと同時にある分子どもが(ハ)なる胞壁となりて胞子を囲う。それと同時にまた(ニ)

なる分子どもが糸状体となって茎と胞子と胞壁とをつなぎ合わせ、風等のために胞子が乾き、糸状体が乾きて折れるときはたちまち胞壁破れて胞子散飛し、もって他日また原形体と化成して他所に蕃殖するの備えをなす。かく出来そろうたを見て、やれ粘菌が生えたといいはやす。しかるに、まだ乾かぬうちに大風や大雨があると、一旦、茎、胞壁、胞子、糸状体となりかけたる諸分子がたちまちまた跡を潜めてもとの原形体となり、災害を避けて木の下とか葉の裏に隠れおり、天気が恢復すればまたその原形体が再びわき上がりて胞囊を作るなり。原形体は活動して物を食いありく。茎、胞囊、胞子、糸状体と化しそろうた上は少しも活動せず。ただ後日の蕃殖のために胞子を擁護して、好機会をまちて飛散せしめんとかまうるのみなり。（岩田準一宛書簡）

熊楠を魅了したのは、粘菌のこのような存在形態にほかならない。

故に、人が見て原形体といい、無形のつまらぬ痰様の半流動体と蔑視さるるその原形体が活物で、後日蕃殖の胞子を護るだけの粘菌は実は死物なり。死物を見て粘菌が生えたと言って活物と見、活物を見て何の分職もなきゆえ、原形体は死物同然と思う人間の見解がまるで間違いおる。すなわち人が鏡下にながめて、それ原形体が胞子を生じた、それ胞壁を生じた、それ茎を生じたと悦ぶは、実は活動する原形体が死んで胞子や胞壁に固まり化するので、一旦、胞子、胞壁に固まらんとしかけた原形体が、またお流れとなって原形体に戻るは、粘菌が死んだと見えて実は原形体となって活動を始めたのだ。今もニューギニア等の土蕃は死を哀れむべきこととせず、人間が卑下の現世を脱して微妙高尚の未来世に生ずるの一段階に過ぎずとするも、むやみに笑うべきでない。(同)

粘菌は、生命活動が最も活発なときは吐き散らされた痰のように見え、誰も生きている物とは思わない。ところが子実体は美しいキノコや虫の卵のように見えるので、人はこれを見てこれからどんどん成長するのだろうと思う。しかし、この子実体は、ほとんど生命活動を終えた〝死体〟にほかならない。生きている時は死んだように見え、死んでいる時は生きているように見える。いわば生と死が逆転しているかのようだが、熊楠はそこから生死の現象の深遠な秘密を感じ取る。

……『涅槃経』に、この陰滅する時かの陰続いて生ず、灯生じて暗滅し、灯滅して闇生ずるがごとし、とあり、そのごとく有罪の人が死に瀕しおると地獄には地獄の衆生が一人生まるると期待する。その人また気力をとり戻すと、地獄の方では今生まれかかった地獄の子が難産で流死しそうだとわめく。いよいよその人死して眷属の人々が哭き出すと、地獄ではまず無事で生まれたといきまく。(同)

「東洋と西洋に関するかくも深い学識を持ち、人間世界と物質世界の率直で公平でしかも私心のない観察者」(ディキンズ)であった熊楠は、生と死の実相を自分が深く通じていた仏教の哲理の中に追い求めていった。一方、死をより高次な生への一段階とするニューギニア現地人の考えを「むやみに笑うべきではない」として、生と死の観念を含む人間の想像力の軌跡を人類学・民俗学の方法を駆使して探求していく。「今の学問は粘菌と人間とは全く同じからずということばかり論究序述して教えるから、その専門家の外には少しも世益なきなり」（同）という熊楠にとっては、粘菌も人間も全く別物ではなかった。いわば生命の原初的形態を示す粘菌からその最高形態である人間まで、「無尽無究の大宇宙の大宇宙のまだ大宇宙」を包蔵する大日如来の不思議が宿る存在としてひとしなみに考察するに値するのである。

同じように、熊楠にとっては自然科学も民俗学も仏教の哲理もそれぞれ別の学問ではなかった。それらが熊楠の中で一つに溶け合って独特の思考を形づくり、生命体としての人間、その意識の様相、意識と外界との関わり、生と死の観念から生まれた信仰と想像力の行方などが追求され、そして、「南方曼荼羅」によって、人間をはじめ一切の存在を包蔵するこの世界（宇宙）の秘密の一端が解き明かされようとしたのである。

一方これに対して漱石は、徹頭徹尾〈自己〉と〈内部〉にこだわった。

> 芸術は自己の表現に始まつて、自己の表現に終るものである。（「文展と芸術」）

> 僕は自分で文芸に携はるので文芸心理を純科学的には見られない。又見ても余所々々（よそよそ）しくてとてもそんなものに耳を傾ける気がしない。僕のはいつでも自分の心理現象の解剖であります。

僕にはそれが一番力強い説明です。若しそこに不完全なものがあればそれは心理現象そのものゝ複雑から来るので方法のわるい点からくるとは考へられません。もしメンデリズス〔ム〕が非常に進歩して御前の文芸上の作物はAとBとCと……とからの遺伝がかうなつて出て来てゐると科学者から説明されても僕は僕の頭で自分を解剖して（不完全な解剖でも）いやさうぢやないと断言するかも知れません。（畔柳芥舟宛書簡。傍点は引用者）

心ハ喜怒哀楽ノ舞台
舞台ノ裏ニ何物かある（「断片」二）

吾人の心中には底なき三角形あり、二辺並行せる三角形あるを奈何〔いかん〕せん、若〔も〕し人生が数学的に説明し得るならば、若し与へられたる材料より、Xなる人生が発見せらるゝならば、若し人間が人間の主宰たるを得るならば、若し詩人文人小説家が記載せる人生の外に人生なくんば、人生は余程便利にして、人間は余程ゑらきものなり、不測の変外界に起り、思ひがけぬ心は心の底より出で来る、容赦なく且乱暴に出で来る海嘯と震災は、啻〔ただ〕に三陸と濃尾に起るのみにあらず、亦自家三寸の丹田〔たんでん〕中にあり、剣呑なる哉、（「人生」）

いってみれば、漱石は〈自己〉を解剖台に乗せ、自らメスを振るってその内部を解剖してみせたのである。「たとひ飛び立つ程痛くつても、自分で自分の身体〔からだ〕を切つて見て、成程痛いなと云ふ所人間の真実にまでメスの切っ先が届いたのである。

熊楠は、人間をはじめ全てを包蔵する〈この世界〉の秘密の解明に向かい、漱石は「個」の内部に錘鉛（すいえん）を下ろし、〈この世界〉に生きる人間の内実を追究した。そう考えてくると、少し大袈裟かも知れないが、近代から現代にかけての大方の思想潮流は、漱石と熊楠の間にすっぽりとおさまってしまうような気がする。そしてそれが、漱石と熊楠の間、その隔絶の意味なのである。とすれば、多くの近・現代思想が行き詰まりを見せている今日、新たな思想の可能性は漱石と熊楠の総合という方向に開かれると思うのだが、どうだろうか。

〈漱石〉と〈熊楠〉というかけ離れた知性がまったく同時代に存在し得たということは、両者の生きた時代に活力と幅の広さ、深さがあったからだろうが、ひるがえって現代を考えると、失望感を抱かざるを得ない。異質なものを排除し、同質化をよしとする、あるいは同質化しなければ生き難い現代社会の状況からは、同質的な「小知」の群れは生まれても、漱石と熊楠のようなかけ離れた大いなる〈知〉は生み出せそうにない。今は〈知〉は生き生きとした活力を失い、幅を狭め、深みもなくなってきている。これを時代の衰弱と見るか、情報の発達と平等観念の広がりから〈知〉の同質化は必然的だとして時代の成熟と見るかは議論の分かれるところだが、どちらにしても、衰弱なら衰弱でこの先どうしたらいいのか、成熟なら成熟でその果てには何があるのか。〈漱石〉と〈熊楠〉を読み解くことで少なくともなにがしかの答えは得られるのではないだろうか。このことも「漱石と熊楠の間」の問題である。

ところで、漱石の作品中『坊っちゃん』は『心』とならんでもっとも愛読されているということだが、その大きな要因として、めりはりのきいた語り口とともに、主人公の人物像があげられよう。漱石の作品の主人公は、ほとんどが知識人である。彼等は親の金や遺産で暮らす〝高等遊民〟であったり、学校の教師だったりするが、いずれも「考える人」である。坊っちゃんも中学校の教師であるから、一応知識人である。しかし彼は、「考える人」であるよりも行動を好む。というか、考える前に行動してしまう。よくいえば直情径行、悪くいえば単細胞で、権威に反発し、裏表のある功利的な輩を憎む。こういうところが、『坊っちゃん』の人気がある所以であろう。漱石自身は、坊っちゃんについて次のように語っている。

人生観と云つたとて、そんなむづかしいものぢやない。手近な話が『坊ちやん』の中の坊ちやんといふ人物は或点までは愛すべく、同情を表すべき価値のある人物であるが、単純過ぎて経験が乏し過ぎて現今の様な複雑な社会には円満に生存しにくい人だなと読者が感じて合点しさへすれば、それで作者の人生観が読者に徹したと云ふてよいのです。（中略）人が利口になりたがつて、複雑な方ばかりをよい人と考へる今日に、普通の人のよいと思ふ人物と正反対の人を写して、こゝにも注意して見よ、諸君が現実世界に在つて鼻の先であしらつて居る様な坊つちやんにも中々尊むべき美質があるではないか、君等の着眼点はあまりに偏頗ではないか、と注意して読者が成程と同意する様にかきこなしてあるならば、作者は現今普通人の有してゐる人生観を少しでも影響し得たものである。（文学談）

少し回りくどい言い方ではあるが、坊っちゃんに対する並々ならぬ愛情が感じられる。「僕は教育者として適任と見傚（みな）さるゝ狸や赤シヤツよりも不適任なる山嵐や坊つちやんを愛し候」と、大谷繞石宛ての手紙にもある。

熊楠は、自分自身について、「小生は世間に向かぬ男なり、世間に向かぬ男が強いて世に向かんなどするは全敗して世を誤つのもとなるべし」（柳田国男宛書簡）と述べているが、「世間に向かぬ男」という点では熊楠も、複雑な社会には円満に生存しにくい「坊っちゃん」の同類といってもいいかもしれない。

漱石と熊楠は現実には直接の交渉はなかったが、最後にふたりをちょっと棒組にしてみたくなった。たとえば、こんな場面はどうだろう。

「だまれ、」と南方は拳骨を食（くら）はした。赤シヤツはよろ〱したが「是は乱暴だ、狼藉（ろうぜき）である。理非を弁じないで腕力に訴へるのは無法だ」

「無法で沢山だ」とまたぽかりと撲（な）ぐる。「貴様の様な奸物はなぐらなくつちや、答へないんだ」とぽか〱なぐる。おれも同時に野だを散々に擲き据えた。仕舞には二人とも杉の根方にうづくまつて動けないのか、眼がちら〱するのか、逃げ様ともしない。

「もう沢山か、沢山でなけりや、まだ撲つてやる」とぽかん〳〵と両人でなぐつたら、「もう沢山だ」と云つた。野だに貴様も沢山かと聞いたら「無論沢山だ」と答えた。

「貴様等は奸物だから、かうやつて天誅を加へるんだ。これに懲りて以来つゝしむがいゝ。いくら言葉巧みに弁解が立つても正義は許さんぞ」と南方が云つたら両人共だまつてゐた。ことによると口をきくのが退儀なのかも知れない。

「おれは逃げも隠れもせん。今夜五時迄は浜の港屋に居る。用があるなら、巡査なりなんなり、よこせ」と南方が云ふから、おれも「おれも逃げも隠れもしないぞ。南方と同じ所に待つてるから警察へ訴へたければ、勝手に訴へろ」と云つて、二人してすたすた〳〵あるき出した。

（中略）

其夜おれと南方は此不浄な地を離れた。船が岸を去れば去る程いゝ心持ちがした。神戸から東京迄は直行で新橋へ着いた時は、漸く娑婆へ出た様な気がした。南方とはすぐ分れたぎり今日迄逢ふ機会がない。（『坊っちゃん』十一より）

以上は、もちろん、ただの空想である。

あとがき

以前わたしは、児童書として夏目漱石と南方熊楠の伝記を書きました。その際、同時代を生きながらまったくかけはなれたコースを歩んだ二人に、共通の知人がいることや、落第やイギリスでの勉学など、人生上の共通体験があることを知り、興味を覚えました。漱石と熊楠の生涯をくらべてみたら面白いのではないか——そう思ったのがきっかけで、以来、資料を読み、暇をみては書き継ぎ、まとめて、形にしたのが本書です。

あらかじめお断りしておきますが、わたしは漱石の専門家でも熊楠の研究家でもありません。したがって本書には、独自の見解もユニークな視点も、深く掘り下げた分析も新しい資料の発見もありません。だいたいが、本書に書いてあることは漱石や熊楠の研究書では必ずといっていいほど言及され、漱石ファン、熊楠ファンなら誰でも知っていることばかりです。わたしは、ただ、公刊された資料や諸家の研究書に拠って、漱石と熊楠のいわば標準的な伝記を同一紙面にならべてみせたにすぎません。そうすることによって見えてくる〝景色〟が本書の主題です。

その景色を見るために、少しの時間を割いていただければ光栄です。

二〇一九年　二月

三田村 信行

参考文献

『漱石全集』全二八巻別巻一（岩波書店　一九九三～九九）
『南方熊楠全集』全一〇巻別巻二（平凡社　一九七一～七五）
長谷川興蔵校訂『南方熊楠日記』全四巻（八坂書房　一九八七～八九）
荒正人『増補改訂 漱石研究年表』（集英社　一九八四）
松居竜五・田村義也編『南方熊楠大事典』（勉誠出版　二〇一二）
松居竜五他編『南方熊楠を知る事典』（講談社　一九九三）

小宮豊隆『夏目漱石』（岩波書店　一九八六～八七）
小宮豊隆『漱石の藝術』（岩波書店　一九四二）
森田草平『夏目漱石』（講談社　一九八〇）
松岡譲『漱石先生』（岩波書店　一九三四）
金子健二『人間漱石』（協同出版　一九五六）
石川悌二『夏目漱石　―その虚像と実像―』（明治書院　一九八〇）
江藤淳『漱石とその時代』全四冊（新潮社　一九七〇～九六）

蓮實重彦『夏目漱石論』（福武書店　一九八八）
平川祐弘『夏目漱石　非西洋の苦闘』（講談社　一九九一）
大岡昇平『小説家 夏目漱石』（筑摩書房　一九九二）
吉本隆明『夏目漱石を読む』（筑摩書房　二〇〇二）
吉本隆明・佐藤泰正『漱石的主題』（春秋社　一九八六）
佐々木英昭『夏目漱石 人間は電車ぢやありませんから』（ミネルヴァ書房　二〇一六）
十川信介『夏目漱石』（岩波書店　二〇一六）
佐渡谷重信『漱石と世紀末芸術』（講談社　一九九四）
群像日本の作家1『夏目漱石』（小学館　一九九一）
小田切秀雄『新潮日本文学アルバム2　夏目漱石』（新潮社　一九八三）
夏目鏡子『漱石の思い出』（文藝春秋　一九九四）
夏目伸六『父・夏目漱石』（文藝春秋　一九九一）
松岡陽子マックレイン『孫娘から見た漱石』（新潮社　一九九五）
半藤末利子『漱石の長襦袢』（文藝春秋　二〇一二）
半藤一利『漱石先生ぞな、もし』（文藝春秋　一九九二）
半藤一利編『夏目漱石 青春の旅』（文藝春秋　一九九四）
出口保夫『ロンドンの夏目漱石』（河出書房新社　一九九一）
出口保夫／アンドリュー・ワット編著『漱石のロンドン風景』（研究社出版　一九八五）

東秀紀『漱石の倫敦、ハワードのロンドン』(中央公論社　一九九一)
武田勝彦『漱石の東京』(早稲田大学出版部　一九九七)
出久根達郎『漱石先生の手紙』(日本放送出版協会　二〇〇一)
新小説臨特號「文豪夏目漱石」(春陽堂　一九一七)
新文芸読本「夏目漱石」(河出書房新社　一九九〇)
「國文學」一月臨時増刊号「夏目漱石の全小説を読む」(學燈社　一九九四)
「漱石研究」創刊号(翰林書房　一九九三)
「新潮」(新潮社　二〇一三)

『南方熊楠英文論考〔ネイチャー〕誌篇』(集英社　二〇〇五)
『南方熊楠英文論考〔ノーツアンドクエリーズ〕誌篇』(集英社　二〇一四)
『南方熊楠邸蔵書目録』(田辺市南方熊楠邸保存顕彰会　二〇〇四)
長谷川興蔵・武内善信校訂『南方熊楠　珍事評論』(平凡社　一九九五)
飯倉照平・鶴見和子・長谷川興蔵編『熊楠漫筆　南方熊楠未刊文集』(八坂書房　一九九一)
中瀬喜陽編著『南方熊楠、独白　熊楠自身の語る年代記』(河出書房新社　一九九二)
飯倉照平編『柳田国男　南方熊楠往復書簡集』(平凡社　一九七六)
飯倉照平・長谷川興蔵編『南方熊楠　土宜法竜　往復書簡』(八坂書房　一九九〇)
笠井清編『南方熊楠書簡抄――宮武省三宛――』(吉川弘文館　一九八八)

中瀬喜陽編『南方熊楠書簡 盟友毛利清雅へ』（日本エディタースクール出版部 一九八八）
中瀬喜陽編『南方熊楠 門弟への手紙 上松蓊へ』（日本エディタースクール出版部 一九九〇）
鶴見和子『南方熊楠』（講談社 一九八一）
笠井清『南方熊楠』（吉川弘文館 一九八五）
松居竜五『南方熊楠一切智の夢』（朝日新聞社 一九九一）
仁科悟朗『南方熊楠の生涯』（新人物往来社 一九九四）
中沢新一『森のバロック』（せりか書房 一九九二）
近藤俊文『天才の誕生 あるいは南方熊楠の人間学』（岩波書店 一九九六）
飯倉照平『南方熊楠 梟のごとく黙坐しおる』（ミネルヴァ書房 二〇〇六）
唐澤太輔『南方熊楠 日本人の可能性の極限』（中央公論社 二〇一五）
唐澤太輔『南方熊楠の見た夢 パサージュに立つ者』（勉誠出版 二〇一四）
南方文枝『父 南方熊楠を語る』（日本エディタースクール出版部 一九八一）
谷川健一・中瀬喜陽・南方文枝『素顔の南方熊楠』（朝日新聞社 一九九四）
飯倉照平編『南方熊楠 人と思想』（平凡社 一九七四）
中瀬喜陽・長谷川興蔵編『南方熊楠アルバム』（八坂書房 一九九〇）
飯倉照平・長谷川興蔵編『南方熊楠百話』（八坂書房 一九九一）
中瀬喜陽『覚書 南方熊楠』（八坂書房 一九九三）
熊楠研究一～八（南方熊楠資料研究会 一九九九～二〇〇六）

太陽「特集 奇想天外な巨人南方熊楠」（平凡社　一九九〇）
現代思想「特集＝南方熊楠」（青土社　一九九二）
國文學「南方熊楠――ナチュラルヒストリーの文体」（學燈社　二〇〇五）
kotoba第19号「南方熊楠「知の巨人」の全貌」（集英社　二〇一五）
研究紀要第21号（和歌山市立博物館　二〇〇七）
内田百閒『無絃琴』（旺文社　一九八一）
丸谷才一『コロンブスの卵』（筑摩書房　一九八八）
谷川健一『南方熊楠、その他』（思潮社　一九九一）
廣田鋼蔵『化学者 池田菊苗 漱石・旨味・ドイツ』（東京化学同人　一九九四）
岡茂雄『本屋風情』（中央公論社　一九八三）
秋山勇造『日本学者フレデリック・V・ディキンズ』（御茶の水書房　二〇〇〇）
大江志乃夫『徴兵制』（岩波書店　一九八一）
赤坂憲雄『山の精神史』（小学館　一九九一）
高木健夫『新聞小説史　明治篇』（国書刊行会　一九七四）
長谷川如是閑『倫敦！　倫敦？』（岩波書店　一九九六）
松居竜五・小山騰・牧田健史『達人たちの大英図書館』（講談社　一九九六）
高橋裕子・高橋達史『ヴィクトリア朝万華鏡』（新潮社　一九九三）

角山榮・川北稔編『路地裏の大英帝国　イギリス都市生活史』（平凡社　一九八二）
ジャック・ロンドン　行方昭夫訳『どん底の人びと』（岩波書店　一九九五）
L・C・B・シーマン　社本時子・三ッ星堅三訳『ヴィクトリア時代のロンドン』（創元社　一九八七）
デイヴィッド・M・ウィルソン　中尾太郎訳『大英博物館の舞台裏』（平凡社　一九九四）
ハンス・フィッシャー　今泉みね子訳『ゲスナー』（博品社　一九九四）

漱石と熊楠関係年表

和暦	西暦	齢	漱石	熊楠	社会
慶応 三	一八六七	0	1・5（新暦2・9）江戸牛込馬場下横町に生まれる。生後まもなく四谷の古道具屋に里子に出される。	4・15（新暦5・18）和歌山城下橋丁に生まれる。	10月 大政奉還。12月 王政復古の大号令。
慶応 四	一八六八	1	塩原昌之助・やす夫妻の養子となる。		1・3 鳥羽・伏見の戦い。
明治 一					9・8 明治と改元。
三	一八七〇	3	種痘が原因で疱瘡にかかり、あばたが残る。	脾疳を患い、楠神に詣る。3・2 弟常楠生まれる。	
六	一八七三	6		雄小学校に入学する。	1月 徴兵令布告。
七	一八七四	7	戸田学校下等小学第八級に一年遅れで入学する。		2・1 佐賀の乱。
八	一八七五	8	12月末から翌年初めまでに夏目家に引き取られる。	『和漢三才図会』『本草綱目』などを書写する。	
九	一八七六	9	6月頃市谷学校に転校。父直克 警視庁八等警視属となる。	鐘秀学校に入学。11・1 弟楠次郎生まれる。	10月 熊本神風連の乱、秋月の乱。11月 萩の乱。

和暦	西暦	齢	漱石	熊楠	社会
明治一〇	一八七七	10	5月 学業優秀につき東京府庁より賞状を受ける。	父弥兵衛、米屋を開業。	2月 西南戦争起こる。
一二	一八七九	12	3月 東京府第一中学校正則科に入学する。	3月 和歌山中学校に入学する。	
一四	一八八一	14	1月 母千枝死去。第一中学校を中退して二松学舎に入る。	弥兵衛金融業に転じて富商への道を歩みはじめる。	
一六	一八八三	16	秋頃 成立学舎に入学する。	3月 上京して共立学校入学。	
一七	一八八四	17	9月 東京大学予備門に入学する。	9月 東京大学予備門に入学する。	10月 秩父事件起こる。
一八	一八八五	18		12月 試験の結果落第する。	『当世書生気質』刊。
一九	一八八六	19	7月 腹膜炎のために進級試験受けられず、留年。9月 江東義塾で教師をする。直克警視庁警視属を止める。	2月 癲癇症のため予備門を退学し、和歌山に帰省。10月 父と兄から渡米の許しを得る。12・22 アメリカに向かう。	東京大学予備門が第一高等中学校と改められる。
二〇	一八八七	20	3月 長兄大助死去。6月 次兄直則死去。7月 三兄直矩家督相続。この頃より家運衰退。	1・7 サンフランシスコ着。8月 ミシガン州立農学校入学。9月 アナーバーに行く。	二葉亭四迷『浮雲』第一編刊。
二一	一八八八	21	1・28 夏目家に復籍。9月 第一高等中学校本科第一部に進学。英文学を専攻する。	8月 『ネイチャー』の購読を始める。11月 州立農学校退学。アナーバーに行く。	

和暦	西暦	年齢	漱石	熊楠	一般事項
明治二二	一八八九	22	1月頃正岡子規と親しくなる。子規の『七草集』の批評文に漱石と署名する。	アナーバーに滞在。読書・植物採集に励む。カルキンスと文通。	1月 改正徴兵令公布。 2・11 大日本帝国憲法公布。
二三	一八九〇	23	7月 第一高等中学校卒業。帝国大学文科大学英文学科入学。	アナーバー滞在。	10月 教育勅語発布。
二四	一八九一	24	前年より厭世的気分続く。 12月 ディクソンの依頼で『方丈記』を英訳する。	5月 ジャクソンヴィル、8月 キーウェスト、9月 キューバに行き、ハバナに滞在する。	5・11 大津事件起きる。
二五	一八九二	25	4月 北海道に送籍する。	9・14 イギリスに向かう。 9・26 ロンドン着。父の死を知る。	
二六	一八九三	26	7月 帝国大学文科大学卒業。大学院に入る。 10月 高等師範学校英語嘱託になる。	9・22 大英博物館のフランクスとリードに面会。 10月「東洋の星座」、『ネイチャー』に掲載。 10・30 土宜法龍に会う。	
二七	一八九四	27	神経衰弱の症状著しい。 12月 鎌倉円覚寺帰源院に参禅する。	パリ滞在中の法龍としばしば長文の書簡を交わす。	8・1 日清戦争始まる。
二八	一八九五	28	4月 松山中学に英語教師として赴任する。 12月 中根重一の長女鏡子と見合いし、婚約。	4月 大英博物館閲覧室に通い、「ロンドン抜書」を書き始める。 10月 東洋書籍部長ダグラスの知遇を得る。	1月 樋口一葉『たけくらべ』発表。 4・17 日清講和条約調印。

和暦	西暦	齢	漱石	熊楠	社会
明治二九	一八九六	29	4月 第五高等学校に赴任する。 6・8 中根鏡子と結婚。	2・27 母すみ死去。 3月 ディキンズとの交友始まる。	11・23 樋口一葉没。
三〇	一八九七	30	6・29 父直克死去。 7月 鏡子が流産する。	3・16 ダグラスの部屋で孫文と初めて会う。以後親交を結ぶ。 11・8 博物館閲覧室で殴打事件を起こす。 12・24 博物館に復帰する。	1月 尾崎紅葉『金色夜叉』新聞連載始まる。 1月 松山で『ホトトギス』創刊。 11・4 ドイツ膠州湾を占領。
三一	一八九八	31	6月末～7月初め、鏡子が市内を流れる白川に投身自殺をはかる。	12・7 閲覧室で女性の高声を制したことからトラブルとなり大英博物館から追放される。	キュリー夫妻、ラジウムを発見。
三二	一八九九	32	5月 長女筆子誕生。 6月 第五高等学校英語科主任となる。	1・31 常楠より送金打ち切りの手紙届く。 6月『ノーツ・アンド・クエリース』に投稿を始める。	3月 義和団の乱。 10月 ボーア戦争起こる。
三三	一九〇〇	33	5・12 文部省よりイギリス留学を命じられる。 9・8 横浜よりイギリスに向かう。パリで万国博を見物し、10・28 ロンドンに到着する。	9・1 リヴァプールで乗船、帰国の途につく。 10・15 神戸着。常楠の迎えをうける。	ボーア戦争続く。 4・14 パリ万国博覧会開催。

年号	西暦	漱石年齢	漱石	熊楠	社会
明治三四	一九〇一	34	1月 次女恒子誕生。5月 池田菊苗と同宿。8~9月 10年計画で著作志す。	常楠宅に滞在。2・14 孫文和歌山に来訪。旧交をあたためる。10・30 紀伊勝浦に行く。	2月 福沢諭吉没。12・10 田中正造、足尾鉱毒事件で天皇に直訴。
三五	一九〇二	35	1月『文学論』をまとめ始める。9月 強度の神衰弱に悩む。12・5 ロンドン出発。帰国へ。	那智、田辺、白浜を往来して採集に励む。12月 那智、大阪屋に滞在。	1月 日英同盟締結。5月 ボーア戦争終結。9・19 正岡子規没。
三六	一九〇三	36	1・23 神戸着。4月 第一高等学校嘱託、東京帝国大学文科大学講師に就任。7~9月 鏡子と別居。11月 三女栄子誕生。	那智隠棲。採集・図記・論考執筆・投稿に励み、土宜法龍宛てに長文の書簡を認める。7月『方丈記』翻訳成る。	5・22 藤村操日光華厳の滝に投身自殺。10月 尾崎紅葉没。
三七	一九〇四	37	12月『吾輩は猫である』第一編を書く。	10・6 那智を出て田辺に向かう。10・10 田辺着。	2・10 日露戦争勃発。9月 与謝野晶子「君死に給ふこと勿れ」発表。
三八	一九〇五	38	1月『ホトトギス』一月号に『吾輩は猫である』を発表。12月 四女愛子誕生。	田辺定住。知友と連日のように飲み回る。	8月 孫文東京で中国革命同盟会を結成。9月 日露講和条約調印。
三九	一九〇六	39	4月『坊っちやん』、9月『草枕』を発表。中根重一死去。	7・27 闘雞神社宮司田村宗造の四女松枝と結婚。	3月 島崎藤村『破戒』刊行。神社合祀始まる。

和暦	西暦	齢	漱石	熊楠	社会
明治四〇	一九〇七	40	4月 朝日新聞社に入社。5月『文学論』刊行。6月 長男純一誕生。6~9月『虞美人草』連載。	6月 長男熊弥誕生。	
四一	一九〇八	41	1~4月『坑夫』、7~8月『夢十夜』、9~12月『三四郎』連載。12月 次男伸六誕生。	4~7月 松枝と別居。11~12月 熊野採集行。	3・24 森田草平と平塚明子（らいてう）心中未遂。
四二	一九〇九	42	6~10月『それから』連載。9~10月 満洲・朝鮮へ出発。10~12月『満韓ところ〴〵』連載。	9月『牟婁新報』に神社合祀に反対する意見を発表。神社合祀反対運動を開始する。	5月 二葉亭四迷没。10・26 伊藤博文、ハルピン駅頭で暗殺される。
四三	一九一〇	43	3~6月『門』連載。3月 五女雛子誕生。6月 胃潰瘍で入院。8月 修善寺温泉に転地療養。8・17 大量の吐血で一時人事不省（修善寺の大患）。10・11 帰京する。	8・21 紀伊教育会主催の講習会に酔って乱入。翌日拘引され、入監。9・7 出監。9・21 免訴となる。	5・25 大逆事件検挙開始。6月 柳田国男『遠野物語』刊行。8月 韓国併合。12月 石川啄木『一握の砂』刊行。
四四	一九一一	44	2月 博士号辞退。8・15 和歌山で講演（「現代日本の開化」）。11・29 五女雛子急死する。	3・21 柳田国男より来信。文通始まる。9月『南方二書』識者に頒布される。10月 長女文枝誕生。	1・18 大逆事件判決。1・24~25 幸徳秋水ら一二名死刑。10・10 辛亥革命起こる。

年号	西暦	年齢	漱石	熊楠	社会
明治四五	一九一二	45	1～4月『彼岸過迄』連載。	1月『太陽』新年号に「猫一疋の力に憑って大富となりし人の話」を発表。	1月 中華民国成立。孫文臨時大総統に就任。4月 石川啄木没。
大正一			9月 痔の手術。12月『行人』の連載始まる。		7月 明治天皇没。大正と改元。
二	一九一三	46	3月 胃潰瘍再発。4月 胃潰瘍と神経衰弱のため『行人』休載。9月『行人』再開、11月完結。	4月『郷土研究』への寄稿を開始する。10・11 大山神社合祀される。12・30～31 柳田国男来訪。	3月『郷土研究』創刊。8月 孫文日本亡命。
三	一九一四	47	4～8月『心』連載。4月 鬼村元成と文通を始める。6・2 北海道から転籍。9月 四度めの胃潰瘍。11・25 学習院で講演（「私の個人主義」）。	1月『太陽』に「十二支考」の論考を発表する。以後連載。10月 広畑きしのために柳田国男に手紙を書く。	7月 第一次世界大戦勃発。12月 東京駅開業。
四	一九一五	48	1～2月『硝子戸の中』連載。6～9月『道草』連載。1月 富沢敬道と文通する。	5月 スウィングル来訪。	1月 森鷗外『山椒太夫』発表。11月 芥川龍之介『羅生門』発表。
大正五	一九一六	49	5～12月『明暗』連載。2月『鼻』（芥川龍之介）を激賞。10・23～30 鬼村元成・富沢敬道を泊める。	4月 中屋敷三六番地に新宅購入。終生ここに住む。7・9 自宅の庭の柿の木から新種の粘菌（ミナカテルラ・ロンギフィラ）を発見する。	2月 芥川龍之介『鼻』発表。

和暦	西暦	齢	漱石	熊楠	社会
大正　五	一九一六	49	11・16 最後の木曜会で「則天去私」について詳しく話す。 11・21 辰野隆の結婚披露宴に出席。 11・28 人事不省に陥る。 12・9 死去。		
七	一九一八	51		3・2 貴族院で神社合祀反対の決議がなされる。	7・23 米騒動が起きる。 11月 第一次世界大戦終結。
九	一九二〇	53		8・23〜9・4 土宜法龍の招きで高野山を訪れる。	土宜法龍高野山管長に就任。
一〇	一九二一	54		1〜3月 隣家とのトラブル起こる。 11・1〜28 高野山を訪問する。	1月 志賀直哉『暗夜行路』発表。 11・4 原敬東京駅頭で暗殺される。
大正一一	一九二二	55		3・26〜8・15 南方植物研究所資金募集のため上京する。	7月 森鷗外没。
一二	一九二三	56		G・リスターから関東大震災の見舞金を受ける。	1月 土宜法龍没。 9・1 関東大震災。
一五	一九二六	59		2月『南方閑話』刊行。 5月『南方随筆』刊行。 11・10 小畔四郎、粘菌標品などを皇太子（昭和天皇）に進献する。 11月『続南方随筆』刊行。	

年号	西暦	年齢	漱石	熊楠	一般事項
昭和 一					12・25 大正天皇没。昭和と改元。
二	一九二七	60		5・22 熊弥が粘菌図譜はじめ書類、手紙等を引き裂く。	3月金融恐慌始まる。7月 芥川龍之介自殺。
三	一九二八	61		5月 熊弥を京都の岩倉病院に入院させる。	6月 張作霖爆殺。
昭和 四	一九二九	62		3・5 服部広太郎来訪。6・1 神島に昭和天皇を迎えたのち長門艦上で進講。粘菌等も進献する。	10・24 世界恐慌始まる。
五	一九三〇	63		6・6 河東碧梧桐が来訪する。	
六	一九三一	64		8月 岩田準一との文通始まる。	9・18 満洲事変勃発。
一〇	一九三五	68		12・24 神島が史跡名勝天然記念物に指定される。	
一四	一九三九	72		この頃より健康が衰え始める。	9月 第二次世界大戦勃発。
一六	一九四一	74		3・10 喜多幅武三郎死去。葬儀には参列せず、自室で読経する。11・16『今昔物語』に署名して文枝に与える。12月 萎縮腎、肝硬変、黄疸を併発。12・29 死去。	12・8 日本軍真珠湾を攻撃。太平洋戦争始まる。

〈著者紹介〉

三田村信行（みたむら　のぶゆき）

1939 年東京に生まれる。
早稲田大学文学部卒業。児童文学作家。
主な作品に、「おとうさんがいっぱい」「風を売る男」
「ものまね鳥を撃つな」「風の陰陽師」などがある。

漱石と熊楠
—同時代を生きた
二人の巨人

定価（本体1800円+税）

乱丁・落丁はお取り替えします。

2019年 4月 19日初版第1刷発行
2019年 7月　3日初版第2刷発行
著　者　三田村信行
発行者　百瀬　精一
発行所　鳥影社（www.choeisha.com）
〒160-0023　東京都新宿区西新宿3-5-12 トーカン新宿7F
電話　03(5948)6470, FAX 03(5948)6471
〒392-0012　長野県諏訪市四賀 229-1（本社・編集室）
電話 0266(53)2903, FAX 0266(58)6771
印刷・製本　シナノ印刷

ISBN978-4-86265-739-8　C0095